CONVERSANDO COM O Ex

RACHEL LYNN SOLOMON

The Ex Talk | Copyright © 2021 by Rachel Lynn Solomon
Publish in agreement with Sandra Bruna Agencia Literaria

Edição: Leonardo Garzaro e Felipe Damorim
Arte: Vinicius Oliveira e Silvia Andrade
Tradução: Isabela Figueira
Revisão: Diogo Santiago
Preparação: Lígia Garzaro

Agradecimentos especiais dos editores a Fernando Grecowski

Conselho Editorial: Felipe Damorim, Leonardo Garzaro, Lígia Garzaro, Vinicius Oliveira e Ana Helena Oliveira.

Dados Internacionais de Catalogação na Publicação (CIP)
(Câmara Brasileira do Livro, SP, Brasil)

S689

Solomon, Rachel Lynn
   Conversando com o Ex / Rachel Lynn Solomon; Isabela Figueira (Tradução).
– Santo André - SP: Rua do Sabão, 2022.
Título original: The Ex Talk
424 p.; 14 x 21 cm

   ISBN 978-65-86460-83-4

1. Ficção. 2. Comédia romântica. 3. Literatura norte-americana.
I. Solomon, Rachel Lynn. II. Figueira, Isabela (Tradução). III. Título.

CDD 813

Índice para catálogo sistemático
I. Ficção : Literatura brasileira
Elaborada por Bibliotecária Janaina Ramos – CRB-8/9166

[2022] Todos os direitos desta edição reservados à:
Editora Rua do Sabão
Rua da Fonte, 275 sala 62B - 09040-270 - Santo André, SP.

www.editoraruadosabao.com.br
facebook.com/editoraruadosabao
instagram.com/editoraruadosabao
twitter.com/edit_ruadosabao
youtube.com/editoraruadosabao
pinterest.com/editorarua
tiktok.com/@editoraruadosabao

Traduzido do inglês por Isabela Figueira

Para Ivan. Obrigada por compartilhar essa jornada comigo, pelo apoio inabalável e por amar histórias tanto quanto eu. Sempre me sinto em casa ao seu lado.

Não, eu não procuro histórias pensando em erros.
Mas o fato é que, muitas boas histórias,
dependem de as pessoas estarem erradas.

– Ira Glass

1.

Dominic Yun está na minha cabine de som. Ele sabe que é a minha cabine. Ele está aqui há quatro meses e não tem como não saber que é a minha cabine de som. Está no calendário compartilhado da rádio, o único conectado ao nosso e-mail, grifado de azul em que se lê Cabine C: GOLDSTEIN, SHAY. REPETIR DE SEGUNDA A SEXTA, DAS ONZE ATÉ MEIO-DIA. FIM: NUNCA.

Eu teria batido à porta, mas – bem, uma das características que definem uma cabine de som é de ser à prova de som. E embora eu tenha certeza de que uma lista de meus defeitos poderia preencher meia hora da programação, sem intervalos comerciais, eu não sou tão horrível a ponto de entrar e correr o risco de estragar o que quer que seja que Dominic esteja gravando. Ele pode ser o repórter menos qualificado da Rádio Pública Pacific, mas eu tenho muito respeito pela arte de áudio mixagem para fazer isso. O que acontece dentro da cabine é sagrado.

Ao invés disso, eu me inclino contra a parede em frente à Cabine C, silenciosamente fervilhando por dentro, enquanto o sinal vermelho GRAVANDO, acima da cabine, acende e apaga.

"Use outra cabine, Shay!" diz a apresentadora do meu show, Paloma Powers, indo almoçar. (Yakissoba vegetariano da espelunca do outro lado da rua, todas as terças e quintas, pelos últimos sete anos. Fim: nunca.)

Eu poderia. Mas ser passiva-agressiva é muito mais divertido.

A rádio pública não está somente cheia de intelectuais de voz melosa que pedem dinheiro durante as campanhas de doações. Para cada vaga no ramo, há provavelmente, centenas de jornalistas desesperados que dizem "amar o *This American Life*",[1] mas algumas vezes você tem que ser malandro se quiser sobreviver nesse meio.

Eu posso ser mais teimosa do que cruel. Essa teimosia me deu um estágio aqui dez anos atrás, e agora, aos vinte e nove, eu sou a produtora chefe mais jovem da estação. Era meu sonho desde criança, mesmo que, naquela época, eu sonhasse em estar em frente a um microfone ao invés de um computador.

São onze e vinte quando a porta da cabine de som finalmente se abre, depois de eu ter assegurado à minha assistente de produção, Ruthie Liao, que os anúncios chegarão antes do meio-dia, e depois de a repórter ambiental Marlene Harrison-Yates ter dado uma olhada em mim e começado a rir antes de entrar na Cabine B.

Eu vejo seu sapato primeiro, um *oxford* preto e brilhante. O resto de seus um metro e noventa e tanto segue vestido em uma calça carvão e uma camisa marrom com o botão de cima desabotoado. Colado na porta da Cabine C e franzindo a testa para seu script, ele poderia ser um garoto propaganda de moda business casual.

"Você disse todas as palavras certas, na ordem correta?" eu pergunto.

---

[1] *This American Life* é um programa de rádio estadunidense produzido em parceria com a Chicago Public Media e apresentado por Ira Glass. É um programa veiculado em uma série de rádios públicas nos EUA e está disponível mundialmente em episódios semanais de *podcast*. Tem caráter jornalístico, mas também inclui memórias, ensaios e conteúdos de não-ficção.

"Eu acho que sim", Dominic responde, completamente sério olhando para o script ao invés de olhar para mim. "Posso te ajudar com alguma coisa?"

Eu falei o mais docemente que consegui. "Só estou aguardando minha cabine."

Já que ele está bloqueando meu caminho, continuo a examiná-lo. Suas mangas estão dobradas até os cotovelos e seu cabelo preto está um pouco despenteado. Talvez ele tenha passado as mãos pelos cabelos, frustrado, quando seu furo não saiu do jeito que ele queria. Seria um contraste interessante com suas histórias recentes que dominam nosso website, aquelas que recebem cliques, por causa de títulos chamativos, mas sem nenhuma profundidade emocional. Durante aqueles fatídicos 20 minutos que passou na Cabine C, talvez ele tenha ficado tão farto da rádio pública que está a caminho de dizer a Kent que sente muito, mas que não foi feito para esse trabalho.

Ele mal passou tempo suficiente aqui para entender as nuances entre as Cabines A, B e minha estimada C: que os fones de ouvido na Cabine C estão perfeitamente quebrados, que o peso dos *faders* na placa os tornam mais fáceis de manipular. Ele não conhece o significado da Cabine C e nem que foi lá que eu mixei faixas para o primeiro programa que produzi inteiramente solo, aquele sobre ser órfão no Dia dos Pais, que congestionou nossas linhas telefônicas por horas. Ouvir aquelas histórias me fizeram, pela primeira vez em anos, um pouco menos só, me fizeram lembrar porque tinha escolhido trabalhar em rádio.

Eu diria que não é apenas sobre as particularidades da Cabine C, mas que também é possível que eu esteja muito apegada à esses 2,20 metros quadrados de fios e botões.

"É toda sua", ele disse, mas sem se mover, nem tirar os olhos de seu roteiro.

"Era para ser. Todo dia de semana, das onze ao meio-dia. Se o seu calendário não está funcionando, você provavelmente deveria informar ao T.I."

Finalmente, ele desvia o olhar do roteiro para mim. Caminha. Ele se encosta contra o batente da porta e se encurva. Ele sempre faz isso, e eu imagino que seja porque os prédios de tamanho comum são muito pequenos para seu tamanho. Eu tenho 1,57 metros e nunca tenho tanta consciência da minha estatura do que quando fico ao lado dele.

Quando nossa recepcionista Emma tirou a foto dele para o nosso website, ela corou totalmente, provavelmente porque ele é o único cara daqui com menos de 30 anos que não é um estagiário. Na foto, ele está sério exceto por um cantinho da boca, uma marquinha em forma de parêntese puxando seus lábios para um lado. Eu fiquei olhando aquele cantinho por bastante tempo quando a foto foi postada, perguntando-me por que Kent contratou alguém que nunca pôs os pés dentro de uma rádio. Kent ficou encantado com o mestrado em jornalismo na Northwestern de Dominic, ranqueado como o melhor programa do país, e com vários prêmios ganhos no circuito do jornalismo universitário.

Dominic me dá uma versão mais apertada e contida daquele sorriso da foto da equipe. "Eram 11:05 e ninguém estava dentro da cabine. E eu posso ter mais uma grande história para contar. Estou esperando a confirmação de mais uma fonte."

"Legal, eu tenho que mixar as apresentações de Paloma, então..." Eu me movimento na intenção de entrar na cabine, mas ele não se mexe, sua estrutura inconcebivelmente alta me bloqueia. Eu sou um filhote tentando chamar a atenção de um urso pardo. Aquele parêntese puxa a boca um pouco mais. "Você não vai me perguntar qual é a história?" "Eu tenho certeza de que lerei sua história no *Seattle Times* amanhã."

"Hum, onde está seu espírito de equipe? Rádio pública pode dar furos de reportagem", ele insiste. Nós falamos sobre isso uma dúzia de vezes, desde a primeira semana dele aqui na rádio, quando perguntou por que nenhum de nossos repórteres frequentava regularmente as reuniões do conselho da cidade. "Não seria ótimo antecipar a história pelo menos uma vez, ao invés de tentar recuperar o atraso?"

Dominic não consegue entender que notícias de última hora não são o nosso forte. Quando eu lhe contei, durante seu treinamento, que algumas vezes nossos repórteres simplesmente reescrevem resumos de notícias do *Times*, ele me olhou como se eu tivesse dito que não distribuiríamos brindes durante nossa próxima campanha de doações. Nossos repórteres fazem um ótimo trabalho – um trabalho importante – mas eu sempre acreditei que rádio pública é melhor quando foca em grandes reportagens. Isso é o que o meu programa, *Puget Sounds*, faz: nós abordamos uma gama enorme de assuntos com muito conteúdo e somos bons nisso. Paloma inventou o nome, uma brincadeira com *Puget Sound*, um ponto profundo no oceano que banha a costa noroeste de Washington.

"As pessoas não nos procuram para saberem as notícias de última hora", eu disse, tentando manter meu tom de voz baixo. "Nós fizemos estudos. E não importa de onde as notícias locais de última hora vêm.

Amanhã estará em todas as rádios, blogs, e contas de Twitter com 27 seguidores e não fará diferença onde as pessoas a viram primeiro."

Ele cruza os braços e o que me chama mais a atenção são seus antebraços e pelos escuros que desaparecem dentro das mangas. Eu sempre fui fã de antebraços – um homem com mangas arregaçadas até os cotovelos são como preliminares para mim – e é um crime deixar antebraços tão bonitos escondidos.

"Certo, certo", ele diz. "Eu tenho que lembrar que rádio de verdade foca em –qual é o assunto de hoje?"

"*Pergunte ao adestrador*", eu disse, empinando o nariz e esperando transmitir confiança. Eu me recuso a me envergonhar por isso. É uma de nossas atrações mais populares, um programa com ligações ao vivo em que a renomada especialista em comportamento animal Mary Beth Barkley – 98% de chance desse não ser o seu verdadeiro nome – responde às questões dos ouvintes. Ela sempre traz seu corgi e é fato que os cães animam o ambiente.

"Você está prestando um serviço de verdade, analisando vômito de gato ao vivo." Ele se afasta da cabine e a porta se fecha com um baque atrás dele. "Eu devia estar doente naquele dia na pós-graduação. Poucas pessoas podem capturar essa nuance do jeito que seu programa consegue."

Antes de eu conseguir responder, Kent pisa forte pelo corredor com sua marca registrada: suspensórios e gravata nova. Hoje temos fatias finas de pizza de pepperoni. Kent O'Grady: o diretor de programa da rádio e dono de uma voz que o tornou uma lenda em Seattle décadas atrás.

Ele bate no ombro de Dominic, mas como Kent é apenas alguns centímetros mais alto que eu, o tapa vai parar em seu bíceps. "Bem quem eu estava procurando. Dom, como está o andamento da história? Nós temos um escândalo em nossas mãos?"

Dom. Em dez anos, nunca vi Kent apelidar alguém tão rápido.

"Escândalo?" perguntei, demonstrando um certo interesse.

"Acredito que sim", Dominic diz. "Eu estou aguardando apenas mais uma ligação para confirmar."

"Excelente." Kent passa a mão em sua barba grisalha. "Shay, Paloma tem tempo de entrevistar Dom ao vivo no meio do programa?"

"Ao vivo?" Dominic pergunta. "Como em... sem estar pré-gravado?"

"Claro", respondeu Kent. "Nós queremos ser os primeiros a trazer essa história."

"Vamos arrebentar com esse furo", eu falo enquanto Dominic empalidece. Embora eu não goste da ideia de ceder tempo para Dominic, se ele estiver desconfortável eu estou dentro. "Eu acho que podemos te dar alguns minutos em *Pergunte ao adestrador.*"

Kent estala os dedos. "Lembre-me de falar com Mary Beth antes dela ir embora. O único jeito de fazer *Almôndega* comer sua comida ultimamente é passando cada um de seus nuggets do comedouro para o chão."

"Apenas uns minutinhos, né?" A voz de Dominic oscila.

"Cinco minutos no máximo. Você se sairá bem." Kent sorri e volta ao seu escritório.

"Por favor, não estrague meu programa", digo para Dominic antes de entrar na Cabine C.

Dominic Yun está no meu estúdio.

Tecnicamente há 3 estúdios adjuntos: aquele em que estou com o locutor e o console de mixagem – também conhecido como "mesa de som" –, o pequeno estúdio de chamadas e o Estúdio A, onde Paloma está sentada agora mesmo com suas anotações do programa, uma garrafa de Kombucha e um copo de água vazio.

Dominic está ao seu lado, torcendo as mãos depois de ter derramado água sobre as anotações de Paloma. Ruthie teve que correr para imprimir outra cópia.

"Mary Beth está aqui", disse Ruthie, entrando no estúdio atrás de mim depois de ter limpado a sujeira de Dominic. "E, sim, ela tem água e seu cachorro também."

"Perfeito. Obrigada." Eu coloco meu *headset* e dou uma olhada no resumo do programa, meu coração bate em ritmo familiar pré-programa.

Puget Sounds é um programa de uma hora, recheado de adrenalina, transmitido todos os dias da semana das duas às três da tarde. Como produtora chefe, eu dirijo o programa ao vivo dando dicas para Paloma, ligando para os convidados e transferindo suas ligações, rastreando o tempo gasto em cada assunto e acalmando os ânimos de todos. Ruthie traz os convidados e nosso estagiário Griffin atende às chamadas ao vivo numa cabine adjacente.

Algumas vezes não acredito que eu faço isso cinco vezes na semana. Milhares de pessoas em toda a cidade estão sintonizando em 88.3 FM e algumas delas ficarão tão inspiradas, felizes, ou até mesmo furiosas que nos ligarão para compartilhar histórias ou fazer perguntas. Aquele elemento interativo – escutar Paloma nas caixas de som em um minuto e no minuto seguinte conversar com ela ao vivo – faz com que a rádio seja a melhor forma de jornalismo. Isso torna o mundo um pouco menor. Você pode ouvir uma rádio junto com centenas de milhares de outros fãs pelo país afora, mas ainda parece que o apresentador está falando diretamente com você. Em alguns casos, até parece que vocês dois são amigos.

Sentada em meu banquinho, eu balanço minhas botas de cano curto para cima e para baixo. Ao meu lado, Ruthie ajusta seus fones de ouvido sobre seu corte joãzinho loiro platinado, antes de colocar a mão em minha perna na tentativa de dar fim a minha inquietação.

"Dará tudo certo", ela diz, acenando para Dominic através do vidro que nos separa. Nós tentamos manter nossa rivalidade em segredo, mas Ruthie, com toda sua intuição proveniente da Geração Z, percebeu isso semanas depois que ele começou a trabalhar aqui. "Nós já lidamos com coisas piores."

"Verdade. Depois de ter remarcado todos os quatro convidados por causa de nossos medos irracionais de última hora, você será minha eterna heroína."

Eu adoro a Ruthie, que chegou até nós por meio da rádio comercial, que tem ritmo mais acelerado, apesar dos intervalos comerciais quase que constantes. De vez em quando, eu a pego cantarolando baixinho o jingle 1-877-KARS-4-KIDS.[2] Ela diz que não consegue tirá-lo da cabeça.

---
[2] O jingle de *kars for kids* tornou-se rapidamente um dos anúncios de rádio mais memoráveis e cativantes de todos os tempos. Apesar de seu começo humilde, ele se incorporou na cultura pop estadunidense. O jingle ganhou vida própria com inúmeras paródias e menções em programas de TV nacionais no horário nobre, incluindo *Saturday Night Live*, *The Daily Show* e *The Tonight Show*.

No centro do estúdio, Jason Burns se levanta de sua cadeira de locutor, uma engenhoca ergonômica que ele encomendou especialmente da Suécia. A mesa de som à sua frente.

"Silêncio no estúdio, por favor", ele diz com aquela voz melosa, com as mãos sobre alguns *faders*. Jason é um cara doce de trinta e poucos anos que só se veste de jeans e camisa de flanela xadrez, o uniforme dos lenhadores e nativos de Seattle.

O sinal NO AR próximo ao relógio acende.

"Você está ouvindo a 88.3 FM Rádio Pública Pacific", Jason diz. "A seguir, uma notícia de última hora em *Puget Sounds*. E mais, Paloma Powers pergunta ao adestrador suas questões mais preocupantes sobre comportamento animal. Mas primeiro as notícias nacionais da RPN."[3]

O sinal NO AR apaga. E então: *Direto da RPN notícias em Washington DC, sou Shanti Gupta...*

Há poucos sons mais relaxantes que a voz de uma âncora de notícias da RPN, mas Shanti Gupta não me acalma do jeito que costuma fazer. Estou muito focada no desastre que é ter Dominic ao lado de Paloma.

Eu aperto o botão que me conecta com Dominic. "Não sente tão próximo ao microfone", eu digo. Ele deve estar tão assustado em ouvir minha voz que arregala os olhos. "Ou tudo que iremos ouvir será sua respiração ofegante."

Sua boca se move, mas não escuto nada.

---

[3] *NPR* (RPN): *National Public Radio* (Rádio Pública Nacional) é uma rede de rádio pública estadunidense e uma organização de comunicação social, sem fins lucrativos, que é financiada por iniciativa pública e privada e, especialmente, por doações dos seus ouvintes.

"Você tem que apertar o..."

"Você realmente não quer que eu me saia bem, né?"

A pergunta permanece em meus ouvidos. Se Paloma está prestando atenção nisso, ela não demonstra, preferindo fazer anotações nas margens de seu resumo. Meu suéter de repente fica muito quente.

Dez anos atrás, eu era a garota prodígio, a estagiária que elaborou resumos perfeitos, pesquisou tópicos fascinantes para o programa e provou para Paloma e para seu ex-produtor, um cara que se aposentou antes de eu aceitar o emprego, que era especial. "Ela é boa, e tem apenas dezenove anos!" gritaria Kent. "Um dia ela vai liderar esse lugar."

Eu não queria liderar o lugar. Eu queria apenas contar boas histórias.

E aqui está Dominic: nosso novo funcionário, que mal saiu de um programa de mestrado, participando de um programa ao vivo.

"Ao vivo em dez", Jason diz antes de eu responder a Dominic. Eu deixo o ciúme de lado para poder me concentrar no que sempre fui boa em fazer. Eu levanto do meu banquinho e estabeleço contato visual com Paloma, mantendo meus braços esticados para cima. "Cinco, quatro, três, dois...", daí eu abaixo meus braços, aponto o dedo para ela e ela está ao vivo.

"Eu sou Paloma Powers e você está ouvindo *Puget Sounds*", ela fala de um jeito prático. Sua voz transmite segurança, é baixa, madura e tem um toque de feminilidade. Há tanto poder numa voz como a dela, na habilidade de fazer as pessoas não somente gostarem, mas se encantarem com ela.

Um fundo musical toca, uma melodia de piano que Jason faz desaparecer assim que ela termina sua apresentação.

"Hoje estamos com a renomada expert em comportamento animal Mary Beth Berkley no estúdio para responder a todas as suas perguntas relacionadas aos pets. Talvez você esteja se perguntando: como levar para sua casa um novo gatinho ou se você realmente consegue ensinar novos truques a um cachorro velho. Nós queremos lhe ouvir, então ligue 206-555-8803 e tentaremos responder à sua pergunta. Mas antes, algumas notícias de última hora do repórter Dominic Yun, que se junta a nós ao vivo aqui no estúdio. Dominic, bem-vindo ao *Puget Sounds*."

Dominic não abre a boca. Ele nem olha para ela, apenas para suas anotações como se ainda estivesse esperando por uma deixa.

Estar ao vivo, sem som algum não é bom. Geralmente nós conseguimos sobreviver a isso alguns segundos sem reclamações dos ouvintes, mas, passando disso, temos um problema sério.

"Droga", diz Ruthie.

"Diga *algo*", murmuro em seu ouvido. Eu balanço meus braços, mas ele permanece completamente congelado.

Bom, se ele destruir meu programa, pelo menos ele se dará mal também.

"Dominic", profere Paloma, ainda com um sorriso no rosto. "Nós estamos tão felizes em ter você conosco!"

Então algo entra em ação, como se a adrenalina finalmente tivesse atingido sua corrente sanguínea. Dominic volta à vida e se inclina em direção ao microfone. "Obrigado, Paloma", ele diz, num primeiro momento endurecido, mas depois vai se soltando. "Estou emocionado em estar aqui. Na verdade, o seu programa foi o primeiro que ouvi antes de me mudar para Seattle para este emprego."

"Que maravilha", diz Paloma. "O que você nos traz?"

Ele se endireita. "Começou com uma denúncia anônima. E eu sei o que está pensando. Algumas vezes uma denúncia anônima pode ser apenas um boato, mas se você faz as perguntas certas, consegue achar a verdadeira história. Essa, eu tive um pressentimento – chame de intuição de repórter – que era verdadeira. Eu investiguei algo semelhante sobre um membro do corpo docente quando estava na Northwestern." Uma pausa dramática e então: "O que eu descobri é que o prefeito Scott Healey tem uma segunda família. E como sua vida particular é seu negócio, ele usou verbas de campanha para mantê-la em segredo."

"Merrrrrda", diz Jason, girando em sua cadeira para encarar a mim e Ruthie. Nos bastidores, nós não somos exatamente complacentes com a CFC.[4]

"Eu sabia que tinha um motivo pelo qual eu não votei nele", diz Ruthie. "Eu não ia com a cara dele."

"Isso – isso é uma notícia e tanto, Dominic", diz Paloma, claramente em choque, mas se recuperando rapidamente. "Nós estivemos com o prefeito Healey no programa muitas vezes. Você pode nos dizer como descobriu isso?"

"Começou numa reunião do conselho no mês passado..." Ele começa a história – como ele encon-

---

[4] CFC: Comissão Federal de Comunicações é o órgão regulador da área de telecomunicações e radiodifusão dos Estados Unidos.

trou os registros financeiros e rastreou para onde o dinheiro estava indo, como ele acabou convencendo a filha secreta do prefeito a falar com ele.

Dois minutos se passam. Três. Quando nos aproximamos dos cinco minutos, eu tento sinalizar para Paloma para trocar de pauta, mas ela está muito focada em Dominic. Começo a me perguntar se é possível cortar o cabo do microfone com as unhas.

"Eu não consigo acompanhar as linhas telefônicas", a voz de Griffin soa em meus ouvidos.

Eu aperto o botão para falar diretamente com ele. "Anote as perguntas dos ouvintes e diga-lhes que Mary Beth responderá àquelas que puder."

"Não – são sobre o prefeito. Eles querem falar com Dominic."

"Ah. Ok." Rangendo os dentes eu pulo para nosso chat do programa.

Ligações chegando, D pode responder?

"Parece que estamos recebendo muitas perguntas", Paloma diz após espiar a tela. "Você aceitaria conversar com alguns ouvintes?"

"Claro, Paloma", Dominic responde com a tranquilidade de um repórter experiente e não como alguém que usou um gravador digital algumas poucas vezes na faculdade para decidir que não queria trabalhar numa rádio.

Quando seus olhos cruzam os meus através da barreira de vidro, todo meu ódio por ele queima em meu peito, fazendo meu coração entrar em chamas. O jeito com que inclinou seu queixo o faz parecer mais obstinado do que nunca, como se soubesse o quanto eu queria estar em seu lugar. Sua boca se inclina para cima em um meio sorriso triunfante. Lançando comentários ao vivo: outra coisa em que Dominic Yun é perfeitamente perfeito.

Kent invade a cabine. "Shay, nós teremos que remarcar Mary Beth. Isso que é um bom furo de reportagem."

"Ruthie", eu chamo, mas ela já está quase saindo pela porta.

"Excelente trabalho pessoal", diz Kent, batendo nas costas de Jason. "Estou feliz por termos conseguido fazer isso hoje."

Eu empurro meus óculos enquanto coço o espaço entre meus olhos de onde surge uma dor de cabeça. "Isso não está certo", digo depois que Kent sai.

"Isso que é um bom furo de reportagem", Jason diz cantarolando, imitando Kent.

"Parece invasivo."

"O público não tem o direito de saber que o prefeito é um merda?"

"Sim, tem, mas não através do nosso programa."

Jason acompanha meu olhar, se dividindo entre mim e Dominic. Jason e eu fomos contratados com poucas semanas de diferença e ele me conhece muito bem para não perceber porque estou chateada. "Você odeia o fato de Dominic ser tão bom nisso", ele diz. "Você odeia o fato dele ser natural, dele estar ao vivo alguns meses depois de começar a trabalhar aqui."

"Eu estou..." eu começo a falar, mas me embaralho com as palavras. Ele me faz parecer tão estúpida quando fala dessa maneira. "Não importa como me sinto. Eu não tenho interesse em aparecer ao vivo." Pelo menos, não mais. Não tem cabimento esperar por algo que você sabe que nunca irá acontecer.

Ruthie volta com as maçãs do rosto coradas.

"Mary Beth está furiosa." Ela aperta os fones de ouvido contra as orelhas. "Ela disse que teve que cancelar uma sessão de adestramento particular com um dos filhos de Bill Gates para estar aqui."

"Nós enviaremos um e-mail carinhoso mais tarde. Não – eu ligarei para ela."

"Eu não tenho linhas telefônicas suficientes", fala Griffin ao meu ouvido.

"Ruthie, pode ajudar o Griffin? Eu te ajudo, se precisar."

"Deixa comigo."

"Obrigada."

Dominic lê cada pagamento ilícito, um por um. Os números são impressionantes. Não é que o programa esteja ruim – é que Dominic se apoderou dele e eu não estou mais no controle. Ele é a estrela.

Então eu me sento novamente e deixo Paloma e Dominic assumirem o controle. Dominic vai ganhar elogios e audiência e eu continuarei aqui, nos bastidores.

Fim: Nunca.

2.

Embora meu pai nunca tivesse participado de um programa ao vivo, ele tinha a melhor voz de rádio. Era poderosa, porém suave, como o barulho do fogo crepitando na noite mais fria. Ele cresceu consertando rádios e era proprietário de uma oficina, embora tenha aprendido a arrumar também laptops e telefones. *Goldstein Gadgets:* meu lugar favorito em todo o mundo.

Herdei seu amor pela rádio pública, mas não sua voz. A minha é aguda, o tipo de voz que os homens adoram usar como arma contra as mulheres. Estridente. *De menina*, como se ser uma garota fosse o pior tipo de insulto. Fui provocada durante toda minha vida e eu ainda me preparo para insultos inteligentemente disfarçados, quando falo com as pessoas pela primeira vez.

Meu pai nunca se importou. Nós apresentávamos programas de rádio em nossa cozinha ("Diga-me Shay, qual cereal você está comendo nesta manhã?") e em viagens de carro ("Você pode descrever a paisagem dessa parada de descanso no meio do nada?"). Eu passava as tardes com ele na *Goldstein Gadgets,* fazendo minha lição de casa e ouvindo programas como *Car Talk*[5] e *This American Life*. Tudo que precisávamos era de uma boa história.

Eu queria tanto que ele me ouvisse na rádio, mesmo que mais ninguém ouvisse.

---
[5] *Car Talk* é um *talk show* de rádio que foi transmitido semanalmente nas estações da National Public Radio e em outros lugares. Seus assuntos eram automóveis e reparos automotivos, muitas vezes discutidos com humor.

Quando ele morreu, no meu último ano do Ensino Médio, após uma parada cardíaca súbita, eu fiquei em pedaços. Não ligava mais para as aulas. Os amigos não importavam. Não liguei a rádio por semanas. De alguma forma, consegui uma média razoável para ingressar na Universidade de Washington, mas nem isso consegui comemorar. Eu ainda estava afundada numa depressão quando consegui meu estágio na *Rádio Pública Pacific,* vagarosamente saí da escuridão e cheguei à conclusão que o único caminho a seguir era tentar reconstruir o que perdi. Aqui estou, aos 29 anos e me agarrando a esse sonho infantil.

"Faça as pessoas chorarem e depois sorrirem", diria meu pai. "Mas, acima de tudo, tenha certeza de que está contando uma boa história."

Eu não tenho certeza de como ele se sentiria a respeito de *Pergunte ao Adestrador.*

Eu sou a vela no jantar dessa noite. Minha mãe e seu namorado Phil, minha melhor amiga Ameena e o namorado dela TJ já estão sentados num restaurante franco-vietnamita em Capitol Hill, quando chego, depois de pegar o trânsito da hora do rush. Ameena Chaudhry e eu crescemos na mesma rua, uma casa de frente para a outra e ela tem estado presente em minha vida há mais de 20 anos.

"Só dez minutos atrasada", Ameena diz, pulando da cadeira e me abraçando bem forte. "Esse tem que ser um novo recorde, certo?"

TJ pega o telefone e checa o aplicativo de notas. "Houve um dia em março passado que todos nós chegamos pontualmente exceto Shay, que atrasou apenas três minutos."

Eu reviro os olhos para esse comentário, mas a culpa me corrói por dentro. "É bom ver você também. E eu realmente sinto muito. Eu estava correndo para resolver uma última coisa e perdi a noção de tempo."

Nós tentamos marcar jantares sempre que podemos, mas minha mãe e Phil são violinistas na Seattle Symphony e se apresentam regularmente à noite, Ameena é uma recrutadora da Microsoft e TJ faz algo em finanças que parece ser importante, mas que nunca entendi completamente. De vez em quando – ok na maioria das vezes, eu fico até tarde na rádio para me certificar de que tudo está preparado para o programa do dia seguinte. Hoje eu fiquei no telefone por uma hora me desculpando com Mary Beth Barkley.

Abracei minha mãe e TJ e apertei a mão de Phil. Eu ainda não sei como lidar bem com o fato de minha mãe ter um namorado. Antes de Phil, ela não parecia estar interessada em namorar. Eles foram amigos por décadas, no entanto ele perdeu sua esposa alguns anos depois que perdemos papai. Eles se apoiaram durante o processo de luto, que obviamente nunca acaba, até que finalmente eles se tornaram um tipo diferente de sistema de apoio.

Eu deveria estar acostumada a essa altura do campeonato, mas, no ano passado, quando eles começaram a namorar, eu tinha acabado de me acostumar com a ideia da minha mãe ser viúva.

"Por mais que eu ame intimidar Shay", minha mãe diz com um meio sorriso, olhando em minha direção. "Eu estou faminta. Aperitivos?"

Phil aponta para o menu. "As costelas de porco com pimenta e cominho devem ser incríveis", ele diz com seu sotaque nigeriano.

Depois de fazer o pedido e ter a conversa de como-foi-seu-dia, Ameena e TJ trocaram olhares de rabo de olho. Antes deles começarem a namorar, Ameena e eu éramos as únicas que trocávamos esse tipo de olhar, piadas internas. Ser a vela da mesa é dolorido porque você percebe que não faz par com ninguém. Ameena e TJ moram juntos, então é natural que ela compartilhe um segredo com ele antes de mim, e minha mãe tem o Phil. Eu sou a segunda opção, não sou a primeira de ninguém.

Eu dei uma pausa no aplicativo de namoro, algo em que mexo só de vez em quando, depois que deslizar o dedo se tornou tão frustrante. Meus relacionamentos parecem fadados a não durar mais que alguns meses. Eu quero tanto chegar no lugar em que Ameena e TJ estão, cinco anos de namoro depois de terem trocado acidentalmente os pedidos num café, que é possível que eu apresse as coisas.

Sempre sou a primeira a dizer *te amo* e muitas vezes consigo tolerar o silêncio total em resposta.

Mas não irei mentir – eu quero ser aquela pessoa para quem alguém conta tudo primeiro.

"Eu tenho algumas novidades", Ameena diz. "Eu tenho uma entrevista com a *Nature Conservancy*[6] amanhã. Então, não são exatamente novidades, são quase novidades. É apenas a primeira entrevista por telefone, mas..." Ela dá uma pausa e encolhe os ombros, mas seus olhos escuros brilham de empolgação.

Quando Ameena começou na Microsoft, seu objetivo era ganhar experiência suficiente para enfim ir

---

[6] *The Nature Conservancy* é uma organização internacional, sem fins lucrativos, líder na conservação da biodiversidade e do meio ambiente, cuja missão é conservar plantas, animais e comunidades naturais que representam a diversidade da vida na Terra, protegendo espaços que necessitamos para sobreviver.

trabalhar para uma organização que faz o bem, preferencialmente para o meio ambiente. Ela era a presidente e fundadora do nosso Clube de Compostagem do Ensino Médio. Por padrão, eu era a vice-presidente. Ela é uma aficionada da *slow-fashion* que compra todas as suas roupas em brechós e bazares e ela e TJ cultivam, na varanda do apartamento, um fantástico canteiro de ervas.

"Está falando sério? Isso é incrível!" eu digo, pegando uma costela que o garçom coloca no centro da mesa. "Eles têm escritório em Seattle?"

Sua expressão hesita. "Bem, não", ela diz. "Eles ficam em Virgínia. Quer dizer, eu duvido que conseguirei o trabalho."

"Não se menospreze antes mesmo de ser entrevistada", diz Phil. "Você tem ideia de quantas pessoas fazem o teste para a Sinfonia? As probabilidades nunca estão a nosso favor também, embora eu ainda afirme que é um absurdo Leanna ter feito o teste três vezes."

Minha mãe aperta o braço dele, mas sorri com o elogio.

"Virgínia é... longe", digo com discernimento.

"Vamos ignorar a parte da Virgínia por enquanto." Ameena tira um fio perdido de seu blazer carvão vintage pelo qual brigamos em um leilão no mês passado. "Eu realmente acho que não conseguirei. Eu sou a recrutadora mais jovem da minha equipe. Provavelmente eles procuram por alguém com mais experiência."

"Eu sinto falta de ser a mais jovem", digo, levando a sério a sugestão de Ameena sobre ignorar a parte da Virgínia. Virgínia é algo que nem posso imaginar. "Parece que, a cada ano que passa, os estagiários estão ficando cada vez mais jovens. E todos eles são tão sérios. Um deles na verdade me contou outro dia que não sabe o que é uma fita."

"Como aquele repórter de quem você está sempre falando?", indaga minha mãe. "Como é mesmo o nome dele?"

"Dominic alguma coisa, certo?" diz Phil. "Gostei daquele artigo que ele escreveu sobre o financiamento das artes em Seattle comparado com as outras cidades."

"Ele não é um estagiário, ele é o repórter preferido de Kent." E aparentemente a nova estrela de *Puget Sounds,* baseado na espionagem que fiz nas mídias sociais após o programa. O Twitter o amava, o que prova que é uma rede social problemática.

"Fale comigo quando tiver trinta anos", Ameena diz. Nós comemoramos seu trigésimo aniversário há dois meses, em dezembro, e será minha vez em outubro. Ainda estou em negação.

Minha mãe acena. "Por favor. Vocês duas ainda são bebês." Ela diz isso, mas minha mãe é maravilhosa: cabelos ruivos escurecidos, maçãs do rosto salientes e um closet cheio de vestidos pretos e chiques que fariam Audrey Hepburn chorar baixinho. Numa sinfonia com 50 músicos, ela rouba a cena todas as noites.

Eu puxo meu cabelo desmanchando meu rabo de cavalo baixo de sempre e penteio com os dedos minha longa franja que roça o topo dos meus óculos de carapaça de tartaruga. *Grosso, marrom* e *áspero:* os únicos adjetivos que descrevem meu cabelo e todos eles são trágicos. Eu pensei que já tinha aprendido a estilizá-lo, mas alguns dias eu luto com uma prancha e outros com uma chapinha antes de me render a um rabo de cavalo.

É quando examino minha mãe, procurando por semelhanças físicas entre nós – spoiler: nenhuma –, que noto que ela está agindo estranhamente. Ela não para de pigarrear, um de seus sinais de nervosismo, e quando a comida chega, ela a empurra de um lado para o outro no prato ao invés de comê-la. Ela e Phil costumam ser tão carinhosos. Tivemos uma especialista em linguagem corporal um tempo atrás no programa e a maneira como ela falou sobre as pessoas que estão apaixonadas os descreve perfeitamente. Phil está sempre com as mãos na parte de baixo das costas dela e ela, muitas vezes, põe a mão em seu rosto e desliza o polegar na sua bochecha.

Não fizeram nada disso esta noite.

"Como vai a casa?" pergunta Phil e eu respondo com um suspiro dramático. Ele levanta as mãos e solta uma risada suave. "Ah, desculpe. Não sabia que era um assunto delicado."

"Não, não", eu respondi, mesmo sendo um assunto um pouco dolorido. "A casa vai bem, embora eu tivesse imaginado algo menor."

"Não tem três quartos? Um banheiro?"

"Sim, mas..."

Por anos, Ameena e eu dividimos um apartamento em Ballard antes de ela ter ido morar com TJ. Comprar uma casa parecia ser o próximo passo: eu tinha quase trinta anos, tinha poupado dinheiro suficiente e não deixaria Seattle tão cedo. Trabalhar na rádio pública é como servir na Suprema Corte – a maioria das pessoas está lá há anos. Mesmo que quisesse apresentar um programa ao vivo, eu não seria capaz de encontrar emprego em outra rádio. É impossível ser apresentador de programa sem experiência, mas você não consegue essa experiência se já não tiver passado por isso. Os prazeres de procurar emprego sendo uma millennial.

Então porque parecia ser o próximo passo no "manual de como ser adulto", eu comprei uma casa, uma Wallingford Craftsman,⁷ que meu corretor de imóveis chamou de aconchegante, mas na maioria das vezes parece grande demais para uma pessoa. Está sempre fria e seis meses após escolher o tipo de mobília que pensei que iria querer, ainda parece vazia. Solitária.

"Eu acho que ainda tenho muito trabalho a fazer", eu concluo, embora ainda não tenha certeza do que isso signifique.

"Foi uma boa decisão financeira", Phil diz. "Comprar uma casa é sempre um bom investimento. E um dos meus filhos ficaria mais que feliz em te ajudar na pintura ou em algum reparo."

Phil tem três filhos e uma filha. Todos os Adelekes são altos, magros e bem-casados, a maioria já com filhos. Alguns meses atrás, minha mãe e eu passamos nosso primeiro Natal com Phil e sua grande família, renunciando à tradição judaica da comida chinesa com um filminho. Eu hesitei num primeiro momento, apenas porque gostava de passar o Natal com minha mãe, mas, como todos foram calorosos e acolhedores, foi impossível me sentir amargurada.

"Obrigada", eu disse. "Talvez eu aceite isso."

Um copo de água se quebra e minha mãe dá um sorriso amarelo. "Desculpe", ela diz, enquanto o garçom se apressa para limpar tudo.

---

7 *Wallingford Craftsman*: Estilo de casa restaurada que traz detalhes históricos de 1918 ao bairro.

"Você está bem, Leanna?" pergunta Phil.

Ela pressiona os lábios cor rubi e concorda. "Tudo certo. Sim. Estou ótima", diz com a mão na garganta novamente. "Phil, eu... tem algo que eu quero lhe dizer."

Ah, não. Ela não pode terminar com ele dessa maneira, pode? Não em frente a um monte de gente, não em público. Minha mãe é muito elegante para fazer isso.

Ameena parece tão confusa quanto eu. Nós paramos de comer, observando minha mãe, visivelmente tremendo, se levantar da cadeira. Ah, meu Deus – ela está doente? Talvez seja por isso que ela queria jantar conosco, para contar a todos nós de uma só vez.

Sinto uma dor de estômago esmagadora e de repente parece que vou vomitar. Minha mãe é tudo que tenho. Eu não posso perdê-la também.

Mas então ela sorri e quando começa a falar, relaxo. "Phil", ela diz num tom de voz que nunca tinha ouvido antes. Ela coloca a mão sobre seu ombro. "Eu sei que se passaram apenas 11 meses, mas foram os melhores meses que já passei em muito tempo."

"Para mim também", ele diz. Um sorriso surge entre as linhas finas de sua pele escura. Como se ele soubesse o que está por vir e agora eu também acho que sei. Ela vai pedir para ele ir morar com ela, tenho certeza disso. Estranho fazer isso em público, mas minha mãe tem seu jeito particular de fazer as coisas. *Essa é a Leanna*, meu pai costumava dizer encolhendo os ombros, quando ela batia sopa no liquidificador antes de colocá-la rapidamente no micro-ondas ou insistia em esculpir abóboras no mês de setembro.

"Depois que Dan faleceu, eu não achei que fosse ter uma segunda chance. Eu achei que tinha encontrado minha alma gêmea e ele se foi e tudo acabou. Mas você sempre esteve lá, não é? Sentado ao meu lado, tocando violino. Eu me apaixonei por sua música e depois por você. Você sabe tão bem quanto eu que a dor nunca vai embora, mas você me fez enxergar que o amor pode conviver com a dor. Eu não quero passar mais nenhum dia de minha vida sem estar casada com você. Então..." Ela dá uma pausa e respira.

"Philip Adeleke, quer casar comigo?" O restaurante fica em silêncio total, os olhos de todos fixados em nossa mesa, observando esse momento. Meu coração está batendo mais forte do que antes de um programa e vejo, na minha lateral, TJ apertar a mão de Ameena.

Phil pula tão rápido da cadeira que derruba seu próprio copo de água; talvez eles realmente sejam feitos um para o outro. "Sim, Leanna, sim", ele diz. "Eu te amo tanto. Sim, sim, sim."

Quando eles se beijam, o restaurante explode em aplausos. Um garçom traz taças de champagne. Ameena enxuga os olhos, perguntando se eu sabia que isso iria acontecer, se eu sabia que minha mãe estava planejando isso e a resposta é não. Não, eu não sabia.

Eu me levantei da cadeira à força para parabenizá-los, minha mãe e meu –padrasto? Muitas emoções vêm à tona e eu consigo citar apenas algumas delas. Eu estou feliz por eles, claro que estou. Eu quero que minha mãe seja feliz. Ela merece.

Eu passei tantos anos convencida de que ninguém poderia substituir meu pai, que eu nunca imaginei que alguém o faria.

Ameena os enche de perguntas sobre o casamento. Acontece que era Phil quem estava planejando pedi-la em casamento este final de semana, mas minha mãe conseguiu vencê-lo. Eles dizem que querem se casar logo. Com certeza um quarteto da Sinfonia fará a recepção.

De repente, Phil leva minha mãe rápido para fora do restaurante para "comemorar" – como se não soubéssemos o que isso significa – deixando Ameena, TJ e eu para acabar com o champagne.

"Leanna Goldstein é minha heroína", Ameena diz. "Eu não acredito que fizemos parte disso."

Eu quero ser capaz de dizer isso também, que Leanna Goldstein é minha heroína – e ela é, por muitos motivos. Por como ela deixou eu processar a morte de papai no meu próprio ritmo, com meu próprio terapeuta, antes de nós duas irmos para o aconselhamento familiar juntas. Por me convencer que nós ainda poderíamos *ser* uma família, mesmo sendo só nós duas. Pequena, mas poderosa, ela dizia. Ela sempre soube que eu trabalharia numa rádio, embora algumas vezes ela brinque que eu poderia ter ao menos me comprometido a encontrar um emprego numa rádio de música clássica.

"Você está bem?" TJ pergunta enquanto pegamos nossas coisas para ir embora. Ele enfia seu cabelo loiro dentro de um gorro de tricô. "É estranho, eu sei. Meus pais se casaram novamente e, definitivamente, leva um tempo para se acostumar."

"Eu acho que nunca imaginei que iria ao casamento da minha mãe antes do meu." Na minha cabeça parece brincadeira. Quando eu falo, não parece.

Ameena aperta minha mão. "É pesado. Leve o tempo que precisar para digerir o assunto, ok?"

Eu aceno com a cabeça. "Boa sorte na entrevista", eu lhe digo, procurando as chaves do carro dentro da bolsa enquanto adentro a noite fria de Seattle. Minha casa estará tão silenciosa quando eu chegar. Sempre está. "Você tem certeza de que não quer vir para casa e assistir um programa de TV porcaria ou fazer qualquer outra coisa?"

"Shay. Eu te amo, mas você precisa aprender a ficar sozinha em sua própria casa. Preciso ver se há monstros embaixo da sua cama novamente?"

"Talvez."

Ameena balança a cabeça. "Arrume um cachorro."

Quando chego em casa, eu acendo todas as luzes e dou *play* no último episódio do meu *podcast* de comédia favorito. São quase 21:00 e eu estou há muito tempo longe do meu e-mail, apesar de o ter checado algumas vezes no banheiro. (O suficiente para minha mãe perguntar se eu estava me sentindo bem, o que é um pouco embaraçoso quando se é adulto, pensar que sua mãe está preocupada com seu intestino.)

Preparo um chá e me acomodo no sofá com meu laptop de trabalho. Eu realmente me contento em ajudar os outros a contar histórias ao invés de contá-las eu mesma. Paloma faz isso melhor do que eu jamais poderia fazê-lo, mesmo que às vezes não estejamos contando o tipo de histórias que amo, épicos avassaladores sobre a vivência humana que você consegue ouvir apenas em rádios com orçamentos maiores. Algumas vezes eu me pergunto se *alegria* é realmente um sinônimo de *complacência*.

Embora eu tente não pensar sobre isso.

Depois que meu pai faleceu, eu procurei conforto em qualquer lugar que pude. Fumei maconha com

Ameena, fiquei com o cara bonitinho no primeiro ano, tive uma experiência ruim com álcool, que me ensinou o quanto de álcool meu corpo poderia suportar. Não era nada escandalosamente prejudicial; eu não queria sair dos trilhos, mas queria chegar perto o suficiente para ver o que havia do outro lado deles.

A única coisa que me fez sentir como eu mesma novamente foi meu estágio na RPP. Foi quando eu percebi que a solução não era impulso – era consistência. E claro que era; a rádio sempre fez eu me sentir mais perto do meu pai. Eu conseguiria um emprego estável, uma casa num bairro tranquilo e o namorado dedicado, que se tornaria, um dia, o marido. Ameena permaneceu sendo minha melhor amiga; minha mãe continuou solteira. Com exceção da minha vida amorosa, tudo correu conforme o planejado.

Com Phil se tornando meu padrasto – as coisas irão mudar.

E historicamente, eu não tenho lidado bem com mudanças.

Uma casa sempre fez parte dos meus planos e eu deveria ter-me sentido extremamente realizada. Eu a comprei há 6 meses, mas ainda estou tentando deixá-la com a *minha cara*. Vou passar horas vasculhando lojas de antiguidade em busca do tipo certo de arte antes de comprar na Target alguma bolha abstrata produzida em série ou experimentar uma dúzia de amostras de tinta para a sala de estar antes de perceber que nenhuma delas parece a certa e que nunca terei energia para repintá-la. Aos vinte e poucos anos, Ameena e eu sonhávamos em dar jantares quando tivéssemos espaço, mas agora estamos sempre exaustas. Na maioria das vezes eu acabo cozinhando algo de caixinha que aparece na porta da minha casa duas vezes por semana.

Toda vez que eu imaginava a vida adulta, era diferente dessa realidade. Todas as pessoas importantes da minha vida têm um companheiro. Eu tenho uma casa vazia e meu suposto trabalho dos sonhos que nem sempre me ama.

Contra os meus princípios, escuto o programa do dia. Eu ouvia sempre, quando comecei a trabalhar, ansiosa por meios de me aprimorar, mas não tenho escutado há algum tempo. Repetidamente, eu rebobino as respostas de Dominic, tentando identificar o que exatamente os ouvintes acharam tão interessante. Ele leva alguns minutos para encontrar o equilíbrio; o ritmo de sua voz muda e suas palavras se tornam suaves como cobertura de creme de manteiga sobre bolo *red velvet*. Ele não é um robô, como presumi antes de escutá-lo ao vivo. *É quase como se ele não quisesse que alguém descobrisse que ele estava fazendo algo ilegal,* ele diz em um tom dissimuladamente surpreso que me faz abrir um sorriso. Ele responde às perguntas dos ouvintes como se realmente se importasse com as preocupações deles e, mesmo quando não sabe a resposta, ele faz o possível para convencê-los de que a descobrirá.

Por mais que eu odeie admitir, Dominic Yun em *Puget Sounds* era notícia de qualidade.

Até meu pai concordaria.

3.

"Reunião de emergência", Kent O'Grady anuncia na manhã seguinte, antes mesmo de eu ter aberto o zíper de meu casaco. "Sala de conferência. Cinco minutos. Somente funcionários da chefia."

Eu nunca fui sênior suficiente para participar de uma reunião de emergência da RPP. Minha promoção, com direito a um discreto aumento salarial, aconteceu alguns meses atrás. A gravata modelo M. C. Escher está torta, como se ele estivesse tão cansado esta manhã que não percebeu. Isso é preocupante, mas ainda assim, é ótimo fazer parte da reunião.

Eu penduro meu casaco no gancho ao lado de minha mesa e tiro o laptop, o celular e o bloco de notas da bolsa. Meu celular acende com a notificação de um dos aplicativos de namoro que não consegui excluir.

Estamos com saudades! 27 matches estão te esperando.

Eu deslizo o dedo e arrasto o aplicativo para a lixeira. Esse é o único movimento que ando fazendo ultimamente. Tinder e Bumble estão tentando desesperadamente me reconquistar.

Nossa redação tem um piso plano aberto, escritórios reservados para o mais alto escalão da equipe. Meu local de trabalho está cheio de xícaras de café vazias que, definitivamente, colocarei hoje na máquina de lavar louças. Os funcionários fazem rodízio de serviços de cozinha e durante meus primeiros dois anos na RPP, eu ficava presa todas as sextas-feiras por conta desse serviço. Presumi que fazia parte por ser novata, mas nunca vi Griffin, nosso estagiário da *Puget Sounds,* na programação, que é elaborada semanalmente, pelo gerente do escritório. Nunca pareceu importante o suficiente para levar a questão para o RH.

Também há meu complicado sistema de arquivo de resumos antigos e, fixado ao lado do meu computador, um poster do PodCon assinado pelos apresentadores do meu *podcast* de filmes favorito. PodCon é um festival anual de rádio e *podcasting* e se parece coisa de nerd é porque realmente é, além de ser o melhor. Fui há alguns anos, quando foi realizado em Seattle e, embora fosse um sonho estar lá como apresentadora, obviamente uma emissora local não tem apelo nacional.

Na mesa em frente à minha, Paloma está adicionando sementes de chia e linhaça a um copo de iogurte islandês. Ela chega todo dia às oito da manhã em ponto e vai embora às dezesseis horas, logo depois que terminamos a reunião sobre o programa da tarde.

"Reunião de emergência?" eu perguntei. Congelamos as contratações há um tempo; Dominic foi a última pessoa contratada antes disso. Eu me pergunto se essa reunião tem a ver com as finanças da rádio.

Ela mexe o iogurte. "É apenas Kent fazendo drama. Você sabe o quanto ele ama chamar atenção. Provavelmente estamos promovendo uma campanha de doações, ou algo do tipo." Paloma trabalha aqui há mais de duas décadas, então se ela não está preocupada, talvez eu também não deveria ficar. "Você não tem sementes extras de chia por aí, tem? As minhas simplesmente acabaram."

E embora eu nunca tenha comido semente de chia na vida, eu enfio a mão na gaveta embaixo da minha mesa e tiro um saco cheio delas.

Isso é o que um bom produtor faz. Eu me treinei para saber o que Paloma quer antes mesmo dela saber, para antecipar todas as suas necessidades. Se o seu apresentador não está feliz, seu programa não pode ser bom. Paloma é a razão pela qual as pessoas amam *Puget Sounds* e eu sou a razão pela qual Paloma consegue apresentar um bom programa.

"Você é um doce", ela diz, olhando para seu iogurte. "Literalmente. O que eu faria sem você?"

"Comeria qualquer iogurtinho vagabundo por aí, obviamente."

Eu costumava ter medo dela. Cresci ouvindo Paloma apresentar o noticiário da manhã e quando a encontrei, no primeiro dia do meu estágio, fiquei tão nervosa que nem consegui falar direito, não conseguia acreditar que ela era real. *Puget Sounds* foi ideia dela e mesmo hoje em dia, não há muitas apresentadoras nas rádios públicas e muito menos mulheres homossexuais.

Paloma está na casa dos quarenta, não tem filhos e, ela e sua esposa, que é professora de artes, todo verão passam duas semanas num lugar remoto do qual nunca ouvi falar, voltando com histórias de como se perderam ou ficaram sem comida ou como, por pouco, escaparam de um animal selvagem. No trabalho, funciona de um jeito tão específico que, se um dia eu saísse, levaria semanas para treinar alguém novo para atendê-la em todas as suas particularidades.

Paloma ajeita seu xale, uma malha azul escura e verde, e leva consigo seu iogurte pelo corredor até a sala de conferências, onde imediatamente se torna claro que se trata de um Negócio Muito Sério. Todo mundo está com um ar sombrio e ninguém põe o olho no celular. Mesmo a equipe da manhã, que normalmente é muito animada, está um pouco menos animada que o normal.

Paloma pode não estar preocupada, mas eu permaneço parada na porta, subitamente dominada pela dúvida sobre onde me sentar. Dúvida esta que conhecia tão bem no Ensino Médio quando o meu horário de almoço não coincidia com o de Ameena. Uma reunião com a equipe da chefia ainda parece um clube, do qual enganei algum membro para me deixar entrar.

Uma figura alta trajando uma camisa de botão listrada cor azul celeste se aproxima do outro lado do corredor e eu aperto meu bloco de notas com mais força. Dominic está usando jeans hoje, o que é raridade no caso dele. A calça está lisinha, sem nenhuma ruga à vista. Essa é outra razão pela qual sua altura é tão frustrante: se ele não fosse um gigante eu seria capaz de olhá-lo nos olhos ao invés de catalogar suas escolhas de calça.

"Apenas funcionários da chefia", eu lhe digo, estampando um sorriso falsamente simpático no rosto. Um lugar onde eu me encaixo e ele não.

"Desculpe." "Dom! Entre", Kent o chama da cabeceira da mesa.

E, num piscar de olhos, ele esbarra em mim com sua garrafa de café já incluso nesse clube do qual demorei anos para ser membro. Espero que o café queime sua língua.

"Reportagem brilhante", diz nosso editor chefe Paul Wagner. "E o prefeito renunciou?" Ele assobia baixinho.

"Obrigado, Paul", Dominic diz, passando a mão livre nos cabelos, que está mais liso que o normal. "Isso com certeza faz valer à pena chegar aqui às cinco da manhã." Ah, isso explica tudo.

Paul dá uma gargalhada. "A notícia nunca dorme."

Eu costumo ouvir a RPP no caminho para o trabalho, mas esta manhã eu estava terminando um *podcast*. A investigação de Dominic fez com que o prefeito renunciasse. Não é à toa que ele recebeu um bilhete premiado para esta reunião. No entanto, isso não vai me impedir de ficar silenciosamente furiosa.

Encontro um lugar ao lado de Paloma e abro meu caderno de anotações. *Reunião de Emergência,* anoto no topo da página em branco, sentindo-me um pouco menos importante já que Dominic está aqui.

"Bom dia", Kent grita enquanto nós continuamos sentados. "É sempre um prazer ver todos sorrindo logo cedo." Sua gravata modelo *M. C. Escher* é hipnótica e às vezes esqueço o quão autoritário ele pode ser na frente de um grupo. Ele parece a personagem de Rob Lowe em *Confusões de Leslie*.[8]

"Shay, você se importa de anotar? Você é tão boa com os detalhes."

"Ah... claro", eu respondo, riscando *Reunião de Emergência* e virando a próxima página para escrever

---

[8] Confusões de Leslie: Leslie Knope, uma burocrata de nível médio no Departamento de Parques e Recreação de Indiana espera embelezar sua cidade (e impulsionar sua própria carreira) ajudando a enfermeira Ann Logan a transformar uma construção abandonada em um parque comunitário, mas o que deveria ser um projeto relativamente simples é frustrado o tempo todo por burocratas estúpidos, vizinhos egoístas, pela burocracia governamental e por uma infinidade de outros desafios. O colega de Leslie, Tom Haverford, que explora sua posição para obter vantagens pessoais, pode tanto minar seus esforços como ajudá-la – enquanto seu chefe, Ron Swanson, é firmemente contra o governo em qualquer forma, apesar de ele próprio ser um burocrata.

de forma mais legível. Eu não estava esperando trabalhar na minha primeira reunião de chefia, mas acho que sou boa com os detalhes. E eu não vou discutir um elogio de Kent.

"Em primeiro lugar", Kent continua, "eu gostaria de parabenizar Dominic por seu trabalho de ontem, tanto pela reportagem que fez ao vivo em *Puget Sounds* quanto pelo seu empenho em acompanhar a história à noite".

Luto contra a vontade de revirar os olhos e tomo a decisão crítica de não registrar esse detalhe em particular. Dominic tenta aparentar humildade, suas bochechas até ficam rosadas antes dele erguer a mão, como se quisesse nos lembrar quem ele é.

"Vá direto ao ponto Kent", diz Isabel Fernandez, nossa produtora do programa da manhã. Sempre fomos mais colegas de trabalho que amigas de verdade, mas de repente eu a adoro. "Estamos alavancando uma campanha de doações para trazer mais dinheiro para a rádio ou o quê?"

"Nós não acabamos de terminar a campanha de doações?" Marlene Harrison-Yates pergunta.

"Nós sempre estamos terminando ou começando uma campanha de doações", Paloma murmura ao meu lado e eu seguro uma gargalhada porque ela não está errada.

"Não, não, nada disso. Bem." Kent limpa a garganta, endireitando uma pilha de papéis. "Vamos reorganizar nossa programação."

Agora, isso é eufemismo, se eu já ouvi um.

"Por favor não me mude para a manhã novamente", Paloma diz.

"Bem, eu não quero as tardes", diz Mike Russo, nosso apresentador da manhã.

"Deixa ele falar", eu digo, e Kent me dá um sorriso que acalma, só um pouco, meu estômago embrulhado.

"A diretoria e eu estávamos pensando... num novo programa."

O caos se instala mais uma vez na sala. Do outro lado da mesa, Dominic chama minha atenção, uma de suas sobrancelhas escuras levantam de modo que não consigo interpretar direito. Eu não sei porque continuamos fazendo contato visual quando eu passo a maior parte do meu dia esperando que nossos caminhos não se cruzem. Eu volto a olhar rapidamente minhas anotações.

"Nós temos nosso programa matinal, o programa da tarde e o programa da noite", Kent diz. "E o *feedback* que andamos tendo dos ouvintes é que são muito parecidos." Ele aperta um botão e vários gráficos coloridos, em forma de pizza, aparecem na tela de projeção. "Eles não se conectam com os apresentadores como costumavam, não como fazem em nível nacional ou como em alguns dos *podcasts* muito famosos."

"Desculpe", Paloma diz num tom de voz soberbo, "mas *Puget Sound* não tem nada a ver com *At the Morning*".

"E não podemos ter um comediante apresentando o noticiário da manhã", diz Isabel.

Mas Kent não está errado. Como uma rádio membro da RPN, nós somos responsáveis por nossa programação e podemos transmitir qualquer um dos programas nacionais. Naturalmente, eles são ouvidos mais que nossos programas regionais. Eles são de cara reconhecidos pelo nome e como sempre digo a Dominic, é desafiador conseguir que as pessoas se interessem por notícias locais.

"Um novo programa significa que estamos nos livrando de um de nossos programas principais?", Mike pergunta.

Kent balança a cabeça. "Eu não quero que ninguém tire conclusões precipitadas. Isto é apenas um *brainstormin*."

Uma reunião de *brainstorming* com produtores, apresentadores e repórteres geralmente funciona da seguinte forma: os apresentadores e repórteres assumem o controle e os produtores permanecem calados. Não é fácil falar numa sala cheia de pessoas cujo trabalho é falar.

"Que tal uma mesa redonda de notícias?" Dominic diz. "Nós poderíamos convidar toda semana políticos regionais e outros líderes para nos atualizar sobre o que está acontecendo em seus ramos de trabalho."

Cochilo.

Isabel, que Deus a abençoe, faz ele parar de falar, o que sublinho em minhas anotações. "Tentamos isso há quinze anos. Durou quanto? Alguns meses?"

"O mercado era diferente quinze anos atrás", Dominic diz.

"Exatamente. Era mais fácil." Isabel aponta para a tela, na qual um gráfico em forma de pizza mostra como a audiência de *Puget Sounds* caiu ao longo dos anos. Não é um bom gráfico em pizza – *Puget Sounds* teve a queda mais acentuada entre todos os principais programas. "Agora todos os avós e netos têm seu próprio *podcast*. Tem de tudo por aí. É impossível se destacar."

"Algo focado no meio ambiente", Marlene sugere. "Todos da região noroeste se preocupam com o meio ambiente. Cada programa poderia tratar de pequenas ações que as pessoas poderiam fazer para reduzir a emissão de carbono. Eu já tenho um monte de material sobre fazendas sustentáveis."

"Não estamos pensando fora da caixa, pessoal", Kent diz. "Já somos super regionais."

Mike sugere um programa de culinária e Paul, um programa de contação de histórias, uma sugestão que eu particularmente amo. Mas Kent diz que é muito parecido com *The Moth*,[9] o que é provavelmente a razão de eu ter amado a ideia. Dominic lança mais algumas ideias que, de alguma forma, conseguem parecer uma menos interessante que a outra. Um verdadeiro triunfo.

"O que acham de um programa de namoro?" Eu murmuro mais para um botão da minha saia de veludo cotelê do que para o grupo, supondo que ninguém prestará atenção na produtora chefe mais humilde da RPP. Não é nada que alguém já não tenha mencionado e, depois do noivado da minha mãe e do meu celular me lembrar que estou solteiríssima, é algo que não me sai da cabeça.

Mas Marlene me escuta. "Rádio pública não ousa tanto. E por uma boa razão: regulamentos da CFC. Qualquer coisa mais picante seria difícil de apresentar."

"É absolutamente possível fazer algo sobre namoro sem irritar a CFC", Paloma diz e eu sinto um super orgulho por ela tomar minha defesa. "Ano passado

---

[9] *The Moth*: é um grupo sem fins lucrativos com sede na cidade de Nova York, dedicado à arte e ao ofício de contar histórias.

fizemos um especial sobre saúde reprodutiva e outro sobre educação sexual nas escolas de Ensino Médio."

"Sim!" diz Isabel. "Mas algo novo. Algo moderno."

Do outro lado da mesa, Dominic revira os olhos com tanta força que temo por sua visão. Certamente um programa de namoro não se enquadra em sua ideia de mestrado em jornalismo de como uma rádio pública deveria ser.

"O que acham de um programa de namoro apresentado por pessoas que estão namorando?" Paloma fala.

"Já foi feito", Kent diz. "Cerca de uma dúzia de vezes em mais uma dúzia de *podcasts*."

"Um programa de namoro apresentado por ex-casais", eu digo, meio como uma piada.

A sala silencia.

"Vá em frente", diz Paloma. "Um programa apresentado por ex-casais?"

Não queria que soasse tão empolgante – é apenas um programa de namoro sob um novo ponto de vista. Mas talvez, não seja uma ideia ruim.

"Hum", eu digo, sentindo meu rosto ficar quente, do jeito que sempre fica quando sou o centro das atenções. Mesmo numa sala com pessoas que conheço, pessoas com vozes incríveis, que me fazem ter ainda mais consciência do som da minha voz. É mais aguda, mais nasal do que o normal. Essas pessoas não dizem "hum" ou "tipo". Elas não se atrapalham com suas palavras.

Dominic está me observando muito atentamente, como se eu fosse uma barra de notícias de uma TV a cabo. Mesmo quando ele está sentado, sua postura é tão rígida, seus ombros tão endurecidos, que os músculos devem doer todos os dias quando ele chega em casa. Desejo mais uma vez nesta reunião que ele não tivesse escolhido o assento logo em frente ao meu.

"Bem", um excelente começo. Eu pigarreio. É como escolher uma pauta na reunião semanal de apresentação da minha equipe. Ninguém julga o jeito que falo, e se julgam, não fazem comentários maliciosos. "Um programa de namoro apresentado por ex. É... exatamente o que parece. Nós perguntaríamos aos ouvintes como eles enxergam seu relacionamento, como resolveram ficar juntos e por que se separaram. Nós os apresentaríamos como dois amigos, como colegas, como o que quer que seja, agora que se separaram. O programa seria dividido em uma parte narrativa e outra informativa. Em cada episódio, o ex--casal poderia compartilhar mais sobre seu passado e também poderia explorar tendências de relacionamento ou entrevistas com especialistas em relacionamentos ou, até mesmo, fazer aconselhamento ao vivo para descobrir o que deu errado."

E eu estou surpresa me ouvindo falar sobre isso, que é algo sobre o que eu realmente me interessaria em ouvir. A rádio pública, algumas vezes, pode ser avessa à diversão, mas um programa como esse – meu pai teria adorado. Seria como um encontro entre *This American Life* e *Modern Love*.[10] Poderíamos fazer um programa que acompanha cada uma das partes num encontro do Tinder ou alguém rastreando uma pessoa que deu um *ghosting* em outra.

---

[10] *Modern Love*: um olhar para o amor em suas mais variadas formas, da paixão romântica ao carinho de uma família. Histórias únicas sobre as alegrias e tribulações do amor.

É aí que tenho que me controlar. Estou falando como se fosse a produtora do programa. E eu já tenho um programa.

"Como Kent disse, existem inúmeros programas de relacionamento por aí, muitos deles apresentados por casais", eu digo, ganhando mais confiança. Meus colegas de trabalho, meus colegas da chefia e Dominic ainda estão me ouvindo. "Mas... e se realmente tentarmos entender o que dá errado nos relacionamentos fazendo com que dois ex-parceiros resolvam seus problemas? Porque isso é o que as pessoas querem saber, certo? Onde erraram?"

É uma dúvida que muitas vezes eu tive. Eu me permito sorrir, ficar mais à vontade em meu lugar.

"Eu adorei a ideia", diz a repórter Jacqueline Guillaumont, depois que o burburinho na sala diminui. "Eu escutaria um programa desses."

"Não é convencional", Mike fala, "mas tenho que dizer que gosto do caminho que as ideias de Shay estão traçando. Talvez seja disso que precisamos, algo fora da caixa exatamente como isso".

"Nós precisaríamos de dois ex para apresentar o programa", sugere Isabel. "Mas acho que poderíamos resolver isso, né?"

Paloma se estica e rabisca no meu bloco de notas: *Ótimo trabalho* e eu me sinto radiante.

"Desculpe, mas não vejo como isso funcionaria", Dominic diz, com o orgulho ferido. Uma ruga surge entre suas sobrancelhas.

"Por que não?" Estou tão focada nele, no desejo repentino de apertar meu polegar bem forte contra aquele vinco entre suas sobrancelhas, que mal consigo ouvir Paloma raspando o fundo do pote de iogurte ao meu lado. A única vez que tenho coragem de falar numa reunião como essa – uma reunião à qual ele nunca deveria ter sido convidado – ele acaba com minha ideia.

"Não é exatamente um jornalismo revolucionário."

"Desde quando tudo precisa ser? Isso faria as pessoas comentarem e teria um apelo além da nossa audiência. Talvez até aumentaria as contribuições à rádio." Eu olho diretamente para Kent quando digo isso. "Não podemos destituir prefeitos todos os dias."

"Não, mas deveríamos pelo menos nos comportar com um mínimo de respeito", Dominic cospe a última palavra enquanto se inclina para frente, agarrando a ponta da mesa. "Ex-casais discutindo sobre porque terminaram? Dando conselhos de relacionamento?" Ele zomba. "Isso soa como programa de rádio via satélite, ou Deus me livre, rádio comercial. Isso soa... *vulgar*."

"E expor a vida privada do prefeito, não é?"

"Não quando é notícia."

O resto da sala parece curiosamente cativada por nós. Kent vem rabiscando em seu bloco de notas, estranhamente silencioso. Eu nunca vi alguém discutir assim numa reunião e eu estou convencida de que ele vai deixar rolar. Quando ele não interfere, eu continuo.

"Você acha que rádio pública é apenas isso, mas não é", eu digo, apertando minha caneta o mais forte que posso. Na minha cabeça, a tampa voa e respinga tinta preta em seu peito sujando toda a camisa que ele deve ter escolhido com tanto cuidado esta manhã. A tinta escorre por entre as listras azuis e continua descendo pelo seu jeans. "E essa é a beleza disso. Pode ser educativo, mas também pode ser comovente ou emocionante ou divertido. Não estamos apenas entregando fatos, estamos contando histórias. Você trabalha aqui há quatro meses e acha que já conhece esta indústria?"

"Bem, eu tenho um mestrado em jornalismo. Da Northwestern." Ele fala o nome da sua faculdade tão casualmente, como se fosse fácil entrar ou não custasse 60 mil. "Então, acredito que esse diploma pendurado sobre minha mesa me qualifica para falar sobre jornalismo."

Finalmente Kent levanta a mão, demostrando que era hora de nos acalmarmos. "Muita coisa para pensar", ele diz e então, com duas palavras, me faz perder toda a esperança. "Outras ideias?"

Depois de mais 20 minutos, Kent encerra a reunião, fazendo o possível para nos tranquilizar quanto ao futuro da rádio.

"Esses são os primeiros passos", ele diz. "Ainda não faremos nenhuma alteração na programação."

É difícil ignorar o ar sutil de preocupação dos meus colegas de trabalho enquanto saem da sala com suas canecas de café frio. Enrolo para ser a última a sair, na esperança de evitar Dominic. Infelizmente, ele está no corredor, esperando para atacar.

"Jesus Cristo", eu digo quando ele me assusta. Seguro meu bloco de notas sobre meu coração palpitante. "O que mais você tem para me ensinar sobre meu trabalho de dez anos?"

Aquela ruga reaparece por entre as sobrancelhas e ele parece mais tranquilo que na reunião. "Shay, eu não..."

"Dom! Shay!" Kent interrompe e eu estou um pouco irritada porque, por um segundo, parecia que Dominic estava prestes a se desculpar.

Mas isso seria tão provável quanto Terry Gross deixar de apresentar Fresh Air.[11]

"Kent", eu digo, tentando me desculpar pelo meu jeito. "Desculpe pelo que houve. Saiu do controle."

Tudo o que ele diz é "Eu tenho que participar de algumas reuniões, mas quero conversar com vocês dois no final do dia. Podem me encontrar na minha sala às 17:30? Ótimo." Ele sai andando pelo corredor, me deixando com Dominic.

"E eu tenho que gravar uma entrevista." Ele dá um meio sorriso antes de voltar ao seu estado demoníaco e acrescenta: "Cabine A. Caso esteja se perguntando."

---

[11] *Fresh Air* é um talk show de rádio estadunidense transmitido em estações de rádio públicas nacionais nos Estados Unidos desde 1985. É produzido pela WHYY-FM em Filadélfia, Pensilvânia. O apresentador do programa é Terry Gross.

4.

O escritório de Kent é um verdadeiro templo da rádio pública. Há fotos dele cumprimentando todas as grandes personalidades da RPN, fileiras de prêmios emoldurados e uma prateleira cheia de equipamentos antigos de gravação de áudio.

Eu andei distraída durante o dia todo. Ruthie finalmente me puxou para uma cabine de som antes do almoço, desesperada por fofocas depois de ter ouvido rumores durante toda manhã. Eu lhe contei sobre a reunião de emergência logo cedo e, com uma certa relutância, minha ideia, depois de ter discutido com Dominic.

Ela arregalou os olhos por trás da armação de seus óculos. "Um programa como esse está apenas implorando por um nome chamativo. Algo como... *O Ex-Elenco* ou *Conversando com o Ex*."

Eu bufei, mas até que gostei. "Ou *Como conversar sobre sexo?*"

"Exatamente. Muito arriscado para a RPN?"

"Talvez", respondi, mas, sinceramente, eu não sabia. E é apenas uma ideia que lancei numa reunião de *brainstorming*, é improvável que vá além disso. Rádio pública pode demorar para inovar.

Uma vez sentados em frente à mesa de Kent, ele se desculpa por sair para preparar um novo bule de chá. Dominic se levanta e começa a andar.

"Você está me deixando tonta", eu finalmente digo.

"Você não tem que ficar assistindo." Ele para embaixo da foto de um Kent bem jovem, espremido entre Tom e Ray Magliozzi, os caras do *Car Talk*. Ele se encosta encurvado – claro. Nós entendemos, você é alto. "Nervosa?"

Eu dou de ombros, não deixando transparecer o quanto essa reunião me deixa desconfortável. Não tenho ideia do que esperar quando se trata de Kent. Ele costuma me intimidar e, embora estejamos longe de ser amigos, sempre nos demos bem. Ou, pelo menos, eu sempre fiz exatamente o que ele me pediu e nunca tivemos motivo para interações prolongadas. Eu fiz turnos extras de produção de campanhas de doações a pedido dele e lá atrás, quando eu ainda era qualificada, nunca o aborreci com pagamentos de horas extras quando trabalhava até tarde da noite. Agora, essas horas a mais se tornaram um hábito que não consigo quebrar.

"Eu trabalho aqui há quase dez anos, não fico mais nervosa."

"Dez anos e você continua fazendo a mesma coisa", ele diz. "Você não se cansa?"

"Felizmente, você está aqui para agitar as coisas. Não é chato ter que remarcar um convidado no último minuto, agendado há meses de antecedência e que teve que desmarcar um compromisso importantíssimo para sua carreira."

"Ah", ele diz, como se isso nunca tivesse passado por sua cabeça. "Eu não percebi. Merda. Desculpe por isso. Ela está brava?"

"Eu consegui suavizar as coisas", eu disse, confusa com sua resposta. Ele estava prestes a se desculpar mais cedo, também? "No próximo mês, nós faremos um programa inteiro dedicado ao comportamento animal para compensar. E antes que você diga qualquer coisa, sim, eu sei que não são grandes notícias, mas esses programas são realmente populares. Especialmente durante as campanhas de doações."

Ele levanta as mãos. "Eu não ia dizer nada. Tivemos uma aula na pós sobre como se humilhar, caso você tenha dado uma mancada com uma fonte."

Eu faço uma pausa. "Você está falando sério?"

Então sua armadura cai e ele solta uma risada. Uma risada aguda e ofegante que soaria distorcida caso ele a desse em um microfone. Quantas vezes ouvi Dominic dar risada nos últimos quatro meses? Menos de dez. Aparentemente, notícias nunca são divertidas.

"Não, mas por um segundo, você realmente acreditou em mim."

Hum. É um estranho momento de autoconsciência. Ele sabe que menciona a pós-graduação sempre que pode?

Kent volta com uma caneca de chá fumegante. "Shay, Dom", ele diz, acenando para cada um de nós.

Dominic desliza de volta para a cadeira ao meu lado e é então que noto que nossas cadeiras estão um pouco juntinhas demais. Há apenas uns 15 centímetros de distância entre nós. As pernas dele são tão compridas que seus joelhos batem contra a mesa de Kent e eu consigo sentir o cheiro de sua colônia. Sal marinho e mais alguma coisa – sálvia?

Seria estranho movimentar minha cadeira. Vou sofrer em silêncio. Kent toma um gole de chá e fecha os olhos por um momento, como se estivesse o saboreando. Quando ele os abre, seu rosto exibe um sorriso que me deixa totalmente confusa.

"É tão óbvio", ele diz. "Está bem na nossa frente." Outro gole de chá e então ele pressiona os lábios. "É bem simples, de verdade."

"O quê?" Dominic pergunta em um tom irritado. É discreto, mas dá para notar.

"Vocês dois juntos, apresentando o programa de namoro de Shay."

Um breve silêncio paira no ar antes de nós dois cairmos na gargalhada. Nada do que Kent disse faz sentido e ele ainda fala com ar de indiferença. Meu coração salta com a palavra *apresentar*, mas deve ser uma piada. Provavelmente, ele quis dizer *produzir*.

Eu dou uma olhadinha para Dominic e deve ser a primeira vez que o vejo verdadeiramente entretido. Normalmente, ele é tão sério, tão estoico, um repórter objetivo. Há uma abertura para essa sua nova expressão.

"Eu nem sei por onde começar", Dominic diz, gargalhando e, ok, agora ele está extrapolando. Ele não precisa rir *tanto* da ideia do programa, precisa? "É uma piada?"

"Não é uma piada", Kent diz e, talvez, nós três tenhamos perdido a cabeça. "O que você acha?"

"Além do óbvio de que Shay nunca apresentou um programa... nós nunca namoramos", Dominic diz e, embora eu tenha ficado ofendida com o que disse, ele não está errado. Há muitos furos na sugestão de Kent e, além do conteúdo do programa, eu não sou apresentadora. Eu não tenho o treinamento adequado, ou a experiência, ou a voz adequada.

"Você nunca apresentou um programa também", eu aponto.

"Mas eu já participei de um ao vivo."

Eu não quero discutir com Dominic na frente de Kent, mas não consigo lidar com sua presunção. "Você esteve ao vivo pela primeira vez ontem." Eu o aplaudo exageradamente. "Acho que você aprendeu tudo sobre jornalismo em um ano de pós-graduação e depois tudo sobre como apresentar ao vivo durante apenas uma única hora de um programa. Sim, claro, faz total sentido."

O sorriso de Kent é aterrorizante. "Viu? É disso que estou falando. Essa... essa coisa que vocês dois têm. É fascinante. Eu noto como vocês se comportam na redação. Eu sei, eu passo muito tempo dentro do meu escritório, mas eu sou perspicaz. Vocês dois tem essa química fantástica, um conflito natural. Dominic foca sempre nas notícias e fatos concretos e Shay, você gosta dos assuntos mais leves, mais humanos."

Eu não gosto do jeito que ele diz "mais leve", como se insinuasse que gosto do que é mais feminino.

"Os ouvintes tomarão partido", Kent continua. "Time do Dom ou time da Shay. Poderíamos criar algumas *hashtags* e ganhar dinheiro de verdade nas redes sociais."

"Mas eu sou um repórter", Dominic diz. "Um bom pra cacete, baseado no que houve nos últimos dias."

"E eu sei que você pode trabalhar com assuntos mais humanos também", Kent diz. "Aquela matéria que você escreveu na faculdade, a narrativa pessoal? Todos nós a lemos quando você se candidatou aqui. Foi convincente e *bonita*."

Ele deve estar falando sobre a matéria mais elogiada de Dominic, uma história sobre a viagem para a Coreia do Sul, em que visitou seus avós pela primeira vez. Eu não chorei como todos na redação, mas deixei uma caixa de lenço de papel ao meu lado, caso fosse necessário.

"Acho que estamos esquecendo do detalhe mais importante", eu digo, irritada demais para uma conversa com meu chefe, mas também nunca falei com um superior sobre meus relacionamentos amorosos (ou a falta deles). Tudo isso é surreal. "Dominic e eu não somos um ex-casal. Nós nunca tivemos nenhum tipo de relacionamento."

Kent balança a mão. "Vocês dois são discretos sobre suas vidas particulares no trabalho, pelo que, é claro, agradeço. E o RH também. Mas qualquer um que tenha estado perto de vocês dois não se surpreenderia em ouvir que estão lidando com as consequências de uma separação. Especialmente, após o que viram na sala de conferência."

"Eu não tenho certeza se estou entendendo o que você está dizendo."

"Nós criamos um relacionamento", Kent diz, como se fosse assim tão simples. "Nós criamos uma separação. E então, criamos um programa."

Silêncio novamente.

Eu não consigo assimilar isso. As peças estão lá, mas cada uma delas parece fazer parte de um quebra-cabeça diferente. Kent quer que finjamos que estamos namorando – quer dizer, que finjamos que *já fomos namorados*. Meu chefe, a lenda da rádio Kent O'Grady, quer fingir que tivemos um relacionamento e então falar sobre namoro na rádio pública.

Alguém me quer na rádio.

"Então nós criamos uma mentira." Dominic cruza os braços. As mangas da camisa estão arregaçadas novamente, expondo seus antebraços magros, e ele aponta a cabeça para a parede de prêmios de Kent. "Tudo isso e você quer que criemos uma mentira."

"Preciso manter esta rádio funcionando", Kent diz. "Nós precisamos de um programa de sucesso e rápido. Ninguém mais quer ouvir apresentadores de carreira. Eles querem caras novas e podem ser vocês dois." Ele bate na mesa que está entre nós. "Nós não temos tempo ou orçamento para treinar duas novas pessoas ou para trazer o ex de alguém. Vocês dois têm química. E todos nós somos contadores de histórias, não somos? Então contaremos a melhor história de separação. Não estamos mentindo... estamos distorcendo a verdade."

Contar histórias. Mentir. Há uma grande diferença entre essas duas ações.

"Imaginem: um programa semanal com uma hora de duração. Um *podcast*. Uma *hashtag*. Até mesmo brindes da marca. Nós poderíamos fazer dar certo." Kent se tornou um vendedor. "Quão incrível seria ter um programa com apelo nacional ligado ao nome da nossa rádio? WHYY tem *Fresh Air*, WBEZ tem *This American Life*... nós poderíamos ter esse programa."

Por um momento, permito-me imaginá-lo: eu sentada no estúdio grande, um microfone em minha frente, chamadas aguardando na linha.

"*Conversando com o Ex*", eu falo baixinho.

"Como?", Kent pergunta.

Eu repito com um pouco mais de convicção.

"*Conversando com o Ex...* sim. Sim, gostei muito."

A maneira como ele fala sobre esse programa, que era apenas uma ideia algumas horas atrás, quase parece *real*, como algo que se pode alcançar e tocar. Ele, evidentemente, passou o dia tentando entender a melhor maneira do programa acontecer. Talvez seja assim que a mente de um diretor de programa funcione ou, talvez, ele realmente esteja desesperado por algo novo.

Kent quer que eu minta.

Kent quer que eu apresente um programa.

"Minha voz", eu digo. Os dois se voltam para mim, como se soubessem exatamente o que há de errado com minha voz, mas não estão dispostos a admiti-lo, a menos que eu fale primeiro. Como se não houvesse problema insultar uma pessoa se ela se insulta primeiro. "O quê? Vocês dois sabem como minha voz é. Minha voz ao vivo seria um desastre."

"Você está sendo muito dura consigo própria", Kent diz. "Rádios públicas amam vozes únicas. Sarah Vowell, Starlee Kine. É impressionante, mas tem até gente que não gosta de Ira Glass. E você quer estar ao vivo." Ele diz isso como se soubesse pelo jeito que olho para Paloma durante *Puget Sounds*.

"Bem... sim", eu digo. "Mas isso não se trata do que quero." Certo? Não tenho mais certeza.

Essa conversa não pode ser real. Não estamos conversando de verdade sobre mim, num programa ao vivo – com Dominic, dentre todas as pessoas, apresentando um programa baseado num relacionamento que nunca tivemos. Devo ter entrado numa realidade paralela ontem: Ameena tem certeza de que sua entrevista de emprego não dará em nada, o noivado de minha mãe, meu relacionamento e separação, ambos inventados, com a mais nova estrela da Rádio Pública Pacific. A qualquer momento, Carl Kasell[12] voltará à vida e gravará uma mensagem no meu correio de voz.

"Desculpe, eu não entendo", Dominic diz, e ele parece estar tão chateado, tão perplexo que, de verdade, sinto um pouco de compaixão por ele. É do tamanho de uma das sementes de chia de Paloma. "O prefeito renunciou. Tínhamos essa grande história e agora... agora você quer me tirar das notícias para apresentar um programa de fofocas?"

"E você fez um trabalho incrível com aquela matéria." Kent toma um gole de chá. "Mas também foi apenas uma matéria e uma matéria não faz carreira. Ser repórter é muito estressante. As investigações são exaustivas. Você acha que pode produzir matéria após matéria assim tão facilmente?"

Dominic apoia os cotovelos nos joelhos, olha para o chão com as bochechas vermelhas e mais uma nova emoção surge: vergonha. Ele quer que Kent aposte nele, do modo que costumava, quando começou na rádio. Lembro-me, então, de quão jovem ele é. Seu mestrado durou apenas um ano – ele deve ter uns vinte e três anos.

Kent dá um sorriso simpático. "As pessoas te amaram ontem, Dominic", ele diz. Isso faz dele um bom chefe: ele sabe exatamente como nos animar quando quer algo, mesmo que isso signifique cutucar nossas inseguranças primeiro. "E as pessoas irão te amar também, Shay. Eles têm apenas que te conhecer. Eu não queria contar para todos da equipe, ainda não,

---

[12] Carl Kasell foi um radialista norte-americano. Trabalhou na *National Public Radio*. Faleceu em 17 de abril de 2018 em Potomac, Maryland, aos 84 anos, devido a complicações da doença de Alzheimer.

mas..." Ele solta um suspiro lento e contido. "Haverá demissões. Me mata dizer isso, realmente me mata."

Demissões. A força dessa palavra me prende à cadeira. Ele está falando sobre uma nova programação enquanto já planejavam demissões?

"Merda", Dominic diz e eu olho diretamente para Kent.

"Então aquela reunião foi o quê? Uma maneira de lutarmos por nossos empregos?" eu digo. "Sem nem perceber?"

"Para sua sorte, você pode ter conseguido não ser demitida."

"Sorte", Dominic diz baixinho. "Certo."

"E meu programa?" eu pergunto. Os gráficos em forma de pizza da reunião passam pela minha cabeça. Eu já sei o que ele irá dizer e sinto como se tivesse enfiado sua mesa bem no meu peito. Eu não percebi que esse novo programa custaria a destruição de Paloma.

"Sinto muito, Shay. Os números não mentem. É o programa com o pior desempenho e teremos que cancelá-lo. Quem me dera não ter que fazer isso. O conselho vem falando isso há meses e minhas mãos estão atadas. Eu estava planejando contar a você e a Paloma amanhã."

"O que vai acontecer com ela?"

"Ela receberá um pacote de indenização bem generoso", Kent diz. "Eu odeio que tenhamos que fazer isso. Eu odeio as demissões. Absolutamente, eu odeio tudo isso... é a pior parte do meu emprego. Mas é inevitável." Seu rosto se ilumina. "Caso vocês dois concordarem, eu farei de tudo para agradá-los. Na verdade, você pode escolher seu produtor."

"Ruthie", digo imediatamente. "Ela é a única que me vem à mente."

"Perfeito. Eu não quero demiti-la – ela é boa. Você quer Ruthie, ela é sua."

Dominic se levanta, esticando-se completamente. "O conselho não vai aprovar."

"Eu vou cuidar disso pessoalmente", diz Kent. "Próxima sexta. É quando preciso de uma resposta, ou lhes darei recomendações brilhantes e vocês poderão começar a trabalhar em seus currículos." Ele olha fixamente para Dominic. "Porque teremos que cortar alguns repórteres também."

Dominic solta o ar de repente, como se tivesse levado um soco na boca do estômago. Eu quero sentir pena dele, eu quero sentir pena de Paloma, de todos que irão perder seus empregos. Eu realmente quero, eu juro, mas...

As pessoas irão te amar Shay, Kent disse.

Eles irão *ouvir*.

A *mim*.

"Esqueça", Dominic diz, com seus ombros rígidos enquanto se dirige para a porta. "Eu não farei isso."

5.

Eu arrasto um pincel por uma tela, apertando os olhos para uma foto de um pomar de macieiras e depois para a minha versão dele. Algumas gotas vermelhas, algumas verdes. Não é exatamente uma obra-prima.

"E então ele basicamente insinuou que vocês iriam perder o emprego caso não fizessem o programa?" Ameena pergunta, mergulhando seu pincel no verde floresta.

"Ahã. Brutal, né?"

Ela solta um assobio baixo. "No limite do ilegal. Eu deveria falar com alguns dos meus amigos do RH."

Estamos no *Blush'n Brush*, uma noite mensal de pintura, num bar de vinhos. Estamos indo após o trabalho há algum tempo, como forma de aliviar o estresse, embora Ameena seja muito mais talentosa que eu. Na verdade, isso deve estar aumentando ainda mais meu estresse. Como resultado, tenho um punhado de medíocres pinturas de árvores ocupando espaço no meu quarto de hóspedes. Quem está me visitando? Por que tenho um quarto de hóspedes? Todo mundo que conheço mora em Seattle, mas eu não sabia mais o que fazer com o terceiro quarto da minha casa.

"Não é bem assim", eu insisto. "Ele realmente se preocupa com a rádio. Mas nada disso importa, já que Dominic disse que não fará o programa." O que significa que, a menos que ele mude de ideia nos próximos dez dias, nós dois estaremos desempregados.

"Merda. Me desculpe."

A ficha, que as demissões irão acontecer, ainda não caiu. Passaram-se apenas algumas horas desde nossa reunião com Kent e eu devo estar agarrada ao *Conversando com o Ex* como a um bote salva-vidas. Minhas chances de apresentar um programa ao vivo, de explorar algo novo, empolgante e diferente, está nas mãos de alguém que deixou claro que não sou a sua pessoa favorita. E, claro, ele nunca foi a minha, mas eu imagino que conseguiria tolerá-lo se isso significasse apresentar meu próprio programa.

"Eu te conheço", Ameena continua. "Você quer isso de verdade, não quer?"

"Eu quero muito." Eu suspiro e mergulho meu pincel na água antes de salpicá-lo na tinta azul clara. Um céu – com certeza eu consigo não estragar tanto essa parte. E quando deslizo o pincel na tela percebo que é o mesmo tom da camisa que Dominic usava hoje. "É estúpido, eu sei. Eu já tive ideias particulares para o programa e então comecei a fazer um *brainstorming* de um logo aqui, na minha cabeça... mas é inútil."

"Ei, isso não é estúpido." Ela morde o lábio inferior. "Mas, hipoteticamente falando, você estaria mentindo, não estaria? Isso não é um pouco... antiprofissional?"

Eu uso a justificativa de Kent: "É contar uma história. Estaríamos atuando, de certa maneira. A maioria dos apresentadores assumem uma personalidade diferente. Ninguém é exatamente do jeito que é na rádio – muito disso é apenas para criar uma imagem. Você cria uma personalidade para as pessoas se conectarem com você."

"Acho que faz sentido, quando você coloca dessa maneira", ela diz, mas acho que não consegui convencê-la. "Quanto ao Dominic, você ao menos tentará convencê-lo, certo?"

"Não faço ideia de como, mas sim."

"Por que você não gosta dele?"

Eu resmungo, tanto para a pergunta dela, como para a maneira que, de alguma forma, transformei o céu da minha pintura numa bagunça marrom e lamacenta. "Ele acha que sabe tudo sobre rádio, fica se exibindo com seu diploma de mestrado, como se isso o tornasse alguma autoridade em jornalismo. A ideia de apresentar o programa com ele, estando em pé de igualdade... bem, ao menos, é melhor do que ele pensar que estou abaixo dele."

"Ele é bonitinho?"

"O quê?" Eu me engasgo com meu *pinot*. "O que isso tem a ver?"

Ameena dá de ombros e desvia o olhar, fingindo desinteresse. "Na realidade, nada. Estou apenas curiosa."

"Quer dizer... objetivamente... ele não é *feio*", consigo responder, tentando não pensar em seus antebraços ou sua altura, mas em como ele fica quando ele tem que esticar o pescoço para olhar para mim. Será que eu conseguiria lidar com ele cinco dias por semana?

Um sorriso maroto curva seus lábios enquanto ela bebe sua taça de rosé.

"Cala a boca", eu retruco.

"Eu não disse nada."

A instrutora passa em nossa fileira e se impressiona com a pintura de Ameena.

"Lindo trabalho, Ameena, como sempre". Ela se vira para mim com um sorriso discreto. "Está quase lá. Você está realmente melhorando."

Ameena fica toda convencida. Eu reviro os olhos. "Aqui está a parte mais estranha para mim", Ameena diz. "Você tem certeza de que se sentiria bem, falando sobre seus relacionamentos passados na rádio? Lavar toda a roupa suja?"

Eu considero isso. "Acho que teria que ficar bem. Minha roupa não está tão suja, está? Não houve nada sério depois de Trent."

Trent: um desenvolvedor de olhos gentis e cabelos prematuramente grisalhos com quem saí por três meses no início do ano passado. Ele era um apoiador regular das campanhas de doações, o que me fez deslizar o dedo para a direita. No nosso primeiro encontro, ele me contou o quanto sonhava com uma família. Nós passávamos todos os finais de semana juntos e eu me apeguei rápido. Nós íamos a feiras de produtos orgânicos, parques estaduais e assistíamos a peças intelectuais.

Eu gostava da maneira de ficarmos juntos, na cama, como ele enterrava o rosto dele na minha nuca e me dizia o quanto gostava de acordar ao meu lado. Eu presumi que o amar fosse o próximo passo após o gostar, mas quando entrei nesse assunto no caminho para encontrar minha mãe para um *brunch* num domingo, ele quase errou o caminho.

"Eu não sei se já estou pronto para isso", ele disse.

Nós estávamos escutando *Wait Wait... Don't Tell Me*[13] e estávamos fazendo nossa própria competição, contando pontos, no intuito de responder às questões corretamente antes dos membros do painel. Desliguei a rádio imediatamente, querendo que essa experiência não arruinasse o programa para mim.

Nós ainda poderíamos nos divertir, ele insistiu. As coisas não ficariam estranhas sabendo que eu o amava e ele não. Mas ele terminou naquela noite, depois dos ovos beneditinos mais desconfortáveis da minha vida.

Eu sempre fui decididamente *antibrunch* e Trent confirmou essa postura.

As pessoas dizem que querem algo sério, mas assim que o caminho aponta para essa direção, elas fogem. Ou elas estão mentindo, ou percebem que não querem algo sério comigo. Eis meu hiato. Isso não me impede de querer casar um dia. É que "um dia" parecia muito mais distante quando eu tinha 24 do que com 29 anos.

"Eu me ofereci para clonar TJ", Ameena diz, encolhendo os ombros. "Não é minha culpa que a tecnologia ainda não esteja tão avançada."

Eu adiciono mais vermelho à minha árvore. Caramba, parece que está gravemente ferida. Terei pesadelos se colocar isso na minha casa. "Honestamente, minha maior preocupação, mais do que Dominic ou o conteúdo do programa, é minha voz."

---

[13] *Wait Wait...Don't Tell Me*: é um programa de rádio semanal de uma hora de duração produzido pela WBEZ e pela *National Public Radio* em Chicago, Illinois. No programa, os palestrantes e participantes são questionados de maneira bem-humorada sobre as notícias da semana.

"Shay", Ameena diz, gentilmente, por saber da minha encanação com isso. Eu até implorava para ela fazer ligações importantes para mim.

"Sério, Ameena. Quem quer Kristen Schaal quando eles poderiam ter, tipo, Emily Blunt?"

"Eu gosto de uma voz única. A maioria das vozes dos caras velhos e brancos da RPN parecem a mesma para mim. E eu odeio o som da minha voz também. Correio de voz é o pior."

"Não é apenas um correio de voz. Seria uma hora por semana. E um *podcast* também."

"O que um homem branco medíocre faria?" ela pergunta.

Ameena e eu começamos a citar essa frase anos atrás, depois que ela participou de um seminário sobre diversidade no trabalho. Ameena é indiana e ela relatou que mulheres, especialmente as negras, são estatisticamente menos propensas a pedir coisas que os homens não pensam duas vezes em pedir. OQUHBMF, enviaríamos essa mensagem de texto, uma para outra, quando precisássemos de apoio.

"Um homem branco medíocre, provavelmente, teria uma voz de rádio perfeita", eu digo. "Chega de falar sobre mim. Como está o processo seletivo da Conservancy?"

Ameena tenta parecer indiferente. "Eles me passaram para a próxima etapa. Na próxima semana, tenho uma segunda entrevista por telefone."

Eu soltei um grito. "Parabéns!"

"Obrigada", ela diz e então dá uma risada forçada. "Ainda estou convencida de que eles estão me enrolando... mas, tenho que admitir, levantou minha moral."

"E você realmente sente vontade de sair de Seattle?"

"Eu gosto de Seattle", ela diz após uma breve hesitação, "mas talvez, esteja pronta para uma mudança".

Pronta para uma mudança. Ameena pode conseguir esse emprego, minha mãe está se casando novamente e meu programa vai desaparecer na próxima semana. Uma mudança tão dramática quanto deixar a RPP – tenho certeza de que não estou pronta para isso.

"Aparentemente minha mãe também está."

"Como... você está se sentindo sobre isso?"

Passaram-se vinte e quatro horas e eles já decidiram a data: 14 de julho. Será principalmente para a família, embora a família da minha mãe consista em mim, e, por extensão, Ameena e TJ, enquanto Phil tem seus filhos, os cônjuges e os filhos deles. Suponho que eles serão minha família em breve.

"Essa é uma boa questão", eu digo. "Eu acho que foi tão repentino."

"Talvez, mas eles estão na casa dos cinquenta. Não tem porque esperar."

"Você estará lá comigo, né? Mesmo que" – minha voz falha – "mesmo que você tenha que vir da Virgínia?"

Ameena desliza a ponta de seu pincel em meu nariz. "Claro. Eu não perderia esse momento por nada."

Casa: luzes acesas, *podcast* em volume alto. Eu checo cada cômodo, certificando-me de que estou sozinha. Não é que esteja preocupada que alguém tenha invadido minha casa e esteja se escondendo atrás de uma porta, esperando para me assassinar. É que – bem, não há mal nenhum em me certificar.

Isso é normal. Todo mundo que mora sozinho deveria agir assim.

Assim que me certifico que não tem nenhum assassino em casa, eu descanso durante o restante da noite: pijama, laptop, sofá. Eu tenho um escritório, mas prefiro a sala de estar. A TV faz com que a sala pareça menos solitária, mesmo quando não está ligada. Provavelmente, mais tarde, terei um encontro com meu vibrador novo, apenas porque a conversa com Ameena me fez perceber que faz quase um ano que não faço sexo. Brincar sozinha não é a mesma coisa, mas eu tenho uma rotina. Deus sabe que eu tive tempo suficiente para aperfeiçoar esse momento.

É quando eu tiro o laptop da bolsa que me ocorre – que até o final da próxima semana, talvez eu não tenha mais um emprego para me sobrecarregar.

Ao invés de abrir meu e-mail do trabalho, eu acesso minha conta bancária. Tenho economias suficientes para alguns meses e imagino que receberia o seguro-desemprego. Acredito que isso funcione – não tenho tanta certeza.

Parece algo que deveria saber, mas eu só tive esse emprego. O governo apenas... te dá o dinheiro? Deus, eu sou um desastre de *millennial*. Puxo os arquivos do *Puget Sounds*, convencida de que abordamos esse assunto num programa em algum momento, mas a função de pesquisa do nosso sistema está totalmente desatualizada e estou ficando frustrada com isso.

Minha próxima parada é o conselho de empregos de mídias públicas, sobre o qual alguns de meus colegas da RPP falaram. Há um emprego de produtor no Alaska. Um de repórter no Colorado. Um de editor- -chefe em St. Louis.

Nada no estado de Washington.

Eu sabia que empregos na rádio pública eram difíceis de encontrar, mas não tinha ideia de que era tão ruim assim. Eu aperto minha mão contra o peito, tentando acalmar meu ataque de pânico. Se eu não trabalhasse na rádio pública, não tenho ideia do que estaria fazendo. Isso é tudo que sei fazer, tudo que conheço. E, claro, algumas dessas habilidades são transferíveis, mas não estou pronta para mudar de área. Eu amo demais trabalhar na rádio para deixá-la.

Eu tenho que convencer Dominic a apresentar esse programa comigo. E para convencê-lo, eu teria que conhecê-lo. E eu não sei nada sobre ele. Felizmente, ser uma produtora me tornou perita em *stalkear* pessoas nas mídias sociais.

O perfil do Facebook dele é público. Abençoada seja essa geração e nossa falta de limites. Só que – merda, faço parte de uma geração diferente de Dominic? Não há data de nascimento em seu perfil, mas ele foi direto da graduação para a pós-graduação. Dessa forma, ele tem 23 ou 24 anos. Eu sou uma verdadeira *millennial*, mas ele está entre as duas gerações: a minha e a geração Z.

Curiosamente, não temos amigos em comum, o que significa que ele não adicionou ninguém da rádio ainda. Eu clico em suas fotos. Aqui está, meu ex-namorado em potencial com cortes de cabelo infelizes, acne típica de adolescente e posando para estranhas fotos de família. Seu rosto parece mais delicado, embora o formato de sua mandíbula seja muito bem definido. Eu ando tão focada em me irritar com ele que não me dei conta que ele *é* bonitinho. Especialmente após a fase dos cortes de cabelo infelizes. Em algum lugar, um barbeiro deveria ser demitido.

Eu poderia ter namorado um cara como ele, eu reflito, analisando uma foto dele se apresentando para uma turma, com os braços esticados em algum tipo de gesto enfático. A foto foi postada por outra pessoa, com a seguinte legenda; *Típica Apresentação de Dominic Yun: Por favor mantenha seus braços e pernas dentro do veículo.* Eu sorrio. Deve ser uma piada interna.

Eu nunca namorei um cara mais jovem; todos os meus namorados eram da minha idade ou um pouco mais velhos. E mesmo, embora, não *estivéssemos* namorando de verdade, não posso negar que há um clima, enterrado sob a angústia geracional.

Eu continuo rolando a página do seu perfil, parando em uma série de fotos – *muitas* fotos – de Dominic com uma garota ruiva, algumas delas tão recentes quanto em junho passado, na sua graduação em Northwestern. *Mia Dabrowski* está na *tag* da foto. Ela é muito fofa, algumas sardas espalhadas pelo nariz, uma tendência para cores brilhantes. Eu observo os momentos que passaram juntos... Os dois numa festa, na praia, no barco de alguém. Na maioria das vezes eles estão rodeados por um grupo de amigos, mas às vezes, estão sozinhos, apertando as bochechas um do outro e posando para a câmera. Então, estão na formatura da graduação com becas iguaizinhas. Eles são adoráveis juntos. Eu clico nela, mas seu perfil é privado.

O status de relacionamento dele está como solteiro, então deve ter havido um rompimento recente, eu deduzo. Eu me pergunto se tem a ver com sua relutância em fazer o programa ou com sua mudança para Seattle. Eu realmente não sei quase nada sobre ele e sinto uma aflição desconhecida: eu *quero* conhecê-lo. Eu quero conhecer esse cara que teve uma vida plena em Illinois, que não apenas estava sorrindo, mas estava radiante, em todas as suas fotos e que ainda não adicionou nenhum colega de trabalho no Facebook.

Ele tem amigos na RPP? Não sei se ele já saiu para beber com alguém depois do trabalho. Jason almoçou com ele uma vez nas primeiras semanas em que começou a trabalhar na rádio, mas depois ele passou para o turno da tarde. Eu vi Dominic saindo da rádio de apenas um único modo: sozinho.

Estou rolando a página do seu perfil de volta para o início, quando a tragédia acontece.

Minha mão escorrega e acidentalmente eu encosto no botão de curtir. Numa foto bem antiga dele com sua ex-namorada.

A única solução racional é tacar fogo em mim e no meu laptop.

"Merda", eu digo bem alto, atirando o laptop no sofá. "Merda, merda, merda!"

Eu dou um pulo e balanço minhas mãos traiçoeiras. Ele vai saber que eu o estava *stalkeando*. E isso pode trazer à tona sentimentos confusos sobre sua ex e então, ele nunca irá querer apresentar o programa comigo e caralho, *caralho* como pude ter sido tão estúpida?

Suspiros profundos. Eu apenas apertarei novamente o botão para descurtir a foto. Ele nunca receberá uma notificação. Eu pego de volta meu laptop, me dando conta de que, no meio do ataque de pânico, eu fechei a janela. Então, eu tenho que achar a página dele novamente e rolá-la pelas fotos, só que não consigo me lembrar o quão longe essa foto, em particular, estava e...

Uma nova notificação surge:

1 novo pedido de amizade: Dominic Yun.

6.

Na semana seguinte, as mesas se esvaziam. O repórter de arte Jess Jorgensen, que foi contratado antes de Dominic, deixará a rádio na terça, seguido pelo locutor dos finais de semana, Bryan Finch. Kent dá a notícia para Paloma, Ruthie e Griffin na segunda e eu finjo que estou escutando aquilo pela primeira vez.

A redação é tipicamente um lugar de muita conversa, mas as demissões nos deixaram calados. Ninguém sabe quantas pessoas estão sendo demitidas e estamos todos no limite. Nunca vi a rádio assim. Eu me entristeço.

O prazo de Kent se aproxima. Sempre que tento falar com Dominic, ele está indo para uma cabine de som ou saindo para encontrar uma fonte, levando com ele uma bolsa com equipamento de gravação. Agora, estou ainda mais ciente, que ele está sempre, sempre sozinho quando sai do trabalho. Ele não almoça com ninguém. Nada de *happy-hours* depois do trabalho. Apesar do amontoado de elogios feitos pelos seus colegas repórteres, ele é um lobo solitário e eu não tenho certeza se é por opção. A rádio é formada por um pessoal mais velho e eu fui a mais jovem por tanto tempo, que minha única opção era fazer amizade com pessoas que tinham filhos da minha idade. Quando Ruthie entrou, eu não pude acreditar que eu era mais velha do que ela.

Na quarta, eu devoro sementes de chia aos punhados e essas coisas não são baratas. Eu não posso perder esse emprego. Não quando estou tão perto de apresentar um programa ao vivo.

Finalmente, consigo encurralá-lo depois do programa daquele dia, durante o qual Paloma entrevistou um professor universitário sobre psicologia dos sonhos. É uma outra atração popular, para a qual os ouvintes ligam para analisar seus sonhos. Embora, aparentemente, não seja popular o bastante para nos manter no ar. É uma prova do profissionalismo de Paloma que ela é capaz de se manter firme ainda que tenha anunciado aos nossos ouvintes no início da semana que, em breve, estaríamos fora do ar. Eu estava esperando uma enxurrada de apoio da comunidade, e-mails e mais e-mails nos implorando para que o programa continuasse.

Nós recebemos um. E, ainda por cima, com o nome de Paloma escrito errado.

"Precisamos conversar", falo para Dominic, que está esquentando um *Hot Pocket* no micro-ondas na sala de descanso. Hábitos alimentares universitários são difíceis de acabar, imagino eu.

"Você está terminando comigo?"

Eu dou risada. "O que você acha daquele restaurante coreano no final da rua?" Eu o vi indo almoçar com Kent naquele lugar, mês passado. Na época, fiquei com ciúmes, demorou anos para eu conseguir um convite para um almoço exclusivo. Ok, eu ainda estou com ciúmes.

O micro-ondas apita e ele o abre. "Eu indico. Espero que goste."

"Janta comigo?" eu imploro, parecendo que o estou convidando para sair. "Por minha conta. Por favor. Você não precisa se comprometer com nada agora. Eu apenas quero conversar."

Por mais que me doa implorar a ele por algo, eu me ajoelharia caso fosse necessário. Mas Kent não estava errado, nós dois, apresentando um programa juntos, poderia dar muito certo. Com meu *know how* em produção e o dele em reportagens, além de Ruthie por trás das câmeras, esse programa poderia ser bem melhor do que *Puget Sounds* já foi.

Poderia ser *meu*.

Uma porção de emoções diferentes parece passar pelo seu rosto, como se estivesse travando uma batalha mental. "Dezoito e quinze. Logo, após o trabalho", ele diz enfim.

"Obrigada, obrigada", eu falo aliviada por não ter que recorrer a humilhação. De qualquer modo, eu mantenho minhas mãos em posição de oração. "Obrigada."

Ele acena bruscamente com a cabeça e então passa o *Hot Pocket* do micro-ondas para o prato, antes de sair da sala de descanso. Pela primeira vez, bloqueio sua passagem, embora só alcance sua clavícula. Ele poderia me cortar se quisesse, me tirar do caminho com seus quadris. Ou, talvez, ele me empurraria para o lado. Me espremesse contra a parede.

Eu sinto aquele cheiro de mar de oceano com sálvia, novamente.

"Se você me dá licença", ele diz. "Vou levar isso de volta para minha mesa e terminar minha história. Pode ser a minha última aqui."

Dominic chega antes de mim, só porque fiquei fazendo hora no banheiro do nosso andar, para evitar aumentar o constrangimento de descermos juntos no elevador. Eu reaplico o batom e ajeito minha franja grossa com os dedos. Eu vesti minha roupa favorita de propósito: botas de cano curto, jeans preto, blazer quadriculado vintage. Eu não costumo usar um batom vermelho logo de cara, mas, em tempos difíceis...

Exceto nas festas de fim de ano, nunca o vi fora do trabalho. Eles chamam de festa de fim de ano mesmo sendo essencialmente uma festa de Natal, com decorações completamente em verde e vermelho, uma árvore e um Papai Noel secreto. Escrevi meu próprio nome, não disse a ninguém e me dei de presente uma menorá elétrica. Dominic parecia um pouco mais confortável do que o normal, vestindo jeans preto e suéter verde escuro. Eu apenas me lembro como ele estava vestido, pois quando estávamos na fila do bufê, tive uma vontade estranha de tocar em seu suéter para sentir o quão macio era.

Ele está usando o mesmo suéter hoje sobre uma camisa de colarinho xadrez e ainda parece macio.

O restaurante é uma espelunca no porão de uma casa antiga. Quando tentava encontrá-lo, passei duas vezes pela entrada, por acidente.

"Vamos acabar logo com isso", ele diz enquanto eu me sento à sua frente. "Apresente seu caso."

"Jesus, podemos, pelo menos, pedir primeiro?" Eu abro o cardápio. "O que tem de bom aqui?"

"Tudo."

O lugar é pequeno e há apenas uma ou outra mesa ocupada por empresários, que conversam em coreano com a garçonete. A cozinha está a poucos metros de distância e cheira incrivelmente bem.

"Eu nunca comi comida coreana", admito.

"E você mora em Seattle há quantos anos?"

"Minha vida inteira."

Ele eleva as sobrancelhas na expectativa de eu explicar quantos anos duraram "minha vida inteira".

"Tenho 29 anos", digo revirando os olhos. "Nós provavelmente deveríamos saber a idade um do outro se vamos pensar em fazer isso."

"Não vamos fazer nada."

"Então porque está aqui?"

Pelo *jantar na faixa*, ele poderia ter dito. Mas não disse. Ele fica quieto por um instante, e então: "Vinte e quatro."

Uma pequena vitória.

Ele também abre o cardápio. "Bulgogi, churrasco coreano", ele diz apontando para uma fileira de itens do cardápio. "Pessoas brancas costumam gostar disso. Sem ofensa."

"Por que me sentiria ofendida? Sou branca."

"Algumas pessoas brancas ficam estranhas quando você diz que elas são, de fato, brancas. Como se até mesmo falar sobre sua própria raça as deixasse desconfortáveis."

"Acho que a maioria de nós realmente não pensa ser branco?"

Ele me dá um sorriso irônico. "É exatamente isso."

"Ah. Bem. Eu não me sinto estranha com esse papo de branco, se é o que você sugere."

No fim, é isso que escolho e ele me diz que posso experimentar seu Bibimbap. Essa oferta é estranha e ainda mais estranho é que estou jantando, de verdade, com Dominic Yun. Essa foi a conversa mais longa que tivemos sobre algo que não fosse a rádio. Não tenho certeza sobre o que pensar a nosso respeito, quando é mais fácil falar sobre raça do que sobre o trabalho que supostamente tanto amamos.

Quando a garçonete sai, nós ficamos em silêncio e eu começo a picar um guardanapo. É irritante estar tão perto dele sem telas ou microfones por perto. Ele não é, como confessei à Ameena, feio. Obviamente, já estive com outros homens atraentes no trabalho.

Mas o nível de atratividade de Dominic Yun é um pouco intimidante. Em outras circunstâncias eu teria ficado loucamente apaixonada, antes dele me dar um pé na bunda sem cerimônias. Talvez por isso tenha sido tão fácil discutir com ele. Eu não tinha que me preocupar em querer que ele gostasse de mim; eu já sabia que ele não gostava.

Graças a Deus seus antebraços estão cobertos.

"Eu noto", começo rasgando um pedaço de guardanapo particularmente satisfatório, "que você está com a impressão de que rádio é notícia ou nada. Mas veja bem. Você tem que encontrar algum prazer na rádio, além dos fatos duros e frios. Você ouve *podcasts*, certo? Existem cinco milhões de podcasts".

"Você me trouxe aqui para me dar uma aula sobre *podcasts*?"

"Tenho certeza de que poderia encontrar algum que te interesse. *Life After Grad School*,[14] talvez? Ou tem algum para pessoas cuja ideia de uma refeição balanceada é uma pizza de pepperoni *Hot Pocket*?"

Um canto de sua boca se curva para cima. Um pequeno indício de uma covinha. "Você realmente não sabe muita coisa sobre mim. Presumo que isso explicaria a perseguição no Facebook."

"Aquilo foi... uma pesquisa", eu insisto.

"Eu ouço *podcasts*", ele diz, enfim. "Há um excelente sobre o sistema judicial americano que..."

Eu resmungo. "Dominic. Você está me deixando louca."

Ele está cheio de sorrisos agora. "Você torna isso absurdamente fácil." Ele estica suas pernas compridas embaixo da mesa e eu me pergunto se ele sempre tem esse problema: mesas tão pequenas que não conseguem contê-lo.

OQUHBMF, eu medito, invocando o poder dos homens brancos e medíocres de todo o mundo.

"Eu quero isso", digo-lhe. "Olha, eu também não queria que acontecesse dessa forma. Eu queria trabalhar em rádio desde quando soube que a RPN existia. E *Conversando com o Ex*, talvez não seja o seu programa ideal. Mas abriria tantas portas. Estaríamos abrindo novos caminhos na rádio pública e, acredite em mim, a rádio pública não abre novos caminhos todos os dias. Esta é uma oportunidade incrível."

"Como posso saber que você não está apenas tentando salvar seu emprego?"

---

[14] *Life After Grad School* ajuda acadêmicos a entrarem no mundo dos negócios.

"Porque logo você também estará sem emprego, assim como eu."

Ele cruza os braços. "Talvez eu tenha recebido outras ofertas."

Eu espremo meus olhos, olhando para ele. "Você recebeu?"

Nós ficamos travados por um momento, até que ele solta um suspiro cedendo. "Não. Eu me mudei para cá para trabalhar numa rádio pública. Ou voltei para cá, eu diria. Eu cresci aqui, em Bellevue."

"Eu não sabia disso", eu disse. "Eu também, mas eu era uma garota da cidade."

"Eu te invejaria demais", ele disse. "Eu não podia dirigir na estrada até os dezoito."

Eu bufo. "Pobre menino suburbano." Mas fico surpresa como nossa conversa está fluindo naturalmente.

"Todo mundo do meu mestrado estava sendo contratado para jornalismo digital ou para administrar jornais de cidades pequenas, que fechariam em alguns anos", Dominic continua. "Eu não cheguei aqui por acidente. Fui para a pós-graduação porque, bem..." Ele dá uma pausa, coça atrás do pescoço como se estivesse envergonhado com o que está prestes a dizer. "Você vai achar ridículo, mas sabe o que eu sempre quis fazer?"

"Empregos como porta-voz de *Hot Pockets* podem ser escassos, mas você não deveria deixar isso te segurar."

Ele pega um dos meus pedaços de guardanapo e atira em mim. "Eu quero usar o jornalismo para consertar as coisas. Por isso quero me envolver nas investigações. Eu quero derrubar as corporações que estão acabando com a vida das pessoas e quero que os intolerantes e preconceituosos saiam do poder."

"Isso não é ridículo", eu digo, olhando sério para ele. Eu não sei porque ele se envergonharia de uma atitude tão nobre.

"É como dizer que você quer fazer do mundo um lugar melhor."

"Não é o que todos nós queremos? Só temos maneiras diferentes de fazê-lo", eu respondo. "Mas, por que você escolheu a rádio?"

"A ideia de poder falar diretamente com as pessoas me agrada. As palavras têm um poder real quando não são apoiadas por recursos visuais. É pessoal. Você tem total controle do que quer dizer e é quase como contar uma história para apenas uma pessoa."

"Mesmo que centenas ou milhares estejam ouvindo", eu digo baixinho. "Sim. Entendi. De verdade. Eu acho que presumi que você teve sorte com esse trabalho."

A covinha ameaça reaparecer. "Bem, eu tive. Mas também sou bom pra caralho no que faço."

Eu penso nele ao vivo com Paloma, na narrativa que escreveu na faculdade. Penso em todas as histórias do nosso site que as pessoas realmente parecem gostar.

Ele *é* bom.

Talvez seja isso o que eu mais odiei.

"Eu não sabia que você tinha vontade de apresentar um programa", ele continua. "Eu presumi que você estava feliz, sabe. Produzindo. Isso é o que você sempre fez aqui, certo?"

Eu concordo. Hora de tornar esse momento pessoal. Eu tinha a sensação de que esse momento estava chegando, de contar minha história para ele, mas isso não torna as coisas mais fáceis. Na verdade, as coisas nunca ficam mais fáceis. "Eu e meu pai sempre ouvíamos a RPN quando eu era criança. Nós fingíamos que éramos apresentadores de rádio e essa foi, honestamente, a melhor parte da minha infância. Eu adorava a maneira como a rádio podia contar uma história tão completa e imersiva. Mas, é um ramo disputado e eu tive a sorte de conseguir um estágio na RPP, que se tornou um trabalho em período integral... e aqui estou."

"Então você quer que seu pai a ouça na rádio."

"Bem... ele não conseguiria", digo, após uma pausa, incapaz de encará-lo.

"Hum." Ele olha para a mesa. "Merda. Me desculpe. Eu não sabia."

"Aconteceu há 10 anos", eu digo, mas isso não significa que não continuo pensando nele todos os dias, em como ele algumas vezes personificava os eletrônicos que consertava, principalmente para me fazer rir quando criança, ainda hoje eu me divirto com isso. *É uma cirurgia arriscada,* dizia ele sobre um iPhone antigo. *Ele pode não passar desta noite.*

Agradeço quando nossa comida chega crepitante, fumegante e parecendo deliciosa. Dominic agradece à garçonete em coreano e ela baixa a cabeça antes de ir embora.

"Eu pedi outro guardanapo", ele diz apontando para uns brilhos que permaneceram em meu rosto.

"Deus, isto está delicioso", falo após a primeira mordida.

"Experimente um pouco desse." Dominic coloca um pouco do arroz dele no meu prato.

Por alguns minutos, nós comemos num silêncio apreciativo.

"Então, *Conversando com o Ex*", eu digo, criando coragem para falar sobre o porquê de nós dois estarmos aqui. "O que está te amarrando? Sou... eu? A ideia de namorar comigo?"

Ele arregala os olhos e deixa cair a colher. "Não. Imagina. Ah, meu Deus. Eu não me sinto, tipo, insultado pela ideia de que eu e você poderíamos ter namorado. Um pouco chocado, sim, mas não insultado. Você é..." Nesse momento, seus olhos me examinam e passeiam pelo meu torso. Suas bochechas coram. Isso me deixa ansiosa, sabendo que ele está, obviamente, me examinando.

Você é sensacional. Você é 10. Espero um elogio dessa pessoa que sempre foi vil comigo.

Ele limpa a garganta. "Legal", finalmente diz.

Me dá licença que estou saindo agora, bem na hora do rush. Legal é o Kevin Jonas[15] *dos elogios.* É como dizer que sua cor favorita é bege.

"E você?" ele pergunta. "Não ficou muito horrorizada com a ideia de que já namoramos, nessa realidade paralela?"

Eu balanço a cabeça. "E você não está namorando ninguém atualmente."

"Não, desde que me mudei para cá, não. O que presumo que você já saiba, após sua *seção stalking* na calada da noite."

---

[15] Músico da banda Jonas Brothers.

Eu cubro meu rosto com as mãos. "Você acreditaria se eu te contasse que deixei cair meus óculos sobre o laptop e eles bateram no botão de curtir?"

"Nem um pouco."

"Então, não consegui fazer você acreditar que a notícia é verdadeira."

Ele concorda. "Eu fiz faculdade de jornalismo..."

"Espera um pouco, *o quê*?" pergunto, e ele revira os olhos.

"...e é o que quero fazer. A ideia de que a história do prefeito seja esquecida, que eu não conseguirei acompanhá-la, está me matando." Ele termina de comer. "Sem mencionar que não consigo nem imaginar como seria esse programa. Eu não saberia por onde começar. Como você disse, a maioria dos *podcasts* que ouço são..."

"Tediosos?" retruco. "Para sua sorte, sou uma *especialista* em *podcasts* divertidos. Vou te encaminhar uma lista por e-mail." Já estou compilando mentalmente uma. Vou fazer você ouvir Not Another Star Wars Podcast e Culture Clash e Femme, para começar. Em todos eles os apresentadores brincam muito um com o outro.

"Mal posso esperar."

"Talvez esse programa não seja típico de rádio pública", eu continuo. "Mas é disso que precisamos. Se nós fizermos um bom trabalho, você poderá fazer o que quiser na rádio. Os apresentadores estão no topo da cadeia alimentar. Não é pouca coisa o que Kent te ofereceu. É um negócio bom pra cacete."

"Você não acha que ele foi um pouco... manipulador?"

Ameena disse basicamente a mesma coisa.

"Kent é assim. Ele sabe o que quer. E ele claramente gosta muito de você." Espero que ele não perceba o tom de ciúmes na minha voz. "Isso é diferente de tudo que já foi feito na rádio pública. Claro, *The National Desk*[16] já fez histórias, algumas séries, sobre namoro e relacionamentos, assim como as estações afiliadas. Mas nunca houve um programa todo dedicado ao assunto. Não é emocionante saber que você poderia fazer parte disso?" Ele dá de ombros e eu continuo. "Estou nos bastidores por tanto tempo que acho que quero ver se sou capaz de fazer algo além disso."

Minha confissão pesa.

"Não fazia ideia de que você se sentia assim", ele diz calmamente.

"Não é algo que costumo transmitir com muita frequência." Eu começo a rasgar o guardanapo número dois. "Mas se você acha que não consegue fazer isso..."

Ele se inclina sobre a mesa, piscando os olhos, transparecendo uma emoção que não consigo nomear. "Bem, eu definitivamente poderia fazer isso."

Eu me obrigo a igualar a intensidade de seu olhar. Parece um desafio e não quero que ele pense que estou recuando. Eu espero não ter batom no meu queixo. Espero que ele não ache que sou velha demais para ele, pelo menos no sentido hipotético. Eu espero que ele perceba o quanto quero isso.

E isso significa querer ele também.

"Três meses", ele diz finalmente.

---

[16] *The National Desk:* programa diário de notícias da televisão americana apresentado por Jan Jeffcoat e produzido pelo Sinclair Broadcast Group. Estreou nacionalmente em 18 de janeiro de 2021.

"Seis."

"Shay..."

Eu levanto a mão, tentando ignorar o quanto gostei do jeito que ele pronunciou meu nome. Ecoou em sua garganta, enviando fagulhas dos meus dedões dos pés até alguns lugares que não andam recebendo muita atenção ultimamente. Eu fico imaginando se é assim que ele chama uma mulher na cama. Um gemido. Um apelo.

Jesus Cristo, eu estou pensando em Dominic *na cama* com alguém. Não estou bem. Se eu estou excitada apenas pelo som de sua voz, teremos sérios problemas.

"Três messes não é tempo suficiente para formar um público fiel", eu digo. "Seis meses será o suficiente para eu passar pela experiência que preciso de me apresentar ao vivo, será suficiente para colocar seu nome em outro patamar, do qual você poderá ir para onde quiser quando terminarmos."

"E se formos pegos?"

"Eu não vou dedurar. Você vai?"

Ele range os dentes de nervoso e eu sei exatamente o que ele está pensando. "Tudo bem", ele diz, e embora essa locução faça meu coração disparar, o que realmente eu quero ouvir é meu nome saindo da boca dele novamente.

"Obrigada!" eu salto da mesa e é aí que percebo que não tenho tanta certeza do que fazer. Abraçá-lo? "Obrigada, obrigada, obrigada. Você não vai se arrepender. Eu prometo. Esse programa vai arrasar."

Ele me observa com uma expressão de contentamento. Ao invés de ir abraçá-lo eu estico minha mão.

"Eu espero." Sua mão é grande, dedos finos que se encaixam entre os meus e aquecem minha pele. "Foi um prazer terminar com você."

7.

"Ele se chama Steve", diz a voluntária da Sociedade Humanitária de Seattle, quando paramos em frente à última gaiola. "Mas não sei se seria uma boa opção pra você."

"Por que não?" Um chihuahua de pelagem caramelada me observa com grandes olhos castanhos de um canto mais distante do corredor, sentado sobre um cobertor de flanela cinza. Ele tem orelhas gigantes, um narizinho preto e prognatismo de mandíbula. Ele é a coisa mais fofa que já vi.

No início, eu não dei muita atenção quando Ameena sugeriu que eu tivesse um cachorro. Mas minha casa anda mais assustadora do que o normal e ter um bichinho me esperando no fim do dia pode ser exatamente o que preciso. Além de um casal de porquinhos-da-Índia, que eu e Ameena tivemos quando saímos da faculdade, eu nunca tive um pet só meu. Quando eu era criança, nós tivemos um cão chamado Prince, embora não me recorde muito dele. Meus pais o adotaram quando eu nasci e ele faleceu quando eu tinha nove anos. Ainda assim, sou daquelas que não pode ver um cachorro na rua sem parar para perguntar se posso acariciá-lo.

Flora, a voluntária, murmura baixinho. "Ele... sabe, está passando por muita coisa. Nós achamos que ele tem mais ou menos quatro anos, mas não temos certeza. Ele foi encontrado nas ruas no norte da Califórnia e foi criado aqui para ter mais chances de ser adotado. Na verdade, ele foi adotado no final do ano, mas não deu certo. Eles tinham três crianças pequenas e ele, que não é agressivo por si só, pode ficar um pouco territorial."

"Não somos todos?" eu pergunto, forçando uma risada.

Flora continua séria. "Estamos com ele aqui há três meses e tivemos muitos problemas com sua adaptação. Nós achamos que ele ficaria melhor como pet único, de um dono mais experiente. Sem filhos."

Três meses. Três meses desse latido constante e nenhum humano para abraçá-lo. Três meses de solidão. Não consigo nem pensar em como é passar a noite aqui, depois que todos os voluntários vão para casa.

"Não tenho filhos, nem pets", digo.

"Mas você nunca teve um cachorro, né?"

Eu realmente mencionei isso quando entrei. Mas depois de ter andado para cima e para baixo por entre essas fileiras, não consigo me imaginar saindo daqui com algum desses cachorros – exceto Steve.

"Eu tive um quando era criança", retruco tentando parecer uma dona de cachorros responsável, alguém que pode lidar com um suposto "cachorro problema" como Steve. Ele não deve pesar mais que 4,5 quilos. "E eu tenho uma amiga que é adestradora." Não é bem uma amiga, mas... Mary Beth Barkley ficou triste quando soube que *Puget Sounds* iria sair do ar e eu lhe prometi que faria o possível para que fosse contratada em um novo programa.

"Bem, então", Flora diz, "vamos ver como ele se dá com você".

Ela destranca o caixote e se inclina para tirá-lo, mas ele recua para o canto. Ela tem que entrar no caixote ajoelhada para conseguir tirá-lo de lá e quando consegue, ele treme inteiro. Eu não consigo imaginar uma criatura tão pequena sendo um "cachorro problema".

"Eu estou aqui fora caso precise de algo", Flora diz depois de nos levar para uma sala cheia de guloseimas e brinquedos. E ela fecha a porta me deixando sozinha com Steve.

Eu me agacho. Steve fareja o ar cautelosamente.

"Ei, mocinho", eu digo, estendendo minha mão para ele saber que sou confiável. "Está tudo bem."

Ele se aproxima, seu corpo caramelado continua tremendo. O prognatismo mandibular faz com que suas ações pareçam incertas. Uma vez que ele se sente mais confortável, sua língua rosa é lançada para fora e ele me golpeia os dedos.

"Viu, eu não sou tão ruim assim, certo?"

Ele se aproxima mais, deixando-me acariciar suas costas. Ele é mais macio do que parece e suas patas são brancas, parecem botinhas. Eu coço atrás de suas orelhas até que seus olhos fecham e ele deita a cabecinha no meu joelho como se fosse a coisa mais gostosa que já tivesse sentido na vida.

Aparentemente estou fadada a me apaixonar rapidamente por cachorros também – pois num piscar de olhos já estou caidinha de amores.

Eu assino a papelada com Steve em meu colo. Decido que seu nome completo será Steve Rogers. Steve Rogers Goldstein. Um nome judaico muito tradicional. Flora me deu uma coleira e algumas informações sobre veterinários próximos e aulas de adestramento. Não quero deixá-lo no chão, mesmo quando tenho que pegar a carteira para pagar a taxa de adoção de 200 dólares.

Flora está radiante, mas ao mesmo tempo hesita. "Os cachorros geralmente são tímidos aqui no abrigo", ela diz. "Então, não se assuste se sua personalidade mudar um pouco, quando você chegar em casa."

"O prognatismo mandibular é algo com que eu devo me preocupar?"

"Ele é perfeitamente saudável. É apenas uma pequena peculiaridade."

"Eu o amo", digo e olho para ele. "Amo você e seu prognatismo."

Eles me dizem que, caso não dê certo, tenho duas semanas para trazê-lo de volta para um reembolso total. Um reembolso total. Por um animal. Isso é tão cruel, como se estivessem realmente esperando eu trazê-lo de volta.

No caminho de casa, Steve vomitou. Quando chegamos em casa, ele vomitou novamente num tapete do qual eu nunca gostei muito, fez xixi na minha mesinha de centro e fez cocô no carpete da sala de estar. Se minha casa parecia vazia antes, agora está repleta de energia caótica. Eu arrumei a caminha dele no meu quarto e ele se encolheu por 45 minutos antes de girar quatro vezes e meia e por fim se enrolar em uma pequena bolinha. Quando tento me aproximar ele rosna mostrando sua mandíbula proeminente.

Steve, pelo que me parece, vai virar minha vida pelo avesso.

"Não vou te devolver", eu digo inflexivelmente, mais a mim do que a ele. "Vai dar certo."

Eu limpo a casa, e o persigo por 15 minutos antes de conseguir colocar sua coleira. Mas, quando o levo para fora, ele congela parado na minha garagem, como se nunca tivesse visto o mundo exterior.

Já são quase 18:00, depois dele ter dado cerca de uma dúzia de voltas pelo meu jardim, quando ele finalmente se cansa e volta para sua cama. Ele já sabe que a cama é dele, o que decido considerar uma vitória. Assim que tenho certeza de que está dormindo, tiro uma foto e envio para Ameena. Ele faz uns barulhinhos enquanto dorme e eu tenho vontade de apertá-lo.

Como não posso ficar olhando para meu cachorro a noite toda, vou até a cozinha fazer o jantar e ligo para minha mãe, coisa que venho adiando desde que Dominic e eu concordamos em apresentar o programa juntos, alguns dias atrás. E, talvez, esse seja um dos benefícios de se ter uma família pequena: eu só tenho que mentir desajeitadamente para uma pessoa sobre meu falso ex-namorado.

Por mais que queira ser honesta com ela, ambas sabemos o quanto meu pai valorizava a verdade na rádio. Imaginar minha mãe me chamando para dizer o quanto meu pai ficaria desapontado... Eu não posso ir por esse caminho. Tenho que continuar imaginando que me ouvir na rádio do seu carro o faria mais feliz do que nunca. Isso significa esconder a verdade dela.

E eu também não tenho certeza se conseguiria lidar com seu julgamento, se ela soubesse que eu estarei mentindo aos meus futuros ouvintes. Não – mentindo não. Distorcendo a verdade. Foi o que Kent disse.

Além disso, não posso deixar de pensar que se conseguir provar meu valor nesse programa, então, um dia, talvez eu faça parte de algo que não distorça tanto a verdade. Que uma vez que eu tiver a experiência de apresentar um programa ao vivo, a carreira que sempre sonhei finalmente estará ao meu alcance. Ou, já que se trata de rádio, estará ao meu pé do ouvido.

"Eu estava namorando um cara e não deu certo e nós iremos apresentar um programa na rádio sobre isso", eu falo de uma vez só, quando ela pergunta como está o trabalho.

Silêncio do outro lado da linha. "Um programa de rádio... sobre o que exatamente?"

Eu explico *Conversando com o Ex* para ela enquanto desembalo uma das marmitas da semana. Uma camada de feijão branco com pimentão e batata doce com cuscuz. Abrir essas caixinhas com esses ingredientes é a parte mais excitante da minha semana. Amo ser solteira. Amo.

"Você nunca falou sobre ele", minha mãe diz. "Dominic, você disse? Não é o cara de quem você vive reclamando?"

"A constante reclamação, hum, pode ter sido um efeito colateral da nossa separação." A mentira escapa tão facilmente e ela a compra.

"Me desculpe Shay. Mas deve estar tudo bem já que você está disposta a apresentar um programa com ele, certo? Parece que pode ser muito divertido."

"Claro", eu respondo com os dentes cerrados enquanto pico alho, gengibre e um *jalapeño*. Isso ficará mais fácil, né? Tem que ficar. Isso é necessário para minha carreira, eu digo para mim mesma. Não é para sempre.

Eu mudo de assunto, perguntando como estão os preparativos para o casamento.

"Você vai escolher o vestido comigo!" ela diz, ordenando.

"Você quer que eu vá?"

"Claro que quero! Sei que é pouco convencional escolher um vestido de noiva para a mãe, mas não será a mesma coisa sem você lá."

O que, claro, faz eu sentir ainda pior sobre distorcer a verdade.

"Não vejo a hora de te ouvir na rádio", ela diz, e talvez ambas decidamos não dizer o que estamos pensando: que meu pai teria ficado fora de si de tanta alegria.

"Ah", eu falo antes de desligar. "E eu adotei um cachorro."

Mais tarde, depois de dividir as sobras de chili para o almoço da semana, eu vou para o meu quarto e encontro Steve aninhado na minha cama.

"Steve, *não*."

Não vou deixar um cão de 3 quilos tomar conta da minha cama. OQUHBMF, eu penso, embora esse conselho certamente não sirva para chihuahuas ansiosos.

Quando eu me aproximo da cama, ele rosna.

Então ponho meu pijama e vou para o quarto de hóspedes, tirando os quadros *da Blush'n Brush* da cama para que eu possa me ajeitar. Os lençóis estão puídos e o abajur projeta sombras assustadoras nas paredes, fazendo eu me sentir hóspede na minha própria casa.

Provavelmente há uma metáfora aqui.

Steve me acorda às 5 da manhã arranhando a cama do quarto de hóspedes. Talvez eu devesse ter esbanjado mais na compra de um colchão para meus "convidados". Meu pescoço dói e minhas costas estão quebradas. Eu nunca senti os sinais da idade tão próximos. Ele deixou uns presentinhos na minha cama, então atiro tudo dentro da máquina de lavar. Quando saímos para um passeio, ele se comporta bem, exceto quando não quer voltar para casa. Depois do banho, restam apenas alguns minutos para secar meu cabelo.

"Eu volto para dar mais uma volta com você na hora do almoço", digo a Steve antes de fechar a porta. "Por favor seja bonzinho."

Chego de bom humor para trabalhar no meu último dia no programa.

"Tem cereal no seu cabelo?" Ruthie pergunta enquanto coloco minha bolsa embaixo da mesa.

Eu o puxo do meu cabelo e o examino antes de jogá-lo na lixeira mais próxima. "É comida de cachorro. Que elegante. Eu, hum, adotei um cachorro ontem."

Seus olhos brilham. "Você adotou? Nós deveríamos fazer um encontro de cachorros! Joan Jett ama fazer novos amigos." Fotos de Joan Jett, a *goldendoodle*, estão por toda a mesa de Ruthie.

Dado o estado emocional atual de Steve, digo-lhe que pode demorar um pouco até que ele esteja pronto para um encontro.

"Olá, time", Paloma diz durante nossa reunião matinal. Ela recebeu uma proposta para apresentar um programa de jazz numa rádio comercial e insiste que está animada com o novo rumo que sua carreira está tomando. Eu quero acreditar nela. "Bem, hoje é o dia. Fizemos um bom trabalho, eu acho. Onze anos? A maioria dos programas não chegam nem perto disso."

"Você tem sido fenomenal", Ruthie diz. "Todos nós tivemos sorte de aprender com você."

Paloma sorri, mas percebo que há um pouco de tristeza em seu olhar. "Obrigada, Ruthie. Eu me preparei para vir até aqui e fazer um grande discurso, mas tudo que posso fazer neste momento, é agradecer por trabalhar com pessoas tão maravilhosas. Vocês fazem parte deste programa o tanto quanto eu." Com isso, ela funga como se estivesse segurando as lágrimas. "Prontas para nosso último passeio?"

Paloma, Ruthie e eu preparamos esse programa para ser uma espécie de retrospectiva. Passamos horas procurando clipes dos melhores programas de Paloma, os momentos mais engraçados e os mais emocionantes. Os momentos mais especiais – aqueles em que você não consegue fazer nada até terminar de ouvir a história.

Na segunda, Dominic e eu daremos os próximos passos no planejamento de *Conversando com o Ex*. O trabalho vai começar de verdade agora. Mas hoje, eu ainda sou uma produtora e esse ainda é o meu programa.

Uma hora nunca passou tão rápido. Perto do final, nossos colegas de trabalho lotam o estúdio com taças de champagne. Dez minutos para acabar, depois cinco e então Paloma pega o microfone para se despedir.

"Para os ouvintes que estiveram conosco desde o começo e para os que, talvez, nos descobriram recentemente, gratidão por todo o apoio durante esse tempo. A partir da semana que vem você poderá me ouvir na rádio *Jumpin' Jazz*, 610 AM. E nossa produtora-chefe tem um novo programa, então fiquem atentos." Ela me chama a atenção através do vidro e eu ponho a mão no coração, murmurando um silencioso *obrigada*.

Então chega a hora da sua despedida final:

"E *Puget Sounds* chega ao fim. Eu sou Paloma Powers e você está ouvindo a Rádio Pública Pacific."

Passamos para Jason da previsão do tempo e estamos oficialmente fora do ar.

O estúdio explode em aplausos e, do outro lado do vidro, Paloma enxuga uma lágrima.

Fim. *Puget Sounds* foi minha carreira na rádio pública e agora chegou ao fim.

Um fim e em breve, um novo começo.

Nossos colegas de trabalho correm para o estúdio e trocam abraços relembrando muita coisa. Não consigo escutar nada daquilo e não tenho certeza se consigo continuar ali. Paloma está saindo. Eu estou ficando. Em alguns dias, eu me sentirei melhor, mas agora estou sentindo uma mistura de tristeza com alegria.

Dominic está esperando no corredor, encostado na porta da sala de descanso. Meu cérebro está tão confuso que não consigo nem apreciar seus antebraços hoje. Ele aponta sua garrafa térmica de café para mim enquanto eu volto à minha mesa.

"Programa legal", ele diz, e eu acho que ele deve estar doente porque está falando sério.

8.

Foi na outra quarta-feira, tarde da noite, que eu e Dominic elaboramos nosso relacionamento e nosso término.

Para me preparar melhor para essa noite, eu imprimi um monte de *quizzes* sobre "o quão bem você conhece o outro?" e peguei emprestados alguns jogos de tabuleiro de Ameena e TJ. Todos foram embora, exceto o locutor noturno que exibia o conteúdo da RPN com intervalos ocasionais para a previsão do tempo. (Parcialmente nublado. Sempre está parcialmente nublado.) As únicas luzes acesas na redação são as que estão acima de nossas cabeças e já está escuro lá fora.

Dominic e eu passamos toda a segunda e a maior parte da terça-feira em reuniões com Kent e com a diretoria da rádio. Todas as rádios públicas possuem um conselho de diretores que lidam com as questões éticas e financeiras. Eles são donos da licença da rádio. Para eles, nosso relacionamento era real – Kent é a única pessoa que sabe a verdade. Hoje cedo, Kent anunciou o programa para o resto da rádio. E exatamente como ele havia previsto, eles compraram a história.

"Eu achava que havia algo acontecendo entre eles!" Marlene Harrison-Yates disse. "Eles estavam sempre brigando ou fazendo de tudo para evitar um ao outro."

"Não me estranha que Dominic tenha-se oposto tanto ao programa durante a reunião de *brainstorming*", disse Isabel Fernandez, com um sorriso maroto. Eu tentei sorrir para ela também.

Não terminei de me lamuriar pelo fim de *Puget Sounds*, mas não posso ficar me prendendo a isso. O lançamento de *Conversando com o Ex* será no fim de março, todas as quintas-feiras, o que nos dará algumas semanas para criar conteúdo e solidificar nosso pano de fundo. Nossa mentira não está ferindo ninguém. É o que continuo dizendo a mim mesma.

"Vamos começar com o básico", digo virando minha cadeira de frente para ele e abrindo um bloco de notas. "Como começamos a namorar?"

Dominic se inclina contra a mesa em frente à minha, jogando uma bola *Koosh* de borracha para cima. A redação foi reorganizada de modo que nossas mesas ficassem uma ao lado da outra. Enquanto a minha é o caos organizado, a dele é toda arrumadinha, exceto por um par de fones de ouvido num canto. Nunca vi uma mesa tão impecável.

"Você ouviu minha irresistível voz de rádio", ele diz, brincando enquanto pega a bola. Após o expediente, Dominic é um pouco menos rígido que o Dominic-Das-Oito-Às-Cinco. Ele está usando um jeans escuro e uma camisa xadrez de cor cinza com alguns botões quase desabotoando. O segundo está lutando com todas as forças para continuar abotoado, mas toda vez que Dominic se move ele abre um pouco mais.

"Você vai continuar fazendo isso?", pergunto apontando para a bola.

Ele joga a bola e a pega de volta. "Isto me relaxa."

"Você não vai anotar nada?"

"Tenho uma excelente memória."

Eu olho feio para ele. Ele revira os olhos, mas deixa a bola cair em sua mesa e abre um documento do Word.

"Obrigada."

"A propósito, eu ouvi as suas indicações de *podcasts*", ele diz. "Eu gostei de *Culture Clash*."

"Verdade?" Talvez eu devesse lhe dar mais crédito. Eu não esperava que ele fizesse isso, mas acho que estava comprometido com a pesquisa. "Qual episódio você ouviu?"

Ele me olha fixamente. "Todos."

"Você... o quê?" Eu não esperava por isso. "Todos? Deve haver mais de cinquenta episódios!"

"Cinquenta e sete." Ele responde envergonhado. "Eu estava com tempo."

"Hum. Imagino que sim."

Eu o examino e um sentimento estranho atravessa meu corpo. Não é bem orgulho, embora eu corrobore que Dominic concorde que *Culture Clash* é bom. Acho que me senti agradecida.

Dominic gesticula em direção à tela do computador. "Podemos, pelo menos, reconhecer o quanto tudo isso é ridículo?"

"Reconhecido. Então, eu acho que temos que estabelecer que nós estávamos – ugh, eu sei que isso é horrível – flertando desde quando você começou a trabalhar aqui e que nosso relacionamento se solidificou por volta da segunda ou terceira semana, embora, obviamente, tenhamos mantido isso em segredo na rádio. Cidade nova, emprego novo e relacionamento novo, tudo de uma só vez. Você acha que consegue lidar com isso?"

"Tenho que conseguir", ele responde. "Como foi esse flerte?"

"Eu... eu não sei", respondo, um pouco surpresa pela pergunta. "Como... você normalmente flerta com alguém?"

Ele apoia os dedos indicador e médio sobre o queixo. "Hum. Acho que nem sempre é uma coisa consciente, né? Se fosse alguém do trabalho eu arrumaria desculpas para ir até a mesa da pessoa para conversar com ela. Eu brincaria com ela, tentaria fazê-la rir. Talvez a tocaria, de leve, mas apenas se tivesse certeza de que ela estivesse interessada também, e se eu percebesse que o sentimento não era recíproco, pararia imediatamente."

Eu me permito imaginar a cena. Dominic não apenas observando com segundas intenções, mas roçando o braço de alguém com o dorso das mãos, fingindo ser um acidente, com um sorriso tímido. Dominic colocando a palma da mão no ombro de alguém, dizendo o quanto ele gostou de seu programa ou da sua história. Dominic tentando fazer alguém dar risada. Estou um pouco tentada a pedir que ele me conte uma piada.

O Dominic Yun que flerta com uma colega de trabalho hipotética não é o Dominic Yun que conheço desde outubro.

"Certo", eu digo. "E... aparentemente eu gostei da cena toda." Eu limpo minha garganta. "Quanto tempo nosso namoro durou?"

"Três meses." Diz com naturalidade, como se já tivesse pensado nisso.

"Por que três?"

"Menos do que isso pode não ser considerado sério o suficiente e mais do que isso eu ainda não estaria de volta a Seattle. Quanto mais longo e sério o relacionamento, menor a chance das pessoas acreditarem em nós."

Eu levanto as sobrancelhas. "Estou impressionada."

"Como você disse, se nós tivermos sucesso nisto, poderemos fazer o que quisermos no trabalho."

Pedimos pizza e continuamos tramando nosso plano. Nosso primeiro encontro: jantar no restaurante coreano favorito de Dominic, fácil, uma vez que já estive lá. Nosso segundo encontro: nós nos perdemos num labirinto de milho num *Pumpkin Patch*,[17] no fim de semana antes do Halloween. Passamos nosso primeiro feriado juntos, abdicamos das fantasias e distribuímos doces em minha casa. Essa foi a noite em que nosso relacionamento se tornou oficial, e decidimos mantê-lo em segredo dos nossos colegas de trabalho por motivos óbvios. A rádio é pequena e não queríamos deixar ninguém desconfortável.

Gostamos da ideia de oficializar a data no Halloween, pois relacionamentos são mesmo um pouco assustadores, não é mesmo?

"Te chamo de Dom?" eu pergunto.

Seu rosto fecha. "Não, nunca me chame de Dom."

"Você não corrige Kent."

"Você não é responsável pelo meu pagamento."

Bom argumento.

---

[17] *Pumpkin Patch*: área onde abóboras são plantadas para serem comercializadas. São fazendas que comercializam abóboras, além de oferecerem uma série de atividades, como, por exemplo, labirinto de milho.

Eu empurro as cascas de pizza que não comi para um lado do prato e pego novamente uma caneta, batendo-a algumas vezes no meu bloco de notas. "Isso não tem nada a ver com o nosso relacionamento, mas você acha que eu deveria fazer algum tipo de treinamento vocal?"

A boca de Dominic entorta para um lado. "Sua voz é boa. Talvez seja um pouco mais aguda que a das outras pessoas, mas é sua voz. Não é algo que você deveria ter que mudar."

É claro que ele está errado. Todo mundo sempre se certificou que sei o quanto minha voz é irritante. Ele logo descobrirá – tenho certeza de que receberemos uma enxurrada de e-mails de ouvintes opinativos.

"O que mais me preocupa é esconder isso de todos", ele continua. "Nós não temos nenhum registro nas mídias sociais."

"Não é muito absurdo", eu digo, "especialmente porque não estávamos contando aos colegas de trabalho. Você contou para alguém? Sobre o que estamos fazendo?"

Ele balança a cabeça. "Não, a verdade não. Não é que não confie em meus pais, mas eles podem contar para os amigos. E você?"

"Somente para minha melhor amiga, mas eu confio nela completamente. Nós nos conhecemos desde o jardim de infância." Não tenho certeza se consigo explicar a ele porque foi mais fácil contar à Ameena do que seria para minha mãe.

Eu volto para minhas anotações. São quase 21:00. Eu caminhei com Steve e o alimentei mais cedo essa noite, antes de correr de volta para a rádio, mas isso não significa que não queira acabar com isso o mais rápido possível. "Então, continuando. O motivo pelo qual terminamos... tem que ser algo que nos permita continuar amigos. Ou, pelo menos, amigos o suficiente para apresentarmos um programa juntos. Não quero que isso prejudique nenhum de nós."

"Hum", ele diz, "eu estava esperando que você me pintasse como vilão".

"Acho que sou cheia de surpresas", eu digo. "Vamos relembrar porque nossos últimos relacionamentos acabaram. Eu não namorei ninguém à sério desde o início do ano passado."

"O que houve?"

"Eu investi mais no relacionamento do que ele", respondo tentando não me sentir totalmente envergonhada. "E você?"

"Próxima pergunta."

"Fala sério. Você sabe que a vi no seu Facebook. Ela namorou com você antes de mim. Eu, provavelmente, precisaria saber um pouco mais sobre ela."

Eu tento imaginar Dominic e a ruiva fofa da Mia Dabrowski. Ela deve tê-lo magoado de verdade para ele ainda se sentir tão desconfortável sobre isso.

Ele pega suas chaves numa gaveta abaixo da sua mesa. "Vou precisar de álcool para continuar. Algo em especial?"

Dominic e eu estamos bêbados e brincando de arremessar e pegar.

Ele anda para trás em direção ao banco abaixo das janelas, com vista para uma rua escura de Seattle, rindo quando tropeça na mesa de alguém. Ele se recupera e me lança sua Koosh. Dois pares de garrafas de cerveja vazias descansam em nossas mesas. Não sei onde está meu elástico de cabelo – provavelmente do outro lado da redação, depois de eu ter tentado arremessá-lo nele, mas sem sucesso. O segundo botão de sua camisa perdeu a batalha um tempo atrás e seu cabelo está bagunçado. Ele está usando apenas um sapato, revelando uma meia de bolinhas no outro pé. Essa é uma versão de Dominic que nunca pensei que veria e eu não a odeio.

Beber foi uma excelente ideia.

"O que realmente precisamos", eu digo, apertando a bola, "é de uma frase de efeito".

"Uma frase de efeito? Como WHAAA-Zoooom?" Ele diz com sua voz de apresentador de rádio AM.

Eu bufo, a cerveja sobe pela minha garganta e queima um pouco. "Não, não, não. Não precisamos de uma frase de efeito. Precisamos de sei lá o que. Uma introdução. Como" – eu imito uma voz de locutor de rádio branco dos anos 1950 – "'Olá, eu sou Shay e este é Dominic e nós namorávamos pra valer.' Você entendeu, né?"

"Não sei não, eu realmente gosto de 'wha-zoom'."

Eu lhe arremesso a bola o mais forte que consigo e de alguma forma ele a pega. Eu me ajoelho, já descalça, na cadeira. Eu estou usando meia-calça, embaixo da minha saia, então espero não estar sendo muito indecente sentada dessa maneira.

Um pouco de barba cresceu ao longo de seu maxilar – parece que ele não se barbeia desde ontem – e eu fico imaginando como seria a sensação de passar a mão nela. Se seria áspera como uma lixa. Ele normalmente está sempre bem barbeado. Eu não consigo decidir qual estilo eu gosto mais e embora seja definitivamente preocupante eu ficar discutindo mentalmente se Dominic é mais atraente com barba por fazer ou sem barba, não há nada de errado em reconhecer que ele é um ser humano esteticamente agradável.

Eu sou perfeitamente capaz de ter um relacionamento falso – um rompimento falso – com um colega de trabalho atraente. Eu sou profissional.

Ele volta à mesa e se joga na cadeira. "Sinto muito por *Puget Sounds*", esticando suas pernas compridas até tocarem a base da minha cadeira. Ele cutuca o pé contra ela e a gira alguns centímetros em uma direção. "Seu último programa realmente foi bom."

"Obrigada. Tem sido... meio difícil deixá-lo."

"Eu sei. Você só trabalhou naquele programa", ele fala, e eu concordo. "Olha. Eu sei porque você não gosta de mim."

"O quê? Eu não – não gosto... gosto de você...", eu respondo, confusa.

"Shay, Shay, Shay", ele fala arrastando meu nome. "Sério, na pós-graduação fiz uma aula de comunicação não verbal e mesmo que não o tivesse feito, não sou idiota. O que te deixa louca é saber que não é mais a espertalhona mais jovem do pedaço, não é?"

"O que você quer dizer?"

"A estagiária que subiu mais rápido que todo mundo ao cargo de produtora-chefe na rádio. Você foi brilhante e agora é..."

"*Velha?*"

Ele arregalou os olhos e seus pés bateram no chão. "Não! Merda, eu não quis dizer isso."

"Nossa diferença de idade é de apenas cinco anos. Você é, tecnicamente, um millennial também." Um bem jovem.

"Eu sei. Eu sei. Eu estou tentando descobrir como dizer isso. É difícil quando você sente que não consegue impressionar as pessoas que deseja."

"E o que você sabe sobre isso?" Apesar do relacionamento que criamos esta noite, eu tenho que relembrar que ele não me conhece *de fato*, mesmo que essa conversa indique o contrário.

"Eu sou o caçula de cinco irmãos", ele conta. "Tudo que eu fazia, um dos meus irmãos já tinha feito, e geralmente melhor do que eu."

E embora ele ainda mantenha a boca fechada com relação ao porquê dele e Mia Dabrowski terem rompido, o que acabou de dizer parece ser a coisa mais verdadeira da noite. Pouco depois de começar a beber, ele me contou que o motivo foi a distância. Ele estava deixando Illinois e ela queria ficar. Mas tenho a impressão de que tem mais coisa nessa história.

"Eu... não tenho sido uma pessoa muito bacana com você. E sinto muito por isso. É possível também que eu tenha ficado um pouco enciumada." Eu aperto meus dedos.

"É provável..." Ele segura minhas mãos afastando meus dedos. O roçar da pele dele na minha é suave, apesar de sua mão ser muito maior que a minha. "Mas é provável também que eu não tenha sido a pessoa mais fácil de se conviver. Você é boa no que faz. Eu vi isso desde o início."

Esse elogio bagunça meu cérebro embriagado, pondo para fora outro de meus temores.

"E se isso não der certo?" eu pergunto baixinho.

Ele aproxima sua cadeira até ficar de frente para mim. Ele não está cheirando à sua colônia sálvia do oceano. O perfume desta noite é amadeirado. Terrestre. Talvez até... melhor.

Chamem os médicos!

Ele coloca uma mão em cada braço da cadeira me proporcionando uma visão mais íntima de seus antebraços. Os músculos de seus bíceps flexionam quando ele agarra os braços da cadeira e eu tenho que desviar meu olhar – para seu rosto, o que talvez, seja mais perigoso.

Embora eu tenha notado seu sorriso torto, sua covinha no lado esquerdo, nunca tinha prestado atenção no quão linda é sua boca, seu lábio inferior um pouco mais grosso que o superior.

Você é boa no que faz.

"Vai dar certo", responde ele docemente. "Eu não interpretei Curly McLain no musical *Oklahoma!* à toa no Ensino Médio."

"Você não me contou que fez teatro quando era mais jovem." Eu tento imaginá-lo com um chapéu de caubói – qualquer coisa para me impedir de imaginar o gosto de seus lábios. Seus joelhos encostando em minha cadeira. Se minhas pernas não tivessem dobradas, eu estaria no colo dele.

"Não, os garotos do teatro me odiavam. Eu arrasei no teste, mas sempre tive pânico de palco. Eu tinha ataques de pânico, todas as noites, antes de subir ao palco."

Poderia ter sido útil saber disso antes de concordar em apresentar um programa de rádio ao vivo com esse cara. É difícil pensar nisso. Ele nunca pareceu inseguro no trabalho, exceto quando congelou em *Puget Sounds*.

"Você tem pânico de palco", repito eu, com a cerveja chacoalhando de um lado para o outro dentro do meu estômago. "E ainda assim você se sente confiante para apresentar um programa de rádio?"

Ele balança a cabeça. "É tranquilo. Não há público – bem, não um que eu possa ver. Eu fico bem com uma plateia pequena, mas com mais do que uma dúzia de pessoas, meus pulmões decidem, de repente, não funcionar. Uma vez que encontrei meu ritmo com Paloma, parecia que estava apenas conversando com ela." Com suas pernas, ele empurra minha cadeira, ficando a um passo de distância. Soltei um suspiro trêmulo. *Espaço. Sim. Provavelmente, isso é bom.* "Você realmente deve ser bem fraquinha para álcool. Seu rosto está todo vermelho."

Eu cubro meu rosto com as mãos. "Ughhhh, vou beber um pouco de água. Isso sempre acontece. A desvantagem de não ter um metro e oitenta."

"Um e noventa."

"Jesus."

Eu me dirijo à sala de descanso e fico surpresa quando o vejo me seguir. Lá dentro, ativo um dos quatro interruptores.

Quando não consigo alcançar os copos de água na prateleira de cima, ele facilmente pega um e me entrega, exibindo um de seus superpoderes particularmente invejáveis. Eu murmuro um obrigada enquanto pego água na torneira da geladeira.

"Nós ainda não descobrimos porque terminamos", ele diz, encostado no balcão em frente à geladeira.

"Talvez devêssemos simplificar. Trabalhar juntos e namorar deve ter sido demais para nós?"

"Isso não é muito empolgante", ele diz. Está claro que não conseguimos concordar. "Talvez você tenha se sentido intimidada pela minha energia sexual bruta."

Eu quase engasgo com um gole de água – isso foi um tanto inesperado.

Mas ei, eu também consigo brincar disso, especialmente com o álcool me deixando mais à vontade. "Ou você nunca me fez chegar ao orgasmo."

"Eu nunca tive esse problema antes", ele diz, sem perder a oportunidade.

Com somente nós dois dentro dessa sala escura, percebo o quanto ela é pequena. Ele não deveria ter-me seguido até aqui. Eu poderia ter subido no balcão e pego um copo sozinha, porque pessoas baixinhas não são nada menos do que habilidosas escaladoras de balcões.

Mas então ele não estaria ali abaixado em uma das Top Dez Encurvadas Mais Irritantes, olhando-me através de um par de cílios impecáveis.

O álcool toma o controle. "Então... tivemos uma boa vida sexual?"

Um canto de sua boca se ergue. "Talvez não estivéssemos transando."

Então, algo horrível acontece: eu solto um som hediondo, uma mistura entre um bufo, uma risada e um trago. Eu me encolho até que meus ombros batem na parede.

"O que, você pensou que dormir comigo era garantido?" ele pergunta. "Meu eu fictício seria tão saidinho?"

"Ah, meu Deus, não, não, não", eu digo. "Eu estava apenas... se estávamos namorando há três meses, então nós, provavelmente... quero dizer, talvez não estivéssemos, mas..."

Ele é todo sorrisos agora, como se estivesse se divertindo com meu balbucio incoerente. Levo o copo de água até o rosto para poder me esconder atrás dele. Meu suéter está sobre minha mesa e eu estou quente, embora esteja vestindo apenas uma camiseta preta fininha. Ele é uma lâmpada de aquecimento de 1,90 metros...

"Shay", ele diz em voz baixa. Provocando-me. Ele se aproxima e afasta o copo de água do meu rosto, segurando-o na altura dos meus ombros. "Honestamente, estou lisonjeado."

Então ele encosta *gentilmente* a borda fria do copo na minha bochecha. Um tapinha amigável que faz meu coração acelerar. Quando ele se afasta, eu encosto o copo no meu rosto, passando os dedos naquele ponto frio.

Seu olhar é tão intenso que tenho que fechar os olhos por um instante. Meu instinto é recuar, afastar-me mais dele, mas, quando tento, lembro que estou encostada na parede. Não sei para onde olhar. Normalmente, estou na altura do seu peito, mas ele está encurvado, a curvatura de seus ombros fica tão linda nesta meia-luz. Perto o suficiente para estender a mão e encostar – se eu quisesse. Eu observo sua respiração. É mais seguro. Mais seguro que contato visual, pelo menos.

Nunca tive esse problema antes.

"Estou feliz, porque eu realmente gostaria que o chão se abrisse e me sugasse para a Boca do Inferno agora mesmo."

"Fã de *Buffy*?"

"Com certeza, eu cresci assistindo isso. Você?"

Ele, pelo menos, tem a decência de parecer envergonhado. "Assisti à série na Netflix."

Claro que sim. Ele tem 24 anos, jovem o bastante para nunca ter assistido a *Buffy* ao vivo e com intervalos comerciais. "Com 'cresci assistindo', eu quis dizer, você sabe, que eu era *muito nova* durante as primeiras temporadas e não entendia quase nada do que estava acontecendo..." Eu dou um tempo com um suspiro, embora esteja aliviada que a conversa tenha se desviado do tema sexo. "Deus, não eu faça me sentir como uma vovó."

Uma risada que lhe veio do fundo da garganta faz minhas pernas amolecerem. Aquele estrondo – eu o sinto no último lugar em que gostaria de sentir.

É altamente preocupante.

Isso é o que me pega desprevenida mais do que qualquer outra coisa esta noite. Eu não quero pensar em fazer nada com Dominic que não seja apresentar um programa sobre nosso falso namoro. Eu não quero pensar em como aquela risada soaria pressionada contra meu ouvido, enquanto outras partes dele encostam em outras partes minhas.

E não quero imaginá-lo encostando aquele copo frio na minha pele, novamente.

Eu engulo grosso, afastando essas ilusões. A Shay sóbria não estaria fantasiando com Dominic

Yun, com ele bem na frente dela. Minha imaginação é muito criativa e minha seca de um ano não ajuda.

Dominic me devolve o copo e se endireita. *Afff*. E é aí que percebo como teria sido fácil para ele prender minhas mãos sobre minha cabeça, empurrar-me contra a parede e me contar, com a boca em meu pescoço, como o jornalismo salvará o mundo.

Claro que ele não fez nada disso, optando por dar um passo para trás. Depois dois. Há três passos de distância, a temperatura da sala cai. Há quatro, eu consigo respirar novamente.

"Para que conste", ele diz quando está saindo da sala, "eu acho que teria sido bom".

9.

Minha mãe se vira e olha para seu reflexo no espelho triplo.

"Você está maravilhosa", eu lhe digo do sofá de couro creme. Isso é fato desde os últimos cinco vestidos que ela experimentou, confirmando minha teoria: Leanna Goldstein é incapaz de ficar feia, mesmo em 10 metros de tafetá *chartreuse*. Enquanto isso, eu tenho olheiras de *meu cachorro me fez dormir novamente no quarto de hóspedes assustador* e fico pensando nos cantos escuros da sala de descanso da rádio.

"Não é um erro não usar branco, é?" Ela afasta o cabelo do pescoço, expondo o decote das costas do vestido. "Eu não quero nada tradicional, mas não quero nada *muito* maduro."

Ela e meu pai casaram-se de forma não tradicional também, numa cerimônia às pressas e secreta no Parque Nacional das Montanhas Rochosas do Colorado. As fotos são de tirar o fôlego, os dois entre montanhas cor azul-petróleo e abetos de Douglas. "Todos os meus amigos diziam que gastavam tanto dinheiro com comida e nunca conseguiam comer nada", dizia ela, quando eu lhe perguntava por que eles não tiveram um casamento. Então ela dava sua risada musical. "E eu não conseguia imaginar nada mais trágico."

Quando eu e ela entramos na loja de noivas, a vendedora começou a falar sobre o quão emocionante é a mãe fazer compras para o casamento da filha. Minha mãe teve que corrigi-la e então ela se desculpou copiosamente.

O que é estranho não é o fato de estarmos aqui pelo casamento da minha mãe e não pelo meu. É que é a segunda vez dela e agora, ela quer fazer "o casamento".

"Hoje em dia, cada vez mais noivas estão optando por vestidos não tradicionais", diz a vendedora, em pé com uma almofada de alfinetes e uma fita métrica. "Eu não achei que verde combinaria com seu cabelo, mas você está deslumbrante."

Ainda assim, minha mãe franze a testa. "Tem algo aqui que não parece bom. Você tem algo um pouco menos exagerado" – ela segura as muitas camadas de saia rodada – "bem, um pouco *menos de vestido*?"

"Claro. Volto já já com alguns modelos mais curtos." A vendedora some e eu devolvo o resto do meu champagne.

Estou me esforçando ao máximo para me concentrar, mas minha mente está de volta à rádio. Quinta de manhã, Dominic chegou como se nada tivesse acontecido entre nós, com a exceção de um daqueles meio sorrisos que ele lançou em minha direção quando pegou sua bola para jogá-la para cima e para baixo. E... nada *aconteceu* entre nós, certo? Aquele momento, na sala de descanso me fez sentir culpada, mas talvez ele dê em cima de mulheres o tempo todo, seus feromônios e ombros largos lhe bagunçam o cérebro. Não foi como se ele tivesse me colocado contra a parede porque queria fazer do jeito dele e não poderia perder tempo. Eu própria me coloquei contra a parede e então ele simplesmente ficou ali, parado, na minha frente. Completamente diferente.

Nós estávamos bêbados e exaustos e falando sobre sexo. Minha mente correu solta com isso, expondo a "imaginação hiperativa" sobre a qual meus professores do Ensino Fundamental comentavam em meus boletins. Isso não quer dizer que me sinto atraída por ele.

A vendedora volta com o braço cheio de vestidos, um rosa bebê, um cor de menta, um azul claro e minha mãe agradece.

"Estreia do programa em duas semanas, hein?" minha mãe fala do outro lado da porta do provador. "Como está se sentindo?"

"Estranhamente bem", eu respondo. "Ainda não caiu a ficha que estarei ao vivo de verdade." Eu poderia dizer isso uma centena de vezes e provavelmente não acreditaria até estar dentro daquele estúdio do qual me acostumei a estar do lado de fora.

"Seu pai estaria contando para todo mundo", minha mãe diz enquanto ouço sua risada musical. "As pessoas o achariam tão desagradável."

"Mas as pessoas já o achavam, não é mesmo?" eu falo, porque é verdade.

Quando alguém morre, você não se lembra apenas das partes boas. Você se recorda também das partes ruins, como por exemplo, quando você perguntava uma coisa e ele não sabia a resposta, meu pai simplesmente te ignorava ao invés de responder. Ou, que ele estava em uma briga eterna com os nossos vizinhos por causa das árvores que caíram em nosso quintal e ele passivo-agressivamente se vingava, cortando nosso gramado todas as manhãs bem cedo, durante meses. Os falecidos não se tornam seres humanos perfeitos imediatamente. E não seria correto transformá-lo em um. Nós o amávamos, com defeitos e tudo.

"Às vezes", minha mãe diz, saindo do provador em um vestido rosa com bainha de tulipa. "Tenho certeza de que também fiz meu quinhão de inimigos na vida. Não, não, este não está bom."

Eu agarro meu rabo de cavalo com os dedos, cobrindo minha boca com ele, antes de deixá-lo cair de volta sobre meus ombros. "Eu pensei. Não sei, com Phil e esse vestido... que talvez, você estivesse fazendo o certo desta vez."

A porta se abre novamente e minha mãe aparece com um sutiã nude e um vestido azul-marinho na cintura. Ela tem sardas nos braços e na barriga. Quando eu era mais jovem, suas rugas me assustavam, mas agora elas a fazem parecer mais forte. "Shay. Não. De jeito nenhum." Ela corre até mim, não se importando em estar seminua, aparentemente. "Eu sei que isso deve ser estranho para você."

"Um pouco", respondo, porque *muito* pode preocupá-la. Eu quero ser a filha legal, cabeça aberta, mas não sei bem como. Eu fiquei tão acostumada com nossa família pequenininha.

Mas também me acostumei com *Puget Sounds*. Meu trabalho está mudando e, com exceção do que aconteceu na sala de descanso, eu estou bem.

"Seu pai e eu tivemos exatamente o tipo de casamento que queríamos", continua minha mãe, soltando meu cabelo e passando os dedos por ele, do jeito que fazia quando eu era criança. "Nossos pais não se davam bem e tinham ideias diferentes sobre como o casamento deveria ser. Os meus insistiam em um casamento judaico tradicional, enquanto os pais não praticantes de Dan não queriam nada religioso." Meus avós paternos moram no Arizona, mas os pais da minha mãe faleceram quando eu era criança. "E agora que sou mais velha, agora que apenas nós dois estamos envolvidos nisso, podemos fazer exatamente o que queremos."

"Talvez seja isso que esteja me preocupando", digo, tentando parecer mais confiante do que me sinto. "Que são só vocês dois, quando sempre senti que éramos só *nós duas*."

Essa afirmação paira no ar por um tempo e quando o rosto da minha mãe se contorce, imediatamente me arrependo do que disse.

"Merda, isso foi muito egocêntrico da minha parte, me desculpe. Sinto muito. Eu estava apenas pensando que não fazia ideia de que minha mãe pediria Phil em casamento e Ameena me perguntou se eu já sabia e..."

Mas minha mãe balança a cabeça, roçando a garganta, do jeito que faz quando está ansiosa. "Não, você está certa. Nós temos estado uma pela outra nesses dez anos, não é mesmo? Eu deveria ter conversado com você antes. Me desculpe por isto." Ela olha para baixo e depois de volta para mim e, por um momento, eu vejo não apenas minha mãe, mas uma mulher que cometeu um erro e quer desesperadamente ser perdoada. "Mas você está feliz, certo? Você gosta do Phil?"

"Ah, meu Deus mãe, é claro. Claro que gosto. Eu amo o Phil." Eu aperto sua mão. "Eu não estou brava. De forma alguma. Eu juro. Eu estou apenas... me adaptando."

"Eu acho que todos nós estaremos, por um tempo", ela diz. "Eu quero que você faça parte disto da maneira que se sentir melhor, ok?"

"Ok, mas se você tentar fazer eu vestir *chartreuse*, definitivamente ficarei em pé quando o celebrante perguntar se alguém se opõe."

Ela solenemente acena. "E eu mereceria isso." Então se vira para o espelho, como se lembrasse que está seminua. Ela se endireita, termina de se vestir e eu vejo que ela não está usando um vestido e sim, um elegante macacão azul marinho. De alças, decotado e bem clean. É apropriado à idade dela, não tradicional, imponente, mas, discreto.

Seu rosto se abre num sorriso e eu noto, pela primeira vez, que temos exatamente o mesmo sorriso.

Talvez eu não o tenho visto o suficiente em nenhuma de nós duas.

"É este", ela diz.

No domingo à tarde, Mary Beth Barkley está na minha sala de estar, em uma competição com Steve de quem pisca primeiro.

"Muito obrigada por vir até aqui", eu falo. "Lidar com Steve tem sido um pesadelo. Um pesadelo adorável."

Mary Beth ignora. "Você não é a coisinha mais linda?" ela disse quando chegou aqui, e lhe deu um pedaço de queijo que tirou do pacote que estava em sua cintura. "Ele precisa de alguns limites e um pouco de disciplina. Eu vejo isso acontecer o tempo todo com donos de cachorros de primeira viagem, especialmente no caso de cães que não foram socializados. Ele precisa saber que você é a alfa."

Ela começa o chamando pelo nome e o recompensando quando ele responde ao comando. Logo depois, praticamos alguns comandos básicos e treinamos como passear de coleira.

"Ele está te conduzindo", diz Mary Beth, quando saímos para um passeio e Steve me arrasta para sua árvore de xixi favorita.

"Quanto ele pesa?"

"Hum. Três quilos."

"*Você* é a alfa", repete ela, e eu decido não lhe contar que estou dormindo no quarto de hóspedes. "Faça-o ter certeza disto. Que não é ele quem está no controle. Dar uma volta com ele foi sua decisão, não dele. Você está conduzindo, não o contrário."

Então, essencialmente, sou a produtora da vida dele e eu sou perita no assunto.

Ele puxa a coleira até ela se esticar completamente, mas eu me mantenho firme. Depois de algum esforço, ele trota de volta para mim afrouxando a coleira e quando faço um movimento para outra direção, ele realmente me segue.

"Bom garoto!" Eu dou um grito, o que o assusta, mas quando lhe dou uma guloseima, o susto passa.

Depois de cerca de uma hora, nós voltamos para casa, exaustos e vitoriosos.

Mary Beth se abaixa para coçar atrás das orelhas dele. "Você será um bom menino", ela diz. "Só precisava de um empurrãozinho."

Eu agradeço a Mary Beth; ela recusa pagamento.

"Seu programa me trouxe tantas oportunidades", ela diz, o que faz uma mistura de sentimentos florescer em meu peito. Nós estávamos fazendo algo importante. Eu sempre soube disso, apesar dos momentos em que Dominic me fez duvidar de mim mesma. "Estou ansiosa para escutar seu novo programa, mesmo que tenha uma ênfase consideravelmente menor em cães."

A sessão de adestramento me deixa tão cansada, o que provavelmente é bom, pois pensar em *Conversando com o Ex* está acabando com meus nervos. Steve tira uma soneca – na sua cama, não na minha – enquanto coloco em dia o monte de *podcasts* de namoro que agora assino, ao mesmo tempo em que escrevo para Ameena.

Uma mensagem de um número desconhecido chega às 19:45.

No banheiro, estou pintando minhas unhas de cinza e tomo um susto tão grande que quase derrubo meu celular na pia.

É Dominic. Peguei seu número na lista de funcionários.

Eu tive uma ideia. E se fizéssemos um programa sobre pessoas que conheceram alguém numa carona solidária? Uma moça que conheço da pós-graduação, está namorando um cara que era o motorista do Lyft.[18]

Dominic Yun. Me escrevendo sobre uma ideia para o programa. Para *nosso programa*.

SIM! Eu adorei. Admita. Você está empolgado.

---

[18] Lyft é uma empresa de rede de transporte dos Estados Unidos. Conecta motoristas e usuários de carros compartilhados por meio de um aplicativo móvel e estima-se que sejam realizadas mais de 1 milhão de corridas diárias em 350 cidades norte-americanas, incluindo Nova York, São Francisco, Los Angeles e muitas outras.

Eu fecho o vidro de esmalte, imaginando de onde ele está me escrevendo e como passa os finais de semana. Talvez ele vá à feira ou saia para comer com os amigos. Talvez ele caminhe, ande de bicicleta ou leia romances clássicos sozinho, numa cafeteria. Eu não sei em qual região de Seattle ele mora. Se é num estúdio, numa casa com um monte de amigos ou com seus pais.

É claro que ele pode nem estar em casa. Ele não está namorando no momento, mas isso não quer dizer que não esteja saindo com ninguém. Claro que as noites de domingo não são as melhores para encontros casuais, mas isso não me impede de imaginar ele encostado, em sua típica *encurvada*, na porta do quarto do apartamento de uma estranha. Prendendo outra pessoa contra a parede, de verdade desta vez, apoiando as mãos sobre ela. Esse pensamento faz meu estômago revirar de uma maneira estranha e incomum.

Sim. Acho que estou. Você lançou algum feitiço sobre mim.

Nossas palavras fluíram tão suavemente naquela noite na rádio, mas agora não sei bem como continuar a conversa. Sinto que quero conhecê-lo, saber onde mora, o que faz aos domingos à noite e quais tipos de livros gosta de ler. Provavelmente não-ficção com capas sem graça e letras minúsculas. Denúncias.

Por que não temos nenhum amigo em comum no Facebook?

Sempre me interessei por histórias, mas não consigo apurar os fatos da vida de Dominic. Especialmente quando não consigo decidir o que lhe responder.

Contudo, fico desapontada, pois meu celular não acende pelo resto da noite.

10.

As próximas semanas se resumiram a anúncios e mais anúncios. Enviamos comunicados à imprensa, tiramos novas fotos para o site e fizemos uma participação especial no programa da manhã da RPN. Nossos primeiros três programas estão cheios de conteúdo e convidados, mesmo que isso nos tenha custado noites e madrugadas adentro. É difícil de acreditar que algumas semanas atrás eu produzia um programa ao vivo, todos os dias.

"Você está estourando os Ps. De novo."

Nós estamos na Cabine C há vinte minutos tentando gravar um anúncio de quinze segundos. Fica cada vez mais claro para mim que essas cabines não foram feitas para duas pessoas. Claro, há duas cadeiras, dois microfones, mas a altura de Dominic encolhe a cabine pela metade. Hoje ele está usando calça cáqui, o que poderia ficar horrível na pessoa errada. (Ele não é a pessoa errada.) A calça está combinando com um *oxford* marrom e um cardigã cinza com cotoveleiras.

Dominic desliga o botão GRAVAR. "Você vai morrer se, ao invés de tirar sarro de mim, me ajudar?"

"Ah, imaginei que você tivesse tido aula sobre isso na pós-graduação." Eu mordo o interior da minha bochecha. "Desculpe. Isto também não está ajudando, está?"

Ele solta um suspiro sofrido. "Você poderia começar me explicando o que diabos é um P estourado."

Isso eu posso fazer. Volto as minhas primeiras semanas de estágio, o treinamento exclusivo com Paloma. Naquela época, eu acharia ridículo – eu nunca estaria ao vivo na rádio de qualquer maneira. Ainda assim, aprendi a evitar Ps estourados e os não tão comuns Bs estourados.

"São as chamadas consoantes oclusivas." Eu explico, tentando não pensar se o perfume de sua colônia de sal marinho permanecerá na cabine depois que sairmos. "Você está lançando uma rajada de ar da sua boca diretamente para o microfone quando você faz o som do *p*." Eu coloco minha mão sobre a boca, indicando que ele deveria fazer o mesmo. "Rádio Pública Pacific. Você consegue sentir a diferença na sua mão quando você pronuncia uma palavra com *p* versus uma palavra com *r*? Sai mais ar nas com *p*, certo?"

"Rádio Pública Pacific. Rádio Pública Pacific." Dominic repete isso algumas vezes e concorda. É ao mesmo tempo engraçado e recompensador assistir a um gigante de 1,90 metros recebendo minhas instruções.

"Isso que você sente soará distorcido nas gravações", eu digo. "Além de ter uma melhor tecnologia de gravação, a qual não poderemos pagar tão cedo, você pode praticar um melhor controle da respiração. Leva algum tempo e você provavelmente ficará pensando muito sobre isso no começo, mas ficará cada vez mais fácil."

Ele repete a frase em suas mãos várias vezes, soando cada vez mais suave. Quando ele finalmente abaixa os braços, a manga de seu suéter encosta no meu ombro. Eu me pergunto se é lã ou algodão, macio ou áspero. Talvez eu não odeie, de jeito nenhum, a maneira como ele se veste.

"Obrigado." Ele diz. "Isso realmente foi muito útil."

Tentamos gravar o anúncio novamente.

Eu sou Shay Goldstein...

E eu sou Dominic Yun. Nesta quinta-feira, às 15:00, na Rádio Pública Pacific, sintonize nosso novo programa, Conversando com o Ex. Vamos falar tudo sobre namorar, terminar e fazer as pazes com duas pessoas que conseguiram continuar amigas, mesmo depois que seu relacionamento acabou.

Estamos ansiosos para compartilhar nossa história e ouvir a de vocês.

"Melhor", eu falo. Mas não consigo tirar o som da minha voz da cabeça. Com a estreia do programa tão próxima, é a última coisa em que quero pensar. "*Culture Clash* foi bom esta semana."

"Não me conte! Eu ainda não escutei."

"Ok, mas tem uma parte em que..."

Ele põe as mãos nos ouvidos. "Alguém já lhe contou que você é terrível?"

"A maioria das pessoas" digo isso com um sorriso angelical. "Tem também esse novo *podcast* da *Buffy* que queria conferir."

"*Cinco por cinco?*[19] É ótimo. O primeiro episódio foi um pouco confuso, mas eles se acharam a partir do terceiro."

"Então você escuta outras coisas, além de notícias", eu digo erguendo as sobrancelhas.

"Você quer dizer que sou um ser humano complexo e em camadas?"

---

[19] *Cinco por cinco* significa que a pessoa está ouvindo uma voz com clareza e força total. A expressão de Faith, em *Buffy*, significa que tudo está indo bem.

"*O júri ainda não chegou a um veredito.*"[20]

Sua boca se contrai como se ele estivesse tentando não sorrir. "Esse sim é um bom *podcast*."

Eu bufo. Ele não precisa saber que eu assino um *podcast* da Suprema Corte, *Justice Makes Perfect*. Ainda não escutei nenhum episódio, mas eu deveria fazê-lo. É justo – ele escutou os meus. Eu realmente acredito em reciprocidade.

Um pouco mais de anúncios. Não sei se é possível, mas minha voz soa cada vez mais irritante. Eu respiro aliviada, empurrando o microfone para longe e me jogando em uma das cadeiras da cabine. É sempre melhor gravar em pé – menor pressão no diafragma.

"Você tem certeza de que minha voz soa bem?"

"Pela nongentésima vez, sim."

"Obviamente, nunca ninguém riu na sua cara por causa da sua voz."

"Não, mas eu já recebi e-mails anônimos me dizendo para voltar para a China", ele diz. "O que é particularmente hilário, já que não sou chinês."

"Ah." *Merda*. Isso está longe de fazer parte do rol dos meus problemas. "Uau. Isso é foda mesmo. Sinto muito."

"Obrigado." Ele passa a mão pelo cabelo e se ajeita para se sentar na cadeira ao lado da minha. "O que quero dizer é que já me acostumei com isso porque já aconteceu muitas vezes. Esse tipo de coisa se torna combustível para você. Você se sai ainda melhor porque sabe que há pessoas por aí esperando que você falhe."

---

[20] Trata-se do *podcast Jury's still out*: programa que destaca e discute tudo relacionado a julgamentos, juris e direito.

Neste momento, ele deixa seu *oxford* marrom bater na perna da minha cadeira de uma maneira que talvez seja para que eu me sinta mais confortável.

Hum. Acho que estamos nos dando bem.

Eu não odeio sua companhia, não totalmente, e eu quase esqueci o que aconteceu na sala de descanso. (Mesmo quando minha garganta ficou seca quando o vi enchendo um copo de água ontem. Vou ficar brava se isso se tornar um fetiche.) Talvez haja uma maneira de nós dois nos tornarmos amigos. Não será igual a relação que tinha com Paloma, que era desigual desde o início. Mas a nossa pode ser *de igual para igual*. Uma grande novidade no mundo da rádio pública.

Eu olho para seu sapato. O couro polido, o laço perfeito. Ele se torna menos intimidador quando está sentado ao meu lado, porém mais misterioso.

"Mais uma vez?" eu retruco, e ele aperta o GRAVAR novamente.

Nenhum de nossos ouvintes irá me ver, mas eu decidi me arrumar para o dia do programa. Eu estou usando um minivestido estruturado cinza, meia calça estampada e salto Mary Jane cor lavanda, que encontrei num bazar de caridade com Ameena, ano passado. Ajeito meu cabelo grosso no típico rabo de cavalo, mas a franja, eu aliso, deixando-a elegante e brilhante. Penso em usar lentes de contato, mas já faz uma eternidade e eu estou tão apegada aos meus óculos de carapaça de tartaruga que não quero arriscar nem a menor das mudanças na minha visão.

Você tem cara de rádio, meu pai costumava dizer com um sorrisão, querendo dizer que eu não era bonita o bastante para a televisão. Uma piada de pai nota dez. Deus, eu ainda sinto falta delas.

A manhã demora a passar. É tão agonizante quanto fazer um tratamento de canal seguido de um exame Papanicolau. No almoço, meu estômago só aguenta um terço de um sanduíche da lanchonete do primeiro andar, enquanto Ruthie revisa o resumo do programa ao meu lado. Consigo manchar a saia do meu vestido com mostarda e passo quinze minutos no banheiro esfregando-a.

Kent vem até nós, enquanto Dominic e eu praticamos nossa abertura do programa.

"Meu casal favorito", ele diz, nada sutilmente, gesticulando para a gravata com estampa de cupido que usava em nossa homenagem. "Ou ex-casal favorito. Vocês dois vão arrasar. Todos nós estamos muito empolgados."

Mas, nas entrelinhas, ele quer dizer:

Não estraguem tudo.

Ruthie imprime nossos resumos mais atualizados. Este primeiro programa não terá a participação de convidados. Seremos Dominic e eu contando nossa história falsa, aguardando as ligações chegarem.

Eu tropeço no carpete do corredor, no caminho para o estúdio.

"Você está bem?" pergunta Dominic, estendendo a mão e agarrando meu cotovelo para me ajudar a ficar de pé. Meu vestido é de manga curta e sinto seus dedos quentes contra minha pele.

Bem, agora não estou. "Cinco por cinco", eu digo.

Ruthie entra no estúdio, colocando um copo em frente a cada um de nós. "Água para meus apresentadores favoritos", ela cantarola.

"Obrigada. Eu teria esquecido." Embora tenha feito isso tantas vezes para Paloma, não quero que Ruthie sinta que precise ficar nos servindo. "Como você consegue ficar tão calma? Eu repliquei desodorante meia hora atrás e ainda estou suando litros."

"Sou sua produtora", ela responde. "É meu trabalho ficar calma."

E ela está certa – seria bem pior se ela também estivesse surtando.

Eu fico imaginando o quão pior seria se ela soubesse que eu e Dominic nunca namoramos de verdade.

Felizmente, meus nervos não deixam espaço para a culpa. Não hoje. Não quando estou a cinco minutos de realizar o sonho de uma vida inteira. Ruthie vai para o estúdio adjunto e Dominic e eu sentamos juntos de um lado da mesa, com nossos copos de água e cadeiras giratórias, e colocamos nossos fones de ouvido.

O sinal de GRAVAÇÃO pisca.

"A seguir, a estreia de nosso novo programa, *Conversando com o Ex*", anuncia Jason Burns. "Mas, primeiro, as manchetes da RPN."

Está acontecendo. Nós estamos prestes a apresentar nosso programa.

Meu próprio programa.

"Tenho um antitranspirante prescrito pelo médico na minha mala da academia", Dominic diz. "Eu poderia pedir para Ruthie pegá-lo."

Eu olho para ele, horrorizada. Nós estamos juntos num espaço pequeno e fechado. Eu morreria se ele achasse que estou cheirando mal. Definitivamente vou ter um treco se eu estiver com uma pizza embaixo do braço. "Eu estou precisando?"

"Ah... merda. Não. *Não*. Você parece estar preocupada com isso, então pensei em oferecer. Você está cheirando normal. Tipo... cítrico. É bom."

É bom. Não, *você cheira bem*. Uma grande diferença.

"Obrigada", eu respondo um pouco hesitante, aceitando o elogio em nome do meu xampu *Burt' Bees*.

Suas pernas saltam para cima e para baixo embaixo da mesa. Ele está de jeans escuro hoje.

"E o que está acontecendo aí embaixo?" eu pergunto, apontando para as pernas dele.

Sua confissão de pânico de palco volta à minha mente. Ele disse que ficaria bem na rádio, sem plateia visível. Deus queira que ele esteja certo.

"Ah. Esse sou eu tentando esconder o quão nervoso estou. Como estou me saindo?"

"Péssimo", eu respondo. "Ambos estamos."

O canto de sua boca se contrai. Estou começando a notar que isso é uma coisa que ele faz frequentemente. Como se ele quisesse esconder quando está achando algo engraçado ou que uma gargalhada pode acabar com sua fachada moralista.

"Então tem uma coisa que somos bons em fazer juntos", Dominic diz. Ele toma um gole de água e meu coração acelera por um motivo totalmente diferente.

Foco. Eu folheio minha pilha de papéis. Como Paloma fazia parecer tão fácil? Nossa abertura coreografada, nossas anedotas fictícias, os intervalos dos patrocinadores... E, no entanto, é impossível se preparar para tudo. Se alguém ligar, perguntando algo que não está nas minhas anotações, eu saberei responder?

OQUHBMF?

Ruthie fala conosco através dos fones de ouvido. "Trinta segundos", ela diz, um pouco sem fôlego.

Eu cruzo e descruzo as pernas. Tento tirar a mancha de mostarda. Tento tomar um gole da água, que escorre um pouco pelo meu queixo.

"Ei", Dominic diz logo antes da contagem regressiva de dez segundos. Sua perna finalmente para de fazer aquele movimento frenético e ele bate seu joelho no meu. "Shay. É como se estivéssemos conversando."

"Certo, está bem. Vamos conseguir."

Seu olhar fixa o meu. "E eu estou muito feliz que você tenha me convencido a fazer isso."

Então Ruthie aponta para nós.

E estamos ao vivo.

Conversando com o Ex, Episódio 1: Por que terminamos.

Transcrição

<*Fade in em áudio clipes enquanto surge a seguinte narração ao fundo "Terminar É Algo Difícil De Se Fazer"*>

"*Você se considera um espírito livre, selvagem e morre de medo de ser enjaulada. Bem, querida, você já está enjaulada...*" (Bonequinha de Luxo)

"*E aonde vou, você não pode seguir. Do que farei, não pode participar...*" (Casablanca)

"*Francamente minha querida, eu não dou a mínima.*" (E o Vento Levou)

"*Se quero ser um senador, preciso me casar com uma Jackie, não uma Marilyn...*" (Legalmente Loira)

"*Eu estava pensando que deveríamos terminar, ou tanto faz.*" (Scott Pilgrim contra o Mundo).

<*Fade out*>

DOMINIC YUN: Era um dia frio de dezembro...

SHAY GOLDSTEIN: Tenho quase certeza que era início de janeiro.

DOMINIC YUN: Foi em algum dia de inverno. Você estava com aquele suéter azul...

SHAY GOLDSTEIN: Verde.

DOMINIC YUN: E eu estava usando meu gorro cinza favorito.

SHAY GOLDSTEIN: Eu odiei aquele gorro.

DOMINIC YUN: Eu odiei que você tenha odiado aquele gorro.

SHAY GOLDSTEIN: Obviamente, não foi por isso que terminamos, mas falta de comunicação é uma das razões principais pelas quais relacionamentos não duram.

DOMINIC YUN: Eu sou Dominic Yun.

SHAY GOLDSTEIN: E eu sou Shay Goldstein e este é *Conversando com o Ex,* o novo programa da Rádio Pública Pacific. Obrigada por se juntar a nós. Nós estamos ao vivo de Seattle, ou, se você estiver ouvindo por *podcast*, em algum lugar do passado recente. Sendo bem honesta: este não é apenas nosso primeiro episódio, mas também nossa primeira vez como apresentadores. Fui produtora da emissora por dez anos e Dominic trabalhava como repórter desde outubro, quando começamos a namorar. E no início deste ano, terminamos.

DOMINIC YUN: Mas ainda tínhamos que nos enfrentar no trabalho todos os dias, o que acho que tornou mais fácil para nós continuarmos amigos. Ou, pelo menos, conhecidos passivo-agressivos.

SHAY GOLDSTEIN: Nós dois ficamos muito empolgados com a ideia de ficar atrás de um microfone e conversar sobre algo a que a rádio pública nunca dedicou um programa: namoro e relacionamentos. É sobre isso que tratamos em *Conversando com o Ex,* com ênfase no compartilhamento de histórias... as histórias de vocês. Nós esperamos romper estereótipos e papéis de gênero. E, nas próximas semanas, traremos ao programa especialistas para nos ajudar.

DOMINIC YUN: Neste primeiro episódio, nós contaremos porque nos separamos. Mais tarde, nós receberemos algumas ligações, mas primeiro gostaríamos de começar com nossa história porque, evidentemente, nem Shay nem eu conseguimos concordar sobre isso. Aqui estão alguns outros motivos pelos quais casais se separam hoje em dia: ciúme, promessas que não foram cumpridas, insegurança, infidelidade...

SHAY GOLDSTEIN: Trabalhar muito perto de seu parceiro.

DOMINIC YUN: Ou, talvez, interrompê-lo constantemente.

SHAY GOLDSTEIN: Eu achei que isso era uma brincadeira cordial.

DOMINIC YUN: Sinto que, para isso, você teria que ser cordial.

SHAY GOLDSTEIN: Eu sou cordial! Com meus amigos!

DOMINIC YUN: Ok, então... de um amigo para outro, posso te fazer uma pergunta?

SHAY GOLDSTEIN: Hum...

Som de papéis sendo mexidos.

DOMINIC YUN: Não está em nossas anotações. Quero ouvir uma resposta honesta.

SHAY GOLDSTEIN: Perfeito. Você quer improvisar nos nossos primeiros três minutos ao vivo?

DOMINIC YUN: Deixa para lá. Você está dramatizando demais. Fazendo muito suspense.

SHAY GOLDSTEIN: Dominic Yun, eu sairei deste estúdio agora mesmo se você não...

Dominic ri.

DOMINIC YUN: Ok, ok. O que eu quero saber de verdade, já que estamos falando sobre nosso relacionamento, é o que você mudaria em mim, se pudesse. Assumindo que não sou um ser humano perfeito.

SHAY GOLDSTEIN: Ah, eu definitivamente não preciso de anotações para falar sobre isso. Ok. Então, em primeiro lugar, você só poderia falar sobre seu mestrado uma vez por mês. De preferência nunca, mas não tenho certeza se seu ego aguentaria.

DOMINIC YUN: Meu mestrado em jornalismo da Northwestern?

SHAY GOLDSTEIN: Isso, esse mesmo. Outra coisa... esse jeito de encostar em uma parede e esticar o pescoço para falar com as pessoas. Isso, às vezes, parece muito arrogante da sua parte. Como se estivesse, literalmente, achando que os outros são ignorantes.

DOMINIC YUN: Você sabe que tem um metro e meio de altura, certo? Não deveria então olhar para você enquanto conversamos?

SHAY GOLDSTEIN: Eu tenho 1,57 metros. Respeite esses *7 centímetros*. Não, mas esse é meu mundo mágico e especial, onde posso mudar qualquer coisa em você. Você não disse que tinha que fazer sentido.

DOMINIC YUN: Você poderia me deixar mais baixo.

SHAY GOLDSTEIN: Eu gosto da sua altura. Quer dizer... para que você possa alcançar as coisas para mim, quando eu não tiver vontade de escalar um balcão.

DOMINIC YUN: Então meus defeitos são minha altura e minha boa educação? Isso é *contundente*.

SHAY GOLDSTEIN: Tem também aquela bola na sua mesa, que você fica jogando para cima e para baixo enquanto está pensando e isso me deixa maluca. Então eu tiraria isso também. E agora você vai me dizer o que mudaria em mim?

DOMINIC YUN: Só se você aguentar o tranco.

SHAY GOLDSTEIN: Você sabe que não tenho emoções enquanto estou no trabalho.

Dominic bufa.

DOMINIC YUN: Bom, em primeiro lugar, você terá que crescer. É assustador para um adulto ser tão baixo como você.

SHAY GOLDSTEIN: Na semana passada, me pediram no cinema a carteirinha de acesso a filmes para maiores de idade.

DOMINIC YUN: E você não me contou? Eu poderia ter tirado sarro de você durante a semana passada inteira.

SHAY GOLDSTEIN: Estamos fugindo do assunto. Conte mais coisas que não gosta em mim. Afinal, *Tamo Junto*. Não é o que a garotada descolada fala hoje em dia?

DOMINIC YUN: Isso, a garotada descolada de 2016. Ok, *Tamo Junto*. Vamos ver... às vezes você acha que há apenas uma maneira certa de fazer as coisas, então acho que te deixaria um pouco mais flexível.

Shay tosse.

DOMINIC YUN: Você quer um pouco d'água? Ou você precisa de ajuda para alcançar o copo?

Shay tosse com mais força.

SHAY GOLDSTEIN: Não, eu – ok. Estou bem.

DOMINIC YUN: Então, alguma dessas coisas que você gostaria de modificar em mim – você acha que se eu tivesse mudado, nós não teríamos terminado?

SHAY GOLDSTEIN: Bem... não. E eu estou entendendo onde você quer chegar. Você está tentando dizer que, mesmo que mudássemos essas coisas, ainda assim, não teríamos continuado juntos. E por mais que odeie admitir, você está certo. Se você espera que seu parceiro mude, talvez você não esteja no relacionamento certo. Inteligente.

DOMINIC YUN: Bem, eu fiz um mestrado.

11.

Acordo na manhã seguinte encolhida na beirada da cama. Steve está esticado bem no meio, com os pequenos bigodes se contorcendo enquanto dorme. Progresso. Como um cachorro pode ocupar tanto espaço? Isso eu nunca saberei.

Normalmente, ele me acorda antes do despertador, então, na maioria das vezes, vamos caminhar antes que eu tenha a chance de checar as redes sociais. Hoje, eu aproveito os minutos extras com meu celular, me ajeitando devagarinho, tentando não incomodar meu cachorro.

E... *uau*.

Eu tinha um pouco mais de mil seguidores no Twitter, mas agora já passei dos 2 k. Minhas menções estão uma bagunça e eu estremeço quando vou passando por elas, esperando acontecer o que sempre temi que acontecesse ao apresentar um programa na rádio.

Mas não aconteceu.

Porque eles são *legais*.

Um pouco de críticas inevitáveis, que fazem parte da internet, mas no geral, as pessoas adoraram o programa. *Amaram*. Não estou exagerando – o programa está bombando nas redes sociais.

O alívio me permite afundar ainda mais no meu colchão e abro um sorriso. Durante semanas venho carregando esse medo de que não seríamos bons o suficiente, que ninguém escutaria o programa, que eu faria besteira ao vivo. Mas esse é um sentimento poderoso e é muito mais forte do que pensei que seria.

O programa começou um pouco devagar. Dominic parecia calmo, relaxado e sem nenhuma ansiedade. Ou ele é ótimo em esconder isso, ou seu pânico de palco realmente se foi quando entramos ao vivo. Eu estava trêmula no começo, ri um pouco demais, mas depois entrei no rumo. Tínhamos nosso roteiro de abertura, uma dança coreografada ele-diz, ela-diz, na qual ele imediatamente jogou um balde de água fria. Improvisar com ele não foi tão difícil o quanto imaginei que seria, embora eu estivesse ciente das histórias que contamos sobre Dominic deixando cair uma vela enquanto acendia a menorá em seu primeiro Hanucá e nossa briga pública num Olive Garden, quando testamos os limites da quantidade de salada e palitinhos de pão que seríamos capazes de comer à vontade. Histórias que não eram sobre nós. Eu nunca o classifiquei como um judeu honorário, de verdade. Não era Dominic na história sobre patinação no gelo no Seattle Center, quando escutamos "The Time Warp" pelos alto-falantes e nós dois sabíamos a coreografia.

Mas, por alguns minutos, parecia que poderia ter sido.

Eu não tinha certeza de quanto tempo mais eu poderia improvisar com ele assim, e fiquei aliviada quando as ligações começaram a chegar. "Vocês parecem comigo e meu ex", Isaac de West Seattle disse rindo. "Embora eu não ache que ficaria calmo o suficiente para apresentar um programa de rádio com ele."

Então Kayla ligou de Bellevue para lamentar que ela parecia assustar pretendentes em potencial, por ser muito ousada e dar o primeiro passo.

"As mulheres foram ensinadas a não dar o primeiro passo", eu disse, percebendo que era um tema sobre o qual eu tinha uma opinião forte. "Aprenderam que é mais romântico quando os rapazes fazem isso. Além disso ser desatualizado e heteronormativo, de que outra forma você vai sentir que existe uma aparência de igualdade em um relacionamento? Eu nunca quero esperar. Para que esperar que o outro assuma o controle, quando sou perfeitamente capaz de fazer isso sozinha?"

"Adoro quando as mulheres dão o primeiro passo. Na verdade", Dominic disse olhando para mim, "Shay que me convidou para sair".

"Isso mesmo", eu disse, nem mesmo precisando checar minhas anotações sobre nosso primeiro encontro. "Eu o encontrei na sala de descanso e perguntei se ele queria jantar comigo depois do trabalho. E minha mãe acabou de pedir o namorado dela em casamento."

Kayla me pressionou por mais detalhes e percebi que estava feliz em compartilhá-los, em contar tudo sobre minha mãe. Depois de ter tido um tempo para pensar, eu pude admitir que *tinha sido* um ótimo pedido de casamento.

Continuo navegando pelo Twitter, rindo de um tweet de alguém que jura que, se Dominic fosse seu ex, nunca teria terminado com ele. O som da minha risada assusta Steve e ele entra em ação, lambe meu rosto até eu me render e levantar da cama.

Durante nosso passeio, checo meu telefone com as mãos congeladas. Corro para ele imediatamente após sair do banho, deixando pingar água por toda a tela. Atualizo nossa *hashtag* enquanto espero meu bagel multigrãos saltar da torradeira.

Estou pronta para sair para o trabalho às 8:45. Eu nunca, em toda minha história na Rádio Pública Pacific, cheguei ao trabalho após às 8:55. Posso estar permanentemente atrasada para jantares em família e com amigos, mas nunca, nunca para o trabalho.

Eu não tive tempo de responder à mensagem de Ameena depois que ela escutou o *podcast* ontem à noite, não deu para fazer uma pausa no trabalho. Puta merda! Você e seu falso ex-namorado foram ótimos! Então eu liguei para ela pelo Bluetooth enquanto estava no trânsito da I-5.

"Olá estrela da rádio. Parece que você está arrasando hein?"

"Acho que estou", respondo. "Ontem foi uma loucura. Eu não quero que você pense que te esqueci na minha ascensão à fama."

Ela bufa. "Dois mil seguidores no Twitter e de repente você é boa demais para mim?"

"Eu não iria falar isso, mas se você se sente desconfortável com meu nível extra baixo de celebridade..."

"Sério, vocês dois foram ótimos", ela diz. "Agiram naturalmente. Por um momento, eu até esqueci que vocês nunca foram namorados de verdade e te xinguei por você ter terminado com ele."

"Hahaha, obrigada. Também pareceu real para mim, de certo modo. Não tem sido tão terrível trabalhar com Dominic."

"TJ queria que eu te dissesse que, caso precisasse, ele estava pronto para ligar para a rádio para contar uma história falsa sobre terminar comigo em público para te salvar, mas não precisou. Ele ficou meio desapontado... ele passou muito tempo planejando isso."

"Diga que agradeço, de qualquer maneira."

Meus alto-falantes emudecem como se ela estivesse cobrindo o telefone. "Como você sabe, tenho que entrar numa reunião", ela fala. "Brunch no domingo?"

"Você sabe que não gosto de brunch, mas farei isso por você."

O pânico de estar atrasada se instala quando entro no elevador e aperto o botão para o quinto andar. Tenho certeza de que Kent vai berrar comigo assim que eu abrir a porta, mas não é isso que acontece.

Primeiro, Emma McCormick na recepção: "Eu amei seu programa, Shay!" E com uma voz mais baixa: "Eu não deveria perguntar isso, mas, ele beija bem? Parece que sim. Mas se você não quiser falar sobre isso, tudo bem, mas se quiser... você sabe onde me encontrar."

E, logo depois, Isabel Fernandez: "Vocês dois foram fantásticos! Nós deveríamos ter feito isso há muito tempo."

Até mesmo o editor-chefe Paul Wagner me contou que ele e a esposa ouviram o *podcast* durante o jantar na noite passada e não conseguiram parar de rir.

Nada disso parece real. Sinto que a qualquer momento Kent vai aparecer e dizer: *Te peguei!* Ou que alguém da rádio virá me perguntar algo sobre meu relacionamento com Dominic que não saberei responder. Essa é a parte que faz meu bagel multigrãos ameaçar voltar.

Esse é apenas o começo, eu tento me convencer. Nós estamos contando uma história. Rádio é assim. O programa se tornará maior que nossa história – terá que se tornar. É a única maneira de eu conseguir engolir nossa mentira.

Eu preciso falar com Dominic, e com toda sua moral jornalística de benfeitor. Preciso saber como ele está se sentindo, se ele está impressionado com a resposta das redes sociais ou desencorajado pelo peso da mentira que nunca imaginou que contaria.

Mas não consigo. Ele já está na sua mesa, abduzido pela tela do computador. As pontas de seu cabelo escuro estão úmidas e levemente encaracoladas na nuca. Se seu cabelo ainda está molhado, ele não deve ter chegado aqui muito antes de mim.

Assim que deixo cair minha bolsa no chão, embaixo da minha mesa, Kent aparece.

"No meu escritório", ele diz com tanta urgência que rapidamente nos dirigimos para lá.

"Ruthie deveria estar aqui", eu digo enquanto Dominic e eu nos sentamos em frente à mesa de Kent.

"Aqui!" Ela corre para dentro do escritório com duas canecas de café e as coloca em nossa frente.

"Você não precisava fazer isso", eu digo, mas ela acena desdenhosamente. Minha caneca é uma relíquia com os dizeres CAMPANHA DE DOAÇÕES DE OUTONO DA RPP 2003 em letras roxas e maiúsculas.

Eu não tenho certeza sobre como me sinto com nossa nova dinâmica. Eu não quero ser aquele tipo esnobe de apresentadora.

Há apenas três cadeiras aqui, então Ruthie meio que fica de lado, fazendo-me sentir ainda mais estranha.

"Só um segundo." Dominic se levanta e sai da sala. Depois de uns segundos, ele volta com uma cadeira, a qual Ruthie aceita com gratidão.

"Shay, Ruthie, uma de vocês duas poderia tomar nota?" Kent pergunta. Eu espero ele completar a frase com "ou Dominic", mas ele não a completa.

"Deixa comigo", diz Ruthie.

"Obrigado." Kent clica em alguns botões de seu computador. "Então... vocês devem ter notado o sucesso que o programa fez nas redes sociais." Ele vira a tela para nós acompanharmos. É uma busca no Twitter de nossa *hashtag*, com novos resultados aparecendo a cada segundo. Então, ele clica na nossa página do *podcast*. "Olhem o número de *downloads*. É cerca de quatro vezes maior do que de qualquer um de nossos programas que foram ao ar nessa semana. Isso é *fantástico* para um novo *podcast*."

"Ah meu Deus", eu digo.

"E tivemos um fluxo constante de ligações", Ruthie acrescenta. "Muitas pessoas para escolher. Aquela garota que falou sobre o término com o namorado bem no meio de uma viagem? *Sensacional*."

"Basta dizer que eu não estava preparado para isso agora, mas estou entusiasmado", Kent diz. "Realmente entusiasmado. Esses números podem fazer uma enorme diferença na temporada de campanha de doações. Eles também poderiam nos colocar no mapa nacional. Vocês dois fizeram um excelente trabalho."

"Três", eu falo.

"Certo. Claro. Me desculpe, Ruthie." Kent diz com um olhar de desculpas. "Eu sei que você facilmente conduziria as reuniões sozinha, mas devido ao interesse que o programa despertou, acho que você concorda que faz sentido que eu participe também. Eu gostaria de fazer parte das reuniões pelo menos por um tempo, se estiver tudo bem para vocês três."

Um pouco inconveniente, mas... "Faz sentido", Ruthie diz. "Para mim tudo bem, se Shay e Dominic concordarem."

Nós três balançamos a cabeça concordando.

"Eu só... uau", Dominic diz, e talvez seja a primeira vez que o vejo lutando para encontrar as palavras certas. "Eu não imaginei que isso aconteceria tão rapidamente."

"Pois acredite", Kent diz, "e aproveite. Mas não podemos parar agora. O que vocês planejaram para o próximo programa?"

"Nós iríamos fazer terapia de casal ao vivo para entender o que deu errado em nosso relacionamento", eu respondo. "E na próxima semana, teremos um casal de universitários e outro de psicólogos agendados para falar sobre os mais recentes estudos de relacionamentos."

"Adorei. O que mais?"

"Bem...", Ruthie começa. "Eu não tinha exposto isso ainda, mas pensei que seria interessante fazer algo sobre relacionamento interracial."

"Me apresente a ideia", Kent diz.

Manchas rosadas surgem em suas bochechas. "Toda vez que namoro uma garota ou um garoto asiático, as pessoas olham para mim como se isso já fosse o esperado... E se estou namorando uma garota branca ou um garoto branco, as pessoas me olham de maneira diferente. Como se estivessem se perguntando se a pessoa só está comigo porque gosta de garotas asiáticas. E se estou namorando alguém que não é asiático *ou* branco, as pessoas ficam totalmente confusas."

Nunca tinha ouvido Ruthie falar dela mesma até hoje. Três anos e não sei nada sobre ela.

Eu prometo mudar isso.

"Eu nunca namorei uma garota asiática", Dominic diz.

Seu Facebook me volta à mente. Mia Dabrowski. Com quantas garotas mais ele já namorou? Era difícil dizer por quanto tempo eles estiveram juntos – pelo menos por alguns anos.

"Eu gostaria de abordar esse assunto", eu digo e depois olho para Dominic: "se você estiver confortável com isso."

Ele concorda. "Eu gostaria de ter outras pessoas de outras raças no programa também."

"Maravilha, maravilha", Kent diz. "Então vocês se acertaram quanto ao conteúdo. Agora, quanto aos vídeos promocionais..." Ele clica em algumas teclas em seu computador. "Precisamos de estratégia. Tenho vocês dois conversando com o *Seattle Times* hoje ao meio-dia, e alguns meios de comunicação *online* também querem entrevistá-los – BuzzFeed, Vulture, Slate, Hype Factory..."

"O que diabos é Hype Factory?" Dominic pergunta.

"É um site de caça-cliques", eu respondo. Não é o jornalismo mais revolucionário, mas *"Quinze gatos que se parecem com Adam Driver" (Top 8 das coisas que farão você se chocar)* me entreteve por dois minutos na semana passada.

"Nós temos que pegar carona nisso", Kent diz. "Nós estamos em uma posição privilegiada aqui. O *podcast* teve uma estreia incrível e eu aplaudo vocês por isso. Mas também foi apenas um episódio. Não quero que suba à cabeça de ninguém ainda. O que precisamos fazer é manter isso em andamento, continuar chamando atenção."

"Você sabe por quanto tempo consegue prender a atenção das pessoas hoje em dia? Não muito. As pessoas enlouquecem com a nova temporada de *Stranger Things* por uma semana antes de um novo trailer da Marvel ser lançado e então, depois todo mundo está falando sobre um remake da Disney. Nada dura por muito tempo. Mas nós queremos permanecer relevantes enquanto pudermos. Realmente fazer parte do *zeitgeist*."[21]

Ruthie estremece.

"O que é isso?" pergunta Kent.

"Me desculpe, é que tenho uma reação visceral à palavra *zeitgeist*."

Eu abafo uma risada, mas Kent continua sério.

"Eu entendo o que você está dizendo." Dominic arregaça as mangas de seu suéter preto. "Eu só não quero que nada disso pareça muito hipócrita."

Kent coloca a mão sobre o peito, como se tivesse sido insultado pelo que Dominic está insinuando. "Não

---

[21] *Zeitgeist* é um termo alemão cuja tradução significa "espírito da época", "espírito do tempo" ou "sinal dos tempos". Significa, em suma, o conjunto do clima intelectual e cultural do mundo numa certa época, ou as características genéricas de um determinado período de tempo.

estou pedindo a vocês que sejam nada além de vocês mesmos", ele diz, com um leve erguer de sobrancelhas.

Uma realidade maior me atinge e se instala como ácido em meu estômago: Ruthie realmente acredita que eu e Dominic namoramos. Fazer a promessa de conhecê-la melhor parece absurdo quando estou sentada ao seu lado e mentindo descaradamente.

"Então, se estamos resolvidos por aqui", Dominic diz, "eu vou escutar o programa. Ver como podemos melhorar da próxima vez".

"Excelente ideia", Kent diz. "E mais uma vez: parabéns aos três, de verdade."

Mas ainda estou pensando em outra coisa que ele disse:

Nada dura por muito tempo.

Provavelmente, dura ainda menos quando você mente.

Twitter

@amandaosullivan

Quem mais está obcecado por #ConversandocomoEx? Dominic e Shay são tão fofos que não aguento. Se algum dos meus ex-namorados fosse como o Dom, eu nunca teria terminado com ele!

@elttaes_amadeus

@goldsteinshayyy e @dominicyun são tão fofos juntos em @ConversandocomoEx, será que eles podem voltar a namorar, pfv??? 🙏 #ConversandocomoEx #shayminic

@MsMollieRae17

posso apenas dizer que é tão reconfortante ouvir alguém com uma voz REAL na RPN? #ConversandocomoEx

@most_dolphinately_

Dominic Yun parece um idiota pretencioso #ConversandocomoEx

@photography_by_shauna

Meu Deus, acabei de terminar de ouvir #ConversandocomoEx e eu PRECISO do episódio 2! Alguém mais quer que Dominic e Shay voltem a ficar juntos?

@StanleyPowellPhD

É isso que passa na RPN hoje em dia? Gostaria que vocês fizessem outra campanha de doações. #ConversandocomoEx #nãoobrigado

@itsmenikkimartinez

A voz dele é gostosa. Você VIU a foto dele? Ei @BabesofNPR, dá uma olhada. #ConversandocomoEx #vozdecrush #quesaude

@_dontquotemeonthis

@itsmenikkimartinez @BabesofNPR adicionem @goldsteinshayyy de também 🔥🔥🔥

12.

Os Sêderes de Pessach[22] costumavam ser coisa séria. Eles eram reuniões íntimas, apenas meus pais e avós participavam, até que os pais da minha mãe faleceram e os pais do meu pai se mudaram para o Arizona, para escapar da melancolia de Seattle. E então, durante a maior parte dos meus vinte anos, era apenas minha mãe fazendo uma piada sobre eu fazendo as Quatro Perguntas, já que eu sempre seria a pessoa mais jovem da mesa.

Agora, a primeira noite do Pessach é uma espécie de festa. Nós estamos na casa em que cresci, mas com catorze pessoas ao redor da mesa, e nunca foi tão barulhento. O Manischewitz[23] e as outras bebidas fluem livremente e os netos de Phil se divertem caçando o afikoman, um pedaço quebrado de matzá embrulhado num guardanapo e escondido em algum lugar da casa. Essa sempre foi a parte do Sêder favorita do meu pai, e ele se divertia escondendo o afikoman dentro do estojo do violino da minha mãe, entre os livros da prateleira e uma vez, colando-o embaixo da mesa, o que foi tão inesperado que levei quase uma hora para pensar em olhar lá. Como essa foi a primeira Pessach deles, escolhi um lugar fácil para as crianças: em cima da geladeira. Mas no próximo ano eu serei implacável.

Eu gosto dessa parte: compartilhar nossas tradições e abrir espaço para novas.

---

22 Sêder de Pessach refere-se ao jantar cerimonial judaico em que se recorda a história do Êxodo e a libertação do povo de Israel. O Sêder é realizado na primeira noite de Pessach em Israel e na primeira e segunda noites fora de Israel.

23 *Manischewitz* é uma marca líder de produtos kosher sediada nos Estados Unidos, mais conhecida por seus vinhos matzá e kosher.

"Nós estamos amando seu programa", diz Anthony – filho de Phil –, e seu marido Raj balança a cabeça concordando, enquanto tenta colocar uma colher de papinha de legumes na boca do filho deles.

"O segundo episódio foi ainda melhor que o primeiro", Raj diz. "Especialmente quando você deixou aquela pobre conselheira de casais desconcertada."

"Obrigada", eu digo. "Até agora, tem sido muito divertido."

Nosso segundo episódio foi ao ar alguns dias atrás e eu tenho atualizado nossos assinantes praticamente de hora em hora. Eu pensei que iríamos continuar com a tendência de alta, mas nossos números de *downloads* parecem ter se estabilizado. Provavelmente não conseguiremos patrocinadores até que tenhamos mais de milhares de *downloads* por mês. Ainda é cedo – pelo menos, é assim que estou me tranquilizando – mas presumi que a blitz da mídia seria suficiente para nos impulsionar. A não ser que, como Kent diz, o cenário já esteja tão saturado que um estrondo de um novo *podcast* soe mais como um chiado.

"E Dominic parece adorável", diz a filha de Phil, uma dentista de trinta e poucos anos chamada Diana. Ela está sentada na minha frente, exibindo dentes brancos e perolados. "Não acredito que você terminou com ele."

"Mesmo alguém com uma voz bonita pode ser... um grande sem vergonha", eu respondo seriamente, mas não acreditando no que acabei de dizer. Mentir para a família de Phil – *minha* família – acaba com meu apetite e eu empurro a carne para o lado do prato antes de notar que é exatamente o que os filhos de Diana estão fazendo.

"Mas se ele era um grande sem vergonha, qual era o problema?"

"Diana!" Phil diz de uma ponta da mesa. "Seu pai está aqui. E há crianças presentes."

"Pai. Na verdade, eu já fiz sexo." Ela gesticula para seus filhos. "Exatamente duas vezes."

Mais risadas por conta disso.

Esse é o tipo de família em que eu sempre quis crescer, especialmente durante nossos sêderes demasiadamente tranquilos. Eu queria competir pelos afikomans. Eu queria que outra pessoa fizesse as Quatro Perguntas. Mas quando meu pai se foi, percebi que não queria uma família gigantesca e barulhenta. Tudo que queria era ele.

Fico surpresa com essa facilidade em falar sobre sexo. Ameena e eu falamos muito sobre sexo, mas nunca me senti confortável em falar sobre isso com minha mãe. Talvez, seja porque eu descobri o luto e o sexo ao mesmo tempo. Minhas primeiras experiências estão embrulhadas naquele cobertor mais pesado, deformado pela tristeza. Eu não sabia sobre o que conversar com ela.

"Então, o que aconteceu?" Diana pergunta. "Você pode confiar em nós para contar a versão NSFW."[24]

"Não há versão NSFW." Eu tento parecer indiferente. "Nós éramos apenas... incompatíveis."

"Eu entendo bem isso. Foi assim com todos os caras que conheci nos meus vinte e poucos anos. Tanta confusão." Ela estende a mão e aperta o queixo de seu marido Eric. "Felizmente, você estava disposto a me conhecer."

---

[24] NSFW é uma abreviação do termo inglês *Not Safe for Work* que significa "inseguro para o trabalho". É uma gíria utilizada na internet como uma indicação de alerta para conteúdos impróprios a serem visualizados em locais públicos ou no local de trabalho (por exemplo, conteúdos pornográficos).

"Nós realmente estamos falando sobre isso na frente das crianças?" ele retruca. Eles certamente não estão prestando atenção, brigando para determinar quem viu os afikomans primeiro.

"Quero dizer, você me conhece?" Diana lançou um olhar apaixonado para ele. Ele ri e balança a cabeça.

Na verdade, eu adoraria poder ter conversas desse tipo com Diana. Mas a única vez que tentamos almoçar juntas, um de seus filhos estava doente e ela não conseguiu encontrar uma babá, depois disso, nunca mais remarcamos. Ou talvez eu seja completamente incapaz de fazer amigos maiores de idade.

"Conte sobre o casamento", diz James, o filho mais novo de Phil, que estuda química. "O que já planejaram? Como podemos ajudar?"

Agradeço a mudança de assunto. Agora que estamos em meados de abril, 14 de julho não parece mais tão distante.

"Será pequeno", Phil diz. "Não como o casamento de sua prima Hassana em Ibadã."

Anthony dá um tapa na mesa e solta uma gargalhada. "Lembra da chegada do noivo de helicóptero? E do pavão fugitivo?"

Diana complementa. "Tenho certeza de que aquele pavão estava sedento por sangue."

Minha mãe também ri disso e não tenho certeza se ela ouviu a história de Phil ou apenas quer se sentir parte disso. É natural que a família de Phil tenha um histórico de experiências compartilhadas. E é aí então que me ocorre que minha família não é mais minha mãe, eu e a visita ocasional de Ameena e TJ. Nunca mais teremos nesta sala o que costumávamos ter e, de certa forma, isso é uma coisa boa. Já passei por muitos jantares solitários e tranquilos, contando os minutos para poder escapar.

Eu não gostava desses jantares que, às vezes, pareciam assombrados pelo fantasma do meu pai. Eu estou convencida disso agora. Falar sobre ele era difícil, mas não falar era pior. Muitas vezes, fico presa entre a dor da lembrança e o medo do esquecimento.

O jantar vai acabando lentamente e são quase 21:30 quando as crianças são levadas para casa para serem colocadas na cama. Não consigo me lembrar de uma Pessach com minha mãe que tenha passado das 20:00.

Eu a ajudo na cozinha, embora Phil nos diga que tem tudo sob controle e tenta nos enxotar. Ele é um homem bom de verdade e eu estou feliz em ver minha mãe feliz. Eu gostaria que fosse mais fácil para mim aceitar positivamente essa mudança como um todo, ao invés de lamentar pelo que estou perdendo. O que, obviamente, me faz sentir como um lixo egoísta. Acho que não seria um feriado completo sem uma dose saudável de auto-aversão.

Finalmente, Phil faz minha mãe concordar em fazer uma pausa. Ela vai para a sala de estar com um livro sobre música e me deixa sozinha com ele na cozinha. Definitivamente, há muito mais louça suja em uma família tão grande.

"Você lava, eu seco?" propõe ele, e nós trabalhamos em silêncio por alguns minutos.

Eu passo a esponja numa travessa antiga que pertencia à minha avó. "Foi... muito legal", eu digo, me atrapalhando com as palavras.

"Ficamos felizes em fazer parte disso." Mais silêncio, esfregando e secando, e então: "Seu pai amava rádio, não é?"

"Sim, amava."

"Ele estaria tão orgulhoso de você." Com muita delicadeza, Phil seca a travessa, tratando-a com o mesmo respeito que minha mãe tem há anos por ela. "Não estou tentando tomar o lugar dele. Você sabe disso, certo?"

"Eu sei que você não é um mal padrasto. Você não tem que se preocupar com isso."

Ele sorri. "Talvez não, mas ainda assim é uma adaptação. Você não deve estar acostumada ainda" – ele gesticula para a sala de jantar – "com toda aquela loucura".

Eu fico envergonhada. "Ainda não", respondo antes de voltarmos ao meio-silêncio, os únicos sons são o da água corrente e o da música clássica que minha mãe está tocando na sala ao lado. Brahms. Música clássica nunca foi meu tipo de música favorita, talvez porque a falta de palavras me obrigue a escutar minha própria mente ao invés de ouvir o que está dentro da cabeça de outra pessoa. Ainda assim, crescer dessa maneira me fez aprender a lidar com isso.

Eu poderia me contentar com isso. Eu poderia continuar dando-lhe respostas superficiais, ou poderia me empenhar numa tentativa concreta de conhecer melhor meu padrasto. Porque, independentemente do que eu faça, é a realidade. Daqui a alguns meses, esse homem, que mostrou nada além de bondade para mim e para minha mãe, será uma figura ainda mais permanente.

Talvez sempre haverá um fantasma nesta casa, mas isso não significa que eu precise desaparecer também.

"Você mencionou durante o jantar que há um novo maestro na sinfonia?"

"Alejandro Montaño", Phil responde com o maior respeito. "Uma lenda viva. Ele é um pouco peculiar, se é que me entende, mas ele é brilhante."

"Peculiar como?"

"Bem, para começar, ele canta partes da abertura de *As Bodas de Fígaro*, de Mozart, *em voz alta*."

Eu suspiro. "Não."

"Sim", Phil diz, e talvez se relacionar com ele seja realmente assim, fácil. "E..." Ele olha ao redor, como se o lendário maestro Alejandro Montaño pudesse nos ouvir. "Ele tem uma voz *terrível*."

"E, claro que ninguém pode falar nada." Pela minha mãe, soube que maestros podem ser ditadores no mundo da música clássica.

"Mas é claro que não." Ele pega outra tigela que passo para ele. "Você realmente está fazendo um bom trabalho com o programa, Shay. É muito engraçado."

"Obrigada", eu respondo. "Meu pai sempre me falava que rádio era muito mais do que acham. Ele pode fazer você dar risada num primeiro momento e logo em seguida, pode partir seu coração. Na realidade..." Eu paro, mastigando o interior da minha bochecha. Uma ideia está se formando e, embora Phil sempre tenha sido tranquilo, não sei bem como ele reagirá a isso. "Eu adoraria poder apresentar alguns episódios mais pesados. Talvez... algo sobre luto."

Phil para de secar a tigela. "Ligado a relacionamentos?"

Eu aceno que sim com a cabeça. A ideia ganha um pouco mais de forma. "Talvez possa ser algo sobre encontrar o amor novamente depois... de perder um cônjuge ou parceiro."

Ele fica quieto por alguns minutos e eu me arrependo de dizer isso. Ele e Diana podem brincar sobre coisas que eu nunca brincaria com minha mãe, mas acho que fui longe demais. Talvez eu tenha ultrapassado os limites.

"Sabe que", ele finalmente fala, "eu realmente adoraria ouvir sobre isso".

Eu sinto meus ombros relaxarem. Pode ser assim que eu me redimo para com nossos ouvintes por mentir para eles – produzindo algo bruto e verdadeiro. Encontrando a verdade, do jeito que Dominic gosta de dizer.

"O que acha de vocês dois irem até o programa e contarem sua história?"

"Nós dois? No *Conversando com o Ex*?" Minha mãe volta para a cozinha, coçando a garganta, as sobrancelhas quase atingem a linha do cabelo. "Você não vai me querer na rádio. Duvido que eu tenha qualquer coisa interessante para contar."

"Tem sim", eu insisto.

Phil seca as mãos e passa um braço em volta do ombro dela. "Se Leanna não quer, então receio que eu não possa ir também."

"Mas... vocês dois... seria tão legal." De repente, cismei com essa ideia de segundos atrás. Eu imagino violinistas se curando da dor da perda e redescobrindo o amor através da música. Na minha cabeça, eu me torno a maestra deles e o programa se transforma em uma sinfonia, uma mistura de cordas e vozes, com pausas na hora certa para o ouvinte absorver tudo.

"Vou pensar sobre isso", minha mãe diz. "Chag sameach."

"Chag sameach", repito, e abraço os dois antes de ir embora. No caminho de volta para casa, pela primeira vez, deixo de ouvir um *podcast*. A música clássica brota de meus alto-falantes, envolvendo meu coração com suas notas musicais me guiando para casa.

Conversando com o Ex, Episódio 2: Precisamos conversar.

Transcrição

SHAY GOLDSTEIN: Bem-vindo ao *Conversando com o Ex*! Sou Shay Goldstein, a apresentadora do programa.

DOMINIC YUN: E eu sou Dominic Yun, o outro apresentador.

SHAY GOLDSTEIN: E somos duas pessoas que namoramos, terminamos e agora apresentamos um programa de rádio sobre isso. É assim que devemos nos apresentar sempre? Ainda estamos trabalhando nisso.

DOMINIC YUN: Eu gosto do jeito que está, mas você parece nunca querer ouvir minhas opiniões.

SHAY GOLDSTEIN: Porque as minhas são geralmente melhores. Nós gostaríamos de agradecer a todos que escutaram nosso primeiro episódio, postaram em suas redes sociais, ou compartilharam com os amigos. Se me permitem um pouco de sentimentalismo, eu sempre quis apresentar um programa de rádio e não achava que um dia isso fosse acontecer. Então, de coração: obrigada.

DOMINIC YUN: Falaremos sobre algo um pouco aterrorizante no programa de hoje... bem, aterrorizante para nós. Acredito que será agradável para você, ouvinte. Um pouco de *schadenfreude*[25] para vocês nesta tarde de quinta-feira, ou em qualquer hora que você queira ouvir o *podcast*.

SHAY GOLDSTEIN: Estamos emocionados em receber Dra. Nina Flores no estúdio. Ela é uma renomada conselheira de casais que está aqui para nos ajudar a entender o que deu errado em nosso relacionamento. Dra. Flores, muito obrigada.

DRA. NINA FLORES: O prazer é meu.

SHAY GOLDSTEIN: Nina, adoraríamos que você recebesse algumas ligações dos ouvintes mas, primeiro, queremos saber sua opinião sobre nosso relacionamento.

DOMINIC YUN: Talvez você até tivesse podido salvá-lo.

DRA. NINA FLORES: Bem Dominic, eu quero deixar claro que não é meu trabalho resgatar relacio-

---

[25] *Schadenfreude*: desgraça alheia.

namentos. Indico aos casais as ferramentas para terem um diálogo aberto sobre o que quer que estejam enfrentando, a capacidade de dar um passo para trás e analisar o próprio relacionamento, para se perguntarem "Neste cenário, é esta a melhor coisa que devo fazer ou dizer?"

SHAY GOLDSTEIN: Então não há varinha mágica?

DRA. NINA FLORES: Exatamente.

DOMINIC YUN: Suponhamos que você tenha terminado um relacionamento, mas tenha que continuar trabalhando com seu ex. Eu imagino que muitos de nossos ouvintes se identificarão com isso também. E, no meu caso, bem, minha ex pretendia tornar meu trabalho o mais difícil possível. Quais tipos de ferramentas você me indicaria para esse cenário?

Nina ri.

DOMINIC YUN: Eu também gostaria de salientar que Shay está revirando os olhos.

SHAY GOLDSTEIN: Não estou! Havia uma mancha em meus óculos.

DOMINIC YUN: Sei. Você queria ter uma visão melhor do meu rosto.

SHAY GOLDSTEIN: Uma visão melhor de seus erros. Você parou de se barbear na metade esta manhã e chama isso de bom?

DOMINIC YUN: Já são três da tarde. Meu nível de testosterona é muito alto.

SHAY GOLDSTEIN: Vocês ouviram pessoal, nós temos um HOMEM forte e másculo no estúdio hoje. Será que as mulheres conseguirão não desmaiar?

DOMINIC YUN: Guardar o sarcasmo já seria um bom começo.

SHAY GOLDSTEIN: Estou começando a passar mal. Eu... eu estou ficando fraca. Não sei por mais quanto tempo aguentarei ficar perto de você. O estúdio está girando e eu estou toda quente, e... e...

DRA. NINA FLORES: Sabe... desculpem-me por dizer isso, mas como vocês querem esclarecer tudo e colocar as cartas sobre a mesa – eu já trabalhei com muitos casais e eu vejo algo acontecendo entre vocês dois. Algo a respeito de que vocês não conversaram. Alguma tensão persistente, talvez?

SHAY GOLDSTEIN: O quê? Ah, não. Não há nenhuma tensão persistente por aqui.

DOMINIC YUN: Definitivamente não. As cartas já estão sobre a mesa, Nina. Confie em mim.

13.

A ideia do pote do mestrado começa durante o episódio três, quando uma moça chamada Lydia nos conta que conheceu seu ex na pós-graduação.

"Eu não gosto de falar sobre isso, mas eu também fiz mestrado", Dominic diz me olhando com metade da boca iniciando um sorriso. Agora observo uma autoconsciência que ele não tinha alguns meses atrás, ou se tinha, nunca notei. É tão engraçado, que já nem me incomoda mais, especialmente agora que se tornou uma piada entre os ouvintes. Eles se apegaram ao que eu disse no primeiro episódio e até encontraram alguns de seus artigos antigos da faculdade e os twittaram.

A risada de Lydia explode pelo telefone. "Vocês deveriam começar um pote do mestrado. Como um pote de palavrões,[26] exceto que Dominic tem que colocar cinco dólares toda vez que menciona seu mestrado."

É louco o jeito que ela fala sobre Dominic como se ela o conhecesse há muito tempo. Meus *podcasts* favoritos acumularam anos e anos de piadas internas e não consigo acreditar que já chegamos a este ponto no programa. Um vocabulário só para nós e nossos ouvintes.

"É perfeito", eu digo. "Eu sou totalmente a favor de envergonhar Dominic."

"Cinco dólares?" Dominic retruca, incrédulo. "Quanto você acha que ganhamos?"

---

[26] Pote de palavrões: um jarro de palavrões é um dispositivo para ajudar a desencorajar as pessoas de xingarem. Cada vez que alguém pronuncia um palavrão, outros que o testemunham cobram uma "multa", insistindo que o infrator coloque algum dinheiro no pote.

E é assim que o pote vazio de jujubas Costco acaba sobre minha mesa com a frase POTE DO MESTRADO DE DOMINIC escrita com marcador permanente. Ruthie o decorou com adesivos azuis e laranja, as cores da Universidade de Illinois – a rival da Northwestern. No final de cada mês, os ouvintes votam na instituição de caridade para a qual doaremos o dinheiro. Até o final da semana acumulamos 25 dólares dentro do pote.

O pessoal da rádio também entrou na brincadeira. Mike Russo disse que sua filha se inscreverá na faculdade no outono e queria saber se Dominic conhecia alguma faculdade boa em Illinois, e Jacqueline Guillaumont perguntou se ele tinha uma opinião sobre o artigo de financiamento do ensino superior sobre o qual estava escrevendo. O mais engraçado disso tudo talvez seja que ele está levando na esportiva, negando com a cabeça, dando um sorrindo tenso e evitando qualquer pergunta que possa roubar cinco dólares de sua carteira.

Com uma vitória esmagadora, os ouvintes votaram para enviar nossa primeira doação para a associação de ex-alunos da Universidade de Illinois. Eu gravo um vídeo para postar nas mídias sociais enquanto Dominic finge derramar uma lágrima enquanto faz o cheque.

Na semana seguinte, Dominic e eu acabamos num restaurante da moda, no centro da cidade, para coletar material para um próximo programa sobre afrodisíacos. No Oscura, estamos completamente no escuro, tanto metaforicamente quanto literalmente: todas as luzes estão apagadas e os pratos, um menu de preço fixo baseado no que o chefe estiver com vontade de preparar no momento, são compostos principalmente por afrodisíacos. Ruthie veio conhecer o restaurante quando ele abriu e disse que a experiência foi de outro mundo. Hoje, eles fecharam o restaurante para um almoço privado para mim e Dominic.

"Esta é uma sopa fria de beterraba-romã com raiz de maca", diz Nathaniel, o *maître*, enquanto escuto o tilintar suave de duas tigelas sendo postas em nossa frente. "É uma planta que foi chamada de Viagra Peruano."

Sobre a mesa, entre nós, encontra-se um dispositivo de gravação. Queríamos fazer experimentos, misturar alguns elementos pré-gravados. Já que não podemos ver o que estamos fazendo, será uma experiência sensacional para a rádio e meu audiófilo interior é realmente vertiginoso. O primeiro prato foi ostras com algum tipo de molho de coquetel chique. Provavelmente, eu sou uma das poucas pessoas em Seattle que não gosta de frutos do mar, então não pude opinar se estava gostoso ou não. Mas Dominic disse *uau* depois de degustar a primeira, então presumi que estava bom. O segundo prato era um *galette* de batata com crosta de pistache, o terceiro um frango ao curry com montes de feno-grego e agora estamos no último prato antes da sobremesa.

No escuro, meu olfato é muito melhor e a sopa de Viagra tem um cheiro incrível. Um pouco amarga, mas terrosa, com um toque adocicado da maca. Eu mergulho minha colher e levo-a à boca. "Oh meu Deus, eu poderia comer um tonel disso."

"Quanta ciência há por trás de tudo isso?" Dominic pergunta. "Porque o que eu li é que ostras não têm efeito afrodisíaco cientificamente comprovado, embora maca ou feno-grego tem esse efeito."

"Nosso objetivo é proporcionar aos nossos clientes uma experiência gastronômica divertida e criativa", Nathaniel diz. "Mas nosso chef tem um mestrado em ciência nutricional. Posso chamá-lo para uma entrevista no final da refeição."

"Nós adoraríamos isso, obrigado", Dominic diz. "Quanto tempo você levou para se acostumar com o escuro?"

"Houve muitos tropeços no início, muitos pratos derrubados." Se eu pudesse enxergar, diria que ele está rindo. "Mas pegamos o jeito depois de algumas semanas."

"Você já chegou a ter pessoas arrancando as roupas umas das outras no final da refeição?" eu pergunto. Eu sou uma Jornalista Séria e Profissional.

Nathaniel ri. "Não exatamente", ele responde, "mas, se arrancassem, não notaríamos".

Ele retorna para a cozinha.

"Como você está se sentindo?" pergunto a Dominic. "A maca é tão forte assim?"

"Você está me perguntando se estou com tesão?"

Eu engasgo com a sopa. "Que nojo, não, eu não estou interessada nisso."

Na verdade, eu sinto *algo* não muito diferente do que senti na sala de descanso da rádio. Poderia ser totalmente psicológico, o escuro pregando peças em mim do jeito que o álcool fez. A mesa é pequena e nossos joelhos ficam encostando um no outro embaixo dela. É só quando ele puxa as pernas para trás, que percebo que estávamos nos tocando durante a degustação do último prato.

"Você ainda está preocupada com os números", Dominic diz.

"Como pode saber? Você não consegue nem enxergar meu rosto."

"É seu tom de voz."

Eu não notei que estávamos passando tanto tempo juntos que ele seria capaz de avaliar meu humor pelo tom da minha voz, mas talvez, estejamos.

"Um pouco", eu admito. "Não quero desapontar ninguém. Não que eu achasse que seríamos esse sucesso da noite para o dia e, nossos ouvintes realmente têm sido sensacionais. Acho que anseio apenas por aprovação", eu meio que brinco esperando soar autodepreciativa.

Dominic fica em silêncio por alguns minutos e eu amaldiçoo a escuridão. Não consigo enxergar seu rosto e analisar suas expressões. "Eu não ia contar nada até ter certeza de que daria certo, mas..." Ele respira fundo. "Um amigo da graduação trabalha como RP de Saffron Shaw."

"Por que esse nome me soa familiar?"

"Ela está naquele programa da CW, *Oceanside*?"

"Já ouvi falar." Assisti a alguns episódios. Tudo bem, sete. "Um daqueles programas em que todos os atores estão na casa dos vinte anos interpretando adolescentes?"

"James Marsters estava na casa dos trinta quando começou em *Buffy*", Dominic pontua.

"Justo. Calma, como nunca conversamos sobre o seu time? Você é do Time Angel ou do Time Spike?"

"Time Riley."

"Por favor, saia."

Ele ri. "Só queria te testar. Sou do Time Angel até o fim. O romântico que vive em mim, eu acho."

Hum. Eu nunca o teria considerado do tipo romântico. Eu lhe digo que sou do mesmo time.

"Saffron tem muitos fãs fanáticos", Dominic diz, "e ela faz aquilo nas redes sociais de recomendar aos seus seguidores um livro ou um programa, ou algo do tipo, toda semana. Meu amigo achou que Saffron se interessaria por *Conversando com o Ex*, então ele iria tentar indicar para ela, mas não fiquei sabendo de mais nada."

"Isso... realmente é incrível da sua parte", eu digo. Ele se importa com o programa. Eu não deveria ficar chocada com isso, mas ainda fico. Ele quer, tanto quanto eu, que o programa dê certo. "Obrigada por fazer isso."

"Eu queria fazer surpresa para você", ele diz e, então, ironicamente acrescenta: "Então obrigado por arruinar isso."

Eu quero dar um tapa em seu braço, mas tenho medo de errar e jogar o que acredito ser um líquido fúcsia em seu colo, então me seguro.

Depois de terminarmos a sopa de romã, Nathaniel chega com o prato final. "São trufas artesanais de chocolate meio amargo com cereja." Ele faz uma pausa. "Nós sempre encorajamos o casal a experimentar a do outro."

"Ah, nós não somos um casal", eu retruco.

"Vocês devem ter a experiência completa", ele insiste.

"Devemos fazer o que o homem diz", Dominic afirma num tom mais alto, certificando-se de que o microfone tenha captado isso: "Que conste aqui que Shay Goldstein não queria minhas mãos perto de sua boca."

"Não tenho problema nenhum com suas mãos perto da minha boca. Não é a pior coisa que já coloquei nela", eu digo docemente.

"Muito picante para a rádio pública", Dominic diz, emitindo um som de desaprovação com a língua.

"Shay, vá em frente", Nathaniel diz, parecendo segurar uma gargalhada.

Minha mão esbarra na mesa antes de encontrar uma trufa. É bem pequena, mas provavelmente super recheada. "O avião está se preparando para pousar", eu digo, enquanto conduzo a trufa na direção que imagino que a boca de Dominic esteja.

"Ah, sim, nada mais romântico do que imaginar que você está alimentando uma criança exigente", ele diz, e eu tenho que esfregar a trufa no rosto dele porque ele acrescenta "A pista de pouso fica um pouco mais para a esquerda."

Cuidadosamente eu passei pela sua barba até chegar à sua boca. *Aqui*. Ele abre os lábios para dar uma pequena mordida, seus dentes roçando meus dedos. E *ai meu Deus do céu*, essa é uma sensação que nunca experimentei durante um jantar. Seus lábios são tão macios, contrastando com a aspereza da sua bochecha e eu posso sentir o chocolate derretendo na ponta dos meus dedos.

"Desculpe", ele diz com uma voz áspera que faz minha mão balançar contra sua boca e meu coração fazer algo semelhante dentro do peito. "Deus, isso é *fenomenal.*"

Ele dá outra mordida, sua língua alisando a ponta dos meus dedos. *Respire.* Eu consigo fazer isso. Eu consigo dar uma trufa para Dominic Yun comer, sem perder a cabeça.

Exceto que toda vez que nos encostamos, eu, novamente, nos imagino contra aquela parede, ele chegando cada vez mais perto até que não haja espaço entre nossos corpos. E as várias outras maneiras que ele usaria sua língua e seus dentes, para saborear uma garota do jeito que ele saboreia esse pedaço de chocolate.

Espero que Nathaniel saiba que este lugar é perigoso. Podemos estar num restaurante escuro, projetado para deixar as pessoas com vontade de devastar umas às outras, mas esse é o nosso trabalho. Eu não posso ter esses sentimentos no trabalho.

Finalmente chega a vez dele de... ugh... me dar a trufa. Estou convencida que não será tão desconcertante quanto a sensação de seus dentes em minha pele, mas ele alcança a minha boca fechada um segundo antes de eu estar preparada, antes de eu ter a chance de processar o que está acontecendo. Ele afasta meus lábios gentilmente com o dedo antes de me dar o pedaço do chocolate mais decadente que já provei.

"Gostoso?" Dominic pergunta e, de repente, ele parece estar muito mais perto do que do outro lado da mesa.

Não. Esta trufa é absolutamente indecente. Isto não é gostoso, o doce do chocolate misturado com o sal da pele dele. Não é gostoso, o jeito que tenho que pressionar minhas coxas, para me proteger da sensação que está crescendo e exigindo alívio.

Isto não são preliminares. Isto é *trabalho*.

Nós podemos estar enganando nossos ouvintes e agora a escuridão e a proximidade dele é que estão me enganando, transformando meu aborrecimento com ele em algum tipo de atração perturbada.

"Ótimo", eu respondo, e não é realmente gostoso o jeito que anseio por chocolate pelo resto da semana.

Twitter

Saffron Shaw (✅) @saff_shaw

feliz sexta-feira amores!!! O #saffrec de hoje é um *podcast* chamado @ConversandocomoEx! 🎧

são poucos episódios por enquanto, mas os apresentadores são tão charmosos e REAIS! Ouçam para que eles possam continuar, ok? ✌️

Respostas: 247 RTs: 9,2K Curtidas: 16K

14.

O top 100 de *Podcasts* da Apple.

Na sexta-feira à tarde, atingimos a posição 97, depois do tweet de Saffron Shaw e continuamos nessa posição durante todo o final de semana. O tweet é captado por Mary Sue, por Vulture, pelo próprio *podcast* de cultura pop da RPN. Meu número de seguidores salta para 3 mil, para 5 mil, para 8 mil. Não consigo mais acompanhar minhas notificações e nesta altura do campeonato #shayminic pode estar em alta.

Isto é *loucura*.

Segunda-feira continuamos no mesmo ritmo. Kent chega com donuts às nove, abre uma garrafa de champagne às dez e nos leva para almoçar fora às onze e trinta. Não trabalhamos muito depois disso.

Minha mente fica a mil por hora durante todo o tempo, passando pelo choque da nossa fama repentina à pressão para sustentá-la, mas há algo além disso. A rádio está tratando Dominic como um herói, o que normalmente me faria revirar os olhos. Mas ele ajudou a tornar isso realidade – eu tenho que lhe dar crédito por isso. Antes do episódio 1, eu achei que ficaria mais preocupada com minha voz. E embora, provavelmente, eu nunca passe a gostar de me ouvir, pensei que seria fácil de engolir nossa mentira. Nós éramos contadores de histórias.

Exceto quando os tweets dos ouvintes deixam muito claro que compraram cada detalhe do nosso relacionamento falso e nosso término bem elaborado, não posso deixar de me perguntar de que lado meu pai estaria. As pessoas se envolveram tão rapidamente nesta história irreal, independentemente de como Kent a apresentou ao conselho de diretores.

E ainda havia Dominic, o provedor da Verdade no Jornalismo, aproveitando a atenção e deixando Kent lhe pagar outra cerveja.

"Descendo?"

Ele aparece na frente do elevador, no momento em que estou esperando por ele. Curiosamente, isso não aconteceu desde que o programa começou. Eu sempre tive que correr para casa para levar Steve para passear, enquanto Dominic parece feliz em trabalhar até tarde.

"Na verdade, eu estava pensando em fazer uma visita à *startup* do clube do golfe IA no sexto andar", eu lhe digo. "Eles parecem ser gente boa."

"Nunca imaginei que você gostasse de jogar golfe."

"Eu sou um ser humano complexo e em camadas."

Isso me rende um sorriso. "Sabe, estou odiando isto muito menos do que achei que odiaria."

"Você não está odiando seus quase 10 mil seguidores?"

"Não seja rancorosa porque você está apenas com 9 mil."

"Nove mil e quinhentos."

E tenho certeza que receberemos várias oportunidades de patrocinadores em breve. Ainda assim, tive que diminuir as vezes que olho as minhas menções porque algumas pessoas não respeitam os limites entre nossa vida privada e profissional. Claro, o programa mistura os dois e as imagens de cenas de separação de filmes famosos que um ouvinte postou com meu rosto e o de Dominic photoshopados nos corpos dos atores, foram hilárias. Sim, retweetei.

Mas alguns comentários ultrapassaram um pouco a censura para treze anos. Num primeiro momento, fiquei lisonjeada com isso – estranhos me achando atraente, certamente massageia o ego –, mas parou de parecer inocente quando alguém twittou para mim perguntando se Dominic é circuncidado. Então, alguém pediu a Dominic para avaliar meu desempenho na cama. E esses eram alguns dos mais leves.

Eu já tenho pensamentos indecentes o bastante por conta própria e a internet não precisa tornar isso pior.

O elevador chega e quando nós dois vamos apertar o G, a mão dele chega antes. Deus, ele parece ainda mais alto aqui.

Meu cérebro trabalha de uma maneira perigosa quando estou em espaços fechados com Dominic, mas quero aproveitar nosso tempo sozinhos e perguntar coisas que não posso na redação.

"É estranho, não é, que algumas pessoas torçam para voltarmos?"

"Aparentemente, nós dois estamos certos e errados, e merecemos o melhor e o pior."

"Nós realmente deveríamos parar de ler os tweets." Eu me acomodo numa posição não tão chamativa contra o lado oposto do elevador, brincando com a alça da minha bolsa. "Você não se sente... eu não sei, desonesto?"

Ele para e então: "Você deixou tudo muito claro quando me implorou para apresentar o programa com você. Nós estamos contando uma história."

"Certo." Eu achei que talvez ele estivesse usando uma fachada para Kent – não que ele tivesse abandonado sua moral jornalística. Talvez eles não fossem fortes o suficiente para aguentar a barra. Isso muda um pouco minha opinião sobre ele. Acho que gostaria que ele tivesse algo pelo qual fosse assim tão apaixonado. Tão firme.

"Como sua família está lidando com tudo isso?" pergunto. "Eles escutam o programa?"

Sua boca se inclina num meio sorriso frustrante. "Eles se perguntam o que eu fiz para afastá-la."

"E você disse a eles que era a sua insistência em adormecer com um *podcast* do sistema judicial como canção de ninar?"

"Naturalmente. Eu ia contar a um dos meus amigos da faculdade. Graduação", ele acrescenta. "Mas estamos distantes uns dos outros e não falamos mais como antes. Às vezes eu gostaria de ter feito faculdade aqui", ele fala e há uma pitada de... nostalgia em sua voz. "Mas aí eu não teria feito o mestrado."

"Cinco dólares, por favor."

"Estamos fora do horário", ele diz, fingindo um olhar de inocência. "Você não vai deixar isso barato, né?"

Eu estendo minha mão e ele reclama tirando a carteira do bolso.

Essa leveza entre nós é novidade. Eu não odeio isso totalmente, mesmo que isso me torne mais consciente de todos os seus ângulos: a inclinação de seus ombros, a curva de suas maçãs do rosto. É cruel que não possa simplesmente voltar a me irritar com ele.

Um *ding* indica que chegamos à garagem.

"Esse elevador anda tão lento ultimamente", eu falo. "Bem. Vejo você amanhã."

Eu sigo em direção à cabine onde fica o segurança, onde todas as manhãs nós passamos nossos crachás, quando Dominic diz "Espera".

Eu me viro.

"Você... quer beber algo? O Mahoney aqui ao lado, tem um ótimo *happy hour*. Tudo pela metade do preço. Para comemorar o top 100", ele completa. "É um grande marco. Quero dizer – comemoramos durante quase todo o dia, mas comemorar nunca é demais, certo?" Ele termina de falar com uma risada tímida, passando a mão pelo seu cabelo escuro. Ele está... nervoso?

"Ahh..." eu começo, pega de surpresa. Beber. Beber com Dominic. Dominic me perguntou se quero beber algo com ele. Uma rodada de bebidas entre colegas. Certamente era isso que ele pretendia. Ele está tentando provar que conseguimos ser amigos, assim como em nosso universo paralelo depois de nosso término inventado. "Eu, hum, não posso. Tenho que alimentar meu cachorro."

"Deixe eu adivinhar, ele também comeu suas anotações do programa?"

Eu coloco a mão sobre a boca. "Oh, meu Deus. Acabei de perceber o que isso pareceu. Eu juro, realmente tenho que alimentar meu cachorro."

"Você acabou de adotá-lo, né?" A expressão de Dominic suaviza, mas não me sinto mais relaxada. "Eu amo cachorros. Mas não são permitidos em meu condomínio."

"No mês passado. Ainda estamos entrando na rotina. Ele é um pouco estranhinho, mas é, tipo, ele é *meu* estranhinho." Agora posso começar a divagar. "Eu não imaginava que o amaria tanto, mas o amo, apesar de todas as suas particularidades. Ou talvez, por causa delas."

Por alguns segundos, eu acho que quero convidá-lo para conhecer meu cachorro.

Mas isso seria ridículo, não seria? Dominic, em minha casa, brincando com Steve? Essa é uma cena muito difícil de se imaginar.

"Ok... bom", ele diz, apontando para as portas. "Vou beber sozinho."

Eu resmungo. "Por favor, não se faça de coitado. Eu vou me sentir mal."

"Você sabe que adora isso." Ele acena e me pergunto se ele realmente vai a um bar beber sozinho pela metade do preço, o que me entristece. Ele disse que havia considerado contar aos seus amigos da faculdade sobre nosso falso relacionamento, mas ele não mencionou nenhum amigo de Seattle. Novamente, imagino como ele passa seu tempo livre. Se ganhamos algum tipo de intimidade um com o outro, ainda não é suficiente para me sentir à vontade para perguntar.

Eu meio que espero que ele diga algo, como em *outra ocasião*, como se prometesse que vamos beber novamente, quando o jantar do meu cachorro não for tão urgente. Mas isso não acontece e quando caminho pelo labirinto do estacionamento até meu carro, percebo que estava esperando por isso.

Eu despejo algumas tampas cheias de espuma de banho de lavanda na minha banheira e faço um coque no cabelo. Steve descansa no tapete, no meio do banheiro, mastigando um hipopótamo de pelúcia, e uma taça de rosé repousa sobre a borda da banheira. Faz séculos que não tomo um banho assim, principalmente porque nem sempre foi fácil relaxar na minha casa. Normalmente, eu ligaria um *podcast*, mas o silêncio está tão bom. Hoje à noite parece que posso desligar minha mente e apenas *estar* aqui. (Ou, é o que estou tentando fazer.)

Nosso programa está indo bem. (Por enquanto.)

Minha mãe está feliz, planejando o casamento dela. (E ainda em dúvida sobre meu programa que abordará o luto, mas estou trabalhando nisso.)

Ameena está sobrecarregada com o trabalho, mas fizemos planos para jantar este fim de semana. (E ela continua avançando no processo seletivo para o trabalho na Virgínia.)

E Dominic...

Não, não vá lá.

Estou entrando na banheira quando meu celular vibra no balcão. Eu planejei deixá-lo em meu quarto, mas é provável que eu esteja em um relacionamento sério com ele, com nosso número de assinantes, com meu *feed* do Twitter.

Dominic: Acredito que você deu ao seu cachorro um jantar improvisado e com um toque gourmet.

Eu não consigo não rir. Respondo a ele antes de me enfiar na água quente.

Shay: Ele tem um paladar sofisticado. Acho que a ração dele é feita com uma certa quantidade de frango de verdade. Ou, pelo menos, legalmente eles têm que colocar isso na embalagem.

Shay: Como foi beber sozinho?

Dominic: É considerado beber sozinho quando você joga conversa fora com um caminhoneiro idoso que está sentado do outro lado do bar, que pode ou não ter convidado você para uma festa de caminhoneiros?

Shay: Dominic, você está numa festa de caminhoneiros? Você precisa de ajuda?

Shay: A propósito: o que é uma festa de caminhoneiros?

Suas respostas chegam tão rapidamente que mal tenho tempo de desligar meu celular, antes que ele acenda novamente.

Dominic: Estou em casa, então, infelizmente, posso nunca descobrir.

Shay: São 20:30. Saia e faça o que os jovens de hoje em dia estão fazendo.

Dominic: Mas já estou de moletom.

Shay: Se você está de moletom às 20:30, não pode mais tirar sarro de mim por ser velha.

Dominic: Está bem, o que você está vestindo?

Eu me engasgo com um gole de vinho e Steve olha para mim, para se certificar de que não morri. Não porque ele necessariamente se importe comigo, mas porque sou sua fonte de alimento. Assim que ele confirma que estou viva, volta a morder seu brinquedo.

Dominic: oh

Dominic: oh Deus

Dominic: Eu não quis dizer o que pareceu

Dominic: 🤦🤦🤦

Shay: Bom, a resposta teria sido desconfortável para nós dois.

Eu não estou flertando. Eu juro.

Dominic: Uma fantasia sexy de Gritty?[27]

Shay: Droga, você não deveria acertar logo de cara.

Ele para de me escrever por um tempo e eu volto ao meu rosé como a porcaria de millennial que sou. Três pontos aparecem e depois desaparecem, então reaparecem. Eu penso e analiso muito.

Dominic: Quer saber? Você me convenceu. Sou jovem e animado. Vou sair.

Shay: Chega de moletom?

Dominic: Moletom modo *off*, jeans de festa modo *on*.

Shay: Hahaha. Divirta-se.

Olho para o telefone, perguntando-me se minha resposta não transmite entusiasmo o suficiente. Eu não tenho certeza absoluta do que o encorajei a fazer, ou que nível de entusiasmo eu deveria ter sobre isso. Depois de mais alguns segundos de reflexão, eu lhe

---

[27] *Gritty* é o mascote oficial do time *Philadelphia Flyers National Hockey League* (*NHL*).

enviei um emoji de chapeuzinho de festa, o que faz me sentir um pouco melhor.

Uma hora e meia depois, quando estou na cama com um romance quente e outra taça de vinho, meu telefone vibra novamente.

Dominic: você já se perguntou por que as pizzas vêm em caixas quadradas mesmo sendo redondas

A falta de letras maiúsculas e pontuação é um sinal óbvio. Ele deve estar bebendo.

Shay: CANCELAR A INSCRIÇÃO

Dominic: não vai funcionar, eu não estou nem te pedindo dinheiro nem para votar em mim

Shay: Está bem então. Eu presumo que seja porque é mais fácil fazer caixas quadradas. E o quadrado impede que a pizza fique deslizando dentro da caixa.

Dominic: tão inteligente

Gostaria de explicar porque trocar mensagens de texto com ele me faz sorrir para meu celular como se meu *podcast* favorito acabasse de lançar um episódio bônus surpresa. Provavelmente eu não gostaria da resposta. Por enquanto, vou culpar o fato de ele estar bêbado.

Dominic: Shay Evelyn Goldstein

Dominic: estou muito bedabo, muito bêbado para autocrreção

Shay: Como você sabe meu nome do meio?

Dominic: nós namoramos por 3 meses, claro que sei seu nome do meio

Shay: Parece que o jeans de festa está mesmo fazendo jus ao seu nome.

Dominic: com certeza. tudo esta girando e saltando e boniiiiito

Dominic: estou até começando a esquecer onde moro 🙂

Isso me faz parar de sorrir. Tenho certeza de que é só uma brincadeira, mas fui eu quem sugeri que ele saísse. Ele estava tão controlado quando estávamos bebendo na rádio. Dependendo de quão bêbado esteja, ele realmente pode precisar de ajuda.

Shay: Onde você está agora?

Dominic: o nômade em cap hill

Dominic: por quê? vc está colocando seu jeans de festa também??

👖🤩

Eu não conseguirei apreciar adequadamente este romance, ou até mesmo dormir depois, se estiver preocupada com ele, droga.

Shay: Não saia daí. Estou indo.

15.

"Você não tinha que fazer isso", gagueja Dominic, quando o encontro debruçado no balcão do bar, provando exatamente porque eu tinha que fazer isso. Alguns copos vazios empilhados ao seu lado. Ele está com um lado do rosto deitado no balcão e eu não quero pensar em como seu rosto vai ficar grudento quando ele se sentar. Deus, é estranho vê-lo assim fora do trabalho, tão estranho como flagrar o diretor do Ensino Médio no mercado com o carrinho cheio de Lean Cuisines.

"Talvez não", eu digo, me esquivando de uma poça de cerveja. "Mas eu não posso apresentar o programa sozinha se você cair numa vala no caminho de volta para casa, então aqui estou eu."

Ele não poderia ter escolhido um lugar melhor para afogar suas mágoas, se era isso, de fato, o que ele estava fazendo. Ou, talvez, ele estava apenas sendo jovem e animado. O bar é pequeno e escuro e estava tocando Nickelback, o que por si só seria um motivo para fechá-lo. O lugar também *parece* mofado.

"Shay." Ele faz uma cara de concentrado. Com uma mão, ele acaricia o balcão, correndo um sério risco de contrair uma DST. "Shay. Shhh. Eu acho que consigo ouvir o mar."

"Tenho certeza de que consegue, amigo." Dou um tapinha nas costas dele, no intuito de ser reconfortante, talvez até um pouco condescendente. É raro eu sentir que tenho qualquer tipo de poder sobre Dominic e não posso dizer que não estou gostando disso.

Mas posso sentir seus ombros por baixo de sua camisa, a firmeza de seus músculos. Como ele é quente.

Eu acaricio seus ombros, pescoço...

"Cuidado. Eu posso ter piolhos." Ele ri.

Minha cabeça está começando a latejar. Eu deveria ter parado depois da primeira taça de vinho mas, pelo menos, não estou tão mal como ele. Se, mais cedo, eu tivesse dito sim ao seu convite, nós dois estaríamos assim tão bêbados?

"Me desculpe por ele", digo à garçonete, uma mulher com o braço cheio de tatuagens que, provavelmente, poderia fazer supino com dois Dominics. "Eu não sabia que teria que paparicar uma criança de seis anos, quando vim buscá-lo."

"Não se preocupe com isso. Eu já vi piores." Ela enche um copo de água e o coloca na frente dele.

"Beba", ordeno, e ele, embora resmungue, consegue tomar alguns goles. "Você comeu alguma coisa?" Eu interpreto seu encolher de ombros como um não. "Você serve comida?" eu pergunto à garçonete.

"Só fritas e tots",[28] ela responde, então peço uma porção de cada.

Como não quero ir embora até que ele tenha um pouco de comida no estômago, eu me ergo e me sento no banco alto ao lado dele. Nossas cestas de gordura chegam, junto com a embalagem de ketchup, com apenas um pouco dentro, o que faz parecer que estou fazendo algo obsceno quando o bato contra a palma da minha mão.

---

[28] *Tater Tots*: são batatas raladas formadas em pequenos cilindros e fritas, geralmente servidas como acompanhamento. O nome "tater tot" é uma marca registrada da empresa estadunidense de alimentos congelados Ore-Ida, mas é freqüentemente usado como um termo genérico.

"Uau. Você realmente não perde tempo", Dominic diz.

Dou outra sacudida forte na embalagem antes do ketchup sair.

Apesar deste bar parecer um local de cuja cozinha você não confiaria em comer nada, as porções estão crocantes e salgadas no ponto certo. Estou comendo Tater Tots com meu ex-inimigo, num bar, às onze da noite, numa segunda-feira. Minha vida deixou de fazer sentido.

Depois dele ter enchido o estômago o suficiente para parar de balançar no banco, acho que conseguiremos ir embora. Ele se esforça para tirar a carteira do bolso de trás, então eu pego a minha. "Te pago depois", ele diz.

"Claro, eu sei."

A garçonete me devolve o cartão de crédito. "Tenham uma boa noite."

Tenham. Essa palavra não implica que estamos juntos, implica apenas que somos dois seres humanos saindo de um bar ao mesmo tempo.

Pode ser uma segunda-feira, mas nem por isso o Capitol Hill deixou de funcionar. Hipsters vagam pelo lado de fora dos bares, o ar frio de abril carregado de fumaça de cigarro e maconha. Dominic não está de casaco, está usando apenas a camisa cinza-ardósia desabotoada que usou no trabalho.

Ele passa seu braço em volta do meu ombro e se apoia em mim, o que, dada a nossa diferença de altura, deve parecer cômico. Depois de um momento de hesitação, alcanço sua cintura para firmá-lo. É o mais próximo que já chegamos – ainda mais perto quando sua camisa sobe e, por um breve momento, meus dedos roçam a pele quente das suas costas.

Eu recuo tão de repente que ele tenta se endireitar, confiando mais em suas próprias pernas do que em minha estatura de 1,57 metros. "Desculpe. Provavelmente, eu estava colocando muito peso sobre você." Ele dá um tapinha no meu ombro. "Você é *pequenininha*."

"O mínimo que você pode fazer é tentar não me insultar depois de eu te resgatar de Nickelback e Jägermeister."

"Não foi minha intenção." Ele olha para mim, seu olhar, como sempre, indecifrável. Eu me sinto não apenas minúscula, mas também como se estivesse fazendo uma apresentação para a chefia usando apenas borlas de mamilo e minha meia de rádio pública favorita – eu não seria Shay Goldstein se não tivesse vários pares – com um peixe segurando um microfone sob o nome *Ira Bass*. "Qual é o cara mais alto que você namorou?"

"Eu não entendo porque isso é relevante." E enquanto penso no meu histórico de namoro, minha mente confusa pelo efeito do vinho se prende à memória de nós dois na sala de descanso da rádio. O jeito como ele me intimidou, prendendo-me. Pressionando o copo de água contra minha bochecha. Como me senti pequena, porém, segura, e muitos outros sentimentos que nunca dei permissão ao meu corpo de sentir. Sentimentos que, definitivamente, não estou experimentando agora.

Acho que não custa agradá-lo. "Eu namorei um tempo atrás um cara que tinha um metro e oitenta."

"Boba", ele diz e aperta meu nariz. Ele vai morrer quando eu esfregar isso na cara dele amanhã. "Você deveria ter dito que fui eu. Onde está o carro?"

"Como estava no meio de uma taça de vinho quando você me escreveu, eu peguei um Lyft." Eu pego meu telefone para pedir outro, então o levo para um banco em frente à rua. Ele escorrega nele e deita a cabeça no meu ombro. Com essa falta de controle sobre seus membros, ele parece um daqueles bonecos infláveis que ficam nas concessionárias de carros. Porém mais pesado. E cheirando um pouco a álcool – muito menos do que eu imaginaria, depois de ter passado algumas horas naquele bar – e um pouco a suor, mas principalmente, a *Dominic*. Amadeirado e limpo.

"Por que você bebeu tanto?" eu pergunto.

"Essaéumaboahistória." Ele arrasta as palavras. "Eu já estava atordoado antes do Mahoney. Tive que afogar minhas mágoas porque você me contou uma história sobre um cachorro que não existe, para não ter que sair comigo."

"Ele existe! O nome dele é Steve! Eu tenho fotos!" Corro para pegar meu celular, novamente, mas Dominic apenas levanta a mão, rindo.

"Eu sei. Eu sei. Então cheguei em casa e você estava vestindo uma fantasia sexy de Gritty e acho que não terminei de comemorar o programa. E você sabe. Ser jovem e animado e tudo mais." Ele balança a mão quando diz isso. "E então, eu comecei a pensar que não havia ninguém que pudesse convidar para sair comigo. Eu nem gosto tanto assim, de sair. Não o bastante para querer sair sozinho. Mas lá estava eu. Bebendo sozinho no bar numa segunda à noite e achei que beber mais me ajudaria a me sentir melhor sobre tudo isso."

Em princípio, não consigo falar nada. Este não é o Dominic que me provocou sobre *Puget Sounds* ou o Dominic que me deu trufas para degustar no escuro, seus dentes roçando as pontas dos meus dedos. Eu tento imaginar uma versão de Dominic deitado no sofá, de moletom, navegando preguiçosamente pela Netflix, mas não encontrando nada para assistir, trocando mensagens comigo, pois não tinha ninguém mais para escrever. Saindo sozinho porque ele não tinha ninguém mais para convidar. Ele cresceu aqui e isso me deixa ainda mais curiosa sobre seu passado. Ele me disse que era o caçula de cinco filhos e não sei bem onde seus irmãos moram ou se são próximos. Eu não sei quem é esse Dominic e isso me deixa hesitante e curiosa.

Sua confissão me deixa séria, traz à tona um segredo íntimo meu. "Eu também me sinto só algumas vezes", eu digo em voz baixa. "Basicamente, tenho uma amiga e ela pode ter que ir trabalhar do outro lado do país."

"Sinto muito", ele diz e parece que está falando sério. Então ele se ilumina e se endireita. "Eu serei seu amigo!"

"Isso parece efeito do álcool."

"Nós não somos amigos?" Há uma estranha vulnerabilidade aí. Ele parece magoado, talvez por eu não nos considerar amigos.

"Não, não", eu me apresso em dizer. Nós *somos* amigos? "Nós podemos ser amigos. Nós somos amigos."

Ele deita sua cabeça em meu ombro novamente e eu me obrigo a ficar bem paradinha. "Bom."

O Lyft enfim aparece, alívio dos alívios e eu tento não deslocar nenhuma articulação enquanto ajudo esse gigante a entrar num Prius.

Dentro do carro, o motorista confirma o endereço antes de retornar a uma discussão calorosa sobre futebol com alguém do outro lado do seu Bluetooth. O latejar na minha cabeça se fixou como uma tatuagem permanente e enlouquecedora. Deixo escapar um longo suspiro, enquanto relaxo no assento, fechando os olhos por um momento.

"Você cheira bem", Dominic diz, e meus olhos se abrem.

"Oh... eu, é, tomei um banho mais cedo. Provavelmente é o cheiro da espuma de banho de lavanda."

"Enquanto estávamos trocando mensagens?"

"Mm-hmm", eu consigo. Sim, isso é o que me manterá acordada hoje a noite. "É só uma noite louca, típica de segunda-feira, bebendo sozinha."

"Eu já disse obrigado?"

"Não."

"Obrigado", ele diz enfaticamente, parecendo, aos poucos, voltar a ser ele, pelo menos a parte dele que é genuína. A parte dele que surgiu algumas vezes desde quando começamos esta farsa. "De verdade. Eu sei que poderia encontrar o caminho de volta para casa, mas provavelmente me sentirei muito menos podre amanhã graças a você."

"De nada. Eu fui a pessoa que te encorajou a sair, então me senti culpada."

"Talvez, mas decidi tomar Jägerbombs sozinho."

Quando um feixe de luz do poste atinge seu rosto, a luz paira sobre o formato da sua mandíbula, a curva da sua boca. É tão chato que ele pareça bonito mesmo bêbado. Mesmo com – especialmente com – seu cabelo todo desgrenhado. Eu gosto do Dominic caótico, do Dominic que é literalmente menos arrumadinho que no trabalho.

"Espero não ter te atrapalhado na tentativa de pegar o número de alguém ou algo do tipo." *Merda. Eu me odeio no momento em que falo isso. Por que por que por que por que por quê?*

Ele ergue uma sobrancelha. "Você não atrapalhou. Estou na seca faz tempo."

"Seu último relacionamento terminou há cerca de um ano?" eu pergunto, e ele assente. "O meu também terminou mais ou menos há um ano."

Na seca faz tempo. Isso significa que ele não dormiu com ninguém desde que seu relacionamento terminou ou que ele não namorou? Isso pode ser real. Talvez ele não seja o tipo que curte encontros casuais. Eu tendo a me apegar demais aos meus namorados, mas de uma forma saudável, lição que aprendi nos meus vinte e poucos anos. Que é exatamente, a fase em que ele ainda está.

"Você não namorou ninguém?" ele pergunta.

"Estou em um hiato de aplicativos de namoro." Eu olho para o chão, notando que, na pressa em sair, eu coloquei um sapato preto e outro marrom. Jesus, falando em caos. "Por enquanto... fico com minha gaveta da diversão. Nunca me decepciona e nunca quer ir para um brunch pela manhã."

"Você tem uma gaveta cheia?"

Nunca mais vou beber. Dominic vai pensar que minha mesa de cabeceira está cheia de vibradores.

Eu olho para frente, certificando-me de que o motorista ainda está imerso em seu telefonema. "Bem, metade de uma gaveta." Eu ainda *estou* bêbada, certo? Ou ele está me transferindo álcool. Essa deve ser a razão pela qual estou falando com ele dessa maneira.

"Você poderia sair com alguém se quisesse." Ele gira a cabeça vagarosamente em minha direção e abaixa os olhos a meio-mastro. "Quero dizer, alguém que não precise usar bateria para funcionar. Você é bonita."

É a primeira vez que ele me elogia abertamente e não tenho ideia do que isso significa. Quando estamos bêbados, falamos o que sentimos? Mesmo que isso seja verdade, eu não deveria me importar se Dominic me acha bonita. Eu *sou* bonita. Ele apenas está constatando um fato.

Claro, não lhe direi que o problema não é a descoberta – mas sim, a maneira como ele disse, uma vez que eu, inevitavelmente, me apaixono mais rápido que a outra pessoa.

"Eu pensei que eu era legal", eu digo, tentando projetar uma frieza que não sinto. Um desinteresse. Uma indiferença. Eu sou Meryl Streep como Margaret Thatcher! Eu sou Meryl Streep naquele filme com as freiras. Olho para sua boca, para dentro dela, para o triângulo de pele exposto pelos botões desabotoados e toda a pretensão de *frieza* desaparece. Sou Mary Streep em *Mamma Mia! Lá Vamos Nós De Novo*.

"Então somos dois."

"E mais uma vez, o Dominic Bêbado é muito mais engraçado que o Dominic Sóbrio."

"O Dominic Sóbrio quer lhe dizer que ele é engraçado também, mas ele está muito ocupado, balançando a cabeça em desaprovação para o Dominic Bêbado."

Eu continuo rindo, o coração continua batendo forte, quando o carro para em frente à sua casa. O bar não era tão longe, mas a corrida pareceu mais curta do que eu pensei que seria.

"Eu gosto desta região", eu digo quando saímos do carro, e aproveito para dar 5 estrelas ao motorista do Lyft. O ar que bate em meu rosto é um alívio bem-vindo para o calor que estava sentindo no banco de trás.

Ele encolhe os ombros. "Não é bacana? Eu escolhi este lugar pois era próximo ao trabalho."

Cada passo que damos se torna mais difícil que o último. Eu estou apenas o levando à porta. Certamente, não o estou ajudando a entrar no prédio. Ele já parece bem menos bêbado do que estava no bar. Ainda confuso, mas perfeitamente capaz de entrar em um prédio sem que eu tema por sua vida.

"Obrigado", ele diz quando chegamos aos degraus em frente ao seu prédio, uma construção mais recente, mas parecida com todas as outras da rua. Ele se encurva na porta, sua marca registrada postural. De alguma forma, isso não me incomoda tanto quanto costumava incomodar. "Mais uma vez. Tenho certeza de que conseguiria chegar em casa bem, mas é bom saber, eu acho... que você se preocupou."

Isso atinge meu coração de uma maneira que não esperava. "Claro que me preocupo." Eu me balanço de um lado para o outro, minha mão sobe e desce na alça da bolsa. "Não é porque terminamos que parei de me preocupar. Eu me preocupo com todos os meus ex."

Dou uma risadinha. Ele gosta quando jogamos esse jogo juntos. Ele faz um movimento como se fosse para pegar suas chaves – pelo menos, é o que acho que ele está fazendo, mas ao invés disso, sua mão encosta em meu pulso. Eu juro que isso está acontecendo em câmera lenta, enquanto ele aperta o elástico de cabelo que está no meu braço, pressionando-o contra a minha pele.

Embora não haja nenhuma dor persistente, ainda sinto ele me tocar. Engulo seco. Eu usaria elásticos em meu braço inteiro, se significasse que ele faria isso novamente.

Ele fala em voz baixa. "Eu gosto do seu cabelo solto", quando ele diz isso, mexo em meu cabelo por instinto. Eu estava com tanta pressa que nem pensei em prendê-lo. "Eu sei que você o prende sempre e gosto dele preso, mas... eu gosto mais dele assim."

"Você está sendo inconveniente", eu digo baixinho, impressionada por conseguir emitir algum som. "Ele não consegue se decidir se quer ser cacheado ou liso. Por isso, costumo prendê-lo."

Sua mão passeia pelo meu cabelo, deslizando através dele e *oh*. Eu me aproximo dele, enquanto seus dedos se perdem em meio a minha bagunça meio encaracolada-meio lisa, esfregando meu couro cabeludo. Eu inalo seu aroma terroso e inebriante. Deus, faz tanto tempo que ninguém me toca deste jeito, mesmo que isso provavelmente não conte, já que ele é meu coapresentador barra falso ex barra possível amigo. E bêbado. O Dominic Sóbrio pode ser divertido, segundo ele, mas nunca faria isso.

"Para mim, parece bem macio", ele diz, e é aí que eu morro.

Ele usa a mão em meu cabelo para me direcionar para mais perto dele. Então ele se inclina e antes que eu consiga processar o que está acontecendo, a boca dele está na minha.

E eu correspondo o beijo.

A pressão de seus lábios é firme, mas curiosa, uma explosão de calor em uma noite fria de primavera. Não consigo descobrir o que fazer com as mãos, ainda não, não quando já estou sob uma sobrecarga sensorial. O delicioso raspar de sua barba em meu queixo. A maneira como seus dedos agarram os fios do meu cabelo. O estrondo de um gemido em sua garganta.

Nós não deveríamos fazer isso, meu cérebro grita comigo.

Talvez ele seja o único que o ouve pois, de repente, ele se afasta, me deixando desesperada por ar, ofegante no centro escuro da cidade. O beijo deve ter durado menos de três segundos. Três segundos que roubaram meu chão e me fizeram flutuar.

Seu olhar é de pavor. "Merda. *Merda*. Me desculpe. Eu não deveria ter..."

"Não, tudo...", eu paro, sem saber o que estava prestes a dizer. Está tudo bem? Porque definitivamente acredito que não esteja. Porque agora fico imaginando como seria um beijo sóbrio, o que teria acontecido, se eu tivesse aberto minha boca. Se ele tivesse me empurrado contra a porta da frente. "Sabe, eu também ainda estou muito bêbada, então..."

"Porra, isso é embaraçoso", ele diz, balançando a cabeça e esfregando as mãos no rosto. A palavra *erro*, resume o momento. "Eu, claramente, estou muito mais bêbado do que pensava. Vamos só..."

"Esquecer o que aconteceu?" eu solto um som que parece com uma risada, mas é muito mais agudo do que estou acostumada a ouvir. Levo as pontas dos dedos à boca, como se agarrasse a memória de seus lábios.

Seus ombros relaxam. Alívio – é isso que parece. "Por favor, me desculpe, de verdade."

"Me desculpe também", eu digo. Será que ele não se deu conta de que eu correspondi ao beijo dele? Talvez ele não soubesse. Talvez, seja melhor assim. Talvez, eu devesse sair do *Conversando com o Ex*. Parece tão racional quanto qualquer um dos outros pensamentos que me passam pela cabeça. "Então eu deveria..." Eu aponto para a rua, fazendo um gesto extremamente estúpido com os polegares.

"Certo. Isso. Obrigado. Novamente. Me fale o quanto te devo pelos drinques e pelo Lyft e..."

"Não foi nada."

"Ok. Se você tem certeza disso..." Ele coça o cotovelo, incapaz de me encarar. Um minuto atrás, aquela mão estava no meu cabelo. "Você quer que eu, hum, espere aqui fora até seu carro chegar?"

"Não precisa!" Eu respondo com uma voz fininha. Eu sou uma personagem da Disney. Uma ratinha de desenho animado. "Estou bem. Obrigada."

"Bem... ok", ele diz, atrapalhando-se com a chave, antes de colocá-la na fechadura. "Vejo você amanhã?"

Se eu ainda não tiver me atirado em Puget Sounds até lá. "Até amanhã", eu respondo, e quando a porta se fecha, eu me afundo no chão e juro que nunca mais beberei novamente.

16.

É um alívio encontrar com Ameena na quarta-feira, mesmo que isso signifique submeter meu pobre ego a outra noite-de-vinho-e-tinta. O tema desta noite em Blush'n Brush é uma tigela de bugigangas artisticamente organizadas: um medalhão, um espelho, uma boneca caolha com um corte de cabelo horrível. Ela definitivamente viu alguma merda.

"Onde eles arranjaram essa porra de boneca?" eu digo baixinho para Ameena.

Ameena franze a testa, olhando para sua tela, onde ela capturou a essência da boneca, de uma maneira que poucas pessoas conseguiriam. "Eu não sei, mas eu juro que seu único olho está me seguindo." Ela espia por cima dos óculos minha renderização daquilo. "Que horror Shay, você fez a boneca parecer pior!"

"Sinto muito!" Eu jogo mais tinta sobre a tela. "Minha cabeça está em muitos lugares ao mesmo tempo."

"Eu entendo. Eu mal consegui focar no trabalho esta semana, me preparando para a entrevista que a *Conservancy* me enviou."

Uma coisa que está acontecendo: Ameena viajará para Virgínia para fazer a entrevista final.

Ela me contou 10 minutos atrás. Eu ainda estou processando.

O vinho ajuda, mas também tem me levado por alguns caminhos questionáveis ultimamente, então não vou confiar completamente nele. Eu mudei minha promessa: não beberei nada alcóolico se Dominic estiver por perto, já que não posso confiar em mim mesma para fazer boas escolhas.

Até agora, mantivemos nosso plano de fingir que a noite de segunda-feira nunca aconteceu. Nós mantivemos a educação, provavelmente até demais, enquanto dançávamos em volta um do outro, numa coreografia bem sincronizada de evasão. Nossas conversas são sobre trabalho e somente isso. Nada de madrugadas no escritório, nada de comentários sobre nossas vidas pessoais. Seu rosto é tão estoico como sempre foi. Pela primeira vez, estou com medo do programa de amanhã, e pintar com Ameena não está sendo uma distração tão boa quanto eu esperava.

Uma parte de mim está aliviada por termos conseguido deixar isso para trás, mas a outra parte – uma parte que aumenta a cada dia – não consegue parar de pensar no beijo. Não consigo tirar sua cara estúpida e bonita da cabeça. Aquele roçar de lábios foi tão breve que às vezes me convenço que imaginei tudo aquilo. Eu nem contei para Ameena.

E não é só pelo beijo. Foi sobre o que conversamos, nossa solidão compartilhada e como senti que poderíamos estar virando uma página em nosso relacionamento. Porque se o beijo não aconteceu, nada disso aconteceu também. *Não somos amigos?* Dominic tinha me perguntado. Não. Acho que não.

"Você quer ajuda com essa entrevista?" pergunto a Ameena, banindo Dominic para o canto mais escuro do meu cérebro e amarrando-o a uma cadeira. Não. Espere. Isso é pior.

Ela balança a cabeça. "TJ está me ajudando com isso." Então, sem tirar os olhos da pintura, ela diz "Ele me disse ontem à noite que, se eu conseguir o emprego, ele se mudará comigo".

"Oh... oh uau." Eu penso nisso por um minuto. Se pelo menos TJ continuasse morando aqui, Ameena teria mais um motivo para me visitar. Eu não quero admitir meu maior medo: que eu não me basto. "Isso é bom, certo?"

"Sim e não", ela diz. "Facilita minha decisão se eles me oferecerem o emprego, mas ainda assim, será difícil."

"Eu iria te visitar. Nós poderíamos fazer coisas típicas da Virgínia, como..."

"Você não sabe nada sobre a Virgínia, não é?"

"Não é a terra dos apaixonados?"[29]

"Supostamente." Ela toma um gole de seu vinho. "E você? Ainda está fingindo que seu coapresentador não é bonito?"

Meu rosto fica quente. *Você é bonita.* Foi o que ele disse na noite de segunda-feira. Então, ele disse que gostava do meu cabelo solto – que gostava mais quando estava solto. Só para constar, usei rabo de cavalo nos últimos dois dias.

"Eu consigo admitir que ele é bonito. Mas, mesmo se eu gostasse dele e ele de mim, o que não é verdade, não daria certo." Se ele tivesse algum sentimento não profissional por mim, não teria tanta pressa em esquecer o beijo. Simples assim.

---

[29] Virgínia, terra dos apaixonados. Em 1969, um redator chamado Robin McLaughlin da agência de publicidade Martin & Woltz de Richmond surgiu com o slogan "*Virginia is for history lovers*", que poderia ser adaptado aos amantes da praia, amantes da montanha e assim por adiante.

"Por que não?"

Eu olho em volta e baixo meu tom de voz. "O ponto principal do programa é que éramos namorados e que nossa separação foi suficientemente amigável para sermos capazes de apresentar um programa juntos."

"Então, talvez vocês tenham voltado a ficar juntos."

Mentiras em cima de mentiras. "Não daria certo", eu digo. "Você sabe que mergulho de cabeça em meus relacionamentos. O quão difícil seria para mim, se eu me apaixonasse por ele e ele não correspondesse e ainda estivéssemos tendo que apresentar um programa juntos?"

"Ok, ok. Você tem razão", ela diz, sabendo que não darei ouvidos a ninguém, além de mim mesma. E ela não está errada, mas eu também não estou. Namorar Dominic Yun seria uma catástrofe. Mesmo o hipotético é suficiente para embrulhar meu estômago.

Ameena olha fixamente para a minha pintura. "Você pode, pelo menos, virar essa coisa para outro lado?"

Eu decido usar meu cabelo solto no dia seguinte. Dia de programa.

Acordo cedo, o que significa que tive um pesadelo com Dominic por volta das três da manhã e não consegui adormecer novamente. Eu tive tempo o bastante para tomar um bom banho, para deixar meu cabelo secar naturalmente e alisar minha franja.

E não ficou feio.

Mesmo querendo arrastar minha cadeira para longe da dele, antes de começarmos a gravar, eu me sento ao seu lado como em todas as quintas-feiras e cruzo minhas mãos à minha frente, sobre a mesa. Se ele notou que estou com o cabelo solto, não demonstrou nada. Eu não deveria me decepcionar.

Para este episódio, nosso quinto, Ruthie sugeriu que Dominic me fizesse perguntas sobre gírias de namoro.

"*Breadcrumbing*",[30] ele diz, olhando para suas anotações e erguendo as sobrancelhas para mim. Um desafio. É o mais pessoal que ele chegou de mim esta semana e eu tento ignorar o arrepio que me dá na espinha.

"Essa é óbvia", eu digo. "É quando você está namorando um canibal que vive na floresta. Numa casa de gengibre."

Dominic sugere que Jason toque um efeito sonoro de campainha.

"*Submarining*."[31]

"Quando você e seu parceiro assistem a *Yellow Submarine* para entrar no clima. Também conhecido como 'Relaxe com os Beatles'."

"*Cushioning*."[32]

"Ah, é quando você leva uma almofada com você a todos os encontros, para que seu parceiro não tenha que sentar em nenhuma superfície dura."

---

[30] *Breadcrumbing*: quando a pessoa envia uma mensagem ocasional, dá um telefonema, interage ocasionalmente nas mídias sociais. Acontece esporadicamente e, geralmente, não tem continuidade.

[31] *Submarining*: forma de *ghosting* em que uma pessoa desaparece e volta a entrar em contato com alguém meses depois.

[32] *Cushioning*: é quando a pessoa é comprometida e quer ter outros parceiros.

Dominic está rindo agora, com uma mão sobre a boca. Estou me esforçando muito para não olhar para as mãos dele, já que não consigo fazer isso sem pensar no que elas fizeram na minha imaginação, na noite passada. Algo que guardei bem no fundo da minha mente, junto com a entrevista final de Ameena. Tenho que dar crédito à compartimentalização.

"Vamos tentar algo novo", eu digo, passando para o próximo ponto de nosso resumo. Talvez, algum dia, eu mal olhe para ele, como Paloma costumava fazer, mas cinco episódios depois e, embora eu consiga me sair bem saindo do roteiro às vezes, ainda não me sinto segura para deixar de olhá-lo. "Se você acha que consegue encontrar a melhor definição para as gírias que twittamos antes do programa, ligue para 1-888-883-KPPR. Nós escolheremos as nossas favoritas no final do programa. Você também pode nos twittar usando a *hashtag* GiriasdeConversandocomoEx."

Mindy de Pioneer Square foi a primeira a ligar. "Ok, então, *roaching*",[33] ela diz. "É quando alguém tenta criar um relacionamento depois de dormir um tempo no seu sofá, que você gentilmente ofereceu, quando o apartamento dele foi infestado por baratas."

"Está parecendo que você já passou por isso?" eu digo.

Mindy resmunga. "Foi pior. Eu não queria que ele voltasse para aquele apartamento nojento e achei que ele pudesse sentir algo a mais por mim então pensei, vou fazer dar certo desta vez, eu trabalho muito, nós mal nos encontraremos. Bem, imaginem minha surpresa quando cheguei do trabalho e o encontrei

---

[33] *Roaching*: é quando seu novo parceiro esconde o fato de que ainda está dormindo com outras pessoas, geralmente algo que pode acontecer no início do relacionamento.

na banheira cercado por pétalas de rosas, estrategicamente posicionadas."

"*Roaching* ao máximo", eu digo, me arrepiando toda.

"Dominic, me tranquilize", Mindy diz. "Você não faria isso, faria?"

"Claro que não. Eu usaria lavanda."

Minha boca seca. Eu arrisco olhar para ele, mas ele continua olhando para frente, estoico como de costume. O banho de que lhe falei. *Você cheira bem.* Ele está brincando comigo?

"Para", Mindy diz, rindo. "Eu gosto tanto de vocês dois. Eu não seria capaz de fazer o que vocês estão fazendo com nenhum dos meus ex. E Dominic... você parece ser um dos bons. Eu não sei se você está solteiro..." Ela diz isso sugestivamente e eu realmente não gosto do que acontece em meu peito nesse momento.

"Sinto muito, Mindy", ele diz. "Estou interessado em alguém."

Essas palavras me atingem em um lugar estranho. Ele não mencionou isso na segunda-feira, quando, claramente, teve oportunidade. Ou, talvez, seja uma novidade. Eu deveria me sentir feliz por ele, mas, ao invés disso, me sinto estranhamente vazia. Talvez seja por isso que ele quisesse esquecer o beijo: porque ele estava tentando começar algo novo com outra pessoa.

A menção sobre a lavanda tinha que ser coincidência. Agora tenho certeza.

"Não posso dizer que não estou secretamente esperando que você encontre uma maneira de fazer dar certo com a Shay", Mindy diz, "mas, o que quer que aconteça, me sinto feliz por vocês dois".

"Obrigada por nos ligar, Mindy", eu digo, ciente que pareço um pouco brusca, mas parece que ela não notou.

Dominic aperta o botão para a próxima ligação. "Agora estamos com John ligando de South Lake Union", ele diz.

"Isso mesmo, oi", fala uma voz masculina rude. Por volta dos trinta, quarenta anos, se tivesse que adivinhar. "Eu estava escutando vocês no meu carro e tive que parar e ligar."

"Fico feliz em saber que o programa causou impacto", Dominic diz, mas eu ergo minhas sobrancelhas para ele, sem saber se o interlocutor quis dizer isso de maneira positiva.

Ele ri alto. "Não exatamente. Minha namorada, ela realmente acredita na história de vocês dois, mas eu não."

"Ahn?" Dominic diz.

"Para mim, parece muito conveniente que vocês dois, logo após o rompimento, por acaso, tenham sido qualificados para apresentar esse programa", diz John de South Lake Union. "E eu uso a palavra qualificado, 'vagamente'. Mas acho que, hoje em dia, colocariam qualquer um na rádio se isso trouxesse mais cliques."

"Fale o que quiser sobre mim", Dominic diz, endireitando-se na cadeira, com uma expressão bem dura, "mas Shay trabalha nessa rádio há dez anos. Eu nunca conheci alguém tão dedicado à rádio pública ou com mais conhecimento sobre o assunto. *Puget Sounds* não teria durado tanto tempo sem ela. Foi cem por cento mérito dela".

Suas palavras me prendem à cadeira. Elas são muito fortes para não serem genuínas. Ele está olhando diretamente para o outro estúdio, o que, provavelmente, é uma boa coisa. Não sei bem se meu coração aguentaria fazer contato visual com ele.

É a coisa mais gentil que alguém já disse sobre mim em muito tempo.

"Bem, fiz uma pequena pesquisa e acredito que seus ouvintes devotos poderiam estar interessados em saber que, além de vocês não aparecerem nas redes sociais um do outro, só se tornaram amigos no Facebook há cerca de um mês. Eu acho isso fascinante."

"Sou muito reservado com minhas redes sociais", Dominic diz.

Recuperando-me de seus elogios, eu acrescento "E nós queríamos manter nosso relacionamento separado do trabalho".

"Então, o que me diz sobre um twitte que Shay enviou, em janeiro, sobre deslizar o dedo para a esquerda em um cara sentado no vaso sanitário?"

"Eu... uhn", eu respondo, atrapalhada. Porque eu twittei sobre isso. Merda. Eu achei que tinha vasculhado minhas redes sociais em busca de qualquer coisa que indicasse que eu e Dominic não estávamos juntos nesse inverno, mas devo ter perdido alguma coisa. *Merda, merda, merda.* Eu lanço um olhar para Dominic, que ainda não encontra o meu.

Estávamos preparados para essa possibilidade. Conversamos sobre o que faríamos, caso isso acontecesse.

Eu só nunca imaginei, que isso aconteceria ao vivo.

"Olha John", Dominic diz. "Você pode achar qualquer parte do histórico da rede social de alguém, para provar qualquer ponto que você tenha. Nós já vimos isso acontecer muitas vezes, com pessoas com muito mais em jogo do que eu e Shay. Não estamos aqui para convencê-lo, uma vez que você já se decidiu sobre nós. O que posso lhe dizer, é que não fiz faculdade de jornalismo para vir à rádio contar mentiras."

E assim, ele aperta o botão que encerra a ligação.

Não consigo ler sua expressão. Embora eu esteja grata, gostaria de saber o que lhe dizer.

"Temos que encerrar o programa de hoje", Dominic diz. Ele dá continuidade ao fim da apresentação, citando nossos perfis das redes sociais e dizendo aos nossos ouvintes que voltaremos na próxima semana.

Então, Jason Burns fala sobre o tempo e depois, uma notícia da RPN e eu continuo congelada em minha cadeira.

Dominic tira os fones de ouvido. "Ei", ele diz. "Você está bem?" Eu concordo com a cabeça, mas minhas mãos tremem. Finalmente consigo falar. "Acho que sim. O que você disse sobre mim. Foi... você não precisava fazer aquilo. Mas, obrigada."

"Você é minha coapresentadora", ele diz, como se fosse assim tão fácil. Como se essa fosse a única ligação que temos.

Na verdade, estou interessado em alguém.

E talvez, esteja.

17.

"Por lidar com idiotas com graça e dignidade", Ruthie diz e nós três brindamos.

Desesperados por nos recuperarmos do pesadelo que foi aquele programa, decidimos sair para beber após o trabalho. Não é algo que estou acostumada a fazer; Paloma e a esposa há tempos estabeleceram uma rotina que não incluía coquetéis de três dólares em bares. Eu não achava que fazia parte do time de "reuniões de equipe após o trabalho", mas, por enquanto, estou gostando muito disso.

"Aquele cara", Dominic diz, tomando um gole da sua cerveja. "Eu nunca antes desejei conseguir atravessar o telefone e socar alguém."

O botão de cima da sua camisa está desabotoado e ele ainda parece estar arrumadinho. E gostoso, especialmente com o cabelo desarrumado, após um dia de trabalho. É injusto, de verdade, que alguém tão atraente tenha uma linda voz de rádio. Muitas vezes pesquisei sobre meus crushes da RPN somente para descobrir que seus rostos não combinavam com suas vozes. Injusto também: o jeito que meu olhar continua descendo em direção à sua boca, enquanto ele fala.

Pare. Pare de pensar nisso.

"Ah, você não está na rádio há tempo suficiente", eu digo. "Ruthie, você se lembra do..."

"Do respiração pesada?" conclui Ruthie. "Oh meu Deus. Sim. Serei assombrada por isso até o dia da minha morte."

Deve ter acontecido em algum dia da primavera passada em *Puget Sounds:* um cara ligou pedindo conselhos sobre nossa atração semirregular de jardinagem, então começou a fazer perguntas elaboradas sobre rutabagas, pontuadas por longas e profundas respirações.

"Eu juro que ouvi o som de um zíper", eu digo.

"Eu não quero envergonhar ninguém, mas honestamente..." Ruthie diz. "Eu realmente espero que ele esteja, tipo, cagando."

Nós ainda estamos rindo, quando meu celular vibra com uma mensagem de Kent.

Você e Dom podem chegar mais cedo amanhã?

Eu franzo a testa. *Dom.* O apelido que ele não gosta, mas não fala nada para Kent. Eu não gosto que Kent tenha perguntado apenas para mim, como se eu fosse responsável por Dominic. Como se eu ainda fosse uma produtora e não uma pessoa com as mesmas responsabilidades que as dele.

Apenas uma produtora. Preciso parar de dizer isso, ou vou parecer tão ruim quanto as pessoas que entram no barco da hierarquia sem sentido da rádio, que colocam os apresentadores num pedestal acima de todos os outros. Ruthie não é apenas uma produtora. Ela é... bem, Ruthie.

Eu mostro a mensagem para eles. "Kent quer falar com a gente amanhã cedo."

"Sobre aquela ligação?" Dominic pergunta.

"Provavelmente." E como Ruthie não tem nenhum motivo para acreditar que entraríamos em pânico caso alguém descobrisse a verdade, eu acrescento,

"Ele deve apenas querer ter certeza que não ficamos muito abalados ou qualquer coisa do tipo."

Os olhos de Dominic encontram, brevemente, os meus por cima da cabeça de Ruthie. É estranho estar do mesmo lado dele, ser do mesmo time. Nós dois queremos que isso fique bem. Nós dois não queremos ter arruinado o programa.

"Eu deveria ir para casa", ele diz. "Vou jantar com meus pais hoje à noite."

Quero examinar seu tom de voz, descobrir como é o relacionamento dele com os pais, exatamente. Mas ele fala num tom casual e sua expressão facial não me diz nada. Nós nos despedimos, ele paga sua conta e eu o observo sair correndo do bar, com a bolsa balançando em seu quadril.

"É meio foda que o Kent tenha enviado a mensagem para você e não para o Dominic", Ruthie diz.

"É", eu digo, agradecida por tirar meus olhos de Dominic. Quando ele se vai, consigo respirar aliviada novamente.

Ruthie entende isso. Claro que entende. "É quase como se Dominic tivesse um pinto e você não. Quer dizer... desculpe. Eu não deveria ter dito isso."

"Você não está errada. Kent parece ter os favoritos dele e muitos deles são homens", eu digo encolhendo os ombros, embora seja válido que alguém mais tenha notado isso.

"Mas, está tudo bem, né? Com o programa? Além de John de South Lake Union?"

Se eu ignorar meu coapresentador, sim. "Está tudo surpreendentemente bem. Eu amo estar ao vivo.

Depois de eu ter superado meu problema com minha voz, tudo está fluindo mais naturalmente. Parece estranho dizer que amo conversar, porque provavelmente, não é tão óbvio se você acabou de me conhecer por acaso, mas..." Eu faço uma pausa, tentando descobrir como me explicar melhor. "Gosto de direcionar a conversa e me conectar com os ouvintes, ouvir as histórias deles. É incrível ser capaz de fazer isso. Além disso, este mês, o pote do mestrado está chegando perto dos 50 dólares e não posso dizer que não adoro esvaziar a conta bancária de Dominic." Eu pauso novamente, perguntando-me se estou pronta para lhe contar a próxima parte. "Sabe, eu tive uma ideia. De um programa sobre luto."

Eu explico a Ruthie. Minha mãe e eu conversamos sobre isso pelo telefone noite passada e ela concordou em ir ao programa se eu ficasse ao lado dela. Eu lhe disse que não haveria lugar melhor para estar que não fosse ao seu lado, para ouvi-la contar sua história.

"Sim", diz Ruthie automaticamente. "Estou dentro. Nós deveríamos esclarecer isso com Kent, já que é um pouco diferente do que estamos fazendo, mas já está partindo meu coração e o reconstruindo novamente."

"Já te disse que você é minha produtora favorita?"

"Não o suficiente", ela diz. "Para ser honesta, eu não consigo acreditar que estou produzindo meu próprio programa. Eu não achei que fosse fazer algo do tipo aos 25 anos." Ela estende as mãos sobre a pequena mesa e pega nas minhas. "De verdade, Shay. Obrigada. Kent poderia ter-me demitido e sei que você lutou por mim."

"Não teve discussão", eu digo. "Eu não tinha dúvidas. Só faria o programa se você fosse a produtora."

"Pare, eu vou chorar de verdade!" Ela toma outro gole do seu drinque e gesticula para o barman, pedindo outro.

Enquanto isso, estou quebrando a cabeça, tentando lembrar se eu e Ruthie já passamos algum tempo só nós duas.

Não.

"Como você começou a trabalhar em rádio?" eu pergunto de repente, curiosa por isso.

"Ah, chegou a hora da história?" Ruthie cruza as pernas. "Ok, fiz faculdade de marketing e trabalhei em vendas na KZYO por alguns meses. Então, num certo verão, todos os produtores tiraram férias ao mesmo tempo e eles precisariam de toda ajuda disponível, então resolvi ajudar. E eu era boa nisso. E o mais importante, eu amei o trabalho. Eu gostava de colocar as coisas em ordem para dar início ao espetáculo, sabe? Então, logo que surgiu uma vaga, eu me candidatei. Havia sempre muitas vagas de trabalho lá – o benefício da rádio comercial."

"Eu não fazia ideia", eu digo.

"E eu realmente tive sorte com este trabalho. Kent gostou que eu tinha experiência em rádio comercial e eu estava morrendo de vontade de trabalhar em algum lugar onde não fosse constantemente torturada por jingles de oficinas mecânicas e empresas de picles." Ela estremece. "Nunca consigo comer picles Nalley."

"Aquele jingle é o pior. *Crocante gostoso...*"

"*Picles Nalley!*" nós duas gritamos antes de cair na gargalhada. "Fora isso", ela diz, quando nos recuperamos, "a rádio comercial cobria um monte de coisas semi-sensacionalistas. Alguém sofrendo um acidente de carro era uma grande notícia e sempre abordada de forma perturbadora. A rádio pública é muito melhor em aprofundar os assuntos e abordá-los de uma maneira mais sutil".

"Eu sei que muita gente vai para a rádio pública como produtor esperando ser promovido a repórter ou a apresentador, mas eu amo ser produtora. Eu sou feliz com o que faço. Faço o que amo, com pessoas que amo. Talvez, algum dia eu queira fazer algo diferente, mas, por enquanto, eu sinto que este é o meu lugar."

"Isso, honestamente, é muito reconfortante de se ouvir." Eu digo. "Quando comecei a trabalhar como produtora assistente de Paloma, meu produtor-chefe me disse que nós teríamos que fazer qualquer coisa que Paloma pedisse, garantir que ela tivesse seu kombucha e suas sementes de chia, que o estúdio não estivesse tão quente ou tão frio e eu ficava... é sério isso? Nós somos colegas de trabalho. Não serviçais. Eu sei que Paloma me respeitava, mas foi nisso que me transformei."

"Você nunca faz eu me sentir assim. Caso esteja preocupada."

"Que bom. Se algum dia eu lhe disser que preciso do meu kombucha a exatos 6,6 graus, por favor me mande calar a boca."

Ruthie me passa seu drinque. "Anotado."

Nós continuamos conversando sobre trabalho antes da conversa ficar mais pessoal. Ruthie me conta que está saindo com um cara chamado Marco e que ela acha que está pronta para tornar o relacionamento oficial. Eu lhe conto sobre minha mãe e o casamento dela.

O tempo todo, a verdade chacoalha dentro de mim.

Ela merece saber a verdade.

E, no entanto, meu desejo de autopreservação vence.

"Por que não fazemos isto mais vezes?" ela pergunta, quando nos damos conta de que estamos sentadas conversando há duas horas, sem olhar nossos celulares.

"Nós deveríamos", eu respondo, tentando ignorar a culpa ácida subindo pela minha garganta. "Nós vamos."

Conversando com o Ex, Episódio 5: Ghosting Whisperer

Transcrição

SHAY GOLDSTEIN: O episódio desta semana é um oferecimento de Archetype. Se você é como eu, você tem dificuldade em encontrar sapatos que sirvam confortavelmente. O número maior é muito grande, já o menor é muito pequeno, e sapatos desconfortáveis podem fazer com que seu dia de trabalho pareça muito mais longo.

DOMINIC YUN: É aí que entra Archetype. Tudo o que você precisa fazer é medir seus pés usando o sistema de moldagem patenteado da empresa, enviá-lo e eles criarão uma espuma de memória personalizada, que você poderá usar dentro de todos os seus sapatos.

SHAY GOLDSTEIN: Eu a usei dentro de um modelo tamanho 36 e não pude acreditar na diferença.

DOMINIC YUN: Eu fiz o mesmo com meu modelo tamanho 45.

SHAY GOLDSTEIN: E você sabe o que dizem sobre caras com pés grandes...

DOMINIC YUN: Que eles deveriam tentar usar Archetype!

SHAY GOLDSTEIN: E agora mesmo, Archetype está oferecendo um desconto especial para nossos ouvintes de quinze porcento ao final das compras. Vá até archetypesupport.us e insira nosso código promocional CONVERSANDO COM O EX. Escreva C-O-N-V-E-R-S-A-N-D-O-C-O-M-O-E-X ao final das compras para ganhar quinze porcento de desconto.

18.

Estou entrando no elevador, na manhã seguinte, para nossa reunião com Kent, quando Dominic me pede para segurar a porta. Ele está saindo correndo do estacionamento com sua garrafa térmica da Rádio Pública Pacific, vestindo calça cáqui e camisa azul-celeste.

Preciso me esforçar para não apertar o botão de FECHAR a porta.

"Obrigado", ele diz, quando o elevador nos prende lá dentro.

Eu lhe dou um sorrisinho e me afasto, o mais discretamente que posso. Distância e profissionalismo. É a única maneira de acabar com essa atração inconveniente que eu desenvolvi. Seu cabelo está molhado e ele cheira a banho com um toque de especiarias. Seu pós-barba, talvez?

"Você e Ruthie se divertiram ontem à noite?" ele pergunta, tomando um gole do seu café.

"Mn-hmm", eu digo, olhando para o chão. Eu não preciso ficar assistindo o subir e descer do seu pomo de Adão, quando ele engole.

"Até que horas vocês ficaram lá?"

"Até oito."

Ele ergue suas sobrancelhas para mim. Toda vez que desvio o olhar, ele o encontra novamente.

"Você está me evitando?"

"Não."

"Tem alguma coisa errada", ele diz, ultrapassando a linha invisível que desenhei no centro do elevador. Institivamente, pressiono minhas costas com mais força contra a parede acolchoada. Ele para, misericordiosamente, cerca de 30 centímetros na minha frente, inclinando-se para examinar meu rosto com seu olhar profundo. Na minha imaginação traiçoeira, ele me prende contra a parede, bate no botão de parar, se encurva e põe a boca em meu pescoço. "O que está acontecendo?"

"Nada."

"Se isso é sobre segunda-feira..." Ele dá uma pausa, corando e se afastando um pouco mais de mim.

É a primeira vez que o vejo corar e isso me faz querer cobrir meu próprio rosto.

"Não, não, não." Eu aperto minha bolsa. "Não é. Nós estávamos bêbados. Nós estávamos somente..."

"Muito bêbados", ele conclui com um aceno de cabeça. "Eu normalmente não... quero dizer, aquilo não foi..."

"Você não precisa explicar", eu digo, embora tudo que eu queira seja uma explicação detalhada em uma apresentação de Power Point. Estendo a mão para roçar em seu pulso com a ponta do dedo – um gesto de segurança – percebendo, quando faço contato, que foi uma decisão terrivelmente imprudente. Estou fora de controle e preciso de intervenção. Eu já deveria saber disso, mas o cara é a porra de um imã. Esse roçar de pele contra pele é o bastante para esquentar minhas bochechas e alguns outros lugares. Mariposa, essa é a chama. Mostre o dedo do meio para a chama.[34]

"Está bem." Ele respira aliviado, seus ombros relaxam um pouquinho. Agora ele pode ir atrás da pessoa que mencionou ao vivo, no programa, sem culpa. "Então se não é isso..."

"Dominic. Estou bem. Me sinto espetacular", eu digo. "Não há nada para investigar aqui."

"Eu nunca ouvi você usar a palavra *espetacular*."

"Melhor me levar ao hospital. Parece sério."

O canto de sua boca se contrai. "Eu vou descobrir", ele diz.

Um *ding* indica que chegamos ao quinto andar. Tenho que falar com a manutenção sobre o quão lento o elevador anda, ultimamente. Deve ter algo de errado.

"Sempre me sinto como se estivesse na sala do diretor da escola", Dominic cochicha enquanto aguardamos Kent preparar um chá. É um processo complicado de cinco etapas. Ele me explicou uma vez e eu instantaneamente esqueci.

Eu me concentro na reunião em si. O que está em jogo é muito pior que detenção.

Kent entra na sala com sua caneca, sorrindo como sempre, mas um pouco tenso. "Bom, acho que vocês dois sabem porque estão aqui."

"Nós tentamos tirá-lo do ar, o mais rápido possível", Dominic diz e é estranho que ele diga *nós*, quando eu fiquei praticamente em silêncio. "Estávamos

---

[34] Menção à música *Moth To a Flame* ("Mariposa em direção à chama") de *The Weekend*.

próximos do fim do programa e eu não sabia como preencher o tempo, então..." Ele para, encolhendo os ombros timidamente. "Não poderíamos cortar isso do *podcast*?"

"O fato é que já aconteceu", Kent diz. "Se nós cortarmos do *podcast*, vai parecer que estamos escondendo algo. Temos que levar isso a sério, fazer um rígido controle de danos. Pessoas ouviram isso e agora irão vasculhar a vida de vocês como nunca o fizeram antes."

Dominic passa a mão no rosto. "Bom... puta que pariu", ele diz, e eu teria rido dele falando 'puta que pariu' em frente ao nosso chefe numa reunião tão séria, se não estivéssemos tão preocupados com o que está por vir.

"Isso, puta que pariu." Kent assopra o chá quente. "Se mais pessoas se apegarem a isso, se eles questionarem a premissa do programa, daí então estaremos realmente fodidos." Ele suspira e então: "Eu escutei boatos. Nada garantido, mas parece que temos algo grandioso chegando."

Eu me movimento para a beirada da cadeira. "Grandioso como?"

"Grandioso como PodCon", Kent responde e eu tenho que me esforçar para me manter séria. "E alguns patrocinadores demonstraram interesse. De novo, nada certo ainda, mas vocês têm ideia de quão grande isso pode ser para a nossa rádio?"

Eu estou morrendo para saber mais sobre o PodCon, sobre esses potenciais patrocinadores, mas a integridade do programa – ou a falta dela – é a questão mais urgente. "Nós poderíamos... encenar algumas fotos do nosso relacionamento?" Eu estremeço quando sugiro. Mais mentiras. Isso me lembra que, qualquer coisa boa que sinto sobre o programa é acompanhada por essa voz decepcionada que, algumas vezes, parece a de Ameena e outras, a de meu pai.

É um pouco reconfortante quando Kent balança a cabeça em negação. "Não é uma questão de criar evidências", ele diz. "É a maneira como vocês dois falam um com o outro. É muito roteirizado. Muito encenado. Eu percebo isso algumas vezes. E sei que parte disso é minha culpa. Fui eu que encorajei vocês a fazerem isso e nenhum de vocês dois têm grande experiência em apresentação de um programa ao vivo, ainda por cima. Mas analisamos comentários de alguns ouvintes e alguns deles também acham que o programa foi cuidadosamente coreografado, e o que me deixa preocupado é que parece que vocês dois não se conhecem o bastante. O que, novamente, para ser honesto, é verdade. Nós não demos muito tempo para vocês se conhecerem, além de criarem um relacionamento e um rompimento."

Dominic e eu ficamos quietos por alguns segundos. Kent está nos advertindo, mas não nos culpando?

"Eu não entendo o que você está pedindo, chefe", Dominic diz, provando, mais uma vez, que ele tem mais coragem do que eu, quando se trata do nosso chefe. Ele não endossa nenhuma tentativa de esconder sua frustração, enquanto estou sempre ansiosa para agradar a Kent da maneira que puder. É por que ele tem sido o favorito de Kent desde o início? Por que, então, Kent me escreveu sobre nossa reunião e não escreveu para ambos?

"Faremos o seguinte", Kent diz. Ele gesticula para nós dois, embora sejamos os únicos dois na sala. "Vocês dois vão passar a noite juntos."

Eu praticamente pulo da cadeira. "O quê?"

"O final de semana juntos, na verdade. Desmarquem qualquer compromisso. Isso é urgente. Nós reservamos um Airbnb para vocês dois em Orcas Island, tudo por conta da rádio. Vocês passarão o final de semana juntos e vão pensar em como consertar essa merda. Vocês me farão acreditar que foram um casal feliz por três meses. Eu quero que saibam como o outro escova os dentes. Quando trocam o lado do papel higiênico, sabe, quando o papel vem por cima ou por baixo do rolo? Se roncam. Como são quando acordam. Eu quero que vocês saibam qualquer porra de detalhe um do outro, para que não entremos em outra confusão como essa."

Suas palavras me deixam sem palavras. Meu queixo não cai no chão – atinge o porão da garagem. Kent toma seu chá, muito sério. Ele sempre foi um chefe duro, mas com uma quantidade considerável de empatia. Isso... isso é algo completamente diferente.

Estou com medo até de olhar para Dominic, quanto mais passar o final de semana inteiro com ele.

"Eu presumo que todas as despesas serão por conta da rádio?" Dominic pergunta.

"Dentro do razoável", responde Kent. "Cada um terá seu próprio cartão de crédito corporativo."

"Ótimo. Porque eu costumo ter muita fome aos finais de semana. Sede, também." Ele encara Kent. Eles parecem dois leões lutando por uma gazela, embora eu não tenha certeza, exatamente, quem é a gazela nesse cenário.

"Como disse, a rádio cobrirá as despesas, dentro do razoável." Kent se levanta. "Emma lhes dará todas as informações. Eu tenho uma reunião com a diretoria. Acho que estamos acertados por enquanto, né?"

"Na verdade", eu digo, porque uma parte de mim acredita que, se eu ceder, se eu não trouxer problemas com a ideia do final de semana, então ele me dará algo em troca. "Ei, Kent, tenho uma coisa para te falar." Sinto o peso de seu olhar e o de Dominic e tento superar minha ansiedade. "Eu queria conversar com você sobre uma ideia que tive para o *Conversando com o Ex*, hum, sobre luto e perda. Ruthie queria que eu discutisse isso com você, já que é um assunto pesado para o programa..."

"Este não é o melhor momento, Shay."

Um chute na boca do estômago. Foi a primeira vez que Kent me dispensou. Sempre achei que ele gostasse de mim ou, ao menos, me respeitasse. Isso me faz pensar no que ele teria dito se Dominic sugerisse isso.

"Eu... ok", respondo, desejando que Dominic não tenha escutado eu ter sido rejeitada. "Bom, acho que agora é hora de voltar ao trabalho."

Kent sorri. "Esse me parece um bom plano. E realmente aproveitem o final de semana. Vocês provavelmente deveriam sair essa tarde, se não quiserem pegar muito trânsito."

Minhas pernas param de funcionar quando saímos do escritório de Kent.

"Eu tinha uma degustação de bolo com minha mãe este final de semana", eu digo, desmoronando contra a parede. "E... e teria que levar Steve, mas ele nunca fez uma viagem de carro tão longa comigo e eu ainda não estou pronta para deixá-lo com outra pessoa. Eu..." Eu respiro profundamente. Meu coração está apertado. Estou no modo pânico. Merda, *merda*, eu não quero que ele me veja assim.

"Shay." Ele para na minha frente e coloca as mãos sobre meus ombros. Não gosto do que o meu nome na boca dele faz em mim e menos ainda da forma como as palmas das mãos dele se acomodam tão naturalmente no meu blazer. "Isso é um saco, eu sei. Estou tão chateado quanto você. Mas é só um final de semana. Nós conseguimos fazer isso. Quem sabe, na próxima semana consigamos tirar umas horas de folga e você poderá sair com sua mãe. Nenhum de nós dois quer ver esse programa acabar."

Não devemos nos tocar assim e não devemos pegar elevadores juntos ou fazer longas viagens de carro ou passar um final de semana inteiro juntos, em uma ilha. Distância. Profissionalismo. Essa deveria ser minha estratégia.

"Além disso", ele diz com um meio sorriso, "eu quero conhecer seu cachorro. E quantas caixas de cerveja você acha que estão 'dentro do razoável'?".

Eu reviro os olhos, mas ele me transmite segurança e me faz sentir um pouco melhor.

Exceto que não será fácil evitá-lo enquanto estiver presa numa casa com ele durante todo o final de semana.

Eu rezo para meus deuses da rádio, os que agem de maneira simpática e comedida, mesmo nas mais hostis das entrevistas. Se Terry Gross sobreviveu àquele pesadelo de entrevista com Gene Simmons, então eu consigo.

Terry Gross, Rachel Martin, Audie Cornish – me deem forças.

19.

Três horas no trânsito de uma sexta-feira. Uma hora e meia numa balsa. Onze minutos esperando Dominic escolher os lanches certos no minimercado da ilha. Mais meia hora no carro. Vinte minutos discutindo sobre as direções que o Google Maps nos deu, indicando-nos nadar num corpo de água que nos levaria até o Canadá.

Foi o tempo que levou para eu e Dominic chegarmos à casa que a rádio alugou para nós, na ponta norte de Orcas Island, pelo Airbnb. Um pequeno pedaço de terra, em formato de ferradura, no canto noroeste do estado.

Foi também quando começou a chover.

"Tem que gostar muito do noroeste do Pacífico", Dominic murmura, enquanto fechamos as portas do carro e corremos para a casa com nossas bagagens.

Steve puxa a coleira ao máximo, procurando pela árvore perfeita para fazer xixi. "Este é Steve Rogers", eu disse a Dominic, quando o peguei. "O Vingador mais peludo?" ele perguntou. Foi o único momento de descontração em toda nossa viagem. Pouco tempo depois, descobri que Dominic tem um gosto musical horrível. Mesmo comigo dirigindo, ele continuou insistindo para que ouvíssemos sua estação de rádio favorita da adolescência, que costumava tocar música alternativa, mas agora toca o que quer que seja "adulto contemporâneo". Eu sou adulta e adulto contemporâneo é um lixo.

Finalmente, concordamos em deixar meu Spotify tocar aleatoriamente.

Lá dentro, Dominic deixa as malas na entrada da casa, antes de se espalhar pelo sofá da sala.

"Acho que é aqui que nós criaremos laços", eu digo.

"Certo", ele diz, em um tom impaciente. "Porque Kent presume que criaremos um relacionamento do nada."

Isso dói um pouco. Como se não tivéssemos tido nenhum tipo de relacionamento nos últimos dois meses, ganhamos, pelo menos, um mínimo de proximidade.

Embora, para ser justa, aquele beijo que demos quando ele estava bêbado, pudesse ter obliterado isso.

A casa é fofa e pitoresca, móveis em mogno com detalhes em azul e uma lareira de madeira de verdade. Plantas penduradas, paisagens extensas de artistas de Orcas Island. Exatamente o tipo de lugar no qual duas pessoas poderiam gostar de passar um tempo juntas, se gostassem de passar tempo uma com a outra.

"Será que tenho que tomar nota de todas as coisas estranhas que você faz?" eu digo, indo até a poltrona em frente a ele. "Tirar fotos de você enquanto dorme e usar como chantagem?"

"Eu fico lindo enquanto durmo, muito obrigado."

Eu reviro meus olhos. "Agora eu sei que você é alguém que tira os sapatos, logo que entra em casa."

Ele olha para os pés com meias. "Hábito. Meus pais tinham aquele tipo de carpete branco imaculado e eles enlouqueciam se o sujássemos."

É um pouco mais de oito da noite e embora não esteja tão tarde que esteja na hora de dormir, depois de passar o dia no carro, eu não tenho vontade de ir embora deste lugar. A chuva está caindo com mais força ainda, esmurrando a casa, como se tivesse contas a acertar. O trovão ruge não muito longe e Steve corre pela casa, latindo como um louco.

"Steve", eu o chamo, correndo atrás dele, tentando acalmá-lo, mas ele está possuído: subindo e descendo do sofá, correndo tão rápido que começou a ofegar. Ele até ignora um punhado de suas guloseimas favoritas que mostro. Eu nunca o vi desse jeito e odeio que ele esteja tão assustado. Que eu não consiga fazer nada para ajudá-lo. "Steve, está tudo bem. Está tudo bem garoto."

Dominic vai até sua mala, abre o zíper e pega uma camiseta branca. Num primeiro momento, acho que ele vai se trocar, mas, ao invés disso, ele se ajoelha no chão e estende a mão para um Steve que late descontroladamente. Steve fareja o ar timidamente e então, como se atraído simplesmente pelo cheiro de Dominic, trota até ele.

"Bom garoto", Dominic diz, acariciando sua cabeça. Ele continua tremendo. "Posso tentar uma coisa?" ele me pergunta.

"Vá em frente."

Gentilmente, ele coloca Steve na camiseta, então a envolve em torno de seu corpo uma, duas vezes. "Está tudo bem, pequenininho", ele diz. "Você tem alguma coisa para segurar isso?"

Eu ergo minhas sobrancelhas, completamente perdida. Pego então alguns elásticos de cabelo da minha bolsa, tentando esquecer como Dominic apertou um contra meu braço. Tentando ignorar como minha pele queima quando ele os tira de mim.

Ele usa os elásticos de cabelo para prender a camiseta, não muito apertada e... funciona? Dominic solta Steve, que parece preocupado, mas não mais um maluco. Ele se senta, olha para nós e abana o rabo.

"Minha irmã tinha um cachorro pequeno que tinha medo de fogos de artifício e ele tinha essa camiseta especial que o acalmava", ele me explica, coçando atrás das orelhas de Steve. "Isso é apenas um quebra-galho. A pressão ajuda a combater a ansiedade."

Vê-lo com Steve mexe com meu coração de uma maneira que nunca senti antes. Me pega desprevenida, minhas pernas amolecem.

"Obrigada", eu digo, ainda confusa. Eu cambaleio para a cozinha. Estamos no meio do nada, então trouxemos alimentos não perecíveis para preparar o jantar. Abro um armário, procurando utensílios de cozinha. "Bem, estou ficando com fome. Você acha que deveríamos cozinhar um macarrão ou algo do tipo?"

"Sim, claro. Mas não cozinhe demais. Eu gosto do macarrão *al dente*. Como deve ser."

Eu paro, com a mão na panela. É um alívio ele ter voltado a ser obstinado. Fica muito mais fácil de não gostar dele. "Eu não cozinharei para você. Se você quer jantar, pode vir me ajudar."

Eu ouço um resmungo da sala de estar e então ele aparece na cozinha, encostando-se no batente da porta. Até aqui ele teve que vir acompanhado do seu jeito de se encurvar?

"O macarrão está na sacola azul", eu lhe digo.

Eu nunca vi cozinhar macarrão ser uma experiência particularmente terrível, mas com Dominic, tornou-se uma. A primeira leva de macarrão, nós cozinhamos demasiadamente e Dominic se recusou a comer, dizendo que o macarrão estava muito viscoso, então nós o jogamos na caixa de compostagem e reiniciamos o processo. Ele está agindo como uma criança. Ele não mencionou que é alérgico a cogumelos; ainda bem que a despensa estava abastecida com outro pote de molho. Parece que voltei à faculdade, ou ao meu primeiro apartamento em que morei com Ameena, onde acionávamos o alarme de fumaça toda vez que tentávamos cozinhar algo além de macarrão.

São 21:30 quando levamos nossas tigelas com macarrão para o sofá, junto com duas garrafas de cidra de pera. A chuva bate nas janelas, mas Steve parece bem, vestindo a camiseta de Dominic e mastigando seu hipopótamo de brinquedo. Dominic liga a TV, no canal que está passando a experiência de separação de sal e pimenta e solta um longo suspiro sofrido.

"Você está tentando me fazer terminar com você de novo?" eu pergunto girando um pouco de macarrão com meu garfo. Pelo menos, desta vez, ele deixou um pouco de espaço no sofá.

"Desculpe", ele admite. "Acho que estou um pouco no meu limite."

Eu tento uma abordagem mais suave, porque ele realmente está no limite e eu não tenho mais certeza se é por ter sido forçado a fazer esta viagem comigo. "Você está... bem?"

Ele coloca a tigela na mesa de centro e toma um gole de cidra. Ele pega a tigela, antes de colocá-la na mesa novamente, como se estivesse debatendo com ele mesmo sobre se quer contar a verdade ou vestir outra armadura. No chão, Steve espera por um macarrão sabendo que, em algum momento, eu darei.

"Minha ex está namorando alguém novo", Dominic diz finalmente. "Está em tudo quanto é rede social, os dois juntos, e tem sido difícil de ver. E eu fui um idiota o dia todo, não fui?"

"Um pouco mais que o habitual, sim", eu digo e ele bate no meu braço com a almofada do sofá. Agarro meu braço, fingindo estar machucado. "Exceto quando fez Steve ficar menos neurótico. Sinto muito. É uma merda e eu gostaria de lhe dizer com toda a minha sabedoria que, com o passar do tempo, fica mais fácil, mas não. Na verdade, continua uma merda para sempre. Apenas, de uma maneira diferente."

"Esse é o problema." Neste momento, ele faz uma pausa, girando o garfo no espaguete, provocando Steve. "Ela foi minha primeira namorada. Minha... única namorada."

"Sua única namorada de verdade?" eu pergunto, presumindo que ele não está contando relacionamentos no Ensino Médio ou aventuras casuais.

Ele balança a cabeça. "Não, minha única namorada, ponto final. Eu não namorei no Ensino Médio. Nós nos conhecemos na orientação de calouros. Namoramos durante toda a faculdade e então, terminamos um pouco antes de eu me mudar para cá."

Oh.

Essa é uma revelação interessante.

E ele nem está fazendo questão de esclarecer que eles se conheceram durante a *graduação*, não na pós-graduação, então eu sei que ele está falando sério.

A casa range e Steve choraminga.

"Steve, não", eu digo e ele se deita, abanando o rabo. "Dominic, sinto muito. Eu não fazia ideia."

"Eu deveria ter te contado quando estávamos criando nosso relacionamento, mas ainda parece recente." Ele solta um suspiro e tenho um pressentimento que tem mais nessa história. Ele coloca as mãos nos joelhos e inspeciona os nós dos dedos, como se tentasse se distrair da realidade de me deixar entrar em sua vida privada, sua história pessoal. "Não estou mais apaixonado por ela. Já se passaram cerca de oito meses. É mais porque ficamos juntos por tanto tempo e passamos por tanta coisa que tem sido uma adaptação difícil."

"E foi a distância? O motivo da separação?" eu pergunto, pensando no motivo que ele me deu na noite em que montamos nosso rompimento.

"Não exatamente." Ele se abaixa para coçar atrás da orelha de Steve. Para minha consternação, Steve parece ter gostado dele imediatamente. "Nós éramos inseparáveis e quando você está há quase cinco anos com alguém, todo mundo acha que vocês se casarão. Nós éramos O Casal, aquele de quem todos tiravam sarro, porque estávamos sempre juntos e bem envolvidos um com o outro, e nós fingíamos odiar isso, mas na verdade, adorávamos. Nós amávamos ser aquele casal."

Meu coração dói. Eu me lembro de sempre querer fazer parte de um casal como esse. As fotos que vi no Facebook – eles realmente pareciam esse tipo de casal.

"Então", ele continua, enquanto Steve pula no sofá, para lamber queijo parmesão dos dedos dele, "quando eu me inscrevi para a pós-graduação, durante o último ano, meu objetivo era poder ficar em

Northwestern. Mia era de Chicago. Ela estava na pré-medicina[35] e tirou um ano de descanso, antes de se inscrever para a faculdade de medicina. Então, meio que deu certo quando eu entrei em Northwestern, pois nós dois permaneceríamos por aqui. Exceto pelo fato de que..." Ele respira profundamente. "Uns meses depois que eu comecei a pós-graduação, Mia foi esquiar com alguns amigos do Ensino Médio e... e ela sofreu um acidente."

"Oh, meu Deus."

Ele me acalmou rapidamente. "Ela está bem agora", ele diz, e me sinto melhor. "Foi *feio*, mas ela teve sorte pra cacete. Durante aquele ano inteiro, quando não estava em aula ou estudando, eu estava com ela. Ajudando a comer, levando para a fisioterapia, me certificando de que ela estava tomando corretamente os remédios. Eu praticamente me mudei para a casa da família dela. Mas então, um mês depois de me formar, quando estava fazendo entrevistas para empregos em todo o país, ela me disse que estava sentindo vontade de seguir em frente já há algum tempo. Que achava que não me amava mais."

"Não é que achava que ela deveria ficar comigo depois do que fiz por ela. Eu estava completamente cego. Eu realmente achei que iria me casar com ela. E durante todo aquele tempo, ela estava tentando descobrir como terminar comigo."

"Você estava planejando pedi-la em casamento?"

"Não, não, mas eu pensei sobre isso", ele diz, mais para Steve do que para mim. "Acho que não a conhecia tão bem como achava."

---

[35] Pré-medicina: é uma formação que estudantes de graduação, nos Estados Unidos, seguem antes de se tornarem estudantes de medicina.

"Sinto muito, de verdade. Não deve ter sido fácil fazer entrevistas de emprego enquanto isso acontecia. E depois voltar para cá." Eu queria esticar a mão e tocá-lo, do jeito que ele tocou tão facilmente em mim após nossa reunião com Kent, mas não tenho certeza de como fazer isso parecer natural, então mantenho minhas mãos no colo.

"Como você pode imaginar, ela me chamava de Dom e quando alguém me chama assim, parece ela. É difícil deixar alguém me chamar assim agora", ele diz e eu entendo. "Então você consegue entender porque não fui tão aberto com você antes. Especialmente alguém que, sem ofensa, parecia realmente não gostar de mim."

Eu ponho a mão no coração. "Não é que não goste de você. Eu te acho irritante. É diferente."

Ele dá um sorriso, que logo desaparece. Eu quero me inclinar e mantê-lo fixado em seu rosto. Sua desilusão amorosa está gravada nele desde que começou na Rádio Pública Pacific – consigo ver isso agora.

"Algumas vezes as coisas não são fáceis e ver Mia naquelas fotos me deixou pior. Eu e meus amigos do Ensino Médio perdemos contato. Eu tentei jantar com um cara, uma vez, mas ele teve que atender uma ligação de trabalho no meio do caminho e nunca mais remarcamos. E depois uma amiga e eu tentamos nos encontrar, mas o namorado dela ficou com ciúmes e achou que eu estava dando em cima dela. É ainda mais estranho, porque não é uma cidade nova para mim. Você acha que vai ser mais fácil. Mas não tenho amigos aqui, não de verdade e meus irmãos estão todos ocupados com suas próprias famílias. Eu tentei fazer amigos no trabalho, mas quase todo mundo tem um parceiro ou filhos e eu me sinto... solitário, às vezes."

Isso me leva de volta para a noite de segunda-feira. Não para o beijo, mas para as confissões que ele fez enquanto estava bêbado. Eu me viro de frente para ele e então roço seu joelho jeans com as pontas dos dedos. Tocá-lo de repente se torna fácil, ou eu me tornei corajosa.

"Ei. Você não está sozinho. Você tem sua ex falsa namorada barra atual coapresentadora barra péssima parceira de cozinha." Eu mastigo o interior da minha bochecha, me perguntando o quão pessoal eu quero ser. Ele colocou tudo para fora – eu também poderia. "Eu nunca saí de Seattle, então é ainda mais patético que eu me sinta assim, também. Eu só tive minha mãe e minha amiga Ameena nos últimos dez anos e alguns namorados, mas nada sério. Então, talvez nós possamos ficar sozinhos, juntos."

Desta vez, seu sorriso permanece por um pouco mais de tempo em seu rosto. "Obrigado. Na verdade, me sinto bem em contar isso para alguém, depois de todo esse tempo. Acho que vou ter que me acostumar com isso, se quiser voltar a namorar com alguém."

"Ah, por favor, você tem vinte e quatro anos. Você ainda não é a senhora dos gatos." Eu torço meu nariz. "É um absurdo que não tem equivalente à senhora dos gatos para os homens. Maldita misoginia."

"Homem gato?"

"Parece nome de um super-herói muito gentil."

Ele simula uma voz dramática de apresentador. "Ele voa! Ele pega os bandidos! Ele salva gatos de árvores bem altas!" Uma pausa. "Então. Qual é o problema? Por que você está apresentando um programa sobre nosso relacionamento falso ao invés de sair por aí e procurar por um verdadeiro?"

"Não é exatamente uma coisa fácil de admitir, mas... eu costumo me apegar. Extremamente rápido." Estendo a mão na esperança de que Steve me deixe coçar atrás de suas orelhas, enquanto conto essa história, mas, aparentemente, Dominic coça melhor. "Eu sempre fui a primeira a dizer 'eu te amo' para todos meus ex-namorados e sempre cedo demais. Eles se apavoraram e fugiram."

"E quando você diz sempre, realmente você diz todas as vezes?"

Isso me faz hesitar. "Sim? Eu nunca parei para pensar de verdade sobre isso."

Eu não lhe conto meu maior medo: que nunca estive completamente apaixonada por nenhum deles. Que eu queria tanto algo além da pequena família que minha mãe e eu formamos, que estava ansiosa para pular de cabeça em qualquer relacionamento – mesmo que não fosse o momento certo ou a pessoa certa. Eu ansiava tanto por essas três pequenas palavras que, talvez, eu as forçasse para fora de meus lábios, esperando ouvi-las de volta.

"É por isso que não vou a um encontro há um bom tempo. Pode ser cansativo dar tanto de si enquanto a outra pessoa mal te dá o mínimo."

"Nada disso parece ser uma coisa ruim", ele diz. "Difícil, sim, mas não uma falha de personalidade fatal."

"Talvez não com a pessoa certa."

"Então, acho que você ainda não a encontrou."

Nós nos sentamos em silêncio por alguns minutos, um silêncio não tão desconfortável. Então, é claro que decido tornar as coisas estranhas.

"Tem outra coisa que quero lhe perguntar, mas não quero que pareça muito ousado."

"Eu duvido que seja mais ousado do que tudo que já compartilhamos um com o outro, então, por favor, vá em frente." Ele gesticula com a garrafa de cidra na mão.

"Você só namorou a Mia." Eu mordo meu lábio inferior com força, me perguntando se vou me arrepender disso. "Ela foi... a única pessoa com a qual você dormiu?"

Ele assente, com um rubor surgindo em suas bochechas. De repente, ele parece muito com um cara de vinte e quatro anos.

"E você?" ele pergunta, tomando um gole de cidra. "Qual é o seu... número? É assim que eles dizem, né? Seu número?"

"Eu não sei quem são 'eles', mas acho que sim." Eu percorro uma lista mental. "Sete."

"Ah", ele diz, com suas sobrancelhas planas, com sua expressão impossível de interpretar.

"Com toda bravata", eu digo. "Aquilo que você disse na rádio sobre sua 'energia sexual bruta'." Não, é claro que as palavras exatas não estavam gravadas em meu cérebro.

Ele balança as mãos. "É muito fácil mentir sobre isso, quando o mundo espera que os homens tenham um determinado comportamento sobre sexo."

"O mundo é nojento. Eu não teria te julgado. Eu juro. Seu gosto musical sim, mas seu número... definitivamente não."

"Eu agradeço."

Eu balanço minha cabeça, ainda processando tudo o que foi falado. "Honestamente, eu achei por um tempo que você estava fingindo."

"Dormir com alguém é muito importante para mim", ele diz, recostando-se no sofá, como se estivesse mais confortável com o assunto do que há quinze minutos. "Eu não acho que poderia fazer sexo casual com alguém. Talvez seja porque eu dormi apenas com uma pessoa, mas não sei se conseguiria fazer sexo com alguém sem me sentir íntimo e pessoal."

A temperatura da sala sobe um pouco. Os olhos dele não deixam os meus e suas palavras pairam de maneira pesada sobre nós. Íntimo. *Baque.* Pessoal. *Baque.* Na minha cabeça, *íntimo e pessoal,* referem-se a beijos lânguidos e o tipo de prazer que chega ao limite antes de se romper. Lento, torturante e satisfatório. Posso sentir o cheiro da doçura de cidra em seu hálito. Eu mal sei como seus lábios são e isso só aumenta meu desejo de beijá-lo novamente. Como eles seriam na minha clavícula, na minha garganta, logo atrás da minha orelha?

Não.

Eu coloco minha tigela na mesa de centro e cruzo minhas pernas com força. Quando falo, minha garganta está seca. "Isso... deve ser bacana."

"Nunca foi assim para você?"

Nunca foi. Não com Trent, meu mais recente ex-namorado, ou com Armand, o cara que namorei antes dele e certamente não foi com David, meu primeiro namorado. Sexo sempre foi... não transacional, necessariamente, mas longe dessa intensa experiência emocional da qual ele está falando.

Está muito quente aqui. Terei que ver como desligar o aquecedor.

"Acho que fomos sinceros um com o outro o suficiente por uma noite", eu digo.

O canto de sua boca sobe formando um sorriso. A covinha aparece. "Não deveríamos estar nos conhecendo?"

Não assim. Não de um jeito que me faz imaginar Dominic fazendo sexo íntimo e pessoal com alguém. Provavelmente à luz de velas, em uma cabana remota, em uma noite de neve.

"Sim", eu digo, levantando do sofá e indo à cozinha. "Eu realmente quero saber se você sabe lavar louça."

20.

Dominic me encara no espelho enquanto escovamos os dentes. O banheiro de cima é muito pequeno e quando nos abaixamos para cuspir na pia, batemos nossos cotovelos.

"Vou relatar a Kent como é o seu cuspe de pasta", eu digo.

"Fantástico." Ele coloca sua escova de dente de volta na mala. "Eu acho que nunca te vi sem óculos", ele fala para meu reflexo e imediatamente me sinto constrangida.

Com uma mão segurando meu cabelo, eu cuspo uma última vez, antes de enxaguar minha escova de dente. "Estou tão acostumada com os óculos, que sempre me preocupo que meu rosto pareça assimétrico sem eles."

"Eu gosto dos óculos." Ele joga um pouco de água no rosto, depois passa uma toalha para secá-lo. O Dominic modelo hora de dormir, em suas calças de moletom e uma camiseta surrada da Northwestern, ainda pode ser minha versão favorita dele. A versão mais suave e perigosa, com toda sua armadura arrancada. "Mas você fica bem dos dois jeitos."

Bem. Veja, é isso que acontece: eu passo horas no sofá ao lado dele, assistindo episódios antigos de *Buffy*, imaginando se nossas pernas estão se tocando de propósito ou se ele pensa que apenas faço parte do sofá e então ele diz algo do tipo. Alguma coisa me convence que sou a única que sente a gravidade mudar entre nós. Nossa conversa anterior passeia pela minha cabeça. Algo *mudou*, tenho certeza disso.

Ou, talvez, apenas estejamos nos conhecendo melhor.

O quarto apresenta um dilema interessante.

"Posso dormir no sofá", Dominic diz, olhando para a cama. Seu hálito está maravilhosamente mentolado e fresco.

"Nós somos adultos. Podemos dormir na mesma cama sem isso parecer estranho." Espero que ele não ouça o tremor em minha voz.

"Não tenho certeza se consigo dormir ao lado de alguém vestindo uma camiseta tão ridícula."

Eu olho para ela. Eu fiz minha mala às pressas e claro que calhou de eu escolher a camiseta que traz escrito SOU FITNESS – TACO FITNESS NA MINHA BOCA, com uma ilustração de um taco sorridente.

"Custou 5 dólares na Target."

"Eles te pagaram 5 dólares para você tirar essa camiseta de lá?"

"Eu acho ela bonitinha!" Eu cruzo meus braços sobre o peito, escondendo o taco do olhar julgador de Dominic. Eu não costumo usar sutiã para dormir, mas não queria andar por aí sem sutiã, então pensei que eu poderia arrancá-lo assim que estivesse embaixo das cobertas.

"*Você* é bonitinha", ele diz. "A camiseta não."

Esse é um elogio definitivo e não sei ao certo o que fazer com ele. É a mesma coisa que ele me disse na noite sobre a qual não conversamos. Espero que esteja escuro o bastante aqui para esconder meu rubor.

Nós nos rastejamos em direção à cama, como se fôssemos animais selvagens com medo de fazermos movimentos bruscos. Dormir ao lado dele parece, ao mesmo tempo, aterrorizante e emocionante, seu longo corpo a centímetros do meu, cabelos escuros espalhados pelo travesseiro.

Vagarosamente, eu levanto um lado dos cobertores.

"Você trouxe algo da sua gaveta da diversão?" ele pergunta. "Porque isso poderia ser estranho."

Eu fico boquiaberta. Um momento de silêncio antes de eu cair na gargalhada, uma risada de corpo inteiro, que me faz curvar e apertar meu estômago. Então, ele também cai na gargalhada e nós dois estamos perdendo a cabeça completamente. Eu tenho que segurar na cabeceira da cama para não cair.

E alivia, só um pouco, esta tensão entre nós. Isso me faz sentir que talvez possamos ficar bem. Talvez estejamos bem.

Quando dou uma olhada para seu rosto, sua expressão é uma mistura de diversão e outra coisa que não consigo nomear. Eu nunca o vi assim, sem aquele escudo de confiança que ele coloca para todos os outros.

Eu gosto que ele esteja se permitindo ser essa pessoa transparente comigo.

Nós fomos para a cama sem nenhuma outra grande catástrofe e eu consigo me esquivar do meu sutiã sem problemas. Eu estou achando que finalmente posso relaxar, quando ele se vira para mim, apoiando a cabeça em um braço. Talvez seja o álcool remanescente ou a luz fraca do lampião, mas ele parece ainda mais bonito do que normalmente, como se tivesse sido pintado com suaves pinceladas.

"Ei", ele diz. "Eu queria te agradecer. De novo. Por ter sido tão bacana comigo mais cedo. Faz tempo que não consigo falar assim e significou muito para mim, que você me ouvisse."

"Como você disse, você terá que ser capaz de se abrir, se não quiser acabar como um homem gato."

Espero por uma risada. Talvez eu esteja imaginando isto, mas ele parece endurecer com minhas palavras.

"Ou, você é uma pessoa fácil de se conversar." Embaixo dos lençóis seu pé roça o meu, um toquezinho amigável que me faz ter pensamentos hostis.

Seria tão fácil deslizar para mais perto dele, alinhar nossos corpos, pressionar meu rosto em seu pescoço. É bom estarmos debaixo das cobertas porque, caso contrário, meus mamilos ficariam felizes em deixá-lo saber o quão excitada estou.

Deixo escapar um suspiro lento, convencida de que ele consegue ouvir o meu coração batendo acelerado.

"Já que estamos sendo honestos, há algo que gostaria de falar com você." Ele ergue a sobrancelha, como se estivesse me encorajando a continuar. "Quando começamos com tudo isso, você era tão avesso ao aspecto mentiroso dessa história. Você estava na onda de derrubar fanáticos e usar o jornalismo para realmente ajudar as pessoas. E, no entanto... nada disso que estamos fazendo parece incomodá-lo."

Ele fica quieto por um momento. "Compartimentação é uma droga poderosa", ele finalmente diz. "Na verdade, minha mãe aprendeu inglês com a RPN. Esse foi o motivo pelo qual eu estava tão empolgado em conseguir um emprego na rádio. Então, estou desesperado para continuar lá, mesmo que isso signifique..."

"Comprometer seus valores morais?"

Um sorriso irônico. "Bem... sim."

Huh. "Dominic Yun você não para de me surpreender. Eu só estou..." eu paro, respiro fundo. "Estou feliz por não estar passando por isso sozinha."

"Eu também." Com a ponta do dedo, ele rabisca nos lençóis entre nós. "Nós temos falado muito sobre mim. Eu quero saber mais sobre Shay Goldstein." Ele arrasta seu dedo para o meu braço dobrado, batendo em meu cotovelo. "Pode me contar sobre seu pai?"

É uma pergunta, e a maneira como ele a faz deixa claro que eu facilmente poderia responder não. Mas me vejo cedendo, apenas um pouco distraída pelo ritmo de seu dedo batendo em minha pele.

"Ele tinha absolutamente a melhor voz de rádio", eu digo. "Como a de Kent multiplicada por cem."

"Ele trabalhou em rádio?" Dominic puxa de volta a mão para o lado da cama.

Eu balanço a cabeça. "Ele era dono de uma oficina de conserto de eletrônicos. Goldstein Gadgets. Ele começou o negócio antes de eu nascer. Eu passava a maior parte das minhas tardes lá quando criança e adorava vê-lo trabalhar. Ele era tão apaixonado pelo trabalho, não apenas pela tecnologia, mas pela arte da rádio. Nós ouvíamos a tudo juntos, fingíamos apresentar nossos próprios programas. Então, acho que temos isso em comum – herdar a rádio de nossos pais."

Por um momento, eu me preocupo por ter ficado muito nostálgica, mas Dominic está ouvindo atentamente.

"Minha mãe toca na Sinfonia", eu continuo, "então, nunca tive uma casa tranquila embora, às vezes, eles brigassem pelo que ouvir. Ainda hoje, não suporto o silêncio."

"Você quer ligar alguma coisa?" Dominic pergunta.

"Não. Assim está... está bom."

"Tudo bem perguntar o que aconteceu? Como ele..." Ele para, como se não soubesse, ao certo, como verbalizar isso.

"Como ele morreu?" eu digo. Faz um bom tempo que não conto essa história. Eu olho para o teto sem saber se quero que ele veja meu rosto enquanto lhe conto. "Ele teve uma parada cardíaca súbita enquanto estava trabalhando. Ninguém poderia ter feito nada ou prever que isso iria acontecer. Uma coisa horrível que aconteceu ao acaso. Eu lembro que recebi uma ligação da minha mãe, mas depois disso, deu um branco de uma semana em minha memória. Eu não consigo nem me lembrar do funeral."

"Minha vida... desmoronou depois disso. As pessoas me diziam que tive sorte de ter passado dezoito anos ao lado dele, sorte de não o ter perdido quando eu era mais jovem. Nada disso tornou minha perda mais fácil. Então, passei os dias na cama pelo que pareceram meses, fiz algumas escolhas ruins, depois algumas um pouco menos ruins. E foi só quando comecei a estagiar na RPP que pareceu que as coisas finalmente começariam a melhorar."

Eu fecho meus olhos, tentando lutar contra a pior das memórias. Os dias em que chorei até perder minha voz, a noite em que perdi minha virgindade com alguém que não sabia que era a minha primeira vez. Eu esperava que isso fosse me ajudar a sentir alguma coisa novamente, quando só fez eu me sentir pior.

Tento me concentrar em algo mais feliz: os programas de rádio que eu e meu pai apresentávamos na cozinha, como ele ficava empolgado em me mostrar um novo gravador ou microfone. Era como eu costumava me sentir sempre, todos os dias quando entrava no trabalho.

Quando eu perdi isso?

"Eu nem sei o que dizer", ele diz depois de um tempo. "Sinto muito, mas um sentir muito, não parece suficiente. Acho que vou agradecer. Obrigado por me contar isso."

"Goldstein Gadgets agora é uma loja de vaporizadores. Não é deprimente?"

"Incrivelmente." E então, ele se desculpa novamente: "Sinto muito, Shay."

Meu nome soa leve como uma pena.

"Passei a maior parte de meus vinte anos perseguindo essa ideia de felicidade doméstica com a qual cresci. E eu nem tenho mais certeza do que isso significa... só que quero tanto essa constância e conforto algumas vezes que isso me assusta."

Seus dedos voltam ao meu braço, um toque suave. Para frente e para trás, para frente e para trás e então eles se foram. "Ser adulto é uma merda", ele diz e a franqueza disso me faz rir, apesar de tudo.

"É mesmo", eu concordo. A sensação do toque de seus dedos permanece em minha pele. "E o que vamos fazer amanhã? Menos conversas profundas? Poderíamos explorar mais a ilha. Se a chuva parar, poderíamos fazer uma caminhada."

"Eu topo uma caminhada", ele diz. "Deve haver ótimas antiguidades na ilha também."

"Antiguidades?"

"Ah, talvez eu nunca tenha te contado. Meus pais são donos de um antiquário. Eu tenho um amor incalculável por utensílios de cozinha antigos. Panelas de ferro fundido, especificamente."

"Então está resolvido", eu digo, bocejando. Justo quando acho que estou o conhecendo melhor, Dominic revela outra camada. "Vamos em busca de antiguidades e depois uma caminhada." Eu dou uma olhada na hora. "Como já é uma e meia da manhã?"

"Você está cansada? Vou te deixar dormir. Eu sempre fui uma espécie de coruja da noite."

É o seguinte... *estou* cansada, mas não quero dormir. Eu quero ficar acordada conversando deste jeito. Eu adoraria conhecer sua boca de verdade, que ele rolasse seus quadris sobre mim e me pressionasse contra o colchão, mas eu também quero ouvir mais segredos, contar mais segredos.

Mas não sei como fazer nada disso, então apago a luz e nos mergulho na escuridão.

"Boa noite, Shay", ele diz, e fico um pouco triste pensando que só vou ouvir as revelações dele mais uma vez.

A primeira coisa que sinto ao acordar é *aconchego*. A luz do sol se derrama no quarto e há um cara muito alto, muito barbudo ao meu lado. Ele está com apenas um braço embaixo do travesseiro, o outro esticado na cama, entre nós. E *Deus*, ele está bonito. Eu sempre fui fraca para a sonolência matinal de um cara. Eles são tão harmoniosos, tão inocentes, de uma forma que raramente são na vida real.

Steve está no pé da cama, choramingando baixinho para passear, como se também não quisesse acordar Dominic. A cama range quando me levanto e Dominic se mexe.

"Desculpe, eu te acordei?" eu digo.

"Não, não", ele diz, mas seus olhos continuam fechados.

Eu não consigo deixar de sorrir. "Você pode voltar a dormir, se quiser. Vou levar Steve para passear e depois vou tomar um banho."

"Estou me levantando", ele diz, enquanto olha ao redor, com o rosto amassado no travesseiro.

Depois de passear com Steve, Dominic toma banho no andar de baixo e eu, no de cima. Vesti algo muito menos elegante que minhas roupas de trabalho: legging preta, camiseta estampada e blusa de moletom com capuz cinza. Ele acompanha meu estilo casual atlético com um jeans e uma blusa de moletom – sério, quantos modelos universitários uma pessoa pode ter? – e um boné dos Mariners.

Nossos aplicativos meteorológicos preveem garoa pela manhã e sol à tarde, então decidimos ir em busca das antiguidades primeiro e caminhar depois. Passamos a manhã num mercado de produtores orgânicos, pegando doces e frutas frescas. Talvez Kent esteja certo sobre nós dois criarmos laços, porque isso realmente parece algo que faria com um namorado. Nós levamos Steve junto, que saúda todos os estranhos, como se quisesse ser levado para casa.

"Steve, onde está sua lealdade?" digo, fingindo-me ofendida.

Uma vez que estamos adequadamente carregados de carboidrato, entramos no meu carro para procurar as lojas de antiguidades de Dominic.

"Aqui", eu digo, passando o celular para ele, enquanto seguro Steve em sua caixa de transporte. "Veja para onde você quer ir."

Quando me sento no banco do motorista, ele está sorrindo para meu telefone. "Vejo que você está ouvindo um certo *podcast* do sistema judiciário."

Tento pegar meu telefone, mas ele o mantém fora de alcance. "Foi só... pesquisa. Você sabe. Tive que conhecer mais coisas sobre você."

"Uh-huh." Ele olha para baixo e sorri. "Então por que aqui aparece que você já ouviu... todos os doze episódios mais recentes?"

"Steve e eu fazemos muitas longas caminhadas", eu insisto e ele sorri o resto do caminho.

Estou mais interessada em observar Dominic em uma loja de antiguidades do que as próprias antiguidades. É como se ele soubesse exatamente aonde ir, apesar de nunca ter estado lá. Eu o sigo até uma seção cheia de utensílios de cozinha.

Ele desenterra uma frigideira de ferro fundido e a inspeciona. "Uma Griswold número 7. Legal." Ao ver minha expressão perplexa, ele fica envergonhado. "É um vício. Provavelmente, tenho cerca de vinte dessas no meu apartamento."

"E você cozinha com todas elas?"

"Eu as restauro primeiro", ele diz. "Você tem que remover toda a ferrugem com palha de aço antes de temperá-la."

"Temperá-la? Tipo... adicionar orégano ou alecrim ou o quê?"

"Não esse tipo de tempero. Você primeiro a esfrega com óleo, depois a coloca no forno quente por uma hora ou mais e depois disso, está pronta para cozinhar."

"Uau", eu digo, genuinamente impressionada. "Ameena e eu, às vezes, vamos aos 'família vende tudo', mas principalmente para comprar roupas."

"Sério?" Um canto de sua boca se curva, enquanto ele vasculha as panelas. Eu me ajoelho ao lado dele, tentando ajudá-lo, embora não tenha ideia do que estou procurando. "Gosto do jeito de você se vestir."

Meu rosto esquenta mais do que aquela frigideira, provavelmente, possa esquentar. "Eu achei que você não fosse fã de camiseta de taco."

"Ah, você deveria queimar aquela camiseta de taco, não me entenda mal. Eu quis dizer como você se veste para trabalhar." Ele cava outra pilha, obscurecendo seu rosto.

"Oh. Hum... obrigada", eu digo e então, na tentativa de mudar de assunto: "O que estamos procurando?" E assim começou minha aula sobre ferro fundido.

Dominic está bem satisfeito com suas aquisições: aquela Griswold número 7 e uma Wagner número 5. Depois de um almoço rápido, partimos para nossa caminhada. Felizmente é fácil o suficiente para que possamos conversar sem perder o fôlego. O que é bom, porque essa é uma sensação que costumo experimentar perto de Dominic, independentemente da atividade física. Steve trota ao meu lado, como se estivesse feliz em estar aqui.

"Eu não caminho há tempos", Dominic diz. Seus passos são muito mais largos que os meus e sei que ele vai mais devagar, propositalmente, para que eu possa acompanhá-lo. É tanto doce quanto irritante. "Adoro ter um tempo apenas para pensar."

"Minha mãe e eu costumávamos fazer muitas caminhadas, nos anos seguintes à morte de meu pai." Nosso terapeuta sugeriu isso como uma atividade de conexão. Nunca conversávamos muito durante essas caminhadas, mas acho que ajudava.

"Seu pai também gostava de fazer caminhadas?"

Eu bufo. "Deus, não. Ele odiava o ar livre. Foi mais do que terapêutico para minha mãe e para mim. Meu pai até fazia piada dele mesmo – que era doido ele ter acabado no noroeste do Pacífico, porque ele e a natureza não se davam bem. Quero dizer, claro, ele até poderia apreciar um pôr do sol, ou uma árvore particularmente bonita, mas ele tinha a pele super clara e tinha que usar protetor solar FPS 90 e dizia que os mosquitos amavam o sangue dele pois sempre acabava coberto por picadas."

"Ele era ruivo?"

"Não, ele era loiro. Mas minha mãe é. Por quê?"

"Seu cabelo" – ele gesticula – "não é totalmente castanho. Na luz certa, tem esse tom avermelhado. Ou são luzes?"

"Ah." Eu aliso meu rabo de cavalo. "Não. Eu nunca pintei meu cabelo. Mas, geralmente falo que é castanho. Não tão chamativo. Enfim, o tom avermelhado é bem sutil", eu digo, tentando mudar de assunto. "Também não faço caminhadas há algum tempo. Tenho estado ocupada. Você sabe, namorando você."

Quando ele sorri, é um desses sorrisos genuínos. "Eu costumava monopolizar seu tempo. Todos os jantares fora, todas as porcarias que fiz você assistir na Netflix comigo, toda a insistência para passarmos nossos finais de semana em lojas de antiguidades. E então... depois, havia aquelas manhãs de finais de semana em que ficávamos na cama por horas." Quando diz isso, seu sorriso se entorta.

"Horas?" eu digo, meu coração acelera enquanto meus sapatos batem contra o caminho de terra.

"Às vezes, o final de semana inteiro. Nós pedíamos comida para não termos que sair da cama."

Eu não tenho certeza de onde exatamente ele está querendo chegar. Com certeza ele está apenas brincando comigo. De novo.

"Às vezes você até ligava dizendo que estava doente", eu digo. "Porque você precisava tanto de mim que não conseguia focar no trabalho."

"Exceto por aquela vez na Cabine C."

Ponho a mão no queixo, tentando parecer fria e indiferente. É ridículo o quanto eu quero que tudo isso seja verdade. "Não me lembro."

"Você lembra, sim." Ele bate no meu braço com o cotovelo e, por um momento, estou convencida, que realmente tenho essa memória falsa guardada em algum lugar. "Você me enviou um e-mail me pedindo para te encontrar na Cabine C. Achei que você queria uma opinião sobre algo que você estava gravando, mas você trancou a porta e... bem, vamos dizer que eu nunca tinha feito nada parecido em uma cabine de som antes."

Suas palavras me impedem de continuar caminhando. Vou precisar de um banho bem demorado quando chegarmos em casa. Tudo isso deve ser uma grande piada para ele... certo? Ou ele está me sacaneando porque também queria que tudo isso tivesse realmente acontecido?

"É mesmo", eu digo. "Aquilo foi, hum. Bem selvagem."

Ficamos em silêncio pelos dez minutos seguintes, ou mais. Tento focar no ritmo da minha respiração, no tilintar da coleira de Steve. Não é minha imaginação que Dominic esteja flertando comigo – pelo menos, eu não acho. Mas não sei distinguir o que é real e o que não é, o que criamos no estúdio e o que cresceu desde então. Deus. Dominic Yun, que eu desprezei quando ele começou a trabalhar na Rádio Pública Pacific. O cara de quem estou começando a gostar mais do que jamais planejei.

Quando nós chegamos ao topo, as nuvens de algodão e aquela infinidade de árvores parecem mais familiar para mim do que Seattle, algumas vezes, já pareceu. Steve escolhe uma pedra para fazer seu xixi de triunfo.

Dominic me puxa para um abraço de vitória e é criminoso que ainda cheire bem, depois de uma hora subindo uma montanha.

"Tira uma foto comigo?" ele diz, pegando seu celular.

Eu faço uma cara. "Eu estou nojenta." Toda suada e suja, com meu rabo de cavalo se desfazendo.

"Tenho certeza de que também estou nojento."

Estico a mão para tirar uma sujeira imaginária de sua bochecha. "Absolutamente imundo."

Ele olha para mim e me pergunto se esse é o tipo de luz que faz meu cabelo parecer mais ruivo do que castanho. "Você acabou de escalar a porra de uma montanha. Você é linda, Shay. Quer seja no trabalho, ou de pijamas ou no topo de uma montanha."

"Eu..." começo, pois estou sem palavras. Ele disse isso sem nenhum esforço, como se não quisesse me afetar dessa maneira. "Está bem. Tire a foto."

Eu pego Steve no colo e Dominic se aproxima e estende seu braço para tirar a selfie. Sinto outra lufada de sabão e suor e de repente é tão inebriante que tenho que pressionar meu corpo contra o dele para que ele possa me segurar.

Ele vira o celular para mim, para me mostrar como a foto ficou, mas tudo que vejo é seu rosto sorridente, a mão no meu ombro, a covinha na bochecha esquerda. Como ele parece verdadeiramente *feliz*.

Acho que nunca vi essa expressão estampada no rosto dele.

21.

No típico estilo do noroeste do Pacífico, começa a chover no caminho de volta e, quando chegamos em casa, a chuva aperta.

"O que você acha?" Dominic pergunta, enquanto tiramos nossos sapatos enlameados. "Massa de novo?"

"Só se você não reclamar do macarrão", eu digo. "Além disso, agora que sei que você é um especialista em ferro fundido, sinto que poderíamos fazer melhor."

"Pela décima vez, eles não deveriam ficar tão moles, eles deveriam ficar *al dente*", ele diz, embora haja uma cadência provocante em sua voz. Ele abre o zíper da sua jaqueta e a pendura no corredor. A camiseta grudada no peito, mostrando músculos que eu não sabia que ele tinha e não estou descontente em ver. "E essas frigideiras ainda não estão prontas. Você terá que esperar voltarmos a Seattle para eu lhe mostrar minhas habilidades culinárias."

Quero pressioná-lo para obter mais informações sobre quando, exatamente, poderei apreciar suas habilidades culinárias, mas não estou pronta para o mundo real. Encho a tigela de comida de Steve e tento não pensar na competição de camisetas molhadas que Dominic está ganhando atualmente. "Eu deveria tomar um banho primeiro. Limpar toda essa sujeira de natureza."

"Claro", ele diz. "Eu fico com o de baixo, você fica com o de cima?"

Será bom dar um tempo dele. Um tempo para minha mente desembaçar. Exceto por um momento, quando estava embaixo da água quente, tentando relaxar, não consegui deixar de imaginar Dominic fazendo o mesmo no banheiro de baixo, passando suas mãos nos seus cabelos, descendo para o peito e ao longo de outras partes do corpo. As brincadeiras que ele fez hoje, as coisas que dissemos ontem à noite... nós estamos mais próximos do que nunca, como polo positivo atraindo o polo negativo.

Eu enrolo meu cabelo numa toalha e passo muito tempo decidindo o que vestir. Por fim, escolho uma legging e uma camiseta de gola canoa dispensando a maquiagem, uma vez que ele já me viu sem ela.

Quando chego à cozinha, ele está cortando os legumes que compramos no mercado de produtores locais, enquanto o óleo chia em uma panela no fogão. Seus músculos das costas flexionam contra a camiseta cinza que ele está vestindo, seu cabelo úmido e encaracolado nas pontas. Ele deve ter trazido seu sabonete e xampu de costume, porque sinto aquele cheiro que passei a associar a ele.

"Pasta primavera", ele diz, jogando brócolis e pimentão na panela. "Um pouco mais avançado."

"Tudo que envolve mais de uma panela e nenhuma receita me impressiona." A visão e o cheiro dele me amoleceram tal qual espaguete que passou do ponto.

Quando vejo duas taças de vinho esperando na mesa, meu coração bate três vezes mais rápido. Este é Dominic Yun, meu coapresentador arrogante, muito alto para seu próprio bem, que nos preparou tudo isso. Dominic que confortou meu cachorro amedrontado. Dominic que me contou seus segredos ontem à noite e me encorajou a fazer o mesmo.

Que me beijou e perguntou se poderíamos esquecer isso.

É nossa última noite na ilha e é insuportável para mim ir deitar mais tarde ao lado dele sem tocá-lo. Chega de fingir que isso não é algo que queria desde que começamos o *Conversando com o Ex*. Preciso saber que não é unilateral.

"Fomos honestos um com o outro, certo?" eu digo para suas costas. "Durante todo o final de semana?"

"Certo." Ele acrescenta abóbora, abobrinha, alho.

"Sei que deveríamos esquecer o que aconteceu depois do bar." Meu pulso está rugindo em meus ouvidos, mais alto que a chuva lá fora. "Mas... eu não esqueci."

Finalmente, ele se afasta do balcão, encarando-me. Eu não sabia que calças de moletom poderiam ser sexy, mas essa é a única maneira de descrever como elas caem bem em seus quadris. "Eu também não", ele diz, depois de um tempo. "Eu nem tentei ainda."

Não tenho certeza de estar mais aliviada ou excitada. "Mesmo que você quisesse fingir que não aconteceu?" Minha voz sai com menos força que um sussurro. Eu me amaldiçoei por perguntar isso, mas tenho que saber.

"Achei que seria mais fácil."

"Foi? Mais fácil?"

Um sorriso irônico. "Algumas vezes", ele diz e há mil maneiras de interpretar isso. Ele olha para os legumes salteados, dá uma mexida neles.

"Se era para criarmos laços de verdade durante este final de semana, conhecermos tudo sobre o outro... talvez devêssemos saber como é de verdade. Sóbrios."

Ele balança a cabeça. "Não."

"Não?" Meu coração desmorona. Eu nunca fui capaz de lê-lo, mas não esperava que ele me dissesse isso.

"Se eu te beijasse novamente", ele diz se aproximando com uma intensidade em seu olhar que nunca vi antes, "não seria pelo programa, ou para pesquisa, ou por qualquer outro motivo que não fosse porque eu quero".

Oh. Eu tenho que segurar a borda do balcão para me manter em pé. Não sei quais são as regras agora. A fronteira entre a realidade e a criação está borrada, manchada, completamente apagada.

"Dominic." Tento colocar um ponto de interrogação no final do nome dele, mas sai ofegante e carente. Se ele não me tocar nos próximos segundos, posso explodir.

Ele deve ter ouvido essa carência em minha voz porque ele desliga o fogão e se *aproxima,* deixando alguns centímetros de distância entre seu peito e o meu. Eu quero devorar cada uma de suas respirações ofegantes. Quando ele olha para mim, não há nada do ego que eu costumava ver. Olhos escuros, boca entreaberta – talvez, essa seja a expressão que não consegui interpretar. Seu cabelo está úmido e bagunçado e eu decidi que é exatamente assim que gosto. Vou gostar ainda mais, quando estiver entre meus dedos e roçando em minha barriga, em minhas pernas.

Ele levanta a mão, seu polegar pousando em minha bochecha, deslizando por ela, antes de deslizar pelo meu cabelo molhado. "Eu gostaria de relembrar cada detalhe. O seu sabor. O seu cheiro. Os sons que você faria."

Depois de ouvir isso, soltei um gemido involuntário. É a coisa mais excitante que alguém já disse para mim e, se conseguisse falar, eu lhe diria que também gostaria de conhecer os sons que ele faria.

"Shay. *Deus*. Você não tem ideia..." Ele para, como se quisesse superar a vontade de terminar a frase. É poderosa a faculdade de tirar palavras de alguém assim.

Um estrondo do trovão balança a casa, mas eu não vacilo. Eu sou apenas desejo e necessidade, e os lugares em que ele está me tocando. Sua outra mão se move em direção à minha cintura, na qual consigo sentir a pressão de cada dedo, através do tecido da minha camiseta.

"De quê?" eu pergunto, desesperada para saber o final da frase. Eu coloco minhas mãos sobre o peito dele, sobre a camiseta cinza. Ele está tenso e quente sob minhas mãos. Devagar, bem devagar, eu as movo para cima e seus olhos se fecham, quando uma de minhas mãos alcança sua bochecha, sentindo sua barba. Deixando-a raspar contra a minha pele. "Eu não tenho ideia de quê?"

"De como você está perfeita pra cacete agora."

Isso é tudo de que preciso. Minhas mãos mergulham em seu cabelo e puxo sua boca contra a minha. Eu estou beijando Dominic Yun e ele é incrível, tão quente e *certeiro* quando separa meus lábios com os dele. Eu pensei que isso seria um alívio imediato, mas é o oposto, uma necessidade profunda e vertiginosa que cresce e cresce. Eu preciso que ele me beije com mais força. E ele beija, combinando o golpe da minha língua com a mordida dos meus dentes. Eu tinha esquecido como era a sensação da descarga de adrenalina que vem quando estamos assim tão próximos de alguém novo. Alguém com quem, supostamente, eu terminei alguns meses atrás.

Ele nos gira para que possa me empurrar contra o balcão, então ele me beija da boca ao pescoço, enquanto seus quadris roçam contra os meus. Ele é tão mais alto que eu sinto seu membro duro contra meu umbigo e isso me enlouquece. Escuto um barulho baixo que vem de sua garganta quando eu pressiono meu corpo contra o dele.

Nós não deveríamos estar fazendo isso.

Nós temos que continuar fazendo isso.

Eu murmuro um *oh meu Deus* enquanto ele chupa meu pescoço, dentes na pele. Sinto que estou prestes a cair, mas ele está lá, segurando-me. "Quarto", eu digo, ofegante.

Ele me puxa para frente, envolvendo uma das minhas pernas ao redor dele, indicando que eu deveria fazer o mesmo com a outra. Então ele está me pegando, agarrando minhas coxas e depois minha bunda, enquanto cambaleamos escada acima.

"Você faz *movimentos incríveis*", eu digo, quando ele me coloca na beirada da cama, dando-me um momento para recuperar o fôlego e colocar os óculos, com segurança, na mesa de cabeceira.

"Não se mova", ele diz, sério, enquanto desliza para o meu lado na cama. "Isso é algo que eu queria fazer há algum tempo." Sua boca, de volta ao meu pescoço. Suas mãos, percorrendo meu corpo, demorando-se em minha cintura.

"Eu também." Eu experimento um segundo de pânico quando seus dedos roçam meus seios. "Eu deveria te avisar que estou usando um sutiã esportivo horrível." Era carvão, mas agora é um cinza aguado horroroso, o elástico espreitando por vários buracos na costura. Realmente eu deveria ganhar um prêmio por ter colocado na mala as roupas menos sexies do mundo.

Uma risada fica presa em sua garganta. "Posso lhe garantir, cem por cento, que não me importo."

Não consigo tirar minha camiseta e o sutiã rápido o suficiente.

"Não me diga que você gostou do sutiã", eu digo enquanto ele olha para mim.

"Maravilhoso", ele diz, mas ele está olhando para meu rosto. Ele se inclina para me beijar novamente, seu polegar acariciando o bico endurecido de um mamilo, antes de se curvar para levar o outro à boca.

Caralho, ele é bom nisso. Neste ritmo, estou meio convencida que poderia gozar antes de tirar minha legging. Eu vou para a bainha de sua camiseta e ele me ajuda a arrancá-la. Eu mal tenho tempo de apreciar os cumes de seu peito antes de puxar sua cintura. Sou tão gananciosa que, mesmo com suas calças pela metade, chego lá dentro para senti-lo desesperadamente.

Ele geme no meu ouvido enquanto eu fecho minha mão ao redor dele. Ele é quente e suave e duro como uma pedra, pulsando em meu punho. "Não... não vá tão rápido", ele diz e me lembro do fato de ele ter feito isto apenas com uma outra pessoa. Isso é assunto sério para ele.

Isso deve significar que *eu sou* um assunto sério para ele.

"Eu não vou." Eu recuo. Não tão rapidamente. Eu consigo fazer isso. Eu consigo saborear este momento.

Porque há um pensamento incômodo no fundo da minha mente de que não sei o que *isso* significará, quando estivermos de volta à rádio.

Nós nos reajustamos para que ele consiga tirar as calças e então, ele se segura sobre mim, enquanto se atrapalha com o cós da minha legging. Outra péssima escolha de roupa.

"Ela é meio apertada, então..."

"Tenho que me esforçar para tirá-la", ele diz, mas sorrindo. "Eu não ligo. Afinal, tenho mestrado. Estou acostumado a me esforçar."

Eu aceno com a cabeça para o impressionante volume formado em sua cueca boxer. "Sei."

Ele desliza minha legging e me beija do tornozelo ao joelho e até a coxa, acariciando a parte externa da minha calcinha, já molhada pela minha necessidade por ele. Estou usando uma calcinha de vovó e, ainda assim, nunca me senti tão sexy.

"Tudo bem?" ele pergunta com sua respiração irregular. Um dedo roça o tecido da calcinha e meu corpo concentra toda a atenção naquele único pedaço de algodão. Eu seguro firme em seus ombros, implorando silenciosamente, para ele afastar minha calcinha, rasgá-la, qualquer coisa para sentir a pele dele contra a minha.

"Deve ser bastante óbvio que está", eu respondo, mas como gostei que ele perguntou, acrescento: "Isso. *Isso.*"

Exceto quando ele se senta na cama ao meu lado.

Ainda estou ofegante, meio envergonhada pelo quão selvagem aqueles poucos toques de seu dedo me fizeram ficar.

"Eu acabei de perceber que não tenho camisinha", ele diz e a realidade soa mais alto que o barulho de um trovão. Ele passa a mão pelo cabelo, parecendo envergonhado. Neste momento, até sua timidez dá tesão. Inconveniente, mas excitante. "Merda. Me desculpe. Você...?"

Eu o interrompo balançando a cabeça com sinal negativo, esforçando-me para conseguir me apoiar na cabeceira da cama. O hiato do meu aplicativo de namoro evoluiu para um hiato de controle de natalidade. "Não. Nunca achei que isso iria acontecer, então..."

Nós dois ficamos quietos por alguns momentos. O suficiente para o constrangimento se instalar, o suficiente para eu me sentir um pouco exposta.

"Me desculpe", ele repete. "Eu poderia comprar algumas?" Mas a chuva parece perfurar o telhado da casa com mais força, nos lembrando da tempestade e do fato que a farmácia mais próxima fica, a pelo menos, vinte minutos de distância.

"Eu... meio que não quero parar." Inclinando-me, espalmando sua ereção. "Há outras coisas que podemos fazer."

Ele fecha os olhos e solta outro gemido. Eu poderia ficar viciada naquele som – Dominic lutando para manter o controle. Eu agarro o elástico de sua cueca boxer e lhe ajudo a tirá-la. Um Dominic nu é quase demais para mim: o corte dos músculos de seu estômago, o formato em V que arrasta minha atenção para baixo. Ele é mais bonito do que pensei que seria e tenho pensado muito nele assim.

"Você é..." eu gesticulo para ele, lutando para chegar a um elogio adequado. "Você é um homem extremamente atraente."

Isso rende outro sorriso. Eu passo uma perna sobre ele e me sento em seu colo, sentindo-o através do tecido da minha calcinha.

"Cristo. *Shay*", ele diz. Um aviso e um apelo. Suas mãos estão em meus quadris, guiando-me enquanto me movo para frente. Ele parece estar tão bem assim que tenho que envolver meus braços ao redor de seu pescoço para me equilibrar. Meus seios pressionados contra seu peito e eu os esmago contra ele, com mais força, mais rápido, a fricção me trazendo cada vez mais perto de gozar. "Você está me matando. Tenho que te tocar. Por favor."

Ele espera pelo meu sim exalado, antes de assumir o controle, empurrando-me pelas costas e arrancando minha calcinha, deixando-a cair no chão. Ele belisca minha garganta enquanto me provoca com um dedo. No início, ele é hesitante, desenhando círculos suaves por todos os lugares, menos no lugar em que mais preciso dele. Ele se move tão dolorosamente devagar que eu empurro meus quadris, tentando encorajá-lo a ir mais rápido. Isso o faz rir, um ruído áspero no fundo de sua garganta.

Não vá tão rápido.

Remotamente, pergunto-me se é assim que Dominic é na cama: determinado a fazer a relação durar o maior tempo possível. Talvez ele queira saborear o momento também. Ele desliza um dedo para dentro de mim e eu não aguento – eu suspiro. Ele ganha velocidade e eu deixo minha cabeça cair para trás no travesseiro.

"Você não tem ideia de como está gostosa agora", ele diz. "É muito melhor do que imaginei."

Metade da sua boca se curva em um sorriso, como se soubesse o quão perto estou de chegar ao orgasmo. Saber que ele imaginou isso me leva ao limite. Solto um gemido e fecho os olhos com força. A pressão se torna implacável, incandescente, cintilante, quando gozo gostoso em seus dedos.

Quando volto à Terra, ele está sorrindo como se tivéssemos acabado de chegar ao Top 10 de *Podcasts* da Apple.

"Tão presunçoso", eu digo, tentando recuperar o fôlego, mesmo quando estou esticando minhas mãos para pegar seu pau.

Ele se encolhe. "Só se você quiser."

"Você acha que não estou morrendo de vontade de ver você enlouquecer depois disso?"

Ele já está deitado, deixando-me assumir o controle. Vejo o que estou fazendo através das suas expressões: a contração em sua mandíbula, o tremor de seus olhos, meu nome em seus lábios. E os sons que ele faz, esses rosnados e grunhidos que inflamam diretamente meu âmago. Eu não faço isso – bater uma punheta como nada além de preliminares – desde a faculdade, e o poder é inebriante.

De repente, ele se vira, escapando do meu alcance. "Quero que você goze comigo", ele diz com a voz picada, arrastando o dedo pela minha perna.

Só essas palavras quase me fazem colapsar. Eu abro minhas pernas para ajudá-lo a encontrar o ponto exato novamente e então eu conduzo as mãos dele, enquanto ele conduz as minhas, cada impulso de seus quadris, mais frenético, mais desesperado enquanto ele busca seu prazer. É muito difícil para mim tocá-lo desta maneira enquanto ele está me tocando, mas eu consigo me segurar.

"Estou quase", eu digo, e é quando ele leva seus dedos à boca, lambe-os e os coloca de volta no ponto de tortura que se encontra no meio das minhas pernas. *"Dominic..."*

Eu desmorono um momento antes dele gozar em minha mão, com um gemido baixo.

Eu me sinto leve como uma pena. Acabada.

Nós dois ficamos parados, o único som que se ouve é o da chuva caindo no telhado, e o ritmo das nossas respirações.

Nenhum de nós fala, quando ele pede licença para se limpar. Eu visto uma camiseta, de repente sentindo um pouco de frio. Há um momento estranho em que trocamos de lugar para que eu possa me lavar no banheiro, um que me deixa definitivamente super hiper consciente do fato de que somos Shay e Dominic e não um casal.

Para milhares de pessoas, somos o oposto um do outro.

Quando volto para a cama, ele está usando uma calça de moletom limpa, mas continua sem camisa. Seu rosto se suaviza em um sorriso e ele dá um tapinha na cama, ao lado dele.

"Vem aqui", ele diz, e meu corpo todo relaxa.

"Isso foi..."

Um meio sorriso. "Melhor que a gaveta da diversão?"

"Muito."

Eu não tenho certeza, porque presumi que ele não ia querer me abraçar depois de tudo isso. Talvez porque não conversamos sobre o que foi isso, ou o que significou, se foi apenas um momento único, ou se o fato de não ter camisinha exige refazermos quando estivermos de volta a Seattle.

Eu me acomodo ao lado dele, tentando ignorar o quanto parece normal descansar minha mão em seu peito. Seus dedos brincam com meu cabelo, como se fossem penas deslizando pelas minhas costas. Nós teremos que acordar eventualmente – teremos que conversar sobre o que aconteceu – mas, por enquanto, eu quero me enroscar neste momento, não muito real, que estou vivendo.

Então eu me agarro com força a este momento entre nós dois e não penso em mais nada pelo resto da noite.

22.

Ao acordar, seu lado da cama está vazio. Eu tento senti-lo, primeiro com minhas mãos, olhos fechados, tentando ignorar o nó de decepção que se instala no meu estômago. Quando encontro lençóis frios, mergulho no travesseiro, mas não em Dominic.

A noite passada, pode ter sido a noite mais quente que já tive há um bom tempo, talvez a melhor de todas e já faz um tempo que não durmo tão profundamente. E ademais... acordar sozinha, faz a coisa toda parecer um sonho. Distante.

Mas não posso esquecer o que ele disse sobre *pessoal e íntimo* e a possibilidade de que isso tenha significado alguma coisa para ele, mesmo que eu não consiga desvendar o que significa para mim.

Ouço barulhos vindos da cozinha, parecidos com os de preparo de café da manhã e então, ouço Steve e seus barulhinhos estranhos. Eu visto um blusão com capuz e os encontro lá.

Dominic está de pé, ao lado do fogão, totalmente vestido e de banho tomado, passando uma panela do fogão para a pia. Não sei se ele esqueceu a navalha, ou não trouxe uma de propósito, mas o desalinhamento de sua barba me dá vontade de passar a mão em seu rosto novamente. Excetuando o fato de que já faz um tempo desde que eu tomei um café da manhã pós-encontro e eu nunca fiz isso com um colega de trabalho.

Chego à mesa cambaleando.

"Bom dia", Dominic diz, muito alegre. "Panquecas?"

E lá está, uma pilha de panquecas de mirtilo, um bule de café e dois pratos.

"Você fez panquecas?" Eu me abaixo para coçar atrás das orelhas de Steve.

"Estou acordado há algumas horas", ele admite. Corri até o mercado para comprar algumas coisas. E levei Steve para passear. Espero que esteja tudo bem para você. Eu queria que começássemos cedo hoje, se possível." Ao dizer isso, ele olha incisivamente para meu pijama.

Paro no meio do caminho para pegar a garrafa de xarope de bordo. Ele fez panquecas, o que parece ser um ponto importante na coluna vamos-fazer-isso-novamente-em-breve. Mas, ele quer voltar a Seattle o mais rápido possível. Não sei bem como conciliar essas duas coisas. "Ah... sim, tudo bem. Obrigada. Vou tomar banho e fazer as malas assim que terminarmos."

Ele sorri, mas é um pouco forçado e faz o café da manhã açucarado virar fel na minha boca. Isso é... arrependimento?

As coisas que ele me disse ontem à noite não combinam com esse sorriso. *Você não tem ideia de como está gostosa. Quero que você goze comigo.* Um emaranhado de suspiros e membros e desespero.

De repente, perco o apetite, mas empurro para baixo o máximo de pedaços de panqueca que consigo.

Conversamos sobre quase tudo na viagem de volta – *podcasts*, nossas famílias, o clima. Mas não conversamos sobre o que aconteceu. Eu poderia trazer isso à tona facilmente – *bons orgasmos na noite passada, huh?* –, mas se eu o fizer e se ele me disser que foi algum tipo de experimento prolongado, provocado pela nossa situação, não tenho certeza se conseguiria lidar com isso. Não presa dentro de um carro com ele. Não quando, finalmente, parecemos amigos. Prefiro me apegar ao talvez, então eu adoto o silêncio.

Quando paramos no lado de fora da casa dele, estou com duas pelinhas e meia de cutícula me matando e uma dor de cabeça furiosa. A rua é um pouco familiar, como se a tivesse visitado em um sonho, mas consigo identificar o prédio de Dominic imediatamente, situado entre as colunas de prédios idênticos.

Ele solta o cinto de segurança, mas não sai do carro. "Ei", ele diz e eu me viro para olhar para ele, meu coração batendo contra o cinto de segurança. "Acho que te vejo amanhã de manhã?"

Eu faço o meu melhor para projetar um tom de está-tudo-bem. "Sim. Logo cedo."

E então, em um movimento rápido, ele se inclina e desliza a mão pelo meu cabelo, arrastando minha boca para a dele. O beijo começa doce, até que abro meus lábios, ansiosa para provar mais dele. Ele faz o mesmo, pressionando meus lábios com tanta urgência que me deixa sem fôlego.

Um sorriso torto e então ele sai do carro, o beijo me convence que, o que quer que tenhamos começado na ilha, ainda não está terminado.

"Alguma coisa aconteceu", Ameena diz, e foi bom eu não ter trabalhado como âncora de jornal, pois meu rosto é totalmente incapaz de guardar um segredo. Minha boca se contrai, ou minhas narinas se dilatam, ou meus olhos se movem de um lado para o outro.

Era começo de tarde quando eu e Dominic chegamos em Seattle, então quando Ameena me enviou uma mensagem sobre um "família vende tudo", eu aproveitei a chance para encontrá-la. E quando ela perguntou como foi, eu não consegui me manter séria.

"Alguma coisa, definitivamente, aconteceu", TJ concorda, segurando uma fronha com um palhaço bordado.

"Nem pensar", Ameena diz, e ele lentamente a coloca de volta na mesa.

Eu ando até o final de uma fileira de utensílios de cozinha. Claro que isso me lembra as lojas de antiguidades que visitamos e eu me pego imaginando se há algum ferro fundido aqui.

"Tudo bem, tudo bem, algo aconteceu e talvez eu esteja no meio de uma crise", eu digo, e faço o meu melhor para colocar tudo em palavras. Não apenas as partes que não envolvem roupas, mas a nossa conversa de sexta-feira à noite, e a caminhada, e o jeito que ele tranquilizou meu cachorro. Depois de cinco anos, eu me acostumei a falar com Ameena sobre meus relacionamentos com TJ por perto, o que, claro, significa que TJ também sabe que eu e Dominic estamos mentindo no programa.

"Você realmente tem uma queda por caras e animais", reflete Ameena. "Lembra daquele cara, o Rodrigo e seus gatinhos?"

Ah, sim: Rodrigo, o analista de sistemas, cuja gata acabara de dar à luz, uma ninhada de seis bolinhas de pelo. Depois de um tempo, tenho que admitir, estava mais interessada em fazer carinho nos gatinhos do que nele.

"Eles ainda nem conseguiam abrir os olhos, Ameena. *Eles não conseguiam abrir os olhos.*"

Ela bufa, parando para vasculhar uma caixa de sapatos. Esta semana ela terá certeza sobre o trabalho na Virgínia e posso dizer que ela está nervosa por deixar passar um par de sandálias amarelas de tira em T.

"Agora estou com um problema", eu digo. "Porque realmente, quero que isso volte a acontecer."

"Há um motivo pelo qual não possa? Ou pelo qual não deveria?" TJ pergunta.

Ameena aponta para ele. "O que ele disse."

"Porque todo o conceito do programa se baseia no fato de *não* estarmos namorando. E, além disso, talvez eu só goste dele porque não deveria. Talvez seja isso que torne a relação excitante."

"As pessoas podem voltar a ficar juntas", TJ diz. "Os ouvintes podem até gostar muito disso."

"Eu pensei nisso", eu admito. Fugazmente, no caminho de casa, enquanto trabalhava na minha segunda pelinha de cutícula. "Mas as coisas estão indo muito bem com o programa para prejudicá-lo. Fazer qualquer coisa com Dominic... sermos um casal de verdade. Não consigo ver como isso não iria estragar tudo. A menos... a menos que, de alguma forma, conseguíssemos manter um relacionamento casual."

Casual – o que Dominic não gosta. E dado o meu histórico, há um risco de eu me apegar, e ele tem apenas vinte e quatro anos. Estatísticas simples de relacionamentos, muitas das quais preenchem o histórico de pesquisa do meu computador – risco de apresentar um programa de namoro –, indicam que ele não estaria se apegando.

"E você é boa nisso." Ameena franze a testa, colocando uma mecha de seu longo cabelo escuro atrás de uma orelha. "Esta pode ser uma pergunta estúpida, mas há alguma chance de vocês dois contarem a verdade?"

"Não. Seria um desastre. Nós já conseguimos alguns patrocinadores e Kent deu a entender que teríamos..." eu engulo, tentando não aumentar minhas expectativas. "Que teríamos uma chance de participar do PodCon."

TJ solta um assobio baixo. "Cacete, isso é demais. Você acha que consegue pegar o autógrafo de Marc Maron para mim?"

Ameena bate no braço dele com uma saia rodada. "Você não fala sobre alguém assim há um tempo", ela diz baixinho. "Sei que a coisa toda é inconveniente, mas vocês já estão fingindo que são um ex-casal. Além disso, parece difícil continuar fingindo que você sente algo diferente por ele." Há algo na voz dela que soa um pouco como julgamento.

"É a minha carreira", eu digo, mais árdua do que eu pretendia. "Eu não posso simplesmente atirar tudo para o alto por causa de um cara."

"Você está certa", ela diz, suas palavras cheias de frustração e, embora TJ e eu façamos o possível para distraí-la com vestidos vintage, ela fica distante o resto da tarde.

Steve está me esperando à porta quando chego em casa. Mesmo depois de ter passado todo o final de semana com ele, comecei a ansiar por sua típica empolgação *você não me abandonou*. Ele corre em círculos pela sala de estar e leva algumas voltas para ele desacelerar o suficiente para eu acariciá-lo.

Eu me acomodo no sofá, coçando as orelhas dele e não percebo, até estar lá por um tempo, que não estou mais ávida por barulhos de fundo. Algumas almofadas novas, que comprei no final de semana passado, dão um toque mais chamativo à sala e eu até desfiz as malas logo que cheguei em casa, jogando minhas roupas sujas na máquina de lavar. Sem mencionar que ter as coisas de Steve espalhadas por todos os lugares faz com que a casa pareça mais habitada, menos deserta. De repente, eu não odeio estar aqui.

Talvez eu realmente estivesse só.

Claro que isso me faz pensar em Dominic. Dói quando o imagino em seu apartamento, comendo sozinho, bebendo sozinho, assistindo à TV sozinho. Subindo na cama e dormindo sozinho, depois de ter passado duas noites ao meu lado.

Determinada a não pensar na noite passada, eu me jogo de cabeça nas pesquisas para nossos próximos episódios. Estamos planejando um sobre aprimorar perfis de namoro, um sobre a proporção de gênero nas principais cidades, um sobre namorar sendo pai ou mãe solteiros, todos com convidados que são especialistas em suas áreas. Tenho que me concentrar no programa. Como disse à Ameena, não posso arriscar meu emprego após, finalmente, ter tido a chance de estar no ar.

Pelo menos por mais três meses e meio, de acordo com meu trato inicial com Dominic. Claro que lá no fundo espero que ele ame o programa o suficiente para querer mantê-lo por mais tempo, especialmente se tivermos maiores oportunidades de patrocínio.

E, no entanto, quanto mais olho para minhas anotações, mais me sinto atraída pelo programa que ainda não foi aprovado. Eu pesquisei suficientemente para saber que nenhum assunto quando falamos em namoro é verdadeiramente inexplorado. Somos apenas um dos muitos, muitos *podcasts* que abordam essa temática. Mas, o que sempre tornou a rádio tão especial para mim é sua habilidade de transformar algo intangível em algo pessoal. Deixar alguém contar uma história que só ela pode.

Esse programa sobre luto não seria nada inovador, eu sei disso – mas seria *meu*.

23.

"Por que têm vibradores na redação?"

Marlene Harrison-Yates está na minha mesa na segunda-feira pela manhã pairando sobre uma caixa de brinquedos sexuais que, aparentemente, apareceu lá durante a noite. Há caixas iguais nas mesas de Dominic e de Ruthie.

"Essa é uma boa pergunta", eu digo, empurrando a caixa para fora do caminho para abrir espaço para meu café e quase derrubando o pote do mestrado de Dominic.

"Patrocinadores", Ruthie diz, espiando de sua mesa. "Bem, patrocinadores esperançosos. Eles enviaram essas coisas para você, hum, experimentar" – ela se engasga com uma risada – "e então, se você gostar, é para você falar sobre isso no programa".

Não são apenas brinquedos sexuais. Há também uma caixa de assinatura do lubrificante-do-mês, um par de sapatos feitos quase inteiramente de milho, e um conjunto de lençóis orgânicos. Tenho certeza de que não podemos falar sobre metade dessas coisas na RPN.

Marlene pressiona os lábios e volta para sua mesa.

Eu passei muito tempo pensando no que vestir para vir trabalhar esta manhã. Eu queria encontrar o equilíbrio perfeito entre profissional e *você não quer me ver nua novamente?* Por fim, optei por algo não muito diferente do que costumo vestir: minha calça preta de jeans lavado favorita, botas de cano curto e um blazer preto justo sobre uma blusa de decote em

V. Afinal, ainda é a RPN. E Dominic disse que gosta do jeito que me visto para o trabalho.

Eu estava tão nervosa que nem consegui ouvir a rádio no carro. Uma das minhas unhas ficou tão ruim que tenho dois Band-Aids enrolados no meu polegar e os orgasmos múltiplos que tive com Dominic podem ter acabado com minha seca, mas só aumentou minha frustração sexual.

E a caixa de vibradores não está ajudando.

"Como foi o final de semana?" Ruthie pergunta, enquanto vasculhamos as caixas, separando os itens em duas pilhas rotuladas como SEGUROS CONTRA PROCESSOS DA RPN e CFC. Dominic ainda não chegou e não sei se estou desapontada ou aliviada. "Vocês criaram laços?"

Eu evito seu olhar, preocupada que meu rosto entregue todas as maneiras que tivemos de criar laços entre nós. "Ele e meu cachorro criaram." Eu seguro a caixa de assinatura do lubrificante-do-mês. O sabor de maio é torta de limão. "Podemos falar sobre lubrificante na RPN?"

"Meu instinto diz que não", diz Ruthie. "Mas os sapatos de milho até que são bonitinhos, não acha?"

Quando Dominic chega, às 9:15, não há mais brinquedos de adulto sobre a mesa dele. "Bom dia", ele me diz, enquanto deixa sua bolsa sobre a mesa e puxa uma cadeira. "Bom dia, Ruthie."

"Bom dia!" Ruthie responde antes de voltar a digitar.

As palavras ficam presas no fundo da minha garganta. Não sei se posso dizer um *bom dia* básico agora que sei qual é a sensação das mãos dele em minha pele, no meio das minhas pernas. Como ele fica quando está prestes a gozar. Qual é a etiqueta apropriada um dia depois de você ficar com o falso ex-namorado, com alguém com quem você está apresentando um programa de rádio? Sinceramente, adoraria ouvir um *podcast* sobre isso.

Dominic não olha para mim, o que me dá a oportunidade de vê-lo tirar as coisas da bolsa. Ele está barbeado esta manhã, a barba por fazer do final de semana se foi, e está vestindo uma camisa xadrez e jeans preto. É normal eu ser capaz de sentir o cheiro do sabonete dele há uma mesa de distância? E sei que há algo de errado comigo quando ele joga sua bola Koosh para cima e para baixo sem me incomodar.

Foi ele que disse que não poderia fazer sexo casual. Talvez ele também não tenha ideia de como lidar com isso.

Mesmo que nada do que aconteceu no sábado parecesse casual.

Eu me esforço ao máximo para focar na minha lista de afazeres de segunda-feira, em vez de imaginar seus dedos em meu corpo novamente. Às dez da manhã, participaremos do *podcast Thanks I Hate It*, apresentado por Audrey e Maya, duas melhores amigas, comediantes de *stand-up*, que falam sobre a cultura de namoro dos millennials e sobre adultério. Elas são bem famosas e escreveram um livro que será lançado ano que vem. Eu estava na lua quando o produtor delas entrou em contato com Ruthie na semana passada, mas hoje tenho que me esforçar para me concentrar na entrevista.

Ruthie prepara a entrevista para nós na Cabine A. Felizmente, Audrey e Maya são pessoas com quem conversar é fácil, mesmo que eu fique tensa quando Audrey nos apresenta como "O ex-casal favorito da América".

Eu não sei se o final de semana deixou eu e Dominic mais ou menos constrangidos, mas conseguimos fazê-las rir muitas vezes. No entanto, no final da entrevista, não consigo lembrar de nada do que disse.

Quando terminamos de gravar, Kent nos espera no final do corredor.

"Excelente entrevista, muito boa", ele diz. "Isso aí... é exatamente disso que eu estava falando. Vocês dois estão agindo com naturalidade agora. Acho que o final de semana fora fez maravilhas, hunh?"

Hunh de fato.

"Acho que sim. Obrigada", eu digo. Então, como Kent está de bom humor, eu decido tentar falar com ele novamente. OQUHBMF, eu reforço esse pensamento quando fico com receio de me acovardar, e avanço. "Eu queria discutir algo com você."

"Claro", ele diz, olhando para seu relógio. "Embora eu tenha apenas alguns minutos."

Tenho total consciência de que Dominic está ao meu lado e tenho certeza de que meu rosto está da cor de sua camisa.

"Meu programa sobre luto. Eu sei que falei sobre ele num momento confuso, na semana passada, mas é importante para mim e acredito que podemos ajudar muitas pessoas com isso."

Ele congela quase que instantaneamente. "Pensei que já tivéssemos discutido sobre isso."

"Um pouco, mas eu venho pensando sobre isso e..."

"Eu só não tenho certeza se é o melhor caminho para o programa agora", diz Kent, interrompendo-me. "Muito pesado. Nós queremos manter as coisas mais leves, mais divertidas. Dom, você concorda comigo, certo?"

"Na verdade, não", Dominic responde, endireitando-se em todo o seu comprimento, muito maior do que o de Kent. "Eu acho que seria um programa fantástico. Não acho que haja alguma razão para que precisemos nos encaixar em apenas um modelo de programa."

Kent põe a mão no queixo, mergulhando em seus pensamentos por um momento. Estou com muito calor com esse blazer, sem saber para onde esta conversa está indo. "Bem, eu confio em você", ele diz, finalmente. Para Dominic. "Eu confio em vocês dois. Vão em frente e façam acontecer."

Ainda estou boquiaberta quando Kent desaparece pelo corredor.

"Você... você percebeu o que acabou de acontecer aqui, certo?" pergunto a Dominic. Outra introdução para o manual de misoginia de Kent O' Grady. Tenho mais certeza do que nunca de que é isso.

"Que imbecil", ele diz baixinho.

Tenho que segurar uma risada. "Obrigada", digo-lhe. "Por estar no mesmo barco que eu."

"Será um bom programa." Estou prestes a voltar para nossas mesas, mas o que ele diz em seguida me faz parar no meio do caminho. "Eu acho que acidentalmente trocamos de carregadores de celular no final de semana", ele diz com os olhos percorrendo o corredor, como se estivesse se certificando de que estamos realmente sozinhos. "Você se importaria de passar na minha casa hoje à noite, para que possamos destrocar?"

Eu não devo ter notado. "Claro, ou podemos fazer isso amanhã, no trabalho."

"Eu preciso dele hoje à noite." Ele se aproxima, uma mão estendida para que consiga roçar um polegar no meu quadril. Ele abaixa ainda mais o tom de voz. "Ou você vai me fazer dizer que quero te ver?"

"Eu não acharia ruim", eu digo, escondendo um sorriso. Mesmo que esse seja um convite velado para fazer sexo, eu decido que não me importo. Eu não me importo. Eu tenho que ficar sozinha com ele novamente – cada parte do meu corpo está gritando por isso. "Se você está dizendo..."

Ele sorri. "Te vejo hoje à noite."

24.

O apartamento de Dominic tem um cheiro incrível. "Bem-vinda", ele diz, segurando a porta aberta. Ele trocou sua camisa de trabalho por uma de flanela arregaçada até os cotovelos – santos antebraços, Batman – e seu jeans de cós baixo.

Eu tiro a jaqueta e os sapatos, tentando não parecer que estou examinando seu apartamento. É uma estética de design que eu chamaria de IKEA chique, mas de bom gosto: mobília branca e clean, algumas suculentas na mesa de centro da sala de estar, aquela luminária de chão que todo mundo já comprou em algum momento da vida.

Eu seguro meu carregador. "Eu trouxe isto", eu digo. "Mas estou supondo que, provavelmente, não precisarei usá-lo, não é?"

"Direto ao ponto, né?"

"Estou aqui, então chamaria isso de vitória."

Enquanto o sigo até a cozinha, as pontas de seus dedos roçam na parte de baixo das minhas costas. É criminoso as sensações que esses pequenos toques causam em mim.

As frigideiras de ferro fundido de Dominic penduradas no teto. "Eu restaurei as frigideiras deste final de semana ontem à noite", ele diz. "E uma delas está bem ali." Ele aponta para o forno.

"Pizza?"

"A melhor pizza que você já comeu na vida", ele me corrige.

"Esse é um passo considerável em relação ao Hot Pocket."

Ele dá de ombros. "Não é muito divertido cozinhar apenas para mim. E achei que devia isso a você depois do incidente com o macarrão."

Isto está parecendo um encontro. Isto não pode parecer um encontro.

"Certo. Então isso e o carregador do celular – são as únicas razões pelas quais estou aqui?"

Manchinhas rosas surgem em suas bochechas. "A pizza está quase pronta. Podemos comer primeiro e depois conversar? Eu queria fazer isso num lugar que não fosse o trabalho."

"Claro", eu digo, mas o nó de pavor no meu estômago aperta. Após o jantar, ele vai me dizer, gentilmente, que não poderemos repetir o final de semana e eu estarei apreciando tanto a pizza que não me importarei. Essa deve ser a estratégia dele.

Ele tira a pizza do forno e ela está borbulhante, cheirosa e perfeita. Honestamente, sua estratégia pode funcionar. Ele prepara uma salada rápida, com folhas de alface e lascas de cenoura, um fio de azeite e vinagre. Então, ele pega uma garrafa de vinho de cima de sua geladeira, fazendo uma careta para o rótulo.

"O vinho que acompanhará o prato dessa noite será uma garrafa vintage de Two- Buck Chuck", ele diz, pegando duas taças de vinho de um armário. "Espero que você consiga lidar com esse nível de extravagância."

Sentamos à mesa branca da IKEA, que tem apenas duas cadeiras.

"O que você acha?" ele pergunta, esperando por minha avaliação, antes de avançar na pizza.

Eu dou uma mordida. "Oh. Oh, *cacete*, está bom demais."

"É apenas um hobby", ele diz, mas vejo que ficou satisfeito com o elogio. "Mas posso ter ouvido um ou dois *podcasts* de culinária. No entanto, tenho que me desculpar em nome desta salada terrível. Eu queria que você pensasse que eu era, tipo, um adulto meio funcional e que consigo preparar refeições com mais de um grupo de alimentos."

"O que é mesmo um adulto funcional? Ontem, eu jantei dois bagels." A pizza quase queima minha língua, mas está tão gostosa que eu não me importo.

Para a minha surpresa, o resto do jantar está longe de ser o trabalho árduo que achei que seria, quando Dominic me pediu para conversarmos sobre nossa iminente discussão séria. Talvez, depois de Orcas Island, nada sobre Dominic deveria me surpreender.

"Eu estava pensando sobre o que conversamos esse final de semana, sobre não termos muitos amigos", digo quando restam apenas migalhas em nossos pratos. "E eu tenho uma ideia. Nós deveríamos nos desafiar a fazer um encontro de amigos com alguém." Além disso, estava pensando em convidar Ruthie para beber de novo ou, talvez jantar.

"Um encontro de amigos?" ele pergunta, com os cantos da boca contorcendo para cima. "Ok. Fechado." Ele arrasta o dedo indicador para cima e para baixo pela haste de sua taça de vinho. "Falando nesse final de semana... eu me diverti muito."

"Eu também", digo. "E... eu não me oporia a que isso acontecesse novamente. Se você também não se opor."

Em resposta, ele estende a mão sobre a mesa e vira a palma da minha mão para cima, para que possa acariciá-la. Acaricia meu pulso, circulando meu ponto de pulsação. Esse pequeno toque intencional é o bastante para me fazer estremecer. Ele deve ser capaz de sentir isso, pois ele está me puxando para fora de minha cadeira, na sua direção.

"Oi", eu digo quando estou parada, em frente a ele, minhas pernas encostando em seus joelhos. Estou muito, muito feliz por estar errada sobre o rumo que essa conversa tomou.

"Oi." Ele acaricia a parte de trás das minhas coxas com os dedos. Quando ele segura minha bunda e me puxa para seu colo, fica claro que qualquer conversa vai precisar esperar.

É diferente, beijá-lo em seu apartamento, em sua cozinha, sua boca com sabor de vinho. Nossos lábios se encaixam como se não tivessem conhecido o formato um do outro há apenas dois dias. Ele passa as mãos nas minhas pernas, sobe para minhas costas, emaranhando-as então em meus cabelos. Beijamo-nos e beijamos ainda mais; eu pressiono contra a maciez de sua camisa, procurando por algo mais áspero. Finalmente, eu a abro, botão por botão, explorando os músculos de seu peito.

Sinto seu volume embaixo de mim e me posiciono para que consiga senti-lo exatamente onde quero. Quando balanço contra ele, ele geme em meu ouvido. Eu poderia ficar ouvindo esse gemido repetidamente, pelo resto da noite. Até por mais tempo, provavelmente.

"Você é malvada", ele grunhe enquanto me esfrego, para frente e para trás, na frente endurecida de seu jeans.

Ele se levanta comigo em volta dele e me pergunto se esse movimento é uma marca registrada, ou se apenas me encaixo nele perfeitamente. Uma vez que ele está na vertical, nós cambaleamos pelo corredor até o quarto.

Gentilmente, eu me afasto dele para observar tudo. Seu quarto é pequeno, uma cama *queen* no canto, com um edredom marinho simples. Os móveis são da IKEA, uma cama básica e uma cômoda – e sobre ela, uma caixa de preservativos. Como se estivesse nos esperando.

Não posso deixar de rir. Saber que ele planejou tudo me faz querê-lo ainda mais.

"Eu queria estar preparado", ele diz contra minha boca, mas rindo, também.

"Eu também tenho algumas na minha bolsa."

"Sabe..." Ele se afasta um pouco. Seu cabelo bagunçado, suas bochechas coradas. Meu blazer está em algum lugar no corredor e meu jeans está aberto pela metade. "Você pode mudar de ideia a qualquer momento."

"Se eu não tivesse ideia de que isso iria acontecer, eu acharia que você estava tentando se livrar de mim."

"Não. Eu juro. É só que... não sou bom nisso. Eu te disse. Eu só tive uma namorada. Eu não sei como essas coisas costumam acontecer. Ou sobre o que deveríamos conversar. Eu quero fazer isso com você. Muito." Quando ele ri novamente, derrete meu coração. "Só consigo pensar nisso, desde sábado à noite. Mas, quero que você saiba que se você decidir que não quer, tudo bem."

Eu tento não notar o quanto *quero fazer isso com você* não é *quero estar com você*. Mas Deus, eu quero isso também – tanto que não consigo pensar direito.

"Dominic", eu digo, aproximando-me e colocando minha mão sobre seu peito, decidindo ser o mais clara possível com ele. "Quero que você me coma."

Foi o suficiente. Ele se inclina e esmaga sua boca contra a minha, empurrando-me para trás até eu chegar à cama e puxá-lo para cima de mim. Vesti sutiã e calcinha pretos depois do trabalho e valeu a pena pelo jeito que ele geme quando desabotoa minha camisa. Talvez, ele não se importasse com meu sutiã esportivo, mas definitivamente, não odeia esse.

Nós estamos nos agarrando agora, minha camisa e o sutiã caem no chão, seu jeans e sua cueca boxer ao lado deles.

Ele beija meus seios enquanto abaixa meu jeans. "Você pode repetir o que disse? Sobre o que você queria que eu fizesse?"

"O que... oh." Eu sorrio, arrastando meus dedos pelas suas costas. "Quero que você me coma."

Seu pau pulsa contra minhas coxas nuas e ele arranca meu jeans em um movimento rápido. "Sim. Isso."

Então Dominic Yun gosta de *dirty talk*.

Posso lidar com isso.

Ele fica em cima de mim novamente, beijando-me com força e profundamente, enquanto seus dedos acariciam a seda da minha calcinha. Eu morrerei se tiver que continuar vestindo-a por muito mais tempo.

"Como você pode estar ainda mais gostosa que da última vez?" Sua boca percorre meu corpo, mas quando ele abaixa a cabeça entre as minhas pernas, institivamente, eu as aperto. "O quê? Eu não deveria..."

"Não, não", eu digo rapidamente, tentando puxá-lo de volta para mim, mas ele não se mexe. "É só que... você não precisa fazer isso. Eu realmente não... não tenho certeza se consigo..." E agora é minha vez de ser estranha.

Um sorriso malicioso curva seus lábios. "Shay Goldstein. Você nunca teve um orgasmo com sexo oral?"

Eu balanço minha cabeça, sentindo um rubor subindo pelo meu pescoço. "Quero dizer, eu não me importo. Mas se isso não acontecer", eu acrescento rapidamente, "tudo bem. Nós podemos... você sabe. Pular essa parte."

"Você não se importa", ele diz com naturalidade, seu dedo roçando a seda úmida entre minhas pernas. "Você não acha que eu poderia deixá-la ainda mais molhada do que agora?"

"Eu... eu tenho certeza que você poderia", consigo responder enquanto ele continua movimentando o dedo, em um círculo tortuoso. *Cristo*. Ele não pode ser algum tipo de expert do sexo oral, pode?

Ele se curva para beijar a parte interna das minhas coxas, a princípio gentilmente. Então, ele tira minha calcinha, beija abaixo do meu umbigo, antes de mergulhar mais para baixo. "Então isso é algo com o que você não se importaria?" Sua língua começa lentamente, um sussurro de prazer enquanto ele me equilibra com uma mão no meu quadril. Ele desliza um dedo dentro de mim – mas apenas por um momento, antes de puxá-lo de volta. Eu agarro seu cabelo enquanto ele faz isso de novo. "Devo parar?"

"Não ouse."

Ele me olha e sorri enquanto abaixa a cabeça novamente. E é só quando estou desesperada para gozar que ele achata a língua contra meu clítoris, estabelecendo um ritmo que faz minha cabeça girar.

Eu agarro qualquer coisa que possa envolver com meu punho – seus cabelos, os lençóis, a ponta de sua orelha. Ele não desiste, obstinado em sua missão. Estou tonta e perdida e *oh* e *assim* e então eu gozo com força contra sua língua, não me importando como soou ou se alguém nos apartamentos vizinhos pode ouvir.

"Isso", eu digo, quando consigo montar palavras novamente, "foi realmente incrível".

Sua boca está brilhando e ele está sorrindo como se tivesse me dado o melhor presente que já recebi. Estou ávida por mais, apontando impotente para os preservativos em sua cômoda. Ele coloca rapidamente o preservativo, então se inclina sobre mim e se posiciona.

"Você está bem?" ele indaga, entre respirações pesadas.

"Vou me sentir ainda melhor quando você estiver dentro de mim." Lentamente, vagarosamente, ele me penetra – e então o tira. "Deus. Você realmente gosta de provocar."

"Isso vai parecer incrivelmente direto, mas já que faz um tempo e já que assistir você gozar assim foi, talvez, a coisa mais gostosa que já vi, não tenho certeza de quanto tempo posso realmente aguentar", ele admite. "Então, estou tentando não... você sabe."

"Tento ser menos sexy?"

Ele se engasga com uma risada, enquanto se movimenta para dentro de mim. Esticando-me. "Apenas me prometa que você me dará outra chance, se eu demorar apenas dez segundos dessa vez, porque eu gostaria de comer você de vinte maneiras diferentes."

Jesus. Eu nunca conversei tanto durante o sexo. Uma *dirty talk* ocasional, sem dúvida, mas não esse tipo de conversa franca que temos um com o outro. A capacidade de rir. Sempre foi uma corrida para arrancar as roupas, fazer sexo. Isso é estranhamente libertador.

"Eu prometo", digo, deixando escapar um suspiro, enquanto ele me preenche completamente.

Ele parece se sentir tão bem, tão *certo* que eu não consigo acreditar que nunca fizemos isso antes. No princípio, fico hipnotizada pela visão dele metendo em mim, até que volto meu olhar para o dele, puxo seu rosto em direção ao meu, para que eu possa beijá-lo. Juntos, encontramos um ritmo e ele deve ter notado minha mão flutuando entre nós, porque ele a encontra. Um músculo de sua mandíbula e pescoço se contrai, como se ele estivesse tentando se conter.

Eu arqueio as costas para levá-lo mais fundo, enquanto ele coloca um mamilo em sua boca, chupando forte até que eu gozo novamente. Depois de mais algumas metidas, seu corpo estremece sobre o meu e ele solta um som bruto e partido, metendo dentro de mim ainda mais fundo do que eu pensava ser possível. Não tenho ideia de quanto tempo passou, só sei que estou completamente esgotada quando termina.

Ele remove o preservativo, amarrando-o, antes de jogá-lo no banheiro. Sinto falta de seu aconchego quase que imediatamente, mas não sei ao certo o que fazer agora. Não vou passar a noite aqui – não é assim que funciona. Se eu passasse a noite aqui, se, ao menos ele quisesse... eu ficaria inteiramente e completamente nocauteada.

Então eu movo minhas pernas para a lateral da cama, o que o faz franzir a testa quando ele volta.

"Você está indo embora?" ele pergunta, e o tom de surpresa em sua voz me faz arrepender de ter me movido tão rapidamente.

"Eu não preciso." Eu afundo de volta na cama.

"Ótimo." Ele desliza para meu lado, puxando-me para seu peito. Eu pressiono meu rosto no espaço onde seu pescoço encosta em seu ombro, ouvindo o ritmo de nossas respirações.

Ele me mata do modo com vai de sexy para doce em questão de minutos. É muito bom, essa proximidade, o calor de seu corpo e o cheiro terroso de sexo.

"Dominic", eu começo. "Nós deveríamos conversar sobre isso."

Uma pausa e então: "Acho que deveríamos." Ele se flexiona para se sentar ao meu lado. Eu não quero ter essa conversa nua, então pego minha camisa e ele deve ter entendido a dica porque veste uma cueca boxer. "Ok", ele diz. "Vamos conversar."

"Isso" – eu aponto para a cama – "Foi muito bom."

"Eu concordo."

O problema com essa conversa é que eu não sei como conduzi-la a partir daqui. Eu não sei o que eu quero e ele é tão difícil de interpretar que não consegui nem adivinhar o que ele quer.

Quando fico em silêncio por muito tempo, ele diz. "Talvez eu possa aprender essa parada de casual."

"Ah", eu digo, sem saber como me sentir sobre isso. "Sim?" Não posso dizer que não estou ansiosa em manter o programa fora de perigo. Esta pode ser a única maneira de fazê-lo.

Ele concorda. "Nós somos adultos. Nós estamos nos protegendo. Se conseguirmos agir normalmente no trabalho, não vejo porque deveríamos parar." Ele faz uma pausa, olhando para baixo, entre nós, onde ele entrelaça seus dedos aos meus. "Se você está de boa com isso."

Casual. Não pareceu casual quando ele perguntou se já tive um orgasmo com sexo oral. Não pareceu casual quando ele disse que queria me comer de vinte maneiras diferentes. E, definitivamente, não pareceu casual a maneira como ele colocou o braço em minhas costas e brincou com as pontas do meu cabelo.

"Casual", eu digo, tentando imaginar como seria. Escapando do trabalho, aparecendo no seu apartamento à noite. "Sim. Ok. Então... devemos criar regras? Eu realmente nunca fiz isso antes também, mas eu... eu não estou dormindo com mais ninguém."

Ele faz uma cara como se isso nunca tivesse ocorrido com ele. "Eu não dormirei também."

Eu expiro aliviada. "E nada de passar a noite juntos, eu presumo?"

"Ah. Ok", ele diz com outra expressão estranha.

"Certo", eu digo, esperando que ele não perceba o quão hesitante eu pareço.

"Certo", ele concorda, apertando minha mão. "Estou feliz que conseguimos acertar isso."

Mas me pergunto por que *casual* foi seu primeiro instinto. Se não passou pela sua cabeça que isso deveria ser qualquer coisa além de casual, terei que me certificar de que não passe pela minha também. É mais seguro, realmente, encontrar casualmente alguém que claramente é a pessoa errada para mim. Isso vai ter que me impedir de me apegar.

O jeito que estávamos em Orcas Island, aquelas conversas tarde da noite – aquilo era amizade. Não era um prelúdio para um relacionamento. Realisticamente, não há nada que eu possa ter com ele que não seja casual.

Se essa é a única maneira que posso tê-lo, então tenho que estar bem com isso.

Conversando com o Ex, Episódio 7: Love me Tinder

Transcrição

SHAY GOLDSTEIN: Essa é boa. Alguém num terno de pele azul brilhante com uma biografia mencionando apenas "Você é corajosa o suficiente para descobrir o que está por debaixo disso?"

DOMINIC YUN: O que acha disso? "Sou espontâneo e impulsivo. Tenho uma marca de batom da minha ex tatuada em algum lugar do meu corpo. Mas só vou te mostrar no nosso terceiro encontro.

SHAY GOLDSTEIN: E então um emoji piscando?

DOMINIC YUN: Sempre tem um emoji piscando.

SHAY GOLDSTEIN: A menos que haja um emoji sorrindo.

DOMINIC YUN: Seria um momento ruim para mencionar a tatuagem que tenho na parte de baixo das minhas costas com seu nome? É de muito bom gosto.

25.

Casual acaba sendo muito mais divertido do que eu esperava.

Após alguns dias Dominic se senta ao meu lado durante uma reunião e coloca sua mão na minha coxa por debaixo da mesa. De vez em quando, seu polegar roça minha pele nua sob a saia.

Na semana seguinte, quando nos encontramos sozinhos naquele elevador maravilhosamente lento, eu caio de joelhos e vejo o quão perto consigo chegar dele antes de chegarmos ao andar de baixo.

Quando saímos do elevador, como se nada tivesse acontecido, Dominic sorrateiramente afivela seu cinto, eu sigo seu carro até o apartamento e nós experimentamos três posições e meia de suas vinte mencionadas.

É melhor que eu não precise me preocupar com o que quer que isso com Dominic seja, nada além de casual, porque Ameena recebe a oferta de trabalho na sexta-feira à tarde. Na hora que ela me ligou para contar, ela já tinha aceitado. Ameena é excelente em tudo que faz, então não estou surpresa que ela tenha recebido a oferta. Também não estou surpresa que ela a tenha aceitado, já que esse era o emprego de seus sonhos.

O que me surpreende é que quando chego ao apartamento dela em Capitol Hill, sábado à noite, antes de sairmos para um jantar comemorativo, já há caixas espalhadas por todos os lugares.

"Talvez eu estivesse um pouco ansiosa demais", ela diz. "Eles querem que eu comece no próximo mês, que será em breve, eu sei, então viajaremos até lá no próximo final de semana para ver os apartamentos. Talvez, até uma casa – o custo de vida é bem menor que o daqui."

"Não é *tão* ruim aqui", eu digo debilmente, mesmo que seja. Mas uma parte de mim está magoada, porque ela está nesse emprego há menos de vinte e quatro horas e já está dando um chute na cidade em que nós duas crescemos.

Ela ergue uma sobrancelha desenhada. Quando crianças, costumávamos nos olhar no espelho, tentando levantar uma sobrancelha e depois a outra. Eu nunca consegui, mas Ameena dominou a técnica. "Pagamos de aluguel quase 3 mil por mês."

Está ventando, um mês de maio típico em Seattle, então Ameena pega seu cardigã, antes de ela e TJ me seguirem até a porta de seu prédio do início do século XX. Foi uma pechincha quando eles assinaram o contrato há alguns anos. Eles moram a uma pequena distância de vários bares, restaurantes, casas de show e lindas lojas. Coisas que parecem importantes em seus vinte e poucos anos mas, talvez, não tão cruciais quando você já está chegando nos trinta, ainda menos quando você já chegou nos trinta, imagino. A única coisa perto da minha casa é um posto de gasolina. E, você sabe, outras casas.

TJ passa um braço pelo ombro dela quando passamos por grupos de hipsters de Capitol Hill fumando cigarros eletrônicos fora dos bares. Tento não pensar em como, se Dominic fosse meu namorado, eu o traria para este jantar ao invés de vir sozinha, caminhando desajeitadamente atrás do casal, visto que a calçada não é larga o suficiente para três pessoas.

"Deus, está barulhento aqui", Ameena diz quando nos acomodamos em uma mesa com sofazinho, num bar de tapas, ao qual já viemos algumas vezes. "Eu nunca tinha notado o quão *barulhenta* Seattle é."

"Certeza de que eles têm bares na Virgínia também", eu digo baixinho, tentando não parecer uma imbecil, mas ela não percebe que irei continuar vivendo neste lugar barulhento e caro? Sem ela?

Nós pedimos bebidas e algumas entradas para começar. Na mesa ao nosso lado, um trio de nerds tecnológicos está falando sobre um Tesla que um deles comprou. Ele teve a coragem de dizer que não podia acreditar que teve que esperar tanto tempo para ser entregue.

"Imagine só, reclamar do seu Tesla", diz TJ, bebendo um gole de uma bebida roxa superfaturada.

"Acrescente isso na minha lista de coisas das quais não sentirei falta", Ameena diz.

Isso me deixa irritada. "Ok, sério?" eu digo.

Sua sobrancelha salta novamente, daquela maneira praticada. "O quê?" ela pergunta, com a voz cheia de frustração.

"Você. De repente acabando com Seattle. Estou feliz por você, de verdade, e sei que deveríamos estar comemorando. Mas você sabe o quanto é difícil sentar ao seu lado enquanto você fala o quanto está feliz em sair desta cidade?"

"Shay – eu não estava – quero dizer", ela diz, tentando voltar atrás. "Merda. Sinto muito. Eu... fui um pouco longe demais. Você sabe que odiei o processo seletivo. E já faz um tempo que estou cansada de Seattle."

"Poderia ter-me enganado."

Ameena olha para sua bebida, brincando com o canudo. "Olhe. Talvez você seja feliz aqui, fazendo sempre a mesma coisa. Trabalhando no mesmo lugar desde que saiu da faculdade. Mas eu sempre quis sair daqui. Logo depois da faculdade..." Ela faz uma pausa, como se percebesse que estava prestes a dizer algo que não queria.

"Ameena", TJ diz baixinho, cobrindo sua mão com a dela. "Você tem certeza que..."

Ela lhe dá um meio sorriso, como se estivesse assegurando-lhe que ficará bem depois de lançar a bomba que está prestes a lançar, o que me deixa nervosa. "Tenho certeza." Ela se vira para mim. "Logo depois da faculdade, eu recebi uma oferta de emprego de um grupo ambientalista de Nova Iorque."

Isso é novidade para mim. "Você... o quê?"

"Sim." Ela faz uma careta, talvez já se arrependendo de soltar isso. "Mas eu recusei. Você ainda estava sofrendo com... com tudo e eu me senti péssima com a ideia de te deixar."

Suas palavras caem como tijolos no chão do bar.

"Eu... eu não te fiz ficar", eu digo, incapaz de processar o que ela está dizendo. "Eu não sabia. Se você tivesse me contado, eu teria encorajado você a aceitar o emprego!"

O fato dela ter falado sobre isso com TJ, que eles decidiram que era sensato esconder isso de mim, pelo menos até agora – me deixa chocada. E, é claro que ele sabe. TJ é seu favorito. Isso é o que acontece quando você encontra a pessoa certa. Eles estão se mudando para a Virgínia juntos, deixando-me para trás. E, desta vez, ela não precisa se preocupar comigo a prendendo.

"Talvez você tivesse, mas eu ainda não tenho certeza se teria aceitado."

O álcool queima, descendo pela minha garganta. "Sinto muito por você ter sentido tanta pena de mim ao ponto de eu ter feito você não aceitar seu emprego dos sonhos."

Meu pai tinha falecido havia quatro anos naquele tempo. Eu não estava mais tão atrapalhada. Eu não estava. Eu tinha acabado de começar a trabalhar na Rádio Pública Pacific. Isso me deixou feliz.

Não deixou?

"Você só tinha a mim", Ameena diz. "Você só tinha a mim e eu me senti... eu não sei, amarrada a você."

Amarrada. A palavra cai tão duramente na cara de TJ quanto no meu coração.

"Você se sentia amarrada a mim?"

"Não, não, não. Péssima escolha de palavra. Não amarrada, eu apenas..."

Eu não a deixo terminar. "Eu não tinha só você", eu atiro de volta. Os nerds tecnológicos da mesa ao lado estão nos assistindo, aparentemente mais interessados na nossa discussão do que no Tesla deles. "Eu tinha minha mãe. Meu trabalho." Espero que, quando as palavras saírem da minha boca, soem menos patéticas, menos sem sentido, mas não. Elas não saem.

"Certo, seu trabalho. Aquele que te consome, que te faz atrasar para tudo, que se tornou toda a sua maldita personalidade."

"Ameena", TJ começa sentindo que ela está indo longe demais. Mas sua expressão é intensa tal qual nunca tinha visto antes, sobrancelhas desenhadas, mandíbula cerrada. Ameena e eu não gritamos. Nós não brigamos.

Talvez, estivéssemos guardando para esse momento.

"Não, ela precisa ouvir isso. É para o próprio bem dela." Suas feições suavizam, mas suas palavras continuam afiadas. "Eu te amo. De verdade. Mas você já pensou que, talvez seu pai esteja te segurando? Que você ainda esteja na RPP para realizar o sonho de seu pai, mas nunca parou para pensar se *você* ainda quer isso? Você está mentindo para si mesma, Shay", ela continua. "Você está mentindo sobre Dominic para seus ouvintes e você está mentindo para si própria. Você está dizendo a si mesma que o que quer que esteja acontecendo com ele não é real, então nada precisa mudar."

Mas eu quero que as coisas mudem. Eu acho, mas não consigo dizer. Foi por isso que aceitei esse trabalho de apresentadora, não foi?

"Por mais que eu queira continuar a brigar publicamente neste bar hipster, que representa tudo de errado que há com Seattle", eu digo, pegando minha bolsa, "estou indo embora".

"Shay, espere", TJ diz, mas não adianta. Já estou quase chegando na porta.

Felizmente, consigo sair do bar antes que as lágrimas comecem a cair, e as enxugo o mais rápido que consigo, querendo não ser a mulher que chora em público.

E mesmo que eu não deva, mesmo que isso, provavelmente, vá contra a definição de casual, mando uma mensagem para Dominic no caminho de volta para meu carro.

Você pode vir em casa? Eu realmente preciso conversar com alguém.

É um alívio quando sua resposta aparece alguns segundos depois.

Já chego aí.

26.

"Você não precisava ter trazido nada", eu digo quando Dominic chega, com roupa de fim de semana, camiseta preta e jeans desbotado, segurando uma sacola plástica com comida para viagem. Meu estômago ronca, lembrando-me que deixei o jantar de Ameena sem comer nada.

Ele faz uma careta. "Merda, isso é complicado. Não é para você."

Eu puxo Dominic para dentro e Steve sobe em seus tornozelos até que ele se abaixa para coçar atrás de suas orelhas.

"Eu não sabia se você já tinha jantado", ele diz, passando-me a sacola, "mas eu achei que você pudesse, pelo menos, comer as sobras amanhã de manhã. Ou à tarde, se você for alguém que não acha que as sobras ficam mais gostosas às dez da manhã de um domingo".

"Espera. Você está dizendo que?"

"Sim, porque eu não sou um monstro que quer destruir o sabor de comida de restaurante no micro-ondas."

"Pizza fria, com certeza. Mas você está me dizendo que comeria de bom grado, tipo, lasanha fria? Ou, um prato frio de *enchiladas*?"

"Eu comeria e já comi."

Eu abro a sacola. "É comida tailandesa? Do Bistrô Bangkok? Está perdoado."

"Você me disse algumas semanas atrás que era sua comida para viagem favorita", ele diz, com um encolher de ombros, como se não fosse grande coisa.

Ele me trouxe comida. Trouxe comida para nós dois. É doce, talvez muito doce para qualquer que seja essa situação foda que estamos vivendo. Então, talvez minha mensagem desesperada novamente tenha ultrapassado nossos limites de relacionamento casual. Neste momento, tenho que lidar com muita fome e muitas emoções.

Passamos à cozinha e eu pego pratos e talheres, enquanto ele desempacota frango tailandês, curry verde e sopa tom yum.

"Eu poderia me banhar nesta sopa", eu digo. "Obrigada. Estou morrendo de fome."

Ele roça meu braço com a ponta dos dedos, enquanto eu empilho os pratos perto dos recipientes de comida para viagem. "Sem problemas."

Como a comida ainda está quente, faço um tour rápido pela minha casa com Dominic, apontando para todos os lugares aconchegantes que Steve reivindicou como seus. Dominic se encosta na porta do meu quarto, enquanto eu lhe mostro as paredes que finalmente decidi pintar de menta no final de semana passado, parecendo tão natural que não consigo olhar em seus olhos.

"Você quer alguma coisa para beber?" eu pergunto, levando-o de volta à cozinha. "Água, cerveja, vinho? Receio não ter nenhum Charles Shaw. Um pouco elegante demais para meu gosto."

Ele me dá um meio sorriso em resposta, mas parece inquieto. "Água está ótimo", ele diz. "E que casa bacana. Você tem que se orgulhar disso. Você comprou uma casa em Seattle e ainda nem tem trinta anos. O mercado de imóveis é..."

"*Estou* orgulhosa", eu digo, interrompendo-o antes que ele se aproxime demais de qualquer um dos pontos da discussão com Ameena. Enquanto eu lhe sirvo um copo d'água, percebo que é verdade: tenho orgulho desta casa que consegui comprar sozinha.

Nós levamos nossos pratos à sala de estar, onde eu desabo no sofá ao lado dele. Sua presença me faz sentir um pouco menos tensa do que com Ameena. É muito fácil tirar os sapatos e cruzar as pernas para que meus joelhos toquem os dele. E eu me pergunto se é fácil para ele colocar a mão no meu joelho, seu polegar roçando para frente e para trás. Pergunto-me se ele tem ideia do quanto isso é reconfortante.

"Steve está bem?" ele pergunta. Ele gesticula com seu garfo apontando para onde Steve está, do outro lado da sala de estar, travado numa competição de olhares com a parede.

Eu paro de tomar a minha sopa. "Ah. Aquilo. Ele fica fazendo isso onde ele, tipo, dá *tilt*. Somente assim consigo descrever isso. Sua perna paralisa enquanto ele se coça e ele fica olhando para o nada por um tempo. Ou ele entra no banheiro e fica olhando para a parede por dez minutos. É absurdo."

"Cachorro doidinho."

"Cachorro doidinho *perfeito*", eu o corrijo, e então chamo Steve. Ele sai de seu transe e pula no sofá, entre nós, praticamente me empurrando para fora do caminho para ganhar de Dominic um dos melhores carinhos na cabeça. Cachorro estranho e desleal.

"*Você* está bem?" Dominic pergunta fazendo carinho em Steve. Agora Steve está em outro tipo de transe. "Nós podemos conversar, se você quiser. Sua mensagem parecia um pouco..."

"Desesperada?"

"Bem... sim."

Eu tomo um demorado gole d'água, antes de colocar o copo na mesa de centro. "Você sabe como algumas escolas fazem esses concursos de formatura? O melhor flerte, o melhor vestido e tudo aquilo?"

Dominic esfrega a nuca timidamente. "Eu fui, hum, eleito o mais provável para ser bem-sucedido."

Eu bato nele com uma almofada. "Oh, meu Deus, claro que foi. Bem. Então, eu lhe contei que meu pai morreu no meu último ano do Ensino Médio. E não oficialmente, mas oficialmente o suficiente para eu saber que todos estavam falando sobre isso, eu me tornei a Garota Que Perdeu O Pai No Último Ano Do Ensino Médio."

É dessa maneira que todo mundo do Ensino Médio lembra de mim, atrelada a essa história. Eu sei que não sou a única pessoa que já perdeu um dos pais, mas parece que nunca consegui me livrar desse rótulo."

"Sinto muito", ele diz. "Eu não posso fingir que sei como é. Mas por que isso veio à tona agora? O que aconteceu?"

Eu explico o que deveria ser o jantar de comemoração de Ameena e ele respira fundo.

"Ela não pode culpar você por isso", ele diz. "Você sabe disso, não sabe?"

"Racionalmente, sim. Mas..." Respiro fundo, proferindo o que me preocupa desde que Ameena falou sobre isso ou, possivelmente, por mais tempo do que gostaria de admitir. "Às vezes, eu me pergunto se estou exagerando com meu trabalho na rádio. Caso você não tenha notado, é meio que toda minha vida." Não parece trabalho, apesar de estar me preparando para nosso programa sobre luto, agendado para daqui a duas quintas-feiras.

Ele se cala por um momento. "Apesar de você adorar ser apresentadora. E ser boa no que faz."

"Você já está dormindo comigo. Não há necessidade de amaciar meu ego."

"Não estava amaciando seu ego. Você realmente é boa. Você tem esse jeito fantástico de ser pé no chão e você é engraçada sem precisar forçar e você é... *divertida* de se ouvir."

Eu quero desfrutar desses elogios, mas estou presa no bar com Ameena e TJ. "Eu realmente amo estar no ar. Não é tanto sobre apresentar o programa, mas o fato de eu estar no mesmo emprego desde que me formei na faculdade. Isso parece normal?"

"Se você achar um que te complete, com certeza." Ele me encara seriamente. "Eu serei seu ex por quanto tempo você quiser. Sei que combinamos por seis meses, mas entrei de cabeça nessa com você. Espero que você saiba disso."

"Eu... eu não sabia", eu digo. O alívio é caloroso e imediato. "Mas obrigada. Eu acho que pensei que já teria tudo resolvido a essa altura do campeonato. Estou com quase trinta anos e não sei se estou mais perto de me resolver do que estava quando tinha vinte e um ou, até mesmo, vinte e cinco. Há tanta pressão para você ter toda essa merda resolvida e eu não tenho ideia do que estou fazendo. Eu queria um casamento igual ao dos meus pais e talvez, eu quisesse uma família, mas isso não é algo que possa imaginar ainda. Eu só consigo cozinhar, tipo, duas coisas com competência. A maioria das coisas que eu como vem dos kits refeições. Eu pago academia, mas nunca vou malhar. Eu trabalho na maioria dos finais de semana. Às vezes sinto que estou brincando de ser adulta, como se estivesse constantemente olhando em volta, esperando por um adulto de verdade me dizer o que fazer se meu triturador de lixo começar a fazer um som estranho, ou se devo colocar mais dinheiro na previdência privada. Eu... me sinto totalmente confusa." Eu rio de mim mesma, mesmo quando as lágrimas ardem atrás de meus olhos.

Empurro meus óculos para cima, limpo meu rosto, tentando não o deixar ver. Chorar na frente do cara com quem você está saindo casualmente – provavelmente também não é permitido. Mas claro que ele vê e deixo ele me puxar para perto dele no sofá.

"Acho você incrível", ele diz. "Você me intimidou desde meu primeiro dia na RPP."

"Sei."

"Estou dizendo a verdade." Seus dedos passeiam pelo meu cabelo e eu noto, com um aperto em meu coração, que ele está suavemente desembaraçando-o. "Você era tão segura de si, falava tão fluentemente a linguagem da rádio, fazia eu me sentir um idiota por não a entender."

"Sinto muito por isso", eu digo, chorando.

"Mas eu *fui* um idiota", ele diz. "Eu não sabia de muita coisa e ainda assim cheguei me achando somente porque tenho um mestrado. Além disso, você está mantendo vivo um cachorro de quatro quilos e meio. Eu diria que isso pode ser considerado sucesso. Eu mal me lembro de regar minhas plantas e elas precisam ser regadas apenas uma vez por semana."

"Três quilos. Embora ele tenha a energia de um cachorro grande."

Ele ri e me abraça mais apertado, seus dedos massageando meu couro cabeludo. É cruel o quão bom isso é – porque é claro que é passageiro. Eu não sei qual é nosso prazo de validade, mas, em breve, ele não será mais meu. Ele mal é meu agora.

"Eu também achei que tinha as coisas resolvidas", ele diz. "Pós-graduação, a namorada de longa data. Eu achei que iríamos nos mudar para algum lugar juntos, que ela estaria cursando medicina e eu estaria fazendo uma reportagem nobre, derrubando uma corporação do mal, e eu a pediria em casamento e teríamos uma festa cara e maravilhosa."

"Você gostaria de ter conseguido tudo isso?" eu pergunto.

Ele hesita apenas um momento antes de responder. "Não. Eu não. Nos meses seguintes, sim, com certeza. Mas o que aconteceu comigo me moldou. Não sei se teria terminado de amadurecer sem o que passei, sem conhecer esse tipo de desgosto. E agora, é apenas algo que carrego dentro de mim, assim como você carrega seu pai."

Eu levanto a mão para acariciar sua bochecha. A barba por fazer está de volta – eu senti saudades. Ele não tem todas as respostas porque ninguém as teria, mas pelo menos, ele faz tudo parecer mais leve.

Eu estava convencida de que ter um relacionamento *casual* com ele seria seguro, pois ele é muito diferente de qualquer um que já namorei no passado, caras que pareciam ter suas vidas resolvidas. É um absurdo que esse cara, que supostamente deveria ser meu ex-namorado, pudesse ter sido um ótimo namorado. Eu achei que gostava da sensação de perigo de estar ao lado dele, esse segredinho que estamos escondendo do escritório há duas semanas, mas talvez eu goste mais disso.

Eu preciso parar de pensar assim.

"Eu almocei com um velho amigo hoje, um cara chamado Eddie", Dominic diz de repente. "Nós éramos as duas únicas crianças coreanas da nossa turma na sexta série e achei que isso nos uniria para sempre, mas nós perdemos contato após o Ensino Médio. Ele está trabalhando em uma *startup* ultramoderna e, provavelmente, ficará milionário assim que forem comprados. Ele acabou de terminar com a namorada e ele precisava conversar com alguém. E foi ótimo. Até poderemos nos encontrar novamente."

"Você me derrotou. Eu tenho pensado em perguntar a Ruthie se ela quer sair para beber após o trabalho, mas eu acho que tenho... pensado em outras coisas."

Ele concorda com a cabeça, então me beija e eu consigo bocejar bem no meio disso.

"Me desculpe", eu digo, cobrindo a boca. "Eu juro que ficar com você não está chato." Eu checo a hora no meu celular – quase meia-noite. Eu não percebi que estávamos conversando há tanto tempo.

Ele gesticula em direção à porta. "Eu deveria...?"

"Não", eu digo, ciente de estar quebrando as regras do nosso acordo, mas não me importando. "Eu odiaria que você voltasse tão tarde. Talvez você pudesse... passar a noite aqui?"

"Você tem certeza?" O peso de seu olhar me prende ao sofá.

"Você pode ter que lutar com Steve para conseguir um lugar na cama, mas eu tenho. Se você quiser."

"Eu gostaria de ficar", ele diz. Aparentemente, ele também não se importa que combinamos de não passar a noite na casa um do outro.

Eu tenho *flashbacks* de Orcas Island quando lhe dou uma escova de dentes. Nenhuma das minhas roupas caberá em seu corpo grande, então ele dobra cuidadosamente suas roupas, antes de colocá-las sobre minha cômoda e se deita na cama ao meu lado, apenas de cueca boxer.

"Eu realmente estou cansada", eu digo, virando-me para encará-lo. O cansaço me derruba. Talvez, eu realmente esteja ficando velha. "Tudo bem se você quiser ir embora."

"Você acha que eu vou embora porque não faremos sexo hoje à noite?"

"Bem... sim."

Ele parece perturbado com o que acabei de dizer. "Poderíamos estar ouvindo os melhores compilados de clipes antigos de Kent e eu ainda gostaria de estar aqui com você", ele diz. "Estou aqui por *sua* causa."

Mas as preocupações atordoam minha mente. Agora que já fizemos sexo casual, provavelmente, ele queira se aventurar um pouco mais. Essa ideia me faz passar mal, Dominic se aventurando com outras mulheres.

Eu lembro do que Ameena me disse sobre me apegar ao meu trabalho e à minha rotina para que nada tenha que mudar. Isso não é verdade. Nesse ponto, sinto-me totalmente desesperada por mudanças. Se eu não me sentisse, não teria adotado Steve ou começado a hospedar ou ficar com Dominic. Mantendo isso casual – eu estou protegendo o programa, sim, mas mais do que isso, estou me protegendo.

"Isso pode parecer ridículo, mas... você quer conhecer minha família?" Dominic me pergunta na meia-luz. O abajur do meu lado da cama ainda está aceso e eu gosto do jeito que as sombras pairam no rosto dele.

"O quê?"

"Eles estão um pouco preocupados comigo. Por causa da coisa toda de não-ter-amigos. Então, eles me perguntaram se eu queria convidar minha coapresentadora para jantar."

"Mas eles não podem saber que estamos..."

"Não, não podem."

Não é uma boa ideia. Não é uma boa ideia. E, no entanto, eu não consigo me conter quando um acordo cai por terra.

"Claro", eu digo. "Não posso dizer que não estou curiosa sobre como tudo isso aconteceu." Eu gesticulo para o volume de seu corpo e ele sorri, saltando sobre mim e me pressionando profundamente no colchão.

Tudo que fazemos é nos beijar, parando de vez em quando para rir ou conversar ou nos maravilhar com o quão Steve é bom em nos empurrar para fora da cama para abrir espaço para ele. Estarei exausta amanhã, mas não me importo. Talvez eu seja masoquista, gostando de tê-lo aqui em minha cama e sabendo que não podemos ser mais nada do que isto. Que mesmo *isto* está indo um pouco além dos limites do que somos e é apenas uma questão de tempo antes de terminarmos.

Não é real.

Mas eu me pergunto, se não é real, por que adormecemos com o rosto dele encostado na minha nuca e sua mão em meu quadril.

DE: Yun, Dominic d.yun@pacificpublicradio.org

PARA: Goldstein, Shay s.goldstein@pacificpublicradio.org

DATA: 14 de maio, 15:52.

ASSUNTO: Cabine C

Oi Shay,

Você verá no nosso calendário compartilhado que reservei a Cabine C das 16:00 às 16:15. Há algo que quero que você ouça. Acho que você vai gostar bastante.

Abraços, Dominic

DE: Goldstein, Shay s.goldstein@pacificpublicradio.org

PARA: Yun, Dominic d.yun@pacificpublicradio.org

DATA: 14 de maio, 16:19.

ASSUNTO: RE: Cabine C

Querido Dominic,

Você estava certo. Essa foi uma peça de áudio especialmente satisfatória.

Tudo de bom,

Shay

27.

"Quero que você saiba que ouvimos muito sobre você", Margot Yun diz, depois de pegar meu casaco no *hall* de entrada da casa de infância de Dominic. "Mas, francamente, não ouvimos quase nada."

Eu estampo um sorriso em meu rosto, enquanto tiro os sapatos de milho que um patrocinador nos enviou semanas atrás. "Minha mãe sente o mesmo", digo-lhe. "Dominic e eu somos apenas... pessoas reservadas."

"Acho louvável" diz Morris, o pai de Dominic, cerca de 12 centímetros mais baixo que sua esposa. Está claro o lado da família do qual a estatura de Dominic veio. "Não há necessidade de postar tudo nas redes sociais. As pessoas não conseguem guardar as coisas para si mesmas hoje em dia. Embora eu tenha acabado de aprender a mexer no Snapchat. Conte a eles, Margot."

"Ele está muito orgulhoso de si mesmo", Margot diz. "Ele me envia fotos da loja, quando não estamos trabalhando juntos, mas não consigo entender porque elas desaparecem depois de alguns segundos. Eu nunca consigo recuperá-las."

"Eu tentei lhe dizer, esse é o objetivo!"

"Eu não tenho coragem de lhes dizer que ninguém mais usa Snapchat", Dominic sussurra para mim.

Foi uma longa semana e não sei ao certo como me sinto ao encontrar os pais de Dominic. Embora eu tenha certeza de que eles são pessoas adoráveis, minha relutância está fortemente envolvida com meus sentimentos por Dominic. Os outros setores da minha vida não estão mais fáceis de gerenciar. Ameena e eu não conversamos mais desde aquela noite, embora TJ tenha agido como intermediário, informando-me que eles voaram para a Virgínia esta manhã para olhar apartamentos. Por mais que eu queira que as coisas entre nós voltem ao normal, não consigo esquecer o que ela disse. Embora eu saiba que não é minha culpa que ela não tenha aceitado aquele emprego tantos anos atrás, suas palavras cravaram como garras em mim, despertando uma incerteza que sempre volta à minha cabeça, quando o trabalho está devagar.

    Nós seguimos seus pais até a sala de estar. Eles são um pouco mais velhos do que eu esperava, o que provavelmente deveria ter adivinhado, já que ele é o mais novo de cinco filhos. Morris Yun é careca, com linhas finas ao redor da boca e uma inclinação em seus ombros que o faz parecer ainda mais baixo. Por outro lado, Margot é esbelta e majestosa, com seus cabelos grisalhos cortados na altura do queixo e roupas feitas sob medida.

    Se eu ainda não soubesse que eles são proprietários de um antiquário, a casa deles os entregaria. É um sobrado espaçoso em Bellevue, um rico subúrbio de Seattle que se torna a cada dia que passa mais e mais o bairro dos jovens executivos bem-sucedidos. Tapeçarias pendem das paredes ao lado de pinturas em molduras ornamentadas e cada superfície é decorada com pequenas estátuas, vasos, espelhos, relógios e até mesmo um antigo gramofone em um canto. Ainda assim, parece ter coerência. Dá uma *vibe* de museu, mas um museu em que você gostaria de morar.

    No caminho, Dominic me falou sobre crescer em Eastside. "Lembro que ir para Seattle era uma coisa emocionante", ele disse. "Eu esperava por isso, por semanas."

"Isso é tão fofo", eu disse. Como uma criança nascida e criada na cidade, não pude deixar de provocá-lo. "Bebê Dominic na cidade grande."

Agora me sento ao lado dele no estonteante sofá vitoriano, que parece algo saído de um filme dos anos 1950, querendo desesperadamente que seus pais gostem de mim, mas não tenho certeza do porquê.

"Vocês têm uma bela casa", eu digo, e os dois parecem satisfeitos.

"Nós temos orgulho dela", diz Margot em um sofá aconchegante. "É uma espécie de coisa viva – nós tendemos a mudá-la, de vez em quando, quando estamos dispostos, ou quando encontramos algo que ainda não queremos deixar na loja. Dominic praticamente cresceu aqui. Suponho que você já saiba disso tudo, mesmo que não saibamos nada sobre você."

"Mãe", Dominic diz baixinho e soa como um aviso.

Anseio pela realidade paralela em que Margot não fica imediatamente na defensiva.

"Você nunca foi assim tão reservado", Margot continua alisando a bainha de sua saia desalinhada. "Ele costumava postar todas as novidades no Facebook e ficava bravo quando eu era a primeira a curtir. Ele até me ligou da faculdade para me pedir educadamente para parar de fazer isso, já que todos seus amigos podiam ver."

Eu nunca vi o rosto de Dominic tão vermelho.

"Eu não faço mais isso", Dominic diz. "Não consigo nem lembrar a última vez que entrei no Facebook."

"Pelo menos temos a chance de te conhecer agora", Margot diz. "O que sua mãe faz, Shay?"

Eu sou grata a Dominic por tê-los avisado sobre meu pai. "Ela é violinista na Sinfonia de Seattle."

Seu rosto se ilumina e sinto uma explosão de orgulho, grata por isso ter-me dado alguns pontos. "É mesmo? Estivemos lá semana passada, para assistir a *Sinfonia Júpiter* de Mozart. Incrível. Você deve ir sempre."

"Não tanto quanto antes", eu admito. "Mas foi interessante crescer com alguém tão crítica para música como minha mãe. Ela tomou como ataque pessoal quando comecei a ouvir Backstreet Boys."

Dominic abre um sorriso e eu não gosto do que isso faz com meu coração.

"Na verdade, eu poderia te dar ingressos de cortesia", eu acrescento.

"Eu não gostaria de tirar o lugar de ninguém."

"Não há problema algum, de verdade. Minha mãe sempre tem muitos deles."

"Bem... obrigada. É muito gentil", ela diz suavemente. "E você trabalha na rádio já há algum tempo?"

"Desde a faculdade." Não é um assunto delicado. Não mesmo. "Com que frequência Dominic vem sozinho visitá-los?"

Morris desliza seus óculos azul-petróleo para cima. "Normalmente vemos Kristina e Hugo no Natal, já que moram fora do estado. E Monica e Janet geralmente a cada dois meses. Mas Dominic, simplesmente não consegue se cansar de nós."

"Não estou dizendo que sou o melhor filho porque os visito mais que os outros, mas..."

Sua mãe pisca para ele, e sério, o que está acontecendo com meu coração? Essa piscadela me faz querer tanto fazer parte disso – não como uma amiga ou coapresentadora ou uma falsa qualquer coisa, mas como uma namorada.

"Mesmo sob circunstâncias estranhas", Morris diz, "é bom te conhecer. Você e Dominic claramente criaram algo especial e mesmo que não seja exatamente o tipo de coisa que eu ouviria, muitas pessoas parecem estar se identificando com isso. E é ótimo que vocês dois tenham conseguido permanecer amigos". Ele se levanta. "Nós estamos terminando de preparar o jantar. Se você quiser levar Shay para conhecer a casa..."

"Podemos ajudar em alguma coisa?" eu pergunto.

Margot acena com a mão. "Está quase pronto." Ela sorri enquanto acrescenta, "E, bem, não achamos ruim em exibir nossa casa."

"Acho que vou mostrar meu quarto de infância", Dominic diz. "Só para que ela possa dar mais algumas risadas às minhas custas."

"Quantos Beanie Babies."

Eu olho para eles: prateleiras e mais prateleiras, cada um em seu próprio nicho, alguns deles em caixas de colecionador. Ursos e pássaros e macacos e leões e lagartos de todas as cores, todos com suas etiquetas vermelhas ainda intactas. E essas prateleiras – parecem que foram construídas para o propósito único de armazenar Beanie Babies.

"É uma doença", Dominic diz, abaixando a cabeça.

"Como isso aconteceu? Como alguém consegue ter tantos Beanie Babies?"

"Trezentos e vinte, para ser exato. Alguns de nossos parentes da Coreia trouxeram de presente à minha irmã Kristina, quando vieram nos visitar." Ele aponta para um urso azul com a bandeira coreana estampada por toda parte. "Eles estavam realmente empolgados com isso. Mas Kristina não ligou muito, então ela me deu e, por algum motivo, eu os adorei. Eu era uma daquelas pessoas que achava que, um dia, eles valeriam muito dinheiro. E eu estava cem por cento errado."

"Eles ainda eram populares quando você era criança?"

"Um pouco. Agora você pode ver porque não perdi minha virgindade até entrar na faculdade."

"Eu estou apenas..." Eu paro, balançando minha cabeça. É hilário, mas cativante, imaginar um jovem Dominic arrumando-os meticulosamente nessas prateleiras. "Não sei se conseguirei continuar dormindo com alguém que tem trezentos e vinte Beanie Babies."

"Infelizmente. Eu sabia que isso aconteceria. Bem, foi bom enquanto..."

Eu o interrompo pressionando minha boca na dele, chutando a porta atrás de nós, para fechá-la. Ele me puxa para perto, suas mãos em meus quadris. O calor de sua língua, o cheiro amadeirado do sabonete que eu lhe disse ser muito melhor que o da sua colônia. Estou sempre esperando pelo próximo momento em que podemos ficar sozinhos assim e, embora não tenhamos mais dormido na casa um do outro, nós nos encontramos todas as noites.

Estamos suficientemente familiarizados um com o outro para sabermos exatamente como gostamos de ser tocados e quando ele vai para o lugar onde meu pescoço encontra meu ombro, eu solto um gemido suave que também sei que ele adora ouvir. Ele já está excitado e sempre é tudo muito rápido, quando sei que ele me quer.

Um som metálico vindo da cozinha nos separa.

Ele solta os dedos do meu cinto e dá um passo para trás. A pele do meu pescoço queima em brasa.

"Provavelmente é o melhor", ele diz, com um sorriso tímido, apontando para os Beanies. "Você teria pesadelos por dias."

Enquanto recupero o fôlego, examino o resto do quarto. Há um mural de fotos ao lado de sua mesa, um que provavelmente não é atualizado há anos. "Ohhh, essa é sua foto do último ano? Você era fofo no Ensino Médio. Definitivamente eu teria uma queda por você." Eu me jogo em sua cama. "Não posso acreditar que eu já tinha saído da faculdade quando você ainda estava no Ensino Médio. Isso faz eu me sentir velha."

Ele se senta ao meu lado. "Você tem *dial-up*? E CDs? Como era sua coleção de CDs?"

"Hummm... muitos CDs do NSYNC, Mandy Moore, Blink, 182 e um punhado de Now That's What I Call Musics. E não me envergonho de nenhum deles."

"Mandy Moore, de *This is Us*?"

"Oh, meu Deus, não diga uma palavra até ouvir *Candy*."

Meu quarto não foi tão preservado quanto o dele, mas talvez essa tenha sido mais uma decisão pessoal do que por conta da passagem do tempo. Também fixado a esse mural de cortiça está uma passagem antiga para Seoul. Uma foto dele em frente a um lindo palácio verde e vermelho.

"Então, sua mãe nasceu na Coreia e seu pai aqui?"

Ele confirma com a cabeça. "Ela cresceu em Yeoju, que é uma cidade pequena fora de Seoul. Na verdade, não era nem uma cidade quando ela estava crescendo lá, era apenas um condado. Eu estive lá apenas algumas vezes – por incrível que pareça, é caro fazer muitas viagens internacionais com cinco filhos. Especialmente se você é o número cinco. Mas ambos são filhos únicos e queriam uma família grande."

"Parece que estão bem agora", eu digo. "Sua casa é realmente impressionante."

"Sei que minha mãe gostou disso. E sim, eles estão, mas demorou um pouco para chegarem aonde estão."

A próxima vez que nos beijamos, não é rápido e forte como costuma ser. É um beijo suave, reverente, e acontece tão devagar que estou convencida que o tempo também para. Então, ele tira um pouco do meu cabelo do caminho, para que possa dar um beijo em minha orelha. E outro. Eu me arrepio toda com a gentileza de seus lábios na minha pele, o roçar de seu polegar ao longo de meu queixo. Minha bochecha. Como se estivesse me memorizando ou mesmo... saboriando-me.

Isso me aterroriza. Tudo isso – seus pais e seu quarto e as partes dele que não compartilha com mais ninguém. Isso me faz pensar se, afinal de contas, ele não é tão errado assim para mim. Se ele continuar me tocando assim, como algo precioso, algo delicado, eu realmente poderia me apaixonar por ele.

Eu já devo estar no meio do caminho.

"Passa no meu apartamento depois do jantar?" ele diz. Sua voz é doce como mel, tingida com uma aspereza que não deixa dúvidas sobre o que ele está imaginando fazer após o jantar.

"Não tenho certeza se consigo." Eu tento ignorar a dor amarga do arrependimento. "Eu tenho compromisso com a minha mãe amanhã cedo. Coisas do casamento." Pelo menos, não é uma mentira.

Seu rosto se entristece e a mão que acariciou meu rosto com tanta ternura cai em seu colo. "Claro. Tudo bem."

É para o nosso bem, eu tento me convencer. Espaço. É disso que precisamos.

Exceto... que não tenho muito espaço durante o jantar. Nem quando o pé de Dominic cutuca o meu por baixo da mesa, nem quando sua mãe admite "Sei que vocês não estão em um relacionamento, mas vocês realmente ficam fofos juntos", e nem quando os pais deles nos perguntam detalhes sobre os "encontros" que tivemos no outono passado, ansiosos por saberem mais sobre essa parte da vida de seu filho que ele escondeu deles. É um jantar perfeitamente agradável, mas, se eles soubessem a verdade, eu não seria bem-vinda aqui. Tenho certeza disso.

O pânico discreto que venho nutrindo durante a noite toda se transforma em uma verdadeira espiral de ansiedade e, na hora que Dominic e eu damos tchau e seguimos para seu carro, eu tropeço em rachaduras inexistentes na garagem.

"Obrigada por esta noite", eu digo. "Seus pais são ótimos. Seu pai me matou de rir."

"Ele é uma figura." Dominic gira as chaves no dedo indicador. "Tem certeza de que não pode vir para minha casa?" ele pergunta, e há tanto controle sobre suas palavras que estou convencida de que ele está tentando não soar como se estivesse implorando. Isso está me matando. "Só um pouco?"

"Eu disse que não posso." Meu tom de voz é bem incisivo.

Ele levanta as mãos. "Ok, ok. Me desculpe."

Preciso de um tempo longe dele para poder resolver meus sentimentos. Minha vida pessoal e profissional já estão confusas, ainda mais agora que estou enviando mensagens para ele sobre meus problemas e conhecendo seus pais e que não posso tê-lo por completo. Os encontros casuais têm que acabar agora, se tivermos alguma esperança de sucesso a longo prazo para o programa.

Quando ele me deixa em casa após uma viagem silenciosa, eu não me inclino para beijá-lo. Eu não o olho nos olhos. Não tenho certeza do que vai sair da minha boca quando eu a abrir, apenas que, provavelmente irei me arrepender, mas...

"Não tenho certeza se posso continuar com esses encontros casuais."

Ele puxa o freio de mão. "O quê?"

Deus, não me faça repetir isso. Mas eu repito e quando sinto sua mão no meu ombro, eu me encolho contra o assento. Eu odeio o quão certo isso parece.

E esse é o motivo pelo qual eu devo acabar com isso, evitar que algo aparentemente casual deforme meu senso de realidade, quando temo que já o tenha feito.

"Por causa... dos meus pais?" A confusão em seu tom de voz é evidente.

"Não. Não é isso. Bem, mais ou menos, mas... não."

Eu gosto muito de você para continuar fingindo que não. Gosto muito de você para não me apegar, porque já estou muito mais apegada do que jamais imaginei que estaria e qualquer outra coisa vai me matar.

"Isso faz muito sentido."

"Desculpe", eu digo. "Eu... eu queria ser capaz de explicar, mas não tenho certeza se consigo. Com o programa, é... muito complicado." Isso. Essa pode ser minha desculpa.

Parece que acabei de dizer que estou terminando com ele – o que, de certo modo, eu fiz. Seu rosto é uma mistura de confusão e mágoa, suas sobrancelhas unidas, seus olhos arregalados. Se eu olhar para ele por mais tempo, posso tentar retirar tudo o que disse.

"Shay", ele diz, "vamos conversar sobre isso. Por favor".

Eu balanço minha cabeça. "Não posso. Me desculpe. Eu apenas... não consigo." E antes que ele consiga dizer qualquer coisa, eu abro a porta do carro e vou para minha casa.

Eu tenho que me obrigar a não olhar para trás.

28.

Dominic tem sido uma distração.

No final de semana, fico totalmente convencida disso. Ameena estava errada – não é que eu tenha superado a rádio pública. É que eu me tornei complacente, deixando Dominic e Kent falarem por mim quando eu também tenho um microfone. Eu nem sequer defendi minha própria ideia. Quem fez isso foi Dominic. Senti-me grata na hora, mas deveria ter sido eu.

Agora será.

Depois de uma degustação de bolo para abastecer a alma, a qual minha mãe remarcou após uma inesperada viagem a Orcas, volto ao trabalho de uma maneira que não fazia há meses. Paro num café, peço uma caneca extragrande de chai e coloco meus fones de ouvido.

Tivemos um enorme impulso publicitário no início, o que a contragosto, admito que foi graças a Kent. Depois, tivemos o apoio de Saffron Shaw intermediado por Dominic. Eu participei de todas aquelas estratégias de marketing, com certeza. Mas é quase como se estivesse tão acostumada a estar nos bastidores que, uma vez que não estava, não sabia o que fazer. Nós temos alguns ouvintes leais, mas nosso burburinho inicial definitivamente diminuiu. Nada dura, Kent disse. Eu lhe provarei que está errado. Eu vou encontrar nossa dinâmica.

Ele disse que tínhamos uma chance de participar do PodCon – estou determinada a fazer isso acontecer. A programação completa ainda não foi anunciada e enviamos alguns episódios de amostra no mês passado. Eu nos tornarei impossíveis de ignorar.

Meus seguidores nas redes sociais me assustaram um pouco; até mesmo a marca de seleção azul no meu nome é algo que não estou acostumada a ver. Ainda assim, abro o Twitter e procuro nossa *hashtag*. As pessoas continuam falando sobre nós, descobrindo-nos todos os dias. Nossos números de assinantes continuam a subir.

Eu tweeto um pedido descarado para os ouvintes nos avaliarem e resenharem sobre nós, nos *Podcasts* da Apple, Spotify, Stitcher. Vinte, trinta, cinquenta retweets em poucos minutos e é difícil ignorar a emoção que isso me traz. Eu adiciono um formulário na nossa seção do site da RPP, incentivando os ouvintes a nos enviar suas histórias de namoro e tweeto isso também.

Depois, ouço novamente nossos episódios mais populares, pego citações de nossos convidados e transformo-as em gráficos para redes sociais que Ruthie pode postar em nossas contas oficiais do Twitter e do Instagram esta semana. Não – eu farei isso. Eu agendo os tweets e posts, espaçando-os para não sobrecarregar ninguém.

Percorro minhas listas de amigos, procurando por pessoas que tenham uma conexão com algo maior – ex-funcionários da Rádio Pública Pacific, que foram contratados pela RPN, conhecidos com *podcasts* próprios. Envio cerca de uma dúzia de mensagens. Inferno, eu até entro em contato com produtores de alguns dos maiores *podcasts* de namoro e promovo seus próximos episódios nas redes sociais.

Não é um trabalho glamuroso, mas trabalhar em rádio, muitas vezes não é. Não vemos as pessoas meticulosamente costurando clipes de áudios, aguardando o upload dos arquivos, atualizando seus números de assinantes. Vemos os programas que decolam além dos sonhos mais loucos de qualquer pessoa, o *Serials* e o *My Favorite Murders* e os *podcasts* de qualquer celebridade que decidiu iniciar o seu próprio naquela semana.

Felizmente não sou estranha ao pouco glamuroso, aos bastidores. Eu estive lá por dez anos. Eu estou produzindo toda esta merda e se há algo que sei, com certeza, é que era uma produtora boa para cacete.

Lentamente, mas seguramente, meu trabalho de produção faz mágica.

Na segunda-feira, temos algumas dúzias de novas resenhas do *Podcast* da Apple e histórias de namoros e separações enviadas por ouvintes.

Na terça-feira, assinamos um contrato de patrocínio com uma grande empresa de colchões. E tanto eu quanto Dominic ganhamos colchões de graça.

Na quarta-feira, alguém da RPN me respondeu por e-mail, desculpando-se pelo imprevisto e perguntando se poderiam transmitir nosso episódio sobre luto desta semana.

Essa me fez espirrar café quente por todo meu teclado.

"Merda", murmuro, correndo para a sala de descanso para pegar papel toalha.

"Está tudo bem aí?" Dominic pergunta quando eu volto.

Eu me limpo o melhor que consigo. "Se está tudo bem, significa que a RPN irá transmitir o episódio de amanhã, então está."

Ele olha por cima de seu computador. Nós não estamos exatamente fazendo contato visual esta semana e eu tenho mergulhado de cabeça no programa o máximo que posso, para não ficar obcecada por isso. Contanto que eu não diminua meu ritmo, que eu não tenha que pensar em suas mãos ou seus quadris ou sua boca. Sua voz áspera em meu ouvido me perguntando se estou quase lá.

Sim, claro que isso é saudável.

Conto a ele sobre a RPN e então contamos a Kent e Ruthie e minha mãe e Phil e *oh, meu Deus*. Pode ser isso. Isso pode ser o que vai nos levar ao PodCon, o que nos transforma um *podcast* local fofo em uma daquelas histórias de grande sucesso.

Tudo que temos que fazer é fazer esse episódio ser um sucesso.

Minha mãe coloca um par de fones de ouvido como se estivesse preocupada que eles possam mordê-la.

"Você se sairá super bem", digo a ela do outro lado da mesa. "Você sobe ao palco na frente de centenas de pessoas todas as noites."

"Sim, mas eles não precisam me ouvir falar", ela diz. "E não estou sendo transmitida ao vivo pela RPN."

Ruthie coloca a cabeça para dentro. "Precisam de algo, Leanna, Phil? Água, café?"

"Água seria ótimo", Phil diz do outro lado da minha mãe. "Obrigado."

Dominic está sentado ao meu lado como sempre, e parece que há mais espaço entre as nossas cadeiras do que nas quintas passadas. *Não pense no cheiro dele. Ou que ele está vestindo sua camisa listrada favorita. Ou que ela está arregaçada mostrando seus antebraços.*

Eu me pergunto se é assim que me sentiria se realmente estivéssemos namorando.

É mais fácil tranquilizar minha mãe do que me tranquilizar. Quando conversamos com a produtora da RPN, uma mulher chamada Kati Sanchez, ela nos disse para não mudarmos nada no programa. Ela escreveu uma cópia de introdução enviada para que as estações membro a usem, se elas transmitirem nosso programa mais tarde. Tudo que temos que fazer é o clássico *Conversando com o Ex*, sermos nós mesmos e tudo mais. Sabendo que nossa audiência possivelmente será multiplicada aos milhares.

Ruthie volta com copos d'água e Jason faz a contagem regressiva depois do noticiário da RPN. Eu empilho toda a minha angústia com Dominic dentro de uma caixa no fundo de minha mente e a fecho com um prego, determinada a deixá-la guardada pela próxima hora.

Quando Dominic e eu nos apresentamos, nossas vozes não são tão leves como costumam ser.

"Nós faremos algo um pouco diferente hoje." Dominic diz. "Falaremos sobre o que acontece depois que você perde um cônjuge ou um companheiro e, mais especificamente, histórias sobre como encontrar o amor após essa perda."

É ainda pior mentir para minha mãe no ar, quando ela está sentada bem ao meu lado. Mas dessa vez não vamos falar sobre mim. Ou, pelo menos, não totalmente.

Respiro fundo e falo tão solidamente no microfone quanto posso.

"Este programa é especialmente pessoal para mim porque eu perdi meu pai quando tinha dezoito anos. No meu último ano do Ensino Médio." Eu espero um ritmo – um ritmo não planejado, porque mesmo que não pareça, sentada aqui, que milhares de pessoas estão nos ouvindo, eu sei que estão. Estão neste exato momento nos ouvindo ao vivo e outros nos ouvirão mais tarde. Perdê-lo de novo e de novo. "Meu pai é a pessoa que me apresentou a rádio. Ele tinha uma loja onde consertava aparelhos eletrônicos. Goldstein Gadgets. Talvez, alguns de vocês lá de Seattle, se lembrem disso. E tudo bem, vocês sabem que minha voz não é a voz de rádio ideal" – eu espero que Dominic ria disso, mas ele não ri. Eu limpo minha garganta e continuo – "mas meu pai, ele tinha essa voz de rádio perfeita".

"Então, se estamos falando sobre amor após uma perda, eu pensei que não haveria pessoa melhor para trazer ao programa que minha mãe. Ela também o perdeu – de um jeito diferente do meu. Hum, mãe... obrigada por estar aqui. Sinta-se à vontade para se apresentar."

Por baixo da mesa, minha mãe aperta minha perna. "Sou Leanna Goldstein. Eu toco violino na Sinfonia de Seattle há cerca de vinte e cinco anos. E sou de sagitário."

Isso rendeu algumas risadinhas na sala.

"Você pode nos contar como conheceu meu pai?"

"Dan Goldstein", ela diz, e ela sabia que começaríamos assim, mas nada nela parece ter sido ensaiado. Ela é natural, mas equilibrada dessa maneira maravilhosa, como se estivesse no palco, mas melhor porque essa é a voz dela. "Nos conhecemos em sua loja. Eu tinha um metrônomo que estava me dando problemas e achei que seria um tiro no escuro, mas o levei para ver se ele conseguiria arrumá-lo. E, para minha surpresa, ele conseguiu. E ficava lindo para cacete fazendo isso." Sua expressão se transforma em pânico. "Droga, tudo bem dizer 'cacete' aqui?"

Garanto a ela que está tudo bem – a CFC não virá atrás de nós por isso.

"Nós temos a sorte de termos também no estúdio Phil Adeleke, outro violinista da Sinfonia de Seattle", Dominic diz.

"Este sou eu", Phil diz com sua alegria habitual.

"E você e Leanna estão sentados ao lado um do outro há..."

"Aproximadamente vinte e cinco anos", conclui, rindo com minha mãe.

"Você poderia nos contar sobre sua esposa?"

A alegria não desaparece completamente, mas diminui um pouco. "Joy e eu nos conhecemos em Boston, na faculdade, em uma associação de estudantes da África Ocidental. Nós dois somos nigerianos, ambos viemos para os Estados Unidos para fazer faculdade. Ela estava estudando história e eu música e eu a pedi em casamento no dia de nossa formatura."

Ele conta que não foi um casamento perfeito porque, claro, nenhum o é. Eles nem sempre tinham dinheiro suficiente e o primeiro câncer, um ano depois do casamento, quase os destruiu. Mas ela lutou na remissão e por um bom tempo eles ficaram bem. Eles se mudaram para Seattle, onde ela trabalhou numa biblioteca universitária e ele na Sinfonia. Quatro filhos. Uma hipoteca. Um gato. Gatinhos inesperados.

E então, o câncer voltou.

"Não sei como você conseguiu passar por tudo isso", minha mãe diz a Phil. Como se os dois estivessem tendo uma conversa sem nenhum de nós aqui e é aí que a rádio se torna algo maravilhoso. "Comigo aconteceu de repente. Num dia Dan estava aqui, perfeitamente saudável e no outro dia, ele tinha falecido. Foi incrivelmente injusto, eu sei. Mas ainda fico muito triste quando penso no que você passou."

"Não temos que participar das Olimpíadas das tragédias", Phil diz. "O que você passou foi terrível. O que eu passei foi terrível. Nada torna isso menos difícil."

Dominic e eu nos sentamos, deixando-os contar suas histórias entrelaçadas.

"Eu realmente achei que não queria mais ter alguém", minha mãe diz. "Eu tive sorte de ter tido um grande amor e foi isso. Eu não namorei. Eu não criei nenhum perfil *online* nem entrei em qualquer aplicativo, como alguns de meus amigos queriam que o fizesse. Cinco anos se passaram e eles acharam que era hora de 'voltar à ativa'. Sete anos e nada." Ela balança a cabeça e eu quero dizer que ninguém consegue vê-la fazer isso. "Não havia como voltar à ativa."

"Estávamos um sentado ao lado do outro", Phil diz, "e não tínhamos ideia de que o outro estava sofrendo da mesma maneira. Por tantos anos".

Neste momento, meus olhos encontram os de Dominic pela primeira vez durante todo o programa. Há um choque em meu peito que se transforma em uma pontada quando ele desvia o olhar primeiro.

Até o final do programa, recebemos algumas ligações de ouvintes. As pessoas querem falar com minha mãe, com Phil. Uma mulher que perdeu o marido mês passado diz para minha mãe que é bom ouvi-la tão evidentemente feliz. Ela diz que minha mãe lhe deu esperança e eu gostaria que tivéssemos mais do que uma hora para falar sobre esse assunto. Para ouvir mais histórias.

Quando temos alguns minutos restantes, eu gesticulo para onde os violinos de Phil e de minha mãe já estão montados e microfonados no canto do estúdio.

"Já que estamos na presença de dois dos melhores da Sinfonia de Seattle" eu digo, "pensamos que vocês dois poderiam tocar algo para nós".

A música é sombria, mas não desesperadora. Talvez, eu nunca tenha gostado dela, mas minha mãe gosta, isso está claro para mim. Nós nunca teremos a mesma afinidade que eu tinha com meu pai, mas temos outras coisas.

Finalmente o sinal de GRAVANDO se apaga. Há uma explosão de aplausos do estúdio ao lado em nossos fones de ouvido. Os olhos de Ruthie estão molhados e ela pede um abraço a Phil e à minha mãe. Eles ficam felizes em atendê-la.

Quando termina, eu odeio que a única pessoa com a qual queira comemorar seja Dominic.

E eu odeio, ainda mais, a rapidez com que ele sai do estúdio.

Resenhas do *Podcast* da Apple

Dupla Icônica
★ ★ ★ ★ ★

Ouvi três vezes todos os episódios e não consigo parar de cantarolar a música de introdução. Meus amigos já estão cansados. Minha família também está. Será que preciso de ajuda profissional? TALVEZ! Apenas me dê mais Shay + Dom.

Amo
★ ★ ★ ★ ★

Não sei do que gosto mais: do otimismo cauteloso de Shay ou do cinismo cativante de Dominic. Independentemente disso, eles são a perfeição juntos. Quinhentas estrelas.

Perspicaz e empoderador
★ ★ ★ ★

Podcast divertido, surpreendentemente perspicaz. Tirando uma estrela apenas porque as ligações ao vivo se arrastam por muito tempo.

Lixo
★

Eu tentei tanto gostar disso, mas suas discussões são superficiais e os apresentadores não são tão charmosos quanto pensam que são. Eu sou o único que não dá a mínima se eles namoravam? Por que isso é interessante? Eu passo.

RRFF[36]
★ ★ ★ ★ ★

Se Shay e Dominic de alguma maneira não voltarem a ficar juntos, então eu não acredito mais no amor.

---

[36] Relacionamento Romântico Fictício Favorito.

29.

Naquela sexta-feira, chegamos novamente ao Top 100 de *Podcasts* da Apple na posição de número 55. Eu estou tão aliviada, tão grata, tão orgulhosa, que poderia chorar. Eu chorei, um pouco, no banheiro feminino no horário do almoço.

E ainda melhor do que isso é que o PodCon nos quer em Austin no próximo mês. É uma adição de última hora à sua programação, mas ainda assim, estaremos lá. Faremos uma apresentação ao vivo do programa, nossa primeira, e temos mais alguns grandes patrocinadores interessados a se juntar a nós. Dominic ficou pálido quando Kent contou a novidade e eu lembrei o que ele disse sobre medo de palco antes do nosso primeiro episódio. Bem. Ele terá que lidar com isso, mesmo que parte de mim esteja desesperada para tranquilizá-lo.

Tudo isso parece irreal, o que torna mais fácil esquecer que construímos isso a partir de uma mentira. Isso era o que eu queria, não era? Eu quero contar à Ameena, mas ainda não voltamos a nos falar. Viu? Claro que era isso que queria. Como meu pai poderia estar me segurando se vou ao PodCon? Talvez vendo essa evidência que prova que ela está errada ela retire o que disse.

Felizmente, hoje é meu encontro de amigos com Ruthie. Nós decidimos jantar em um restaurante Oaxaca em Ballard, um lugar com tortillas caseiras e sete tipos diferentes de molhos. Depois de trabalhar até as dez todas as noites esta semana, estou totalmente exausta, acabada, precisando, desesperadamente, de sal.

"PodCon", Ruthie diz, mergulhando uma batatinha no pico de gallo. "Não posso acreditar. Ainda não chegamos nem ao décimo episódio e estaremos na porra do PodCon."

"É sensacional", eu concordo. Eu passo uma batatinha no molho verde e mastigo pensativamente. Agora que a excitação inicial deu uma acalmada estou me sentindo... estranha. Quero que o entusiasmo sem limites de Ruthie passe para mim.

"Você parece um pouco fora do ar." Ruthie franze a testa, como se ponderando o que ela quer dizer em seguida. "Posso lhe fazer um tipo de pergunta pessoal?"

"Uh... talvez?"

Ela ri. "Você pode, com certeza, dizer não. É que estou perto de você e de Dominic durante o dia inteiro, cinco dias por semana. E vocês dois têm agido de maneira bem estranha ultimamente."

"Você notou?"

Ela assente. "Vocês..." Ela para, balançando a cabeça. "Eu não acredito que estou prestes a te perguntar isso, mas... tem alguma coisa acontecendo entre vocês dois? Digo, desde que vocês terminaram?"

Quando silencio, seu queixo cai.

"Shay", ela sussurra com um aceno de cabeça, mas não um de julgamento. "Oh meu Deus. Eu tive um pressentimento e não quero me gabar, mas nunca erro sobre essas coisas. Nunca. Eu juro que não contarei nada a ninguém."

"Obrigada", eu digo. "Ainda estou um pouco mortificada com essa coisa toda." Mas essa não é a palavra correta. Não fico mortificada quando Dominic passa a mão pelo meu cabelo e não fico mortificada quando ele se inclina para pegar sua bolsa de trabalho e seus ombros flexionam sob a camisa. "Mas não tenho certeza se ainda somos alguma coisa." Eu penso em como Dominic foi capaz de ser corajoso com seu amigo de infância. Se ele conseguia fazer isso com alguém que tinha tanta história em comum, eu deveria ser capaz de fazer isso aqui. "Só aconteceu algumas vezes."

"Uma recaída", ela diz. "Talvez isso estivesse prestes a acontecer, vocês dois trabalhando tão próximos. Aconteceu depois de Orcas não foi? Ou em Orcas?"

Fico quieta novamente e ela solta um grito.

"Parte de mim quer lhe parabenizar pois, bem, ele é lindo. O rapaz tem uma boa envergadura."

"Verdade, ele tem mesmo", eu concordo.

"Mas você está bem com isso?"

Ruthie é muito boa. Eu não a mereço – nem quando essa verdade é tingida com desonestidade.

"Nós estamos tentando ser profissionais. Eu... meio que terminei as coisas semana passada. Novamente", eu acrescento rapidamente.

"Vocês querem ficar juntos?"

"Não tenho certeza. Não." Por que todo mundo continua me perguntando isso, como se isso importasse? "Como você acha que as pessoas irão reagir? Se souberem?"

"Antes de tudo, acho que seria uma notícia e tanto. O programa fazendo vocês voltarem? As pessoas enlouqueceriam."

Eu não tinha pensado dessa maneira.

"Mas é complicado, você está certa."

Eu tomo um gole da minha sangria. "Bem, estou oficialmente cansada de falar sobre mim. Por favor, sinta-se à vontade para falar sobre você pelo resto do jantar."

"É engraçado que você me ache tão interessante", ela diz. "Bem, acho que Marco me deu um *ghosting*, mas venho trocando mensagens com uma garota chamada Tatum e está dando certo..."

Eu estou ouvindo. De verdade. Ruthie é ótima, mas eu quero que isso seja um bálsamo para minha solidão de um jeito que não pode ser. Não quando estou mentindo para ela.

E, definitivamente, não quando estou mentindo para mim mesma.

No meio da próxima semana, Dominic não parece bem. Quero dizer, sim, ele ainda é um homem muito atraente, mas ele aparece no trabalho depois das 9:30 alguns dias, ele está quase sem barba e quando ele sorri – o que é raro – mal chega a seus olhos. A bola Koosh está imóvel na sua mesa, solitária e triste.

Na verdade, eu também não estou indo muito bem. Esta dureza, essa combinação de excesso de trabalho, preparo para o PodCon e checar o celular em busca de mensagens inexistentes dele e de Ameena.

Voltei a ficar até tarde no trabalho, não querendo correr o risco de acabar sozinha no elevador novamente. Então, quando ele se aproxima de mim, na minha mesa, às 18:30 na quarta-feira e roça meu ombro com a ponta dos dedos, depois que achei que todos já tinham ido para casa, eu quase grito.

"Merda, eu achei que você já tivesse ido embora", eu digo, com uma mão no peito. "Você tem passos extremamente leves."

"Desculpe." Ele se inclina na mesa. E ele realmente parece arrependido.

"Sei que nossas mesas são próximas", eu digo. "Mas, às vezes, eu gosto de fingir que há uma linha invisível entre elas e você acabou de entrar em minha bolha."

"Desculpe, de novo", ele diz com um suspiro. "Uau, ok, isto não está indo do jeito que eu esperava. Olha, eu realmente só quero conversar com você."

"Ok. Fale", eu digo para minha tela do computador.

"Não aqui." A dor em suas palavras leva meu olhar a ele.

Ele não se parece nada com a foto de garoto propaganda de moda business casual que eu costumava ter em minha mente. Sua camisa tipicamente impecável está ostentando pelo menos três rugas e meia. Se olho para ele durante muito tempo, começo a reproduzir o que fizemos na ilha, na cama dele, na minha, no meu sofá... Eu tenho muita força de vontade. E quando ele me olha desse jeito, sinto minha determinação enfraquecendo.

"Se formos subir ao palco do PodCon em algumas semanas, eu gostaria de, pelo menos, estar em condições de falar", ele diz. "Por favor me ouça desta vez e se, depois disso você não quiser mais conversar, prometo que não tocarei no assunto novamente."

É difícil dizer não para isso – então não digo.

Está se aproximando de 23 graus, uma onda de calor em Seattle, então guardamos nossas coisas e seguimos para Green Lake. Todo mundo em Seattle parece ter tido a mesma ideia, se considerarmos a quantidade de pessoas passeando com seus cachorros, patinadores e carrinhos de passeio que vimos no caminho rumo a um banco de frente para o lago.

"Todo mundo está tão educado hoje", Dominic diz, deslizando pelo banco para meu lado. "A temperatura fica acima dos 20 graus e de repente, todo mundo sorri. Sempre gostei disso."

Ele está certo – o bom tempo muda as pessoas. A introversão sombria está tão embutida em nosso DNA como habitantes de Seattle que qualquer quantidade de vitamina D nos transforma em criaturas estranhamente sociais.

"Você está enrolando", eu digo de leve.

"É enrolar se eu disser que realmente adorei fazer aquele episódio com sua mãe? Ela parece ser bem legal."

"Ela é. Obrigada. E é sim."

Sua perna está balançando para cima e para baixo, do jeito que ele costuma fazer quando está nervoso. "Tenho andado bem confuso ultimamente", ele diz após quase um minuto de silêncio enquanto observamos um bando de patos nadando mais para longe na água azul escura. "Eu tenho voltado tantas vezes àquela noite na casa de meus pais, tentando descobrir o que fiz de errado."

"Você não fez nada de errado." Não tenho certeza do que ele está querendo – se ele quer me convencer que deveríamos voltar a fazer sexo casual ou se devemos apenas esquecer tudo o que aconteceu, esquecer o passado. Ele não pode sentir tanta falta do sexo, pode? Não vou dar tanto crédito às minhas habilidades sexuais.

"Eu não fui completamente honesto com você", ele diz. "Quando lhe disse que sexo era um assunto importante para mim... Não era apenas o sexo. É todo o conceito de um relacionamento."

"Eu... eu imaginei isso." Faz sentido, mas não explica exatamente porque estamos tendo essa conversa.

"E não apenas romanticamente. Você sabe que não tenho muitos amigos aqui. Quero dizer, agradeço a Deus por Eddie, que é ainda mais incrível agora, sendo adulto, do que quando éramos crianças. Estou apenas – a ideia de ficar tão perto de alguém novamente... é aterrorizante."

"Não era essa esse o objetivo de termos um relacionamento casual?" Eu cruzo as pernas como se, agindo de maneira casual, eu me tornasse capaz de falar sobre isso como se não fosse grande coisa. "Olha, se você me trouxe aqui para dizer que sente falta de sair regularmente com alguém, me faça um favor e me diga agora, para que não tenhamos que continuar com isso."

Ele faz uma expressão de pavor. "Espere. O quê? Você achou que fosse isso?"

"Bem... sim. Algo do tipo."

"Eu estaria mentindo se dissesse que não senti falta disso", ele diz, com os lábios se curvando em um sorriso que me envia um choque de satisfação, "mas não. Não era sobre isso que queria falar com você".

"Então eu não entendo" Eu jogo minhas mãos para cima, minha frustração aumentando. "Você disse que queria ter algo casual. Então não vejo problema em voltar do casual para o nada. Por que não podemos apenas não sermos nada Dominic?"

Mesmo quando eu digo isso, parece errado. Minha voz falha e meu coração gagueja e a palavra *nada* bate na minha cabeça. Estou mentindo agora, também. Não venho querendo esse nada há muito tempo.

Dominic pressiona os lábios antes de deixar escapar um suspiro. "O que estou tentando lhe dizer é que quando começamos isso... não senti como sendo casual para mim."

E é claro que isso faz iniciar o replay em câmera lenta por detrás de minhas pálpebras. A adrenalina daqueles novos toques, o fato incontestável de que eu nunca tive um orgasmo tão bom como os que tive com Dominic.

O fato incontestável que nunca conversei tão honestamente com outro homem além de Dominic.

"Eu apenas sugeri isso por causa de sua insistência e achei que você não queria que eu tivesse uma ideia errada. E eu sabia o quão importante o programa era para você – é para você", ele continua. "Eu não queria arriscar arruinar o programa se não achasse que você estava na mesma página."

"Que mesma página?"

"Que nunca foi casual para mim." Seus dedos dançam ao longo da borda do banco, a alguns centímetros da minha coxa. "Nem na ilha, nem aqui. É uma tortura sentar ao seu lado agora e não poder tocá-la. Você é esperta, sexy e divertida e passar tempo com você, apenas... torna todo o resto um pouco menos difícil."

Agora meu pulso está rugindo em meus ouvidos. Estou me agarrando a qualquer mínimo de lógica, pronta para o ataque. Eu quero tanto acreditar nele. "Mas naquela vez no programa, com aquela ouvinte – você disse que estava interessado em alguém."

Ele revira os olhos como se eu fosse o ser humano mais denso da Terra e, talvez, eu seja. "Sim. Você."

As barreiras dentro de mim se rompem. Tudo que eu estava segurando desaba em uma grande inundação emocional. Estou tão cansada – de inventar desculpas, de mentir, de tentar me convencer que consigo ignorar esses sentimentos por ele.

"Oh", eu digo, me sentindo uma completa idiota. "Uau, você é realmente difícil de interpretar."

Isso o faz rir, mas é uma risada nervosa. Seus dedos caminham até meu joelho, o polegar se movimentando em círculos lentos.

"Eu te levei para conhecer minha família", ele continua. "Você é a primeira pessoa com quem já estive desde Mia. A única pessoa além de Mia. Eu tenho te dado sinal atrás de sinal."

"Eu lhe disse como tendo a me apegar demais. E eu sou mais velha que você e eu não sabia se você queria alguma coisa séria. Eu não queria criar esperanças, eu acho. Eu disse a mim mesma que se mantivéssemos apenas um relacionamento casual não me machucaria ouvir que você não quer ficar comigo de verdade."

"Shay. Eu lhe mostrei meus malditos Beanie Babies."

Eu não posso deixar de rir disso. "Não sei o que lhe dizer."

"Ajudaria muito se você me dissesse que também gosta de mim."

Eu disfarço um sorriso e me aproximo, inclinando-me para segurar seu rosto com a palma da minha mão. "Dominic. Eu gosto tanto de você. Eu pensei que fosse óbvio. Eu gosto que a pessoa que você me mostra não seja a mesma que todo mundo vê. Provavelmente você já sabe que sou ridiculamente atraída por você. E você se preocupa tanto com as coisas da vida que são importantes para você – trabalho, sua família, Steve Rogers Goldstein."

"E Shay Goldstein", ele diz, acrescentando à lista, e talvez eu nunca mais queira deixar esse banco.

"Parecia tão real, estar lá em sua casa." Eu corro meu polegar ao longo de sua barba por fazer e por sua bochecha. "Foi por isso que tive que terminar. Eu não queria estar lá e não ser sua namorada."

Um canto de sua boca se curva para cima. Eu senti falta dessa covinha. "Você quer ser minha namorada?"

"Mais do que quero que Ira Glass em pessoa me pergunte se vou substituí-lo em *This American Life*."

Então, ele abre um sorriso completo e verdadeiro. E estamos nos beijando e é como se eu tivesse vivido toda a minha vida sem chocolate e somente agora, aos vinte e nove anos, estivesse descobrindo sua doçura.

Suas mãos sobem para meu cabelo, bagunçando meu rabo de cavalo. "Deus, como eu senti saudades de você", ele diz enquanto eu me acomodo contra seu peito, pressionando meu ouvido contra as batidas fortes e constantes de seu coração.

30.

Notícias de última hora: o Texas é quente. Texas em junho merece seu próprio círculo do inferno. Meu pobre corpo do noroeste do Pacífico não foi feito para isso.

Foram duas semanas guardando o tipo de segredo que me faz sorrir em momentos aleatórios: enquanto espalhava manteiga de amendoim em um bagel matinal, enquanto escovava os dentes, enquanto estava no trânsito a caminho de casa.

Porque na maioria das vezes eu vou para casa com ele.

É um voo logo cedo e temos sorte que Ruthie e Kent estão num voo mais tarde. Embora eu tenha baixado vários *podcasts* extras, devo acabar desmaiando assim que estivermos no ar. Quando meus olhos se abrem, o piloto está nos informando que pousamos em Austin, cujo horário local é 13:40 e a temperatura é de uns incompreensíveis 35 graus.

"Você estava me observando?" pergunto a Dominic, enquanto retorno meu assento para a posição vertical.

"Você resmunga enquanto dorme."

"Eu não."

"É fofo" ele diz com um meio sorriso culpado.

"Tenho certeza de que seria, mas não faço isso."

Como nossa gravação ao vivo será apenas amanhã à tarde, fizemos o *check in* no hotel, onde a rádio reservou dois quartos para nós, claro, uma vez que não contamos que precisaríamos apenas de um. Então, passamos o dia conhecendo Austin, já que nenhum de nós dois esteve aqui antes. Nós experimentamos o melhor churrasco da cidade e algumas horas depois, quando estávamos com fome novamente, paramos em um lugar que alegava ter o melhor churrasco. Comemos até termos certeza que, enquanto estivermos vivos, não conseguiremos olhar para carne de porco novamente.

Andamos de mãos dadas pela Sixth Street, contemplando os bares e prédios históricos. Bandas estão se formando, música ao vivo transbordando dos lugares. Tenho certeza de que não corremos risco de alguém nos reconhecer em uma cidade tão grande, mas estamos usando óculos de sol só por precaução e Dominic está usando um boné de beisebol do Chicago Cubs.

Parece que somos um casal de verdade.

Paramos um pouco em um bar, com mesas ao ar livre, o que é raro em Seattle. Aqui, a vida pode ser menos complicada. Aqui, consigo parar de pensar em não ter-me reconciliado com Ameena e em sua primeira semana de trabalho e em TJ empacotando as coisas de seu apartamento. Ele a encontrará na Virgínia na próxima semana e, embora os dois voltem para o casamento da minha mãe, não tenho certeza de quando os verei novamente depois disso.

"Eu tive uma ideia", Dominic diz quando estamos na nossa segunda cerveja, tirando-me de meus pensamentos em espiral. "Então, todo o apelo do programa é que somos ex-namorados. Não podemos começar a namorar de repente."

"De jeito nenhum."

"Então... e se voltarmos a ficar juntos?"

Faço uma pausa com meu copo no meio do caminho para a minha boca. "Tipo, publicamente?"

Ele concorda. "Pense sobre isso. Seria uma verdadeira prova do poder que a rádio tem em nos conectar. Os ouvintes iriam amar."

Claro, é atraente. TJ sugeriu a mesma coisa depois que voltamos de Orcas.

"Shay", Dominic diz cutucando meu braço. "O que você acha?"

"É uma boa ideia, mas ainda há uma mentira lá no fundo. Eu sei que não há uma maneira de contornar isso, não a esse ponto, mas ainda me sinto mal por isso."

"Eu entendo. Mas não teríamos que continuar nos escondendo por aí. Eu gosto tanto disso, de ficar com você. De forma realista, não sabemos quanto tempo esse programa vai durar e eu odeio ter que esconder isso, não poder contar a ninguém. Ainda seríamos ex que voltaram a namorar através do poder da rádio e do *podcasting*. E de alguns sapatos feitos de milho."

Talvez ele esteja certo. Talvez não importe o fato de sermos ex antes – talvez importe apenas que voltamos a ficar juntos.

Não quero ter que escolher entre o trabalho que nunca pensei que teria e o cara que posso estar começando a amar.

"E o que acontece se... terminarmos?" O relacionamento ainda parece tão novo, tão delicado. Tenho certeza de que podemos resistir a uma pergunta como essa, mas ainda assim, odeio perguntar.

Ele fica quieto por alguns minutos. "Sei que você está tentando ser racional, mas... acho que não é possível saber isso. Eu não posso continuar pensando assim tão longe. Tudo que sei é que você me faz tão feliz e não contar a ninguém está me matando."

Eu estico minha mão através da mesa e aperto a dele. Eu quero tanto acreditar nele. Eu quero que haja uma maneira de ter esse dia, todos os dias.

"E se fizermos isso amanhã? No festival? Na gravação ao vivo?"

Dominic sorri. "Você acha que Kent enlouqueceria?"

"Com toda a razão."

"Justo."

"Eu contarei a nossos milhares de ouvintes o quanto amo ouvir você resmungar enquanto dorme."

"Então eu contarei a eles sobre sua coleção de Beanie Babies."

"Você não ousaria. Os Beanies são sagrados." Ele levanta os óculos de sol, seu olhar ao mesmo tempo selvagem e cheio de desejo. "Venha aqui", ele diz e estou em seu colo no momento seguinte, envolvendo meus braços em volta dele, sem me importar com quem nos vê.

Há um momento em que meu coração está batendo tão sincronizado com o dele que as palavras *eu te amo* quase escorregam da minha boca.

Mas, todas as outras vezes em que isso aconteceu no passado foi quando tudo complicou. Não quero arriscar não ouvir de volta, se ele ainda não estiver sentindo o mesmo.

Eu digo outras três palavras.

"Vamos fazer isso", eu digo, ciente de que, uma vez que o tivermos feito, não poderemos voltar atrás.

Voltamos ao hotel antes das oito da noite e no elevador, subindo para nosso andar, eu faço uma brincadeira sobre ser velha e dormir cedo. E é quando Dominic fecha a porta do meu quarto, pressiona-me contra ela e me beija por muito, muito tempo, esses movimentos preguiçosos de sua língua me deixam como chocolate derretido.

Toda vez que pego no seu cinto, ele afasta minha mão. Esqueci o quanto ele gosta de provocar e ser provocado.

"Devagar", ele avisa.

Meus lábios estão inchados, tomei muito sol hoje e estou completamente tonta e trêmula para protestar.

Ele passa a mão pela minha coxa, por baixo da minha saia curta. Um gemido escapa de meus lábios enquanto ele passa um dedo pela minha calcinha úmida. Eu seguro a frente endurecida de seu jeans, esfregando-a para frente e para trás, mas ele envolve seus dedos em volta de meu pulso para me fazer parar. Eu solto um som frustrado e ele ri.

"Quero te perguntar uma coisa." Agora ele não está rindo. Seu olhar me prende à porta, seus olhos pretos derretidos. "Você já se masturbou pensando em mim?"

"Sim", eu respondo, nem um pouco envergonhada.

"Você poderia – poderia me mostrar?" ele pergunta, com a voz baixa. "Tem sido... uma fantasia para mim."

De alguma forma, já estou sem fôlego. "Eu posso fazer isso."

Um segundo se passa e ele tira a mão da minha saia. Eu engulo seco, levando-o até a cama com seus lençóis de hotel perfeitamente arrumados. Com as mãos trêmulas, tiro minhas sandálias e a saia, deslizo minha calcinha pelas minhas pernas. Nunca fiz isso na frente de ninguém. Isso sempre me pareceu algo tão íntimo – mais íntimo que o próprio sexo.

Ele se senta na cama, ao meu lado, completamente vestido.

"Preciso ver alguma coisa", eu insisto, puxando a bainha de sua camisa e ele obedece.

Eu me deito com a cabeça no travesseiro, meu coração batendo forte. No início, não tenho certeza se realmente conseguirei gozar na frente dele, ou se ele quer que eu vá tão longe. Mas a intensidade em seu olhar e a antecipação me impulsionam. Eu nunca fiquei tão à vontade com meu corpo com outra pessoa por perto, mas com ele, quero ficar.

O tempo todo estou ciente de seus olhos em mim, do jeito que ele aperta sua mandíbula, como se estivesse se obrigando a não reagir. Isso, de alguma forma, dá mais tesão, saber que ele está se segurando. É o que me faz parar de me segurar.

"Deus, assim", ele diz, envolvendo uma mão no meu tornozelo, enquanto acelero meu ritmo. "Você é inacreditavelmente sexy."

Eu deixo escapar um gemido suave. Estico minha mão em direção à sua boca e ele chupa meus dedos antes de eu colocá-los de volta entre minhas coxas. O orgasmo me pega de surpresa, a cascata de prazer sobe pela minha espinha em uma explosão rápida e forte. Ainda estou aproveitando o momento quando sua boca colide com a minha.

"Essa foi a coisa mais gostosa que já vi", ele diz e saber que isso o excita me faz querer mais. "Preciso que você veja o quão bonita fica quando goza." Então, ele me puxa para fora da cama e me leva até o espelho de corpo inteiro, tirando sua calça jeans e sua cueca boxer.

Ele se posiciona atrás de mim, segurando meus seios, me beijando no pescoço. Minha pele está corada e meu cabelo todo bagunçado.

"Nós ficamos bem juntos", eu digo, enquanto sua mão desliza para baixo entre as minhas pernas e, de repente, estou pronta novamente.

Eu observo no espelho, enquanto ele desliza um dedo na minha excitação antes de arrastá-lo pelo meu abdome, deixando uma marca molhada. A provocação é uma tortura e eu gosto disso pra cacete.

"Você me deixa louco", ele diz. "Eu perco a cabeça quando estou assim com você."

Quando a pressão começa a aumentar, aumentar, aumentar, ele recua novamente. Eu solto algo como um rosnado. Ele ainda não me penetra, continua usando os dedos até eu gozar novamente, minha respiração embaçando o espelho.

"Você tem um autocontrole incrível."

Uma risada forçada. "Não. Eu não tenho. Estou morrendo aqui. Eu só queria ver você gozar, pelo menos, algumas vezes antes de eu meter dentro de você pelo resto da noite."

A esta altura, minhas pernas estão gelatinosas, então fico feliz em desmoronar na cama novamente, e ainda mais feliz quando ele me rola para cima dele.

Eu nunca deixarei de amar como ele fica quando está dentro de mim, o calor e a pressão e a maciez de sua pele. Vamos devagar por um tempo, movimentos lânguidos que me alongam centímetro por centímetro, seus olhos nunca deixando os meus. *Mais fundo*. Apesar de seu gosto por provocações, nunca vamos devagar assim, não quando estamos conectados desta maneira – geralmente, a esta altura, estamos com muita vontade um do outro. Este novo ritmo que encontramos é torturante.

"Goze comigo, querida", ele diz e talvez seja o comando ou o termo de carinho ou ambos que me levam ao limite com ele.

Nós nos abraçamos por um bom tempo depois, como se esperássemos por tremores secundários. Sinto cheiro de suor e sexo e algum tipo de aromatizador de quarto de hotel agradável, mas nenhuma parte de mim quer ir tomar banho.

"Isso foi..." eu começo, sem saber como verbalizar. Eu preciso saber que ele sentiu a mesma intensidade que eu. Que pareceu diferente para ele também.

Ele segura minha cabeça em seu peito. "Eu sei."

Finalmente, vamos para o chuveiro juntos, o que leva muito mais tempo do que deveria e, a propósito, é o melhor banho da minha vida. Vestimos roupões brancos de plush de hotel e pedimos serviço de quarto, depois subimos na cama e encontramos um filme ruim na TV.

"Amanhã", ele diz, apertando minha mão.

"É apenas um dia de distância, como dizem. Você está nervoso?"

"Um pouco de medo de palco", admite ele. "Mas, desde que eu saiba o que estou fazendo e que estamos planejando isso há semanas, então ficarei bem. E eu conheço o programa. Eu me sinto bem com isso. Você não está tendo dúvidas, está? Sobre contar para todo mundo?"

Eu balanço a cabeça. "Não. Isso, cá entre nós... é o certo."

Ele espreme os olhos e diz, "No início, eu fiquei tão bravo em apresentar esse programa com você. Não apenas porque não estávamos sendo completamente sinceros, mas porque você é tão linda que sabia que ficaria nervoso perto de você."

"Pare", eu digo, batendo em seu peito. "Você não ficou!"

"Eu juro!" Ele junta as mãos em sinal de prece. "Você era a produtora mais linda de *Puget Sounds* e eu era aquele repórter detestável que só se importava com as notícias e você me odiava."

"Repórter com um mestrado", eu corrijo. Então, eu admito, "Está bem, está bem, eu também te achava lindo. Mas, definitivamente, ainda detestável, o que era irritante, pois você também era fofo. Assim que você arregaçou as mangas da camisa, eu me rendi. Um brinde." Eu passo minhas mãos ao longo de seus braços. "Antebraços são... indescritivelmente sexies para mim."

"Ah, se eu soubesse antes, teria usado camisa de manga curta em todas as gravações de *Conversando com o Ex* para te conquistar."

"Pshiu", eu zombo. "Não sou assim tão fácil."

"Não", ele concorda, "mas vale tanto a pena".

Nós terminamos o filme e as duas fatias de bolo *red velvet* que o serviço de quarto entregou, antes de tirarmos nossos roupões e voltarmos para a cama.

"Nós deveríamos ir a algum lugar juntos durante nossas férias." Seus dedos passam pelo meu cabelo, demorando-se em meu pescoço, traçando minha coluna. "Não pelo trabalho. Somente para nós."

De repente parece tão, tão bom, e ouvi-lo sugerir isso me emociona. "Nós deveríamos", digo melancolicamente. "Para onde você gostaria de ir?"

"Grécia", ele responde sem hesitar. "Talvez seja um clichê, mas sou obcecado por mitologia desde o Ensino Fundamental. Eu me fantasiei de Hermes por três Halloweens seguidos."

"Eu toparia Grécia. Ou Espanha. Ou Austrália."

"Uma volta ao mundo." Ele pressiona os lábios no topo da minha cabeça. "Será perfeito. Sem e-mail, sem internet... somente você e eu, explorando ruínas antigas e comendo comida boa."

"Perfeito."

O peso do desejo parece sufocante, especialmente com o que teremos que fazer amanhã. Eu quero ficar neste mundo dos sonhos o quanto pudermos, neste lugar onde podemos falar destemidamente sobre o futuro e saber que nos encaixamos nessa visão um do outro. Isto é real. Eu tenho que continuar me lembrando disso porque senão, não sei se acreditaria.

Ele adormece primeiro, seus dedos ainda em meus cabelos. Fico ali, deitada em silêncio, por um tempo, aconchegando-me mais perto, escutando sua respiração. Eu ainda não tenho certeza de como chegamos aqui, no entanto, estou hipnotizada por este momento.

O amor que pensei sentir antes – agora, estou certa dele.

31.

Também não demorou muito para eu me apaixonar pelo PodCon. Nossa gravação ao vivo será em um dos menores auditórios, já que nossa base de fãs não chega nem perto da dos *podcasts* mais famosos. Ainda assim, nunca vi nada parecido, mesmo no ano que foi em Seattle. Dominic e eu andamos pela área de exposição com Ruthie esta manhã, brincando com equipamentos de áudio e com alguns brindes que os patrocinadores do festival tinham em exibição. Nós conhecemos produtores e apresentadores de *podcasts* que escuto há anos e tudo isso foi extremamente surreal. Uma coisa é percorrer as nossas menções no Twitter. Outra, é ver pessoas reais, fazendo fila para nos ver.

Todas essas pessoas conectadas por algo que a maioria de nós faz completamente sozinho, com fones de ouvido, bloqueando o resto do mundo – é meio mágico.

"Eles estão quase prontos para nós", Ruthie diz, juntando-se a nós nos bastidores da sala verde.

Dominic está fazendo alguns exercícios respiratórios em um canto e eu estou no sofá, revisando nossas anotações. Na noite passada, eu pesquisei no Google dicas para combater o medo de palco e insisti que ele comesse uma banana antes, pois elas podem aliviar a náusea. Eu também me certifiquei de chegar uma hora mais cedo. Claro que quero que corra tudo bem com o programa, mas mais do que isso, quero que ele se sinta bem lá em cima. "Não consigo imaginar não me sentir bem com você no palco comigo", ele disse hoje de manhã e isso me fez querer puxá-lo de volta para a cama.

Quando ele vê Ruthie, dirige-se para o sofá. E ele realmente parece mais relaxado.

"Como está o medo de palco?" pergunto-lhe.

Ele faz um joia com o polegar. "Acho que conseguirei fazer isso sem vomitar."

"Vocês dois se sairão bem", Ruthie diz. "Eu ia esperar até mais tarde para mostrar para vocês, mas estou muito ansiosa. Nós temos botons! E camisetas!" Ela tira uma pilha de botons e uma camiseta azul neon de sua bolsa fazendo graça. A camiseta vem com o nome do programa, além do desenho de linha do rosto de um homem e de uma mulher com um microfone entre eles. A mulher ainda tem minha franjona e óculos. O boton tem a mesma imagem, junto com #radiopublicameexcita, que Ruthie criou há algumas semanas. "Nós vamos vendê-los depois do programa."

Dominic aponta para a ilustração de Shay. "Você está tão fofa", ele diz com um sorriso que lhe escapa do rosto quando ele olha para Ruthie.

"Está tudo bem", eu digo rapidamente. "Ela sabe." Não é toda a verdade, mas hoje em dia, o que é? É quase, embora eu devesse ter contado a ele antes.

"Ah." Uma ruga surge entre suas sobrancelhas. "Bem... ótimo. É um alívio."

"Eu apoio vocês cento e dez por cento", Ruthie diz.

"Nesse caso", eu digo, ganhando mais confiança. "Nós estamos planejando contar ao público hoje. Que nós voltamos." Se Ruthie está a bordo, então deve ser a decisão correta.

Ruthie leva a mão à boca. Suas unhas são do mesmo azul-neon da camiseta. "Eu adorei isso. Oh meu Deus. Isso será incrível. Onde Kent está? Ele sabe?"

"Nós, uhn, não contamos a ele", Dominic diz, um pouco envergonhado.

"A decisão é nossa", eu digo. "Não dele."

"Ok", Ruthie diz com um firme aceno de cabeça. "Então, estou com vocês."

Dominic aperta meu ombro e não posso deixar de lembrar da noite passada. Como fomos espontâneos um com o outro, de um modo que eu nunca tinha sido. Como adormecemos juntos e acordamos juntos e como, de repente, a ideia de acordar sem ele é terrível demais para imaginar.

Estou apaixonada por você, eu acho.

Eu poderia até estar pronta para contar a ele depois do programa.

O programa ao vivo vai girar em torno de relatos de histórias. Nós agendamos alguns convidados locais e depois iremos incentivar os membros da plateia a vir até o microfone e compartilhar suas próprias histórias de namoro e separação. Entre as histórias, faremos cortes para intervalos de anúncios do *podcast* seguinte.

Não estou nervosa – ou, pelo menos, os nervos que fazem meu estômago embrulhar estão à beira do alívio. Uma vez que todos souberem que estamos "juntos novamente", finalmente poderemos respirar. Finalmente, poderemos ter um relacionamento normal.

Um dos voluntários do festival bate à porta. "Estão todos prontos?"

Kent ainda não chegou, embora tenha me dito que nos encontraria na sala verde. Ele deve estar em algum lugar da plateia, bancando o espectador.

"Estamos", eu digo, enquanto Dominic alisa a gola de sua camisa.

Um apresentador da rádio pública de Austin nos apresenta e acenamos enquanto saímos juntos. A plateia não faz tanto barulho quanto fez para as gravações de *podcasts* anteriores, mas tenho certeza de que minha percepção aqui está distorcida. Embora as luzes sejam brilhantes e a princípio eu tenha que apertar os olhos, posso dizer que quase todos os assentos estão ocupados.

O palco tem duas cadeiras laranjas no meio e dois microfones virados para elas. O logotipo do Pod-Con está estampado em um banner, atrás de nós.

Nós nos sentamos e eu ajusto o microfone para que fique no nível da boca. "Olá, Austin!" eu grito. Eu esperei tanto tempo por isto e quero aproveitar cada momento.

Quando a plateia grita de volta, estou convencida que eles não são apenas mais silenciosos que outras plateias, mas hesitantes, também. Pelo menos uma pessoa em cada fila está no celular.

Lanço um olhar preocupado para Dominic, mas em troca, ele me dá um pequeno encolher de ombros. Nos bastidores, Ruthie está olhando para nós com uma expressão estranha no rosto, uma que faz meu estômago embrulhar de pavor. Ruthie que sempre está calma e equilibrada, que sempre sabe exatamente como nos tranquilizar.

E, imediatamente, sei que alguma coisa está errada.

O programa fica cada vez mais estranho a partir daí. No palco, tudo ocorre bem – Dominic parece à vontade, talvez um pouco menos confiante que no estúdio e nossos convidados, incluindo um crítico gastronômico que se apaixonou por uma chef depois de escrever uma crítica contundente sobre seu restaurante, são perfeitamente encantadores. Mas alguns membros da plateia saem na metade – apenas levantam-se e saem, embora eu ache que esse é um dos nossos melhores materiais. Outros continuam olhando para seus celulares, como se não fosse a coisa mais rude que você pode fazer em um evento ao vivo como este.

Mais cedo, Dominic e eu decidimos que contaríamos sobre nosso relacionamento no final do programa. Nós diremos que passamos todos esses dias juntos, trabalhando no programa e isso nos fez lembrar do que gostávamos um no outro. E que agradecemos o apoio de nossos ouvintes, mas queremos tentar o melhor que pudermos para manter nosso atual status de relacionamento desvinculado do programa. Agora, não faço ideia de como a plateia irá responder.

Quando convidamos a plateia para vir ao microfone compartilhar histórias e fazer perguntas, o nó de pavor sobe pela minha garganta e as mãos de Dominic estão visivelmente tremendo.

Uma mulher salta de seu assento da terceira fila, espreitando em direção ao microfone, como se estivesse em uma missão.

"Sim, eu tenho uma pergunta", ela diz. "Vocês acham engraçado enganar seus ouvintes assim?"

Uma onda de murmúrios rola entre a multidão. A mulher não é familiar, tem trinta e poucos anos com uma camiseta do *Welcome to Night Vale*. Dominic parece tão perdido quanto eu.

"Desculpe, o quê?" eu pergunto com a voz trêmula. Espero que ela não tenha percebido. Espero que ninguém o tenha.

Ela levanta o telefone e o balança, embora, é claro, que eu não consiga ver a tela daqui. "Está em todas as redes sociais. O truquezinho de vocês. Vocês dois nunca namoraram de verdade – vocês eram apenas colegas de trabalho que se uniram por um truque barato."

Os membros da plateia que ainda não estão com seus celulares, mergulham as mãos em suas bolsas e vasculham os bolsos loucamente, centenas de pessoas agora procurando furiosas por essa notícia nas redes sociais.

Nunca namoraram de verdade.

Apenas colegas de trabalho.

Um truque barato.

Agarro os braços da cadeira. Se não o fizer, me preocupo que possa fugir. Eu tenho que me acalmar, tenho que dizer a ela que isso não é verdade, não é verdade, não é...

"Nós... uhn..." Dominic tenta, mas não consegue terminar a frase. Nem todos os exercícios respiratórios do mundo poderiam ter-nos preparado para isto.

Como diabos isso aconteceu?

Eu olho para os bastidores, para Ruthie. Nossa inabalável produtora. Espero pelo seu sinal. Espero que ela nos diga o que fazer, do jeito que eu sinalizava para Paloma Powers, todas as vezes que recebíamos uma ligação hostil ou um convidado chato. Mas ela parece aflita enquanto olha para o celular e eu percebo que o que quer que esteja nas redes sociais, o que quer que tenha nos exposto, ela está descobrindo pela primeira vez também.

A plateia está um caos agora, outros correm em direção ao microfone. A primeira mulher, claramente satisfeita depois de ter feito sua crítica pública, retorna ao seu assento.

Um cara, que aparenta estar em seus vinte e tantos anos, aproxima-se do microfone em seguida. "Eu também tenho uma pergunta", ele diz e eu relaxo um pouco, uma parte ridícula de mim, preparando-se para uma pergunta legítima, como se ainda houvesse uma maneira de salvar isso. "Estou curioso, foi por dinheiro? Ou foi algum tipo de experimento social confuso?"

A plateia vai à loucura novamente.

Kent.

Tinha que ser ele. Eu não sei porque e não sei o que ele fez, mas a única outra pessoa que sabe é Ameena e, por extensão TJ. Mesmo que não estejamos nos falando, ela nunca faria isso. E, até onde sei, Dominic ainda não contou a ninguém.

"Se pudéssemos apenas, hum, colocar as perguntas de uma maneira correta", eu digo, mas ninguém está me ouvindo. Eles estão falando conosco, mas não estão esperando por respostas. Eles querem a controvérsia, o ultraje – mas não a explicação. É assustador vê-los se voltar contra nós.

"E nós caímos na mentira de vocês", diz a próxima pessoa, "sobre serem reservados nas redes sociais. E sobre como vocês dois estavam com muito medo de começar um novo relacionamento".

"É verdade!" eu digo, perguntando-me se isso significa que estou admitindo que o resto não era.

"E daí se eles distorceram a verdade?" a próxima garota fala ao microfone. "Era um programa legal, certo? Ficamos entretidos uma hora por semana, e esquecemos, por um tempo, que o mundo está pegando fogo."

Sim, pessoa aleatória, obrigada.

"Nós gostávamos do programa por causa deles e do relacionamento que tinham", alguém diz. "Você consegue se imaginar descobrindo que Karen Kilgariff e Georgia Hardstark não eram amigas de verdade?"

Eu não posso aceitar isso. Não posso deixá-los controlar a narrativa.

Eu arranco meu microfone do suporte e corro para o centro do palco. "Ok", eu digo. "Ok. Vocês estão certos. Antes de começarmos a trabalhar no programa, não tínhamos namorado de verdade."

Quando me viro para Dominic, seu rosto está pálido. Ele está grudado na cadeira e incapaz de fazer contato visual. *Ajude-me*, eu imploro, mas as palavras não chegam a ele e não posso deixar de pensar, não apenas em seu medo de palco, mas em sua moral jornalística, que nos últimos meses foram esmagados e pulverizados. Esse deve ser seu pior pesadelo.

Eu respiro lenta e instavelmente. Se eu realmente sou predestinada a contar histórias, talvez ainda haja uma maneira de dar um jeito isso.

Não – cansei de dar um jeito nas coisas.

"No começo, éramos apenas colegas de trabalho que não gostavam um do outro e isso parecia uma ótima premissa para um programa. Dois ex dando conselhos sobre relacionamentos." Eu paro para rir por um momento, lembrando da reunião em que lancei essa ideia pela primeira vez. "Não estávamos entusiasmados com o componente mentira. Mas o que vimos foi uma oportunidade de fazer algo diferente na rádio pública e ajudar a salvar nossa emissora."

Talvez, talvez eu os esteja recuperando. Algumas das pessoas que estavam a meio caminho da porta de saída pararam e retornaram aos seus assentos.

"E então, quando começamos a trabalhar juntos, bem..." Estou suando em cerca de uma centena de lugares diferentes, mas sou impulsionada por alguns gritos e assobios da multidão. "Percebemos que gostávamos um do outro. Foi uma situação delicada, mas depois de alguns meses de rodeios, estamos juntos agora. Oficialmente."

Agora há mais aplausos. Um aqui e outro ali, mas são aplausos. Algumas pessoas, do nosso lado – isso parece o suficiente.

Dominic tinha tanta certeza de que nossos ouvintes ficariam felizes por nós. Não estou pronta para a alternativa: que isso acabou.

"Isso é verdade, Dominic?" alguém pergunta no microfone e é nesse momento que percebo que ele ainda não disse nada. Eu queria consertar as coisas, mas não posso fazer isso sozinha. A história não bate se eu for a única a contá-la.

Faço um gesto para ele se juntar a mim no palco. "Dominic?" eu o chamo, colocando mais ênfase em minha voz do que estou sentindo. A ansiedade é brutal, mas também estou sofrendo aqui de cima. Era para sermos um time. Ele tem que se dar conta do quanto isso é importante. Afinal, foi ele quem sugeriu ir a público porque não aguentava mais guardar segredo.

Diga alguma coisa, eu imploro.

"Ela... nós..." ele tenta. Ele balança a cabeça, como se tentasse se acalmar. "Eu..." Uma tentativa de respirar fundo, uma mão pressionada em seu peito. "O programa..."

A multidão irrompe em mais gritos, mais acusações. Nós os perdemos.

Finalmente Dominic se levanta. Sem um microfone, ele pronuncia duas palavras para mim, tão baixinho, que apenas eu consigo ouvi-lo: "Desculpe."

E então, ele corre para fora do palco.

32.

Na rádio pública, trinta segundos são uma vida. Trinta segundos é tempo suficiente para alguém ficar entediado, mudar de estação, trocar para um *podcast* diferente. Para cancelar a inscrição. Trinta segundos podem acabar com uma carreira. Demorou menos de trinta segundos para *Conversando com o Ex* colapsar.

Ruthie foi quem encontrou Kent em seu quarto de hotel. Para nossa surpresa, ele nos recebe.

Ele nos recebe.

Não tenho certeza de como consegui sair do palco. Acho que Ruthie me ajudou a pegar um Lyft. Acho que ela deu a direção do hotel para o motorista. Apesar de saber que nós a colocamos nisso, Ruthie ainda está aqui.

Dominic não.

Eu não deveria ver as redes sociais, mas não consigo evitar. Eu precisava ver como tudo isso começou. Demorou menos de trinta segundos para acessar o *feed* do Twitter do *Conversando com o Ex,* e encontrar a sequência publicada antes de entrarmos ao vivo.

PRONUNCIAMENTO IMPORTANTE AO OUVINTE

Nós sentimos muito dizer isso, mas agora que o programa é um sucesso, sentimo-nos na obrigação de contar a verdade.

Shay Goldstein e Dominic Yun nunca foram um casal de verdade. Eles eram colegas de trabalho que sempre tiveram um pouco de uma rivalidade amigável e nós pensamos que seria fácil fazê-los passar por ex para melhorar a premissa desse novo programa. Tudo sobre o namoro deles foi uma completa invenção.

Mais uma vez, pedimos desculpas e ainda esperamos vê-lo em nossa gravação ao vivo do #PodCon.

Meses atrás eu me convenci de que mentir não seria um problema. Estávamos apenas contando uma história, não estávamos? E agora, a verdade apareceu. Não sei o que é pior: que todo mundo saiba que somos uma fraude ou que isso causou tanto dano em Dominic que ele nem conseguiu participar da conversa.

Eu e ele tínhamos um plano. Nós éramos coapresentadores, parceiros, aliados.

No palco, não o fomos.

Estou sentada em uma das camas *queen* do hotel, enquanto Kent se encosta na mesa de canto, com o Twitter atualizando freneticamente na tela do computador atrás dele.

"Olha", Kent diz finalmente, fechando seu laptop. "Preciso apenas de um minuto para explicar."

Eu aceno com meu braço. "Sou toda ouvidos. Comece a falar."

Como se explicar sua traição estivesse pesando tanto que ele puxa sua gravata, que hoje é estampada com microfones minúsculos, cada um deles zombando de mim. Ruthie está sentada de pernas cruzadas na outra cama, segurando sua bolsa carteiro com força.

"O programa está indo bem." Kent diz. "Você e Dominic são ótimos e os ouvintes claramente gostam de vocês dois."

Eu não me incomodo em dizer-lhe que toda essa sentença deveria estar no passado.

"O conselho teve algumas preocupações por um tempo. Eu tive que ter certa lábia para eles se interessassem pelo programa, no início, mas eu consegui convencê-los. Eles, finalmente, estavam empolgados com a ideia de colocar algo novo em nossas ondas de rádio, especialmente algo que tivesse apelo." Ele suspira, puxando sua gravata novamente. "Mas, ultimamente, o conselho começou a sentir como se o programa fosse um pouco... sugestivo para a emissora, para a rádio pública em geral. Que o programa é muito mais adequado para um *podcast*. Não podemos arriscar violar as regras da CFC."

"Então tudo bem", eu digo. "Por que simplesmente não cortar o programa ao vivo e fazer apenas o *podcast*?" Tenho dificuldade em acreditar que o conselho não seja composto principalmente por homens brancos, velhos e *cis-hets*.

Ele balança a cabeça. "Eles também não queriam isso. Na cabeça deles, a única opção seria dissociar completamente o nome *Conversando com o Ex* da Rádio Pública Pacific."

Ruthie fala. "Mas por que..." Ela olha para mim, com um olhar incerto atrás de seus óculos de armação clara. "Não consigo superar o fato de que Dominic e Shay concordaram com a mentira desde o início. Que todos vocês me trouxeram para o programa sem me contar a verdade."

"Ruthie, sinto muito", eu digo. "Sei que não há desculpas, mas – eu queria te contar. Muitas vezes."

"Éramos amigas", ela diz e isso dói mais do que qualquer coisa que Kent disse.

E, no entanto, algo não está fazendo sentido. "Por que nos sabotar? Por que não apenas nos tirar do ar? Deixar Dominic voltar a ser repórter?" Seu nome tem um gosto amargo na minha língua.

"Houve... interesse. De alguns grandes distribuidores de *podcasts*. Eu sabia que eles viriam atrás de vocês dois e ofereceriam um valor que não seríamos capazes de cobrir." Ele passa a mão pelo rosto marcado pelo tempo. "Consigo ver agora que isso foi um grande erro, mas não queria que a rádio perdesse nenhum de vocês. O que quer que você esteja fazendo na rádio, Shay, seja produzindo ou apresentando, você sempre o faz de maneira excepcional. Não temos ninguém igual a você."

Engraçado, ele nunca mencionou isso para mim antes, não quando perguntei sobre meu programa sobre luto ou quando *Puget Sounds* estava no limbo. Que conveniente vir com essa agora.

Eu me pergunto se excepcional significa, na verdade, obediente.

"E você queria continuar com Dominic."

Um sorriso culpado. "Bem... claro."

"Então você nos sabotou, logo antes do maior programa de nossas carreiras. Se a RPP não pudesse nos ter, ninguém mais o poderia, foi assim que você pensou? Não cabia a você tomar essa decisão!" Eu me levantei num pulo, com raiva pulsando em minhas veias. Eu nunca senti tanta raiva. "Como você pode ser tão vingativo?"

"Eu não sabia que isso aconteceria dessa maneira", insiste ele. Ele tem a ousadia de parecer acanhado. "Shay, eu sinto muito, de verdade. Eu não achei que a plateia fosse reagir daquela maneira."

Eu não acredito nele. Eu acho que ele planejou para que isso acontecesse exatamente do jeito que aconteceu. Eu sempre o vi com bons olhos – um pouco teimoso, mas um cara bom, no final das contas. Um cara bom que queria o melhor para sua rádio e para sua equipe. E aqui está ele, destruindo minha carreira com apenas um clique.

Um único clique depois de meses de mentiras que eu mal questionei.

"Você não sabe como é difícil manter essa estação à tona", Kent diz. "Você acha que qualquer meio de comunicação é tão nobre quanto Dominic quer que eles sejam? Você acha que todos neste meio são motivados para fazer o bem? Tudo que as pessoas querem são cliques. Ninguém se importa mais com conteúdo. É assim que nos mantemos firme, Shay."

Eu caminho em direção a ele, desejando ter pelo menos alguns centímetros da altura de Dominic. "Não. Nem todo mundo. Eu me recuso a acreditar nisso. Jornalismo não é isso."

"Você concordou com isso. Se você ainda tem uma ideia grandiosa do que é jornalismo, está vendendo uma mentira para si mesma, assim como fez para seu público. É brutal aí fora e todos nós estamos apenas tentando sobreviver."

O programa também acabou com essa integridade de Dominic. E talvez ele tenha sido cúmplice, talvez ele tenha sido encurralado, mas ele aceitou. Nós dois aceitamos.

"O que faremos agora?" Ruthie pergunta baixinho. Eu quase tinha esquecido que ela ainda estava por aqui e eu me odeio por isso.

Kent puxa uma cadeira e senta-se o mais calmamente possível, sob uma paisagem serena em aquarela. Se eu pudesse redecorar este quarto, eu o faria em tons de vermelho e laranja, pegaria uma faca para os travesseiros macios. Rasgaria tudo. "É aí que as coisas ficam mais complicadas e, acreditem em mim, eu odeio fazer isto, mas a ordem está vindo do conselho. Sou apenas o mensageiro aqui." Outra porra de mentira transparente. "Não posso manter vocês três na folha de pagamento. Não com o fim do programa. Eu poderia usar Dominic como jornalista investigativo, pelo menos, até tudo isso passar e depois, colocá-lo de volta no ar, como repórter. Mas, provavelmente, só poderia usar uma de vocês como produtora em meio- -período..." Seus olhos piscam.

Eu quero tacar o foda-se. Aparentemente, não sou "excepcional" o suficiente.

"Claro que você tem lugar para Dominic", eu cuspo. "Você está falando sério? Você está dizendo que Ruthie e eu podemos escolher quem ficará com sua vaga especial de produtora de meio-período? Eu dei dez malditos anos da minha vida a essa estação e você se contenta em me dar um prêmio de consolação, enquanto Dominic consegue esse trabalho prazeroso, pelo qual centenas de pessoas matariam umas às outras? Já passou pela sua cabeça que talvez a rádio esteja sofrendo por sua causa, Kent, e pelo jeito que você a administra?"

"Sei que você está um pouco frágil agora", Kent diz com uma voz calma, como se estivesse tentando argumentar com uma criança durante uma crise de birra. "Estamos todos abalados..."

"Não sou frágil coisa nenhuma e você e sua linguagem sexista codificada podem ir juntos para o inferno." Eu me dirijo à porta. "Para mim chega. Mesmo que você tenha mais da metade de um emprego para mim eu não quero."

Dez anos e eu já não sou mais importante para a rádio. Kent nunca foi leal a mim.

Eu saio do quarto, pronta para descontar minha fúria na única pessoa que deveria ter feito isso.

Ele está no nosso quarto.

Ele está no nosso quarto, arrumando calmamente as roupas na mala, como se nossas carreiras não tivessem simplesmente implodido.

"Boas notícias", eu digo, e me surpreendendo com a firmeza da minha voz. "Você ainda tem um emprego."

Ele deixa cair o par de meias que estava segurando e se vira para mim. Suas bochechas estão vermelhas e seus ombros estão rígidos e de alguma forma, ele parece tão pequeno, como se tivesse se dobrado dentro da mala, junto com suas camisas e embalagem de xampu tamanho viagem.

Ontem à noite, pensei que estava apaixonada por ele.

Hoje, talvez a pior coisa sobre isso tudo é que eu ainda estou.

"Shay", ele diz. "Eu estou putamente arrependido. Eu..."

"Eu falei com Kent", eu digo, pois por mais que eu queira uma explicação, tenho que colocá-lo a par da reunião que ele perdeu porque fugiu do palco depois de me envergonhar em frente a centenas de pessoas. Milhares nas redes sociais. "Ele foi o responsável pelos tweets. Acontece que o conselho queria tirar o programa do ar e Kent estava preocupado com a possibilidade de sermos roubados por um distribuidor. Então, ele nos fodeu. Mas como disse, você ainda é mais do que bem-vindo para continuar como jornalista investigativo, enquanto eu e Ruthie temos que brigar por um emprego de produtora de meio-período."

Dominic fica de boca aberta. "Eu não posso nem... o quê?"

Vou até minha mala meio aberta na cama meio arrumada em que dormimos ontem à noite e começo a jogar coisas dentro dela ao acaso. Estou muito confusa, muito furiosa para manter qualquer coisa organizada.

"Essa não é nem a pior parte. Eu não me importo com a porra do programa." Lágrimas ardem em meus olhos. "O que era importante para mim era sentir que não estava sozinha lá em cima enquanto a plateia nos destruía. E você mal pôde dizer uma única palavra!"

"Sinto muito", ele diz, ainda parecendo ferido, perdendo mais um centímetro de sua altura. Como se diminuindo de tamanho pudesse ganhar meu perdão. Mas o pedido de desculpas parece raso, vazio. "Eu realmente achei que fosse ficar bem. Tínhamos tudo planejado e você estava indo tão bem e então – e então tudo saiu dos trilhos. E eu não tinha um roteiro. Não discordei de nada do que você disse. Você sabe disso. Eu congelei. Eu queria dizer algo, mas eu apenas – não consegui. Eu não conseguia nem respirar quando as acusações começaram."

"Eu também não!" eu grito. "Você me humilhou. Na noite passada, nós..." eu paro, empurro meus óculos para cima e pressiono meus dedos nos olhos, para evitar que as lágrimas escorram pelo meu rosto. "Nós dissemos que iríamos tentar ter um relacionamento real. Eu sei que você não tem muito experiência nisso, mas adivinhe, parceiros não se abandonam assim."

A verdade, porém, é esta: quando a poeira baixar, eu poderia ser capaz de perdoá-lo. Eventualmente. Ele não é o seu medo de palco e quanto mais tempo eu tiver a partir de agora, mais serei capaz de enxergar isso. Precisarei de tempo para curar minhas feridas, mas talvez possamos recuperar uma parte do que tínhamos. Estávamos tão bem juntos, antes do que aconteceu. Eu tinha tanta certeza de que ficaríamos juntos.

"Eu poderia voltar, falar com Kent..."

"Você vai aceitar aquele emprego?" Eu pergunto. "Você realmente ainda quer continuar trabalhando para aquele imbecil?"

E ele apenas olha para mim, como se não aceitar o emprego fosse algo que nunca teria passado pela sua cabeça.

É um olhar que destrói qualquer esperança de reconciliação. Era por isso que não queria ir tão longe. Eu amo muito, muito cedo e a outra pessoa não pode retribuir. Eles sempre me decepcionam. Eles continuam encontrando novas maneiras de me decepcionar, esses idiotas inovadores.

"Eu... eu não sei", ele diz. "Talvez? Não consigo pensar com clareza neste exato momento."

"Não, não, você deve continuar trabalhando aqui. Você é o verdadeiro jornalista, certo? Vá falar com seu amigo Kent. Afinal, ele é um cara ponta firme. De qualquer maneira, ele sempre preferiu você a mim."

"Porra." Ele passa a mão pelo cabelo e arrasta-o para baixo, em direção ao rosto. Seu cabelo é o tipo de bagunça pela qual adoraria deslizar minhas mãos de volta para ontem. "Porra, Shay, eu só quero fazer as pazes com você. Por favor, me diga como fazer isso."

"Claro. Por que você não sobe ao palco e diz a todos que você fez parte disso também, que eu não era a única idiota lá em cima?" Quando ele silencia, balanço minha cabeça. "A pior parte é que", eu continuo enquanto arremesso uma escova de dentes dentro da minha mala, sem saber se é a dele ou a minha. "Eu achei que estava me apaixonando por você. Mas acho que foi meu coração estúpido fazendo eu me apegar, mais uma vez, a alguém que não vale a pena."

Eu observo seu rosto, uma parte minha masoquista procurando por qualquer indicação de que ele sentia o mesmo. Há um lampejo de emoção, mas tenho certeza de que é apenas tristeza. Não é amor.

"Eu não sei o que dizer." Ele se deita na cama entre nossas malas.

"Isso parece acontecer frequentemente com você." Eu tento fechar minha mala, mas arrumei tudo tão desajeitadamente que não fecha. "Talvez fosse isso o que você queria o tempo todo. Você era o único que estava todo inseguro sobre o programa, no início. Agora, você não precisa mais se preocupar."

"Eu posso ter-me sentido assim no início" ele admite, "mas adorei apresentar o programa. Eu adorei apresentá-lo com você".

"Mesmo que isso seja verdade, fazer esse programa não foi uma boa decisão, desde o início." Outro empurrão na minha mala. *Vamos lá, vamos lá, só feche logo. Essa é sua única função.* "Tudo isso foi uma mentira, incluindo nós mesmos."

"Você não pode estar falando sério. Que não fomos reais. Me deixa ajudar..."

"Eu consigo", eu digo com os dentes cerrados, colando todo meu peso sobre a mala para forçar o zíper a fechar, respiro profundamente assim que termino.

Quero tanto dizer a ele que é claro que quis dizer tim por tim do que falei. Claro que quero voltar à cama e deixar ele me abraçar até que eu não me sinta mais tão completa e desesperadamente perdida. Claro que éramos reais.

Mas, francamente, não tenho mais certeza.

"Vamos voltar para Seattle e dar um tempo", ele diz. "Podemos voltar a conversar sobre isso quando nós dois estivermos calmos?"

"Estou calma." Eu arrasto minha mala para o chão com um baque. "E eu terminei de falar. Então, acho que a próxima vez que eu ouvir você, será quando estiver de volta à RPP."

As lágrimas começam a cair assim que bato a porta atrás de mim.

33.

Não me lembro da viagem até o aeroporto, do voo que consegui antecipar, ou da volta para casa. Estou entorpecida enquanto pego minha mala da esteira de bagagem, entorpecida enquanto pego Steve na creche para cachorros, entorpecida enquanto atualizo as redes sociais de novo e de novo até que finalmente tenho que desativar minhas contas porque tudo isso é demais para mim.

Meu nome é uma *hashtag*.

Sou uma piada.

A chacota da rádio pública.

Dominic tem a coragem de me enviar mensagens.

Shay, não posso nem começar a dizer o quanto sinto muito.

Quero fazer as pazes com você.

Podemos conversar?

Deletada. Deletada. Deletada.

Quando acendo as luzes da minha casa, os produtos que ganhei dos patrocinadores brilham de todos os lados. Aqueles sapatos de milho, que por sinal cheiram mal. A espuma de memória padronizada, que foi ótima por um dia, mas depois fodeu com meus pés. E se eu tiver que olhar para mais uma barra de frutas e nozes, eu vou gritar.

Arrasto-me para a cama – para meu colchão de espuma de memória, que ganhei de brinde, que de alguma maneira me trouxeram boas memórias – e enterro meu rosto nos pelos de Steve. Ele deve achar que estou de baixo astral porque está numa versão silenciosa do seu eu tipicamente enérgico. Vou comemorar minha festa de piedade sozinha e sem vergonha. Ninguém pode me julgar, se ninguém souber disso.

"Isso inclui você, Steve", murmuro eu, quando o pego dando-me uma olhada de canto de olho, particularmente selvagem.

Eu zumbizo pelos dias seguintes. Ignorei mensagens e telefonemas da minha mãe e de Ameena e de TJ e de Ruthie, ignorei mais mensagens de Dominic. O casamento será na próxima semana e sei que terei que ver Ameena e explicar para todo mundo que sou uma grande mentirosa. Mas não estou pronta. Não ainda.

Não atualizo nenhum de meus *podcasts* e não ligo a rádio. Eu sei que a nossa – que a campanha de doações deles está próxima e não vou suportar ouvi-los pedindo dinheiro. *Se você ligar agora e doar um mínimo de vinte dólares por mês, você ganhará uma camiseta da RPP...* Eu costumava esperar ansiosamente pelo design da camiseta de cada ano. Tenho todas elas guardadas na minha gaveta, da primeira até a mais recente, com vários níveis de maciez como resultado de inúmeros ciclos de lavagem e secagem. Eu amo aquelas camisetas, sentirei falta delas.

Oh, meu Deus. Quantas dessas camisetas do *Conversando com o Ex* acabarão numa casa de caridade ou numa lixeira?

Dediquei meus vinte anos a uma rádio pública e parece errado que ela tenha se voltado assim contra mim. E, no entanto, o louco disso é que... quando penso em não ter que voltar à RPP, sinto um pouco de alívio. Claro, está enterrado sob o desgosto e a humilhação, mas está lá. O programa acabou. Minha carreira na rádio pública também pode ter acabado, mas não ter que carregar aquela mentira me faz sentir que posso ficar um pouco mais de cabeça erguida. Tenho trabalhado até a exaustão por noites e finais de semana durante anos. Sem intervalos. Talvez agora terei tempo de decidir o que realmente quero.

Talvez, uma vez que a repercussão das redes sociais enfraquecer, uma vez que eu não esteja mais bebendo uma garrafa de vinho por dia, eu serei capaz de enxergar que, na verdade, isso foi uma boa coisa que aconteceu.

Afinal, isso me salvou do relacionamento mais errado da minha vida.

No quarto dia pós-PodCon, finalmente ligo meu laptop. Eu o levo para o sofá, empurro para o lado uma embalagem de comida para viagem, para dar espaço para outra meia garrafa de vinho. Ao invés de ir direto às redes sociais ou checar meu e-mail do trabalho, que tenho certeza de que foi excluído, eu abro um arquivo no qual não mexo há muito tempo.

Meu pai tinha todos os tipos de dispositivos de gravação, alguns deste século e muitos que não o eram. Nós discutíamos sobre analógico versus digital, entre as gravações de nossos muitos "programas de rádio". Uma vez, fiz um upload de tudo no meu computador, e escondi em uma pasta rotulada simplesmente com suas iniciais, DG. Como se somente com duas letras fosse mais fácil de olhar.

O lance de perder alguém é que isso não acontece apenas uma vez. Acontece sempre que você faz algo bacana que gostaria que a pessoa pudesse ver, toda vez que você empaca em algo e precisa de um conselho. Acontece toda vez em que você falha. Isso corrói o senso de normalidade e o que cresce, decididamente, não é normal e, ainda assim, você precisa descobrir como seguir em frente.

Dez anos se passaram e eu ainda o continuo perdendo todos os dias.

No começo, é extremamente difícil ouvir sua voz pelos alto-falantes de meu laptop. Nosso equipamento de gravação era muito bom – não há estática, nada que faz parecer que o áudio envelheceu, mesmo remotamente.

"Aqui são *Dan e Shay Fazendo Notícias*", ele diz com aquela voz perfeita e eu bebo mais vinho.

Eu ouço minha risada de onze anos de idade. "Não, não, você deveria dizer meu nome primeiro."

"Ops, desculpe, eu esqueci. Vamos tentar de novo. Aqui são *Dan e Shay Fazendo...*"

"Paaaai, você errou de novo!"

"Oh caramba, errei? Mais uma vez..."

Ele estava fazendo de propósito, claro. Posso perceber isso agora.

Eu nos ouço brigando, rindo, contando histórias. Isso aperta meu coração, dói, mas não me dá o tipo de clareza que eu estava esperando.

Fato: eu amava fazer esses programas com meu pai.

Fato: eu queria crescer e trabalhar na rádio.

Eu sonhava em contar histórias que fizessem as pessoas sentirem alguma coisa – do mesmo jeito que a rádio fez por mim. Por um tempo, apresentar um programa de sucesso parecia uma resposta para as perguntas que tive durante toda a vida. Foi a sensação de aprovação.

Conversando com o Ex me deu isso apenas por um tempo mas, para ser honesta comigo mesma, eu não sentia isso no programa de Paloma havia muito, muito tempo.

Continuo clicando nos arquivos. Para quem já está no fundo do poço, o que é mais um pouco de sofrimento?

O engraçado é que meu pai teria enlouquecido com o que aconteceu em nosso programa ao vivo. Ah, ele teria ficado extremamente desapontado comigo, mas ele adorava quando as coisas saíam fora do roteiro. Ele ansiava por aqueles momentos em que você via as pessoas por trás das máscaras.

Bem, aqui está, pai. Foi assim que arruinei a rádio pública.

34.

Minha mãe casa-se no quintal da minha infância, em um dia claro de julho.

Fazem quase 27 graus, um dia perfeito de verão em Seattle e ela está radiante em seu macacão azul-marinho, cabelos ruivos arrumados em um coque sofisticado, com alguns cachos caindo sobre os ombros. Phil está vestindo um terno de linho carvão e gravata azul-marinho e nenhum deles consegue parar de sorrir.

O casamento é pequeno, cerca de trinta pessoas. Meus pais sempre tiveram orgulho do nosso quintal – só Deus sabe o tempo que meu pai passou cuidando dele. Há espaço suficiente para a chupá, várias fileiras de cadeiras e uma pequena pista de dança. Tudo está decorado com rosas amarelas e lírios elegantes, um casamento com as flores favoritas da minha mãe e de Phil, e penduramos velas ao longo da cerca. Há um quarteto de cordas formado por seus amigos da Sinfonia e, mais tarde, os dois também tocarão.

Penso que nem todo mundo consegue ver um pai ou uma mãe tão profundamente apaixonados assim e isso me faz sentir sortuda, por estar a par desse lado da minha mãe.

Que a tenha visto assim, tão apaixonada, não apenas uma, mas duas vezes.

Meus novos meio-irmãos e seus filhos são suficientes para fazer uma pequena festa parecer animada e cheia de energia e, embora eu esteja com saudades das comemorações tranquilas que tive com meus pais, acho que poderia me acostumar com essa diversão.

Há tanta coisa para arrumar que não consigo falar com Ameena e TJ, que chegaram perto do início da cerimônia. Eu sei que terei que falar com eles em algum momento, mas o estou adiando enquanto posso. Minha mãe é prioridade.

A cerimônia em si é curta e meiga. Minha mãe e Phil escreveram seus próprios votos e ambos são apropriadamente melosos. Eles incorporaram a tradição judaica de quebrar um copo – depois gritamos, "Mazel tov!" – e uma tradição nigeriana em que os convidados jogam dinheiro para os noivos, que eles optam por doar para uma instituição de câncer em homenagem à falecida esposa de Phil.

"Como vai?" pergunta Diana, minha nova meia-irmã, após a cerimônia, enquanto estamos na fila do pequeno bufê ao lado da pista de dança.

"Ah... estou bem", eu digo, pois ainda não temos o tipo de proximidade em que posso me abrir completamente sobre o fato de estar me afogando em autopiedade com uma pitada saudável de auto-aversão. Mas, talvez um dia, o teremos. "Apenas... procurando emprego. Surpreendentemente, ninguém está batendo à minha porta, implorando para me contratar."

"É difícil. Ei, se você quiser ser babá", ela diz movimentando as sobrancelhas, "estamos procurando por uma nova babá".

Eu forço um sorriso. Embora eu goste dos filhos dela, acho que não conseguiria ficar com eles tantas horas por dia. Eu ainda não sei se quero ter filhos.

"Oferta tentadora, mas eu passo", eu digo e ela estala os dedos.

"Droga. Eu realmente estava esperando conseguir um desconto família. Babás não são baratas."

"Você está tentando convencer Shay a ser nossa babá?" diz Eric, seu marido, vindo em nossa direção com uma taça de vinho branco.

"Sim e não está dando certo. Quem as crianças estão aterrorizando agora?"

"Elas estão comendo ravioli calmamente. Ao menos pelos próximos minutos." Ele inclina sua taça para mim. "Shay, você quer alguma coisa?"

Eu bebi vinho na semana passada o suficiente para abastecer dez casamentos, então, talvez eu deva não beber mais nada. "Estou bem", eu digo. Deus, eles são tão bacanas. Não sei porque sempre fui tão relutante. "Obrigada."

Esperei todo mundo passar pelo bufê para me servir e carreguei meu prato de comida de volta à única mesa vazia. Claro que é aquela à qual Ameena e TJ estão sentados. Ela está usando um vestido lilás que me lembro ter comprado com ela em um "família vende tudo" no ano passado e me pergunto se ela se recorda da loja em Capitol Hill na qual eu comprei o meu azul-claro. Tudo nela é tão familiar que não posso acreditar que já há meses desde que nos falamos pela última vez.

TJ lhe dá um empurrãozinho para frente.

E eu apenas... desmorono.

Ameena e eu nos aventuramos numa conversa no jardim.

"Não posso acreditar em tudo o que aconteceu", ela diz, sentada ao meu lado, em um banco de pedra que meu pai instalou aqui há muitos anos.

"Eu também não consigo entender isso", admito. "Às vezes, parece um pesadelo, mas então eu acordo e não, não é. Eu ainda estou extremamente desempregada e extremamente envergonhada."

Ela aperta meu ombro e eu me inclino com seu toque. "Eu gostaria de ter estado lá por você. Eu não odeio Seattle, eu juro. Eu apenas estava tão ansiosa por uma mudança. Tudo que eu disse foi totalmente fora de propósito."

"Talvez", replico eu, "mas não acho que você estava totalmente errada. O mais estranho disso tudo é que me sinto aliviada. Aliviada por não precisar continuar mentindo. E um pouco aliviada por poder descobrir se há um trabalho para mim que não seja na rádio pública."

"Shay Goldstein fora da rádio pública", ela diz, com um suspiro exagerado. "Onde esse mundo vai parar?"

Essa é a parte mais assustadora: eu me defino a partir da rádio pública há tanto tempo que nunca me perguntei quem sou eu, sem ela.

Talvez, a verdade seja que eu estava com medo de descobrir.

Amena abre sua *clutch* de contas. "Sei que não é tradição presentear a filha da noiva, mas..."

"Puta merda. Você não." Eu desembrulho uma pulseira de prata, feita sob medida com OQUHBMF gravado nela. "Você me deu uma pulseira de OQUHBMF."

"Para que você nunca esqueça", ela diz com um sorriso.

"Me diga que você tem uma igual para combinarmos?"

Ela tira outra da *clutch* e a coloca. "Dããã."

Continuamos a colocar o papo em dia. Ameena me conta mais sobre o seu trabalho, sobre a Virgínia, sobre a umidade pela qual seus cabelos estão completamente despreparados. Depois de um tempo, TJ nos encontra e convida Ameena para dançar. Ela ergue a sobrancelha para mim e eu gesticulo que está tudo bem. Nós vamos ficar bem – ou, pelo menos, tentaremos ficar.

Eu me aventuro novamente com os convidados, sentando-me num assento vazio ao lado de minha mãe.

"Como você está dançando por duas horas e ainda parece impecável?" eu lhe pergunto.

"Ah, para", ela diz, mas está radiante. "Eu sei que você está encenando estar bem aqui na festa e eu agradeço isso, mas você pode ser honesta comigo. Como você está?"

Eu agradeço por ela não ter-me julgado por mentir ao vivo para milhares de ouvintes. Ele devia saber que já ouvi e vi o bastante de todos os lados da internet.

"Não estou bem", admito, passando meus dedos em umas pétalas de lírio perto de nós. "Mas estou tentando ficar."

"E Dominic?"

"Ele está de volta à RPP. Como jornalista investigativo." Suas desculpas realmente não fazem muito sentido se ele se sente bem em continuar na folha de pagamento, trabalhando com Kent. O fato de ele ainda estar lá, ao lado de Kent ao invés do meu, parece uma tremenda traição. Se ao menos meu coração pudesse perceber isso. "Acho que fiquei tão envolvida com a ideia do programa que não me importei em estarmos mentindo para as pessoas, que elas estivessem nos dando dinheiro porque acreditaram na mentira, e quando você pensa nisso por esse lado, parece... realmente uma merda."

"Vocês só queriam fazer um bom programa", ela diz simplesmente. "Você cometeu um erro de julgamento. E pelo que parece Dominic fez o mesmo."

"Tudo ficaria bem se eu pudesse apenas deixar de amá-lo."

"Você sabe quantas vezes eu pensei que as coisas seriam muito mais simples se eu deixasse de amar seu pai?" Ela balança a cabeça e talvez seja estranho trazê-lo à tona no dia de seu casamento, mas essa é a prova de que ele nunca se foi. "Todos os anos de terapia, solidão, luto... se eu pudesse apertar um botão e simplesmente parar, teria sido mais fácil, certo?"

"Teria sido horrível", eu digo. "Com certeza mais fácil, mas ainda assim horrível."

Agora, estou pensando em todas as vezes, em meus relacionamentos passados, que disse *eu te amo* cedo demais. Tenho certeza de que eu quis dizer isso, mas nada parecido com meu amor por Dominic. Eu anseio pelas coisas mais bobas e mais simples: sua covinha única, as brincadeiras sobre nossa diferença de idade, sua paixão por panelas de ferro fundido. Como ele se sentiu em minha cama. Como confiou a mim suas memórias dolorosas. Como eu lhe confiei as minhas.

Talvez não tão bobas e simples, afinal de contas.

O quarteto faz a transição para um cover de "September", e mais pessoas correm para a pista de dança.

Mas minha mãe parece se perder em pensamentos. "Você sabe, eu costumava ter ciúmes de vocês dois. Você e Dan."

"Você o quê?" eu digo, certa de que ouvi errado.

"É bobagem, não é? Ou, pelo menos, parece bobagem agora. Você e seu pai tinham essa coisa pela qual ambos eram apaixonados. Você herdou completamente a paixão dele pela rádio e era divertido ver vocês dois, mas... algumas vezes eu desejava, só um pouquinho, que você também gostasse de música."

Oh. Eu não fazia ideia de que minha mãe se sentia assim. É a realidade se rompendo, ouvir seus pais confessando algo tão... humano.

"Mãe", eu digo baixinho. "Eu... eu sinto muito."

Ela acena com a mão. "Não é culpa sua! Você gostava do que gostava. Eu não podia te obrigar. Você tentou tocar piano e violino, e depois coral, e, simplesmente não deu certo. E tudo bem."

Ela está sendo generosa. Eu era terrível, não tinha ritmo e nem paciência. Música na rádio, especialmente o tipo de música que minha mãe ouvia não me animava como a RPN. E talvez eu fosse a única nerd de nove anos de idade que gostava de *Car Talk*, mas eu não me importava.

"Eu amava que vocês dois tivessem esse vínculo especial", continua minha mãe. "Mas quando você se torna pai ou mãe, você espera, talvez egoisticamente, que seu filho goste do que você gosta, e possa compartilhar esse gosto com ele."

"E eu te desapontei."

"Não", ela diz firmemente. "Especialmente agora, eu estou tão, tão feliz que você tenha passado esse tempo com ele."

Eu deito minha cabeça em seu ombro e ela passa os dedos pelo meu cabelo, até que Phil a puxa de volta para a pista de dança. Observo os casais até que o sol se põe e as estrelas começam a piscar, mas não me sinto como a estranha, a vela. Não estou sozinha. Não preciso de alguém ao meu lado e não estou com pressa para preencher um vazio. É que quero uma pessoa em particular e é a pessoa que não sei como perdoar.

Eu costumava pensar que, sem meu pai, eu nunca mais seria inteira. Mas talvez seja isso que todos nós somos – pessoas meio quebradas procurando por coisas que nos consertem.

35.

Depois de um tempo, Dominic parou de enviar mensagens. Acho que isso confirma que, o que quer que tínhamos, realmente acabou.

Não esperava sentir tanta falta, mas o amor permanece como um machucado dolorido, mesmo quando não estou pensando sobre isso. Os términos do passado nunca me fizeram sentir tão miserável. Talvez seja porque eu estava forçando aqueles caras a preencher um espaço que eu achava que precisava ser preenchido, quando Dominic entrou na minha vida, tão naturalmente. Um desejo, não uma necessidade.

De vez em quando, Ruthie envia mensagens para saber como as coisas estão. Ela ainda está processando tudo que aconteceu, mas diz que me apoia, que quer permanecer com a amizade. Eu não acho que poderia ter-me perdoado se eu tivesse acabado com esse relacionamento também.

Eu tenho economias suficientes até janeiro se conseguir evitar grandes crises, mas não estou acostumada a ficar ociosa. Então foco em procurar um emprego. Se Dominic pode se contentar em continuar trabalhando na Rádio Pública Pacific, então, pelo menos, posso enviar alguns currículos. Não sei o que tem por aí para uma apresentadora de rádio pública desacreditada. Eu tento uma emissora de TV, algumas empresas de RP, uma porção de empresas procurando por qualquer que seja o criador de conteúdo. Mas não recebo nenhuma oferta. Talvez eu não seja qualificada, ou talvez, eles estejam me pesquisando no Google e não estão gostando do que encontram.

Em meados de agosto, recebo uma mensagem de Paloma Powers que quase me derruba da cadeira da cozinha.

Soube o que aconteceu. Kent é um puto. Avise-me se precisar de alguma coisa.

Antes de ficar pensando muito sobre o assunto, escrevo de volta e num passe de mágica marcamos um almoço no final de semana. Não tenho certeza do que vou ganhar me encontrando com ela, mas trabalhei com ela durante mais tempo do que com qualquer um. A parte otimista que vive em mim, que está diminuindo cada vez mais, quer acreditar que ela pode ajudar.

Paloma e eu nos encontramos em um restaurante novo que, ela diz, faz a melhor panzanella de Seattle. Esse comentário é tão típico de Paloma que imediatamente me conforta.

Ela está usando um de seus xales leves de verão e seu cabelo está mais comprido, roçando os ombros.

"Não consigo encontrar uma produtora tão atenciosa quanto você era", ela diz com um suspiro entre os goles que dá no seu suco de açafrão. "Mas estou bem. Achei que gostava de jazz, mas não, eu amo jazz. Então isso foi um alívio. E é muito menos estressante do que meu trabalho em *Puget Sounds*. Neste momento, estresse é a última coisa que quero na vida."

"É bom ouvir isso", eu digo. Almoçar com ela é estranho. Quando trabalhávamos juntas, nunca nos considerei amigas. Nunca almoçamos juntas antes. Não é que não gostasse de trabalhar para ela. Eu a respeitava e havia uma hierarquia. Ou parecia haver.

Nós duas pedimos a panzanella, e fico feliz em saber que é uma salada de pão. Acaba de se tornar a minha salada favorita.

Ela conduz a conversa como se estivesse num *talk show*. "Desde que conheço Kent, ele sempre foi esse merda sexista", ela diz. "Ele sabe disfarçar bem."

"Acho que sempre achei uma desculpa para isso, ou tinha medo de dizer qualquer coisa, porque ele era meu chefe." Lembro-me como ele sempre valorizava mais a opinião de Dominic do que a minha, ou como, nas reuniões, sempre pedia para uma mulher fazer as anotações, nunca um homem. Porque a mulher é "mais detalhista". Ele fazia parecer que estávamos recebendo algum tipo de tratamento especial. "Mas era tão óbvio que ele adorava Dominic e eu me sentia como sendo a segunda opção, mesmo estando na rádio havia tanto tempo."

"É como ele faz, o sacana sorrateiro. Ele se faz de legal para compensar o fato de que ele, fundamentalmente, não respeita as mulheres. Ele pode nem ter consciência disso – a misoginia internalizada é uma droga infernal. Mas não justifica. Também ouvi ele se gabar por contratar pessoas negras, como se estivesse resolvendo por si só os problemas de diversidade da empresa." Ela se inclina com um tom conspiratório. "E você sabia que ele me convidou para sair uma vez?"

"O quê?"

"Isso mesmo. Eu ainda não estava nesse trabalho e quando disse que não estava interessada, ele fingiu que não era nada demais. Na época, ele era chefe do departamento de notícias e eu era repórter e ele começou a me atribuir histórias que ninguém mais queria cobrir. Histórias tão sem graça que, provavelmente, a rádio nem as cobria e às vezes, ele nem as transmitia. Eu tentei conversar com ele a respeito, mas ele insistiu que eu tinha que pagar minhas dívidas. Passou-se um ano antes de eu ser escolhida para apresentar *Puget Sounds* – pelo conselho, não por Kent."

"Jesus", eu digo. "Paloma, eu sinto muito."

"O pior é que todo mundo parecia gostar tanto dele, respeitá-lo tanto", ela continua. "E, por causa dessa hierarquia tácita, eu não podia falar nada."

Nossa comida chega e ficamos em silêncio por alguns minutos enquanto comemos.

Finalmente, encontro as palavras para contar a ela sobre minhas próprias inseguranças. "Senti um pouco dessa hierarquia quando estava trabalhando para você." Eu admito.

"Você sentiu? Por minha causa?"

E ela fica tão atordoada que quero voltar atrás, mas continuo. "É essa dinâmica estranha entre produtores e apresentadores, eu acho. Vocês são as 'estrelas' e nosso trabalho é facilitar as coisas para vocês fazerem o trabalho."

Noto que falo *nosso*, como se ainda fosse uma produtora, como se não tivesse apenas apresentado um programa de sucesso; e também, condenado-o. Talvez, lá no fundo, ainda seja.

"Sinto muito", Paloma diz, após um minuto de silêncio. Então ela abre um sorriso. "Se te conforta, agora eu providencio minhas próprias sementes de chia. Ando humilde ultimamente."

"Foi difícil deixar a rádio pública?"

"Foi difícil ser expulsa", ela diz. "Tenho certeza de que Kent estava procurando um motivo para se livrar de mim havia anos. Mas, acho que era hora de seguir em frente, mesmo que eu tenha ficado relutante no início. Definitivamente não sinto falta das campanhas de doações."

"Como assim, você não gosta de implorar por dinheiro a estranhos?" eu digo, e ela ri.

"A rádio pública não precisa ser sua identidade", ela diz. "Aham, quem está lhe dizendo isso é alguém que respirava rádio pública. Você ainda está no início de sua carreira e as pessoas têm memória curta. Se você quiser voltar a trabalhar em rádio, você conseguirá. O que aconteceu não tem que acabar com seus sonhos. Ficaria feliz em escrever uma recomendação, se você achar que pode ajudar. Mas, se você não tem certeza e se tiver a capacidade de fazê-lo... não há mal algum em tirar um tempo para descobrir qual será seu próximo passo."

"Estou na rádio há tanto tempo que não sei no que mais sou boa."

Ela me olha estranho. "Shay Goldstein", ela diz, "se é isso que você pensa sobre si mesma, então você não é a pessoa que pensei que fosse".

36.

Deslizo a pulseira OQUHBMF para cima e para baixo no meu pulso. Ameena tem me enviado fotos do seu apartamento novo e, sim, é bem maior e mais barato que qualquer coisa em Seattle. Planejamos uma visita em novembro, quando ela estiver melhor instalada.

A namorada de Ruthie, Tatum, trabalha em um café vegano no norte de Seattle e ela nos dá comida de graça enquanto Ruthie e eu enviamos currículos e lamentamos o desemprego. A comida gratuita ajuda. Álcool grátis ajuda ainda mais, mas honestamente, eu deveria reduzir o consumo diário.

Meus finais de semana não são tão vazios quanto eu pensava que seriam, embora seja porque meus dias de semana ainda estão um pouco vazios também. Eu fiz uma entrevista de emprego hoje cedo como redatora de uma agência de marketing, que eu não tinha certeza se queria – simplesmente, foi o primeiro lugar que me ligou. No meio da entrevista, alguém bateu à porta e pediu para falar com a gerente de RH e, quando ela retornou, estava, com certeza, mais fria do que antes.

"Você pode ir para a rádio comercial comigo", Ruthie diz, passando uma batata doce frita em molho de sriracha. "KYZO me ofereceu meu antigo emprego, mas ainda não tenho certeza se aceitarei. Estou tentando ver quais são minhas opções."

Eu tomo um gole do meu rosé. "Na verdade, não tenho certeza se conseguirei lidar com os comerciais."

"Eles não são tão ruins."

Ela começa a cantarolar um jingle familiar e Tatum grita atrás do balcão, "Ela está cantando a música do picles novamente? Porque ela não tem permissão para fazer isso a menos de 5 metros de distância de mim, é uma regra do relacionamento."

Ruhtie tampa os lábios com um dedo. "Pagam muuuuuito beeem", ela cantarola.

"Pensarei a respeito", eu prometo.

Voltamos aos nossos laptops, o bater das teclas se mistura com a música da garota surfista pop punk que está tocando nos alto falantes do café. O café não está cheio – na verdade, nós somos as únicas duas pessoas aqui, além de Tatum e um cozinheiro.

"Se houver algo que possa fazer para ajudar, me avise, certo?" eu digo a Ruthie depois de alguns minutos. Ainda é estranho sentar-se em sua frente depois de ter passado cinco meses mentindo para ela.

A mão de Ruthie para no teclado, seus anéis brilhando na luz da tarde. "Eu já lhe disse umas cem vezes que te perdoo", ela diz. "Tenho a sensação de que tudo o que você está passando é o suficiente. Eu não preciso acrescentar mais nada."

"Você é muito boa para este mundo."

"Eu sei", ela diz. "Eu meio que não quero perguntar, mas... alguma notícia de Dominic?"

Eu balanço a cabeça. "Ele chegou a me enviar mensagens durante um tempo e depois parou. Para ser honesta, eu não respondi." Eu solto um suspiro. "Eu não posso falar com ele, se ele ainda continua trabalhando lá."

"Entendo", Ruthie diz. "Sinto muito. Eu realmente estava torcendo por vocês dois."

De repente, Tatum se engasga atrás do balcão. "Oh, meu Deus", ela diz, correndo até a nossa mesa, com seu longo rabo de cavalo escuro balançando. Ela mostra o celular a Ruthie.

"Twittando no trabalho?" Ruthie diz balançando a cabeça, emitindo um som de desaprovação. Mas seus olhos arregalam quando ela vê o que está na tela. "Oh, meu Deus", repete Ruthie. Ela arranca o celular das mãos de Tatum e rola a página.

Eu me inclino para frente na minha cadeira, tentando ver. "O que é?" Quando você trabalha em uma redação você se acostuma com esse tipo de reação quando algo terrível acontece em algum lugar do mundo: pessoas prostradas sobre um celular, mãos sobre a boca. Mas as duas parecem chocadas ao invés de chateadas.

"Ligue na Rádio Pública Pacific", diz Ruthie, dando um tapinha no meu laptop. "Minha bateria está acabando."

Eu solto uma risada. "Não, obrigada. Eu vou apenas checar o Twit..."

"Shay. Ligue a porra da rádio", repete Ruthie, com tanto vigor em sua voz que não ouso desobedecê-la.

A contragosto, navego até a página inicial da RPP e clico no pequeno ícone do microfone para iniciar a transmissão ao vivo. Tatum abaixa o som do café e todas nós nos inclinamos para ouvir... uma notícia da RPN, sobre um jacaré na Flórida que finalmente foi pego após escapar de um zoológico no início dessa semana.

"A nova onda é... sobre jacarés agora?", eu pergunto.

Ruthie revira os olhos. "Apenas espere até o final do noticiário." Tatum senta-se ao lado de Ruthie e esperamos. Quando a RPP volta ao ar novamente, imediatamente se torna óbvio que eles estão no meio de uma campanha de doações, o que provoca uma pontada estranha em meu peito. Eu nem lembrei que isso estava acontecendo esta semana.

"E estamos de volta, falando sobre como você pode apoiar um bom jornalismo local", fala uma voz familiar. "Além de ser a rodada número dois do meu circuito de desculpas. Se você acabou de sintonizar, foi isso que aconteceu."

Eu não consigo respirar.

"Havia uma garota", Dominic diz e eu acho que meu coração realmente pode parar. "É assim que essas histórias sempre tendem a começar, não é? Então. Havia uma garota e ela é a garota mais esperta, mais interessante que já conheci. Nós trabalhamos juntos nesta rádio. Ela trabalhou na Rádio Pública Pacific por dez anos e era fantástica no que fazia. Basicamente, ela é uma enciclopédia da RPN. Nós até tivemos a sorte de apresentarmos um programa juntos... mas isso não saiu exatamente como planejado. O programa foi construído a partir de uma mentira – a de que nós dois tínhamos namorado no passado e estávamos nos unindo agora para distribuir conselhos sobre relacionamentos e ouvir histórias de outras desventuras amorosas. Mas fica muito, muito complicado quando você começa a se apaixonar por uma garota com quem seus ouvintes acham que você já namorou, e conseguiu superar. Especialmente quando sua mesa fica ao lado da dela."

"Shay", diz Ruthie, pegando no meu braço. "Shay."

"Eu... oh, meu Deus." O café desapareceu. Eu tenho visão em túnel e definitivamente não é apenas por causa do rosé. Tudo que enxergo é o ícone de microfone na tela e tudo que ouço é a voz de Dominic. Ele soa tão natural ao vivo, agora mais do que nunca.

"Mas eu estraguei tudo", continua Dominic, e então para, com uma meia risada que sacode meu coração, fazendo-o voltar a bater. "Sempre tive um pouco de medo de palco e, infelizmente, eu congelei quando ela mais precisou de mim. Eu não estava lá para apoiá-la, mesmo depois de termos prometido ser um time. Estou aqui hoje para dizer a todos vocês que sinto profundamente pela mentira em que *Conversando com o Ex* se baseou, mas mais do que isso, sinto muito Shay. Eu sinto muitíssimo e tudo que quero é conversar com você novamente."

Isso está acontecendo de verdade. Dominic está se desculpando na rádio.

"Está tudo no Twitter", diz Ruthie, segurando seu celular na minha cara, mas não consigo processar nada. "Aparentemente, ele estava falando algo sobre Beanie Babies mais cedo."

"Essa é a coisa mais romântica que já vi", diz Tatum. "Ou, quero dizer, ouvi."

"Não sei se ela está me ouvindo", Dominic diz, "mas não consigo pensar em outra maneira de dizer a ela o quanto estraguei tudo. Se ela me der uma segunda chance, mesmo que eu não mereça, farei tudo que puder para compensá-la. E mais do que isso... preciso que ela saiba que a amo. Estou apaixonado por ela desde a ilha, talvez até antes disso. E estou morrendo de vontade de dizer isso a ela pessoalmente".

Ouço outra voz na rádio, uma que reconheço como sendo de Marlene Harrison- Yates. "E se você quiser fazer uma doação para manter Dominic no ar, para que continuemos, o número é 206-555-8803, ou você pode fazer sua doação *online* no RPP.org."

"Oh, meu Deus", digo novamente, sem saber se conheço outras palavras. Meu primeiro instinto é desligar a transmissão, desligá-lo, ignorar tudo isso. Insisto que não é assim que ele conseguirá voltar à minha vida, com essa conversa mole. Fecho meus olhos por um momento, tentando me agarrar à realidade. "Ele ainda está na rádio. Ele ainda está trabalhando para eles. Tudo isso é... uau, mas isso não muda o fato de que ele aceitou esse emprego depois que eles praticamente me chutaram para fora."

"Você não acha que deve isso a ele? Ouvi-lo?" diz Ruthie.

Lá no fundo, sei que ela está certa. Se houver alguma chance de resolver as coisas entre nós, tenho que conversar com ele. "Ele ainda está no ar. O que devo fazer?"

"Ir até lá e dizer que você está perdidamente apaixonada por ele?" ela sugere. "Quero dizer, é apenas uma ideia."

"Não posso simplesmente ir até lá. Eu me demiti, lembra? Eles praticamente me mandaram embora." Com as mãos trêmulas, pego meu celular. "Eu vou... eu vou ligar." Não tenho ideia do que irei dizer, mas é a única opção que parece fazer sentido no meu cérebro bagunçado.

A esta altura do campeonato, o número praticamente faz parte do meu DNA, embora eu nunca o tenha usado. Ainda assim, estou tão abalada que esqueço um dígito na primeira vez.

"Rádio Pública Pacific, qual é seu comentário?" Isabel Fernandez pergunta e eu fico emocionada ao ouvir sua voz.

Durante as campanhas de doações, eles geralmente recebem ligações de ouvintes que compartilham uma história sobre a rádio e sobre porque a apoiam. Não acredito que fui atendida de primeira.

"Isabel, é a Shay. Shay Goldstein."

Se eu pudesse escutar os olhos de alguém se arregalarem ao telefone provavelmente soariam como o silêncio atordoado de Isabel.

"Shay? Espere, deixe-me transferir sua ligação. Isso será incrível!"

"Não, espere..." eu digo, mas é tarde demais.

É estranho ouvir a rádio do meu laptop e também do meu celular, enquanto espero para entrar no ar. E a todo momento não acredito que estou fazendo isso, estou realmente fazendo isso, porra.

"Parece que temos uma ouvinte na linha", Dominic diz, agora em minha orelha.

"Dominic." Minha voz está trêmula.

Ruthie e Tatum estão debruçadas na mesa para ouvir, Ruthie segurando meu braço e Tatum segurando o de Ruthie.

Silêncio na linha. Eu quero adverti-lo, dizer-lhe que silêncio no ar é mortal.

"Shay?" Sua voz também fica trêmula. "Não achei que você me ouviria. Quero dizer – eu esperava que sim, mas imaginei que você estivesse evitando a rádio e... uau. Uau." Tento imaginá-lo no estúdio, andando de um lado para o outro, passando uma mão no cabelo, arregaçando as mangas da sua camisa. "É tão bom ouvir sua voz."

 Sinto meu rosto se abrindo em um sorriso. A voz dele não é suficiente. Preciso vê-lo agora. "Fique aí", eu digo. "Estou indo até aí."

 "Espera", ele diz. "Espera... Shay..."

 Ruthie e Tatum estão boquiabertas. "O que está acontecendo?" Ruthie pergunta.

 "O momento mais romântico da minha vida, espero."

 Estou muito confusa para dirigir, então Tatum deixa o café sob os cuidados do cozinheiro, para que ela e Ruthie possam levar-me até a rádio.

 O carro de Ruthie está estacionado na esquina. Eu fico no banco de trás, bagunçado, cheio de recibos e sacolas de lona, dois sapatos que não formam par e alguns CDs.

 "Você tem CDs?" eu pergunto, movendo meu pé para não pisar nos maiores sucessos de Hall e Oates.

 "Carro velho", diz Ruthie. "É assim mesmo."

 "Além disso, ela pode fazer uso de todas as *hashtags* retros", Tatum diz.

 "Eu odeio que CDs sejam retros", eu digo, enquanto Ruthie acelera em direção à rodovia. Provavelmente levará vinte minutos para chegarmos lá. Vinte minutos de pânico no banco de trás.

 "Desculpe a bagunça", Ruthie diz. "Mas se você encontrar um pedaço de chiclete aí atrás, me avise."

"Deixe a garota respirar", Tatum diz. "Ela acabou de receber uma declaração de amor pública." Ela se vira para trás e pergunta para mim: "Você quer que eu ligue a rádio?"

"Eu não sei." Parece tão pessoal que todos estejam ouvindo isso. Mas era isso que estávamos fazendo no programa, não era? "Se alguém pudesse me convencer de que não irei estragar tudo, seria incrível."

E Deus as abençoe, elas tentam. Quando chegamos ao prédio que frequento há dez anos e Ruthie dá a volta no quarteirão e não encontra uma vaga para estacionar, meu coração está na garganta.

"Você consegue", Ruthie diz com firmeza. "Nós estaremos aqui embaixo, caso precise. Em parte, porque não conseguimos encontrar uma vaga para estacionar, e, principalmente, porque acho que você tem que subir sozinha."

"Boa sorte", diz Tatum. "Nós estaremos escutando."

Eu aceno com a cabeça, engolindo seco. "Obrigada. Muito obrigada às duas."

Com as pernas bambas, vou até a porta de segurança, dando-me conta que nem sei se eles me deixarão entrar. Pateticamente, passo meu cartão na porta, mas, é claro, ele foi desativado. Então, com um suspiro trêmulo, toco a campainha.

"Rádio Pública Pacific", Emma McCormick diz com sua voz estática.

"Ei... Emma", eu digo, segurando o botão. "Sou eu, hum, Shay Goldstein. Eu queria subir para conversar com Dominic. Ele está ao vivo..."

"Shay, oh meu Deus!" Emma grita. "Achei isso encantador. Eu gostaria que alguém fizesse algo assim por mim. Você tem tanta sorte. As linhas telefônicas estão uma loucura e já atingimos todos os nossos objetivos da campanha de doações. É realmente..."

Ouço um tumulto ao fundo e então, outra voz familiar. "Shay? É Marlene Harrison-Yates. Estou liberando sua entrada."

"Ah... obrigada", eu digo, quando a porta se abre. Nada está fazendo sentido hoje.

Então chego ao corredor e ao mais lento dos elevadores lentos, desfazendo e refazendo meu rabo de cavalo, limpando as lentes dos meus óculos na minha camisa, tentando parecer menos apavorante. Mas Dominic viu o meu pior, ele me viu em pânico e sem maquiagem e com lágrimas escorrendo pelo meu rosto e ele me ama.

Ele me ama.

Quando chego ao quinto andar, Marlene está segurando a porta da rádio aberta. "Sou uma otária por acreditar no verdadeiro amor", ela diz encolhendo os ombros. "E Emma não estava exatamente apressando as coisas."

Emma faz um movimento com os ombros, na tentativa de se desculpar.

Eu mal tenho chance de entrar no saguão da rádio, com sua hospitalidade calorosa e paredes cobertas por vinil, que Kent já corre em minha direção.

"Shay!" ele diz, com uma alegria falsa que faz meu estômago embrulhar.

"Nós estávamos nos perguntando se você apareceria. Eu sei que isso é um pouco inconveniente, mas as redes sociais estão bombando. Nunca vi algo parecido. É grandioso de sua parte deixar tudo isso para trás e..."

"Não estou aqui por você." Deus, como é bom interrompê-lo. Eu gesticulo para o corredor. "E por mais que eu amasse esse lugar, não estou aqui pela rádio. Estou aqui por Dominic e é isso. Depois irei embora."

A boca de Kent aperta e ele me dá um pequeno aceno. A saia longa de Marlene esvoaça quando ela passa na frente dele e nossos olhares se encontram, um breve entendimento é estampado em seu rosto. "Vá", ela me pede, e eu abaixo minha cabeça em gratidão.

Meus ex-colegas de trabalho parecem ter percebido o que está acontecendo e eles se juntam a nós no corredor, olhando boquiabertos, enquanto faço meu caminho para o lugar que me fazia sentir eu mesma. *Respirações profundas. Um pé na frente do outro. Eu consigo fazer isso.*

Eu fecho meus olhos com força e quando os abro, lá está ele, parado no meio do estúdio como se fosse fazer um discurso. Suas roupas estão limpas, mas seus cabelos estão desgrenhados, exatamente como eu imaginei. Barba escura ao longo do queixo, fones de ouvido de estúdio nas orelhas. Bonito e sexy e doce e gentil. O cara pelo qual estava com medo de me apaixonar demais.

Quando seus olhos param em mim, seu rosto muda completamente. Um sorriso se espalha de um canto ao outro de sua boca, desenhando sua covinha e então, ele está todo sorrisos. Seus olhos escuros se iluminam e ele parece relaxar. É incrível assistir a essa mudança.

Ele se dirige para a porta e acho que esqueceu que está usando fones de ouvido, porque o fio o puxa de volta à mesa. É adorável, assisti-lo mexendo nele, tentando se desembaraçar.

"Pegue o microfone dela", alguém está dizendo. Nem sei quem.

E então, estou sendo empurrada para o estúdio com o homem que abriu o coração para mim ao vivo na rádio. Fones de ouvido estão conectados e já posicionados nas minhas orelhas. Eles sempre foram tão pesados assim?

"Estamos em um noticiário", Jason Burns dizem nossos ouvidos. "Vocês têm quatro minutos antes de entrarem ao vivo novamente."

"Oi", Dominic diz. A palavra sai em forma de respiração ofegante.

"Oi."

Eu pensei que iria correr em direção a ele, que ele me pegaria nos braços e me beijaria apaixonadamente. Que o mundo lá fora iria desmoronar, desaparecer, e créditos finais surgiriam.

Só que nada disso aconteceu. Meus pés se tornaram concreto. Nós nos encaramos, como se não tivéssemos certeza do que fazer agora.

"Você parece... parece ótima", ele diz, sua voz um pouco rouca. Eu deveria ter trazido pastilhas.

"Obrigada", eu digo, passando conscientemente a mão pelo cabelo novamente. "Você... hum. Você também."

Ainda temos muito a dizer, mas agora que estou aqui com ele, não sei por onde começar. Claro que sonhei com a gente se reconciliando, mas nunca imaginei que isso aconteceria assim, com Dominic parado aqui, sem saber o que fazer com as mãos.

"Você anda... bem?" eu pergunto. "Desde que o programa saiu do ar?"

Ele acena com a cabeça, mas depois faz uma careta. "Com o trabalho... você sabe. Está tudo bem. Mas tenho que ser honesto. Estou péssimo."

E isso me faz abrir um sorriso... não porque ele estava péssimo, mas porque me sentia igual.

"Eu também", digo baixinho.

"Aviso de trinta segundos", alguém diz.

"Tenho que voltar ao ar", ele diz.

Merda. Merda. Nós mal conversamos.

"Você está..." Ele engole. "Você quer entrar no ar comigo?"

Começamos isso no ar. Eu quero acabar com isso – qualquer que seja a conclusão – no ar. "Sim", eu digo baixinho.

O restante da RPP se reuniu fora do estúdio e Kent está checando seu tablet. Tenho que me concentrar em qualquer coisa menos nele.

"Estou de volta com Shay Goldstein", Dominic diz quando o sinal GRAVANDO aparece e uau, a nostalgia me atinge com tanta força que deslizo em uma cadeira.

"Oi." Eu aceno, embora saiba que ninguém pode me ver.

Dominic está sentado ao meu lado. "Então, eu meio que tenho derramado meus sentimentos aqui pelas últimas duas horas e meia."

"Eu soube." Eu dou uma risada forçada. "Na verdade, não sei porque estou rindo."

"É meio engraçado", ele admite. "Nós éramos capazes de mentir que éramos ex-namorados porque discutíamos muito. Então, nos apaixonamos – um pelo outro. E depois escondemos isso de nós mesmos por um tempo e, quando finalmente admitimos isso um para o outro, tivemos que esconder do público. Mas daí então tudo foi pelos ares e agora... agora não sei o que somos."

"Quando você ficou em silêncio no palco em Austin e depois, quando você desapareceu..." Eu balanço a cabeça, ainda incapaz de esquecer aquela humilhação. "Nunca antes me senti daquele jeito. 'Envergonhada' nem chega perto de como me senti. Passei o último mês tentando descobrir se deveria trabalhar na rádio, mas voltando aqui... posso não querer mais trabalhar nesta emissora, o que não significa que deixei de amar a rádio pra caralho."

Ops, CFC.

Vai sobrar para a rádio.

Acho que não dou a mínima.

"E você é boa pra caralho nisso", ele diz, e eu ergo minha sobrancelha. É ele que ainda trabalha aqui, não eu.

"Eu trabalhei aqui desde a faculdade", eu digo, falando mais com o público do que com ele. "E assim, conseguir meu emprego dos sonhos, estar no palco e depois ver minha carreira de jornalista acabar tão rapidamente... eu não estava preparada para isso."

"Sua carreira de jornalista não acabou", ele diz. "Não se você não quiser."

"E eu sei disso", eu digo, porque lá no fundo, eu acredito nele. "Acho que o que mais anda me machucando é que você continuou trabalhando aqui depois que tudo deu errado. Você ainda tinha um emprego, um lugar aqui, mas eu não. É isso que não consigo superar."

Ele concorda com a cabeça, digerindo tudo que estou falando. "Eu queria explicar. Eu precisava explicar e eu não te culpo por não responder às minhas mensagens, porque, provavelmente, eu também não as teria respondido." Ele aproxima sua cadeira da minha, seu sapato batendo no meu, e isso me faz lembrar daquela noite que passamos na rádio, criando nossa história. Foi uma das primeiras vezes que percebi que poderia ter sentimentos por ele, embora estivesse determinada a negá-los.

"Não sou o melhor em frente a grandes grupos de pessoas, nunca fui. Apresentar o programa aqui, com você, tudo bem, mas eu tive o maior pânico de palco da minha vida em Austin. E essa é apenas uma desculpa parcial, eu sei disso. Você também estava passando por maus bocados no palco. Você estava sendo pressionada tanto quanto eu. Mas é a verdade. A ansiedade me fez paralisar e, em algum lugar, no fundo dessa espiral de pensamentos, me preocupei que qualquer coisa que eu dissesse destruiria minha carreira de jornalista. Por muito tempo quis ser um repórter sério e, em algum momento, perdi isso de vista. Exceto quando voltei ao trabalho, tudo parecia errado. Quase morri em aceitar o emprego, continuar vindo trabalhar todos os dias, sem você aqui. Qualquer mínima quantidade de sucesso na carreira que eu tenha parece sem brilho se o resto da minha vida estiver fora de ordem. Eu te envergonhei e sinto tanto por isso. Se pudesse voltar atrás, estaria cem por cento do seu lado. Não há dúvidas acerca disso."

Ele respira fundo antes de continuar e eu tenho que segurar uma mão no peito novamente para acalmar o coração. "No meu primeiro dia de volta ao trabalho, eu queria me demitir. Mas eu sabia que uma campanha de doações estava por vir, então pensei que essa poderia ser minha última chance."

"Sua última chance de que, exatamente?"

Um bate-papo aparece na tela do computador, ao nosso lado. AS DOAÇÕES ESTÃO BOMBANDO, CONTINUEM ASSIM! Mas não estamos fazendo isso por eles.

Dominic curva seus lábios em um meio sorriso familiar. Quero sentir aquele meio sorriso no meu pescoço, na minha garganta. Eu quero perdoá-lo. "Você sabe o que disse no ar", ele diz.

"Diga-me." Eu viro de frente para ele para que nossos joelhos se toquem. "Diga-me como se eu fosse a única pessoa aqui. Como se não houvesse centenas de pessoas ouvindo."

"Milhares", ele sussurra, e eu não consigo deixar de sorrir. "Eu quero tentar novamente. Sem mentiras, sem fingimento. Tudo completamente preto no branco."

Seus dedos roçam nos meus.

"Eu tenho a sina de dizer às pessoas que as amo, mas não ser correspondida", eu digo. "Acho que o problema talvez seja que eu entro de cabeça nos relacionamentos, rápido demais. Mas... quero ser corajosa desta vez."

"Eu também", ele diz e então, com um movimento rápido, ele estende a mão e desconecta nossos fones de ouvido, tirando-nos do ar efetivamente.

Fora do estúdio, nossos colegas de trabalho jogam os braços para o alto e batem os pulsos contra o vidro, mas ninguém corre para dentro.

"Eu te amo", ele diz apenas para mim, uma mão na minha bochecha, polegar traçando ao longo de meu queixo. "Estou apaixonado por você, Shay."

"Dominic." Estamos respirando no ritmo um do outro agora, tão compassadamente como o metrônomo de minha mãe. "Eu te amo. Eu te amo tanto. Eu amo sua voz de rádio e suas frigideiras de ferro fundido e o jeito que você embrulhou meu cachorro em uma camiseta quando ele estava apavorado e até amo sua coleção de Beanie Babies."

Ele conecta seus fones de volta, com uma mão, ainda segurando em mim com a outra. "A propósito, eu me demito, porra", ele diz.

E então, porque estou me sentindo poderosa: "Vá se foder, Kent." Eu digo no microfone, alto e claro, saboreando a força da minha voz. "Faça bom proveito das suas malditas multas!" Depois arranco o fio.

"Eu te amo", digo novamente a Dominic, incapaz de parar. Eu agarro a gola de sua camisa e o puxo para perto, enquanto suas mãos deslizam pelo meu cabelo. "Eu te amo. Eu te amo. Eu..."

Sua boca encontra a minha, quente e doce e certeira. Meu passado e meu futuro – porque sempre senti que pertencemos um ao outro.

E, embora estejamos dentro de uma cabine à prova de som, eu juro que ouço as pessoas aplaudirem.

Epílogo

"Você pode eliminar meu sofá EKTORP e minha cômoda MALM, mas não minha estante de livros VITTSJÖ", Dominic diz protegendo a estante de livros com o braço, em sua sala de estar.

"Isso não combina com nenhum de meus móveis!"

"Não, não, não", ele diz. "A beleza dos designs minimalistas da IKEA é que combinam com tudo."

Eu dou um passo para trás, avaliando-a e cedendo. "Acho que podemos colocá-la no nosso quarto de hóspedes." Pode realmente ficar bonito lá. Aquele quarto precisa ficar mais atraente.

Dominic se ilumina, aquele lindo sorriso se espalhando pelo rosto. Ele tem feito muito isso, desde que lhe pedi para se mudar para minha casa há algumas semanas. "*Nosso*", ele diz, e essa pode ser minha palavra favorita. "Eu gosto muito dela."

Levamos algumas horas para carregar o caminhão da U-Haul, com um intervalo para a comida tailandesa que comemos sentados no chão, depois de termos percebido que não deveríamos ter embalado as cadeiras primeiro.

"Pronto para dizer adeus a este lugar?" Eu pergunto, enquanto paramos na porta para dar uma última olhada. As paredes estão vazias, tudo embalado no caminhão ou doado para a Goodwill.

"Sinceramente? Estou pronto desde que me mudei." Ele engancha o braço em volta de meus ombros e beija o topo da minha cabeça. "Mas estou muito feliz que essa seja a razão de isso estar acontecendo agora."

No caminhão, Dominic verifica as emissoras gravadas na rádio, pânico piscando em seus olhos quando uma delas é a 88.3 FM. Não consegui mais ouvir a RPP desde que invadi os escritórios deles durante a campanha de doações há três meses. Ainda não. Conforta-me que Kent tenha sido demitido, mas ainda há muitas lembranças sombrias ligadas a isso.

Então, surpreendo a nós dois quando digo, "Deixa aí mesmo", antes de ele trocar de estação.

"Você tem certeza?"

Eu engulo um nó na garganta e aceno que sim. É bem a hora do noticiário, então ouvimos uma notícia da RPN. E, caramba, como essas vozes da RPN continuam sendo a canção de ninar jornalística mais reconfortante.

Alguns segundos depois de uma história de Paul Wagner sobre o mercado imobiliário de Seattle, basta. "É tudo que consigo aguentar por hoje", eu digo, trocando de estação para a Jumpin' Jazz com Paloma Powers. Parece que eu gosto de jazz agora. Os seres humanos são realmente capazes de mudar.

Steve está esperando para nos cumprimentar, apalpando nossas pernas até receber uma quantidade suficiente de agrado. Depois lhe dou um novo brinquedo mastigável para mantê-lo ocupado enquanto desempacotamos as caixas de roupas, produtos de higiene pessoal e utensílios de cozinha de Dominic.

"Como você conseguiu esconder isso?" Eu pergunto, segurando uma caixa de vidro de colecionador com um Beanie Baby dentro. Um urso branco com um coração no peito.

"Nós guardaremos Valentino por mais alguns anos e fim." Dominic bate na caixa. "Esse cara vai colocar nossos filhos na faculdade. Posso sentir isso."

Depois de esvaziarmos o caminhão, eu me afasto e dou uma olhada na minha sala de estar – nossa sala de estar. Temos muita coisa para reorganizar, o que nos manterá ocupados pelos próximos dias, mas não odeio a bagunça do dia da mudança. Nós trocamos minha TV pela dele, que é maior, e colocamos um cobertor de franjas dele no sofá. Uma das paisagens que Ameena pintou no Blush'n Brush está pendurada no corredor, ao lado de uma foto enquadrada de Dominic e eu caminhando em Orcas Island. Mesmo que tenhamos tirado muitas fotos desde então e não estivéssemos oficialmente juntos naquela foto, ainda é a minha favorita.

O quarto de hóspedes também parece muito menos triste. Junto com a estante de livros VITTSJÖ, colocamos uma luminária vintage da loja de antiguidades de seus pais, e temos planos de pintar a casa toda juntos, quando estivermos um pouco mais instalados. Em breve poderemos hospedar Ameena e TJ ou os amigos de faculdade com quem Dominic reatou a amizade. Aqui está uma novidade: convidados que usarão o quarto de hóspedes.

Esta casa costumava parecer um símbolo de status de adulto. Talvez eu não tivesse o resto da minha vida planejada, mas eu tinha essas paredes e janelas, esses objetos sem memória. Isso era tudo o que eles eram: coisas às quais eu ainda não tinha atribuído significado. Ela se tornou um lar muito antes de Dominic e eu decidirmos morar juntos, e Steve ajudou mas, mais do que tudo, eu acho que só precisava de tempo para aprender a amá-la do meu jeito. Esse amor cresceu e não posso acreditar que eu queria apressar as coisas.

Estamos tão exaustos que estamos na cama às nove da noite. Nossa nova cômoda, maior, chegará na próxima semana, mas por enquanto, gosto do jeito que as roupas de Dominic ficam ao lado das minhas. Tudo isso é novo para mim e digo isso a ele quando deslizamos sob os lençóis.

"Isso vai ser legal", ele diz. "Mal posso esperar para saber de todas as coisas estranhas que você faz quando está sozinha."

"Nada pode ser pior do que você usando um cobertor como capa e fingindo lançar feitiços em Steve."

"Isso aconteceu apenas uma vez! E eu realmente achei que você ainda estava no chuveiro."

Eu me acomodo mais para perto, rindo em seu ombro. Seus braços me envolvem, um polegar acariciando o espaço entre minhas escápulas. Não caiu a ficha que poderemos adormecer juntos assim todas as noites, que acordarei ao lado dele todas as manhãs.

"Eu amo ver você aqui nesta casa", eu digo. "Penso assim desde a primeira vez que você veio aqui. Eu estava com muito medo de dizer qualquer coisa, mas aqui parece ser o seu lugar. Foi horrível sentir todas essas coisas e não saber se você as estava sentindo também."

Ele me agarra com mais força. "Eu estava. Eu estava sentindo tanto que era a morte para mim ter que ir embora. Era a morte ir embora todas as vezes."

Mesmo agora, ouvir isso mexe com meu coração. "Você consegue acreditar que nos odiávamos há um ano?"

"Acho que você quer dizer que há um ano nós estávamos no nosso terceiro ou quarto encontro. Acredito que foi então que demonstrei um pouco da minha energia sexual bruta."

"Preciso refrescar a memória", eu digo, mas ele já está me rolando para cima dele, com as mãos nos meus quadris, e juntos descobrimos que talvez não estejamos tão cansados.

A campainha toca às 10:30 da manhã seguinte, enquanto Dominic está na cozinha botando para quebrar em uma de suas novas frigideiras de ferro fundido. Uma fritada de espinafre e pimenta vermelha. Já cancelei meu serviço de entrega de refeições.

"Desculpe, estou adiantada, estava tão ansiosa", Ruthie diz quando atendo à porta. Ela cheira o ar. "Que cheiro incrível."

"Ei, Ruthie", Dominic chama. "Sirva-se."

Nós três sentamo-nos à mesa da cozinha e colocamos a conversa em dia. Ruthie está trabalhando em relações públicas e está adorando, o que é um enorme alívio.

"Mas ainda não sei se é o que quero para o resto da vida", ela diz.

Eu ergo meu copo de suco de laranja. "Junte-se ao clube."

"Você vai encontrar alguma coisa", Dominic diz apertando meu ombro. "Não há problema em querer esperar pela coisa certa."

E sei que ele está certo. É o que estou fazendo: tirando este tempo para pensar o que quero da vida de um jeito que nunca fiz.

"Vocês dois parecem ter organizado tudo direitinho." Ruthie se levanta, esticando o pescoço para olhar o corredor. "Mas vocês irão me fazer implorar para ver?"

Dominic e eu trocamos um olhar, sua boca deslizando em um meio sorriso. "Ok", ele diz, e nós levamos Ruthie para o quarto que era meu escritório. Aquele que provavelmente usei com menos frequência ainda do que o quarto de hóspedes.

Ela põe a mão na boca. "Puta merda, está lindo."

Há microfones duplos na mesa, fones de ouvidos gigantes conectados a um sistema de gravação novinho em folha. Painéis acústicos nas paredes para insonorização.

Nosso próprio pequeno estúdio.

Dominic dá uma escapadinha para pegar uns copos de água e as anotações nas quais passamos o mês trabalhando. Ruthie se acomoda na cadeira mais próxima ao computador.

"Estamos prontos?" ela pergunta.

Eu respiro fundo, meu olhar se conecta ao de Dominic. A determinação em seu rosto me dá coragem e o entusiasmo em seu olhar me dá segurança. Eu estou. Estou pronta porque isso sempre esteve no meu sangue. Porque, para mim, rádio nunca foi sobre *hashtags*, rankings ou fama. Sempre foi sobre pessoas.

"Sim", eu digo, e então aperto o botão gravar.

Metas de Relacionamento, Episódio 1

Transcrição

SHAY GOLDSTEIN: Então, acho que temos que começar com um pedido de desculpas.

DOMINIC YUN: Temos pedido muitas desculpas ultimamente. Acho que ficamos muito bons nisso, certo?

SHAY GOLDSTEIN: Isso é verdade. Acho que nunca mais serei capaz de aceitar um pedido de desculpas de alguém, a menos que seja feito na rádio, durante uma campanha de doações. Não parecerá autêntico.

DOMINIC YUN: Mas, com toda a honestidade, nós sentimos muito, de verdade, por quem ouviu *Conversando com o Ex* e achou que estávamos juntos. Fizemos parte dessa mentira desde o começo e, sinceramente, queremos nos desculpar por isso.

SHAY GOLDSTEIN: A mais pura verdade, já que estamos sendo honestos agora, é que meio que fomos massacrados na rádio pública. E percebi que mesmo passando uma vida na rádio pública, nosso programa fez mais sucesso como *podcast*. Saudações ao nosso novo distribuidor, Audiophile, que nos trouxe esta nova ideia de programa. Então, este é o *Metas de Relacionamento* e focaremos em todos os tipos de relacionamentos interessantes, não apenas os românticos. Vamos tentar pra valer, fazer as pazes com todos que eram fãs do primeiro programa.

DOMINIC YUN: Caso queiram uma atualização do status do nosso relacionamento, estamos juntos de verdade, há três meses, desde a campanha de doações.

SHAY GOLDSTEIN: E estamos indo bem. Dominic, na verdade, se mudou ontem para minha casa.

DOMINIC YUN: É a típica história de amor em que colegas de trabalho se tornaram inimigos e depois ex-namorados falsos e depois coapresentadores e, por fim, namorados de verdade.

SHAY GOLDSTEIN: Eu sei, eu sei, é um pouco exagerado.

DOMINIC YUN: E nós juramos!

SHAY GOLDSTEIN: Porra, é claro que juramos! E temos um nome conhecido nos ajudando nos bastidores. Ruthie, você quer dizer oi?

RUTHIE LIAO: Oi, pessoal!

SHAY GOLDSTEIN: Ruthie é nossa fantástica produtora e vocês podem se lembrar dela tanto em *Conversando com o Ex* quanto em *Puget Sounds*, um programa local em que eu e ela trabalhamos na Rádio Pública Pacific. Ela não gosta de aparecer ao vivo, então...

RUTHIE LIAO: Tchau, pessoal!

SHAY GOLDSTEIN: Estamos tentando ver esse *podcast* mais como um hobby do que como um trabalho, o que significa que, sim, eu ainda estou procurando emprego. Contar histórias sempre foi o que mais amei na rádio e tenho curiosidade em explorar isso em outros meios. Tenho feito aulas, pesquisas... vocês sabem, apenas tentando descobrir o que fazer com minha vida adulta.

DOMINIC YUN: E eu tenho feito alguns trabalhos para uma *startup* que está montando uma nova plataforma de fundos para organizações sem fins lucrativos.

SHAY GOLDSTEIN: Ele é muito bom nisso.

DOMINIC YUN: Você é uma grande puxa-saco.

SHAY GOLDSTEIN: Uma puxa-saco bonitinha?

DOMINIC YUN: Óbvio.

SHAY GOLDSTEIN: A rádio pública sempre terá um lugar em meu coração, mas ambos estamos muito empolgados com esta nova aventura. Espero que vocês nos acompanhem.

DOMINIC YUN: Não temos certeza de onde isso vai dar, mas acho que será uma excelente história.

SHAY GOLDSTEIN: E agora, uma palavra dos nossos patrocinadores.

Agradecimentos

Por muito tempo, eu quis escrever um romance sobre rádio pública e de forma alguma poderia ter feito isso sozinha. Minha agente, Laura Bradford, incentivou-me e aconselhou-me, e continua sendo uma grande apoiadora. Obrigada por me ajudar a encontrar minha carreira dos sonhos. É surreal que eu consiga sobreviver escrevendo livros.

Sou extremamente grata por ter encontrado o lar perfeito para *Conversando com o Ex* em Berkley e com Kristine Swartz. Kristine, seu entusiasmo e orientação editorial especializada tornaram este processo muito divertido! Obrigada por amar meus coapresentadores malucos o tanto quanto eu. Agradeço ao diretor de artes Vi-An Nguyen por esta capa impressionante – estou obcecada! Agradeço, também, ao resto da fantástica equipe de Berkley: Jessica Brock, Jessica Plummer, and Megha Jain.

Erin Hennessey e Joanne Silberner – esse livro não existiria se vocês não tivessem me dado uma chance dez anos atrás e encorajado com o conhecimento de vocês em rádio pública. Erin, você tomou café comigo e me contou tudo sobre a KPLU quando você não sabia quase nada sobre mim. Joanne, você foi o destaque do meu último ano da Universidade de Washington. Tenho muita sorte em ter aprendido muito com vocês duas. Muito obrigada aos outros jornalistas com quem tive o prazer de trabalhar na KUOW, KPLU (agora KNKX) e no *Seattle Times*.

Tara Tsai, você é minha pessoa favorita para conversar sobre romances e *podcasts*. Rachel Griffin, obrigada por sua compaixão e por sempre saber a coisa certa a dizer. Kelsey Rodkey, obrigada pelo título perfeito e por me dizer para parar de me desculpar. Muito amor a todos que leram este livro, em parte ou na íntegra, em vários estágios de seu desenvolvimento: Carlyn Greenwald, Marisa Kanter, Haley Neil, Monica Gomez-Hira, Claire Ahn, Sonia Hartl, Annette Christie, Auriane Desombre, Susan Lee e Andrea Contos. Eu nunca senti que realmente fazia parte disto até conhecer outros escritores e, nesse sentido, também sou muito grata à Joy McCullough, Kit Frick, Gloria Chao e Rosie Danan.

Aos leitores, livreiros, bibliotecários, blogueiros e *bookstagrammers* que fizeram alarde sobre meu livro nos últimos anos: "obrigada" nunca será o bastante. A criatividade e a generosidade de vocês me surpreendem diariamente. Cada post, cada foto significa muito para mim. À minha família, e especialmente a Ivan, obrigada por terem ficado tão empolgados com o livro. Jornalismo e rádio fizeram parte de nossa história quase desde o início, o que torna perfeito meu livro sobre rádio ter-se tornado um romance.

Finalmente, obrigada a todos os *podcasts* que eu ouvi e ouvi e ouvi até chegar ao último episódio, os programas sem os quais não consigo imaginar minha vida, os apresentadores que parecem ser amigos e me fazem rir até mesmo nos meus piores dias. Espero ter feito jus a essa magia, e capturado um pouco dela.

Fonte:
Georgia
Papel:
Cartão LD 250g/m2 e pólen Soft LD 70g/m2
da Suzano Papel e Celulose